BASTEI LÜBBE

BURT HIRSCHFELD

LUPENREIN

Roman

BASTEI
LÜBBE

BASTEI-LÜBBE-TASCHENBUCH
Band 13 049

Deutsche Lizenzausgabe 1986
Bastei-Verlag Gustav H. Lübbe GmbH & Co., Bergisch Gladbach
Originaltitel: Flawless
Ins Deutsche übertragen von Inter-Werbe
Titelfoto: Dia-Express Dieter Borsche
Umschlaggestaltung: Quadro-Grafik, Bensberg
Satz: ICS Communikations Service GmbH, Bergisch Gladbach
Druck und Verarbeitung:
Clausen & Bosse, Leck
Printed in Western Germany
ISBN 3-404-13049-9

Für Brenda Brody . . .
eine wahre Freundin,
die mir wirklich geholfen hat

1

Es war ein heller, durchdringend klarer Tag, und der trockene Harmattan blies von der Sahara über die Straßen von Monrovia, der Hauptstadt von Liberia. Es war Robert Foxmans ganz persönlicher Unabhängigkeitstag, ein Tag, der ihm Ruhm und Geld bringen sollte. Es würde der beste Tag seines Lebens werden. Es würde der letzte Tag seines Lebens werden.

In Gedanken ging er noch einmal alle Maßnahmen durch, mit denen er sich auf diesen Tag vorbereitet hatte: die Telefongespräche nach Antwerpen, Lugano und London, alle geführt von öffentlichen Fernsprechern in Manhattan; die Treffen in schummrigen Spelunken und schäbigen Restaurants; die verschiedenen Vorauszahlungen; die zahlreichen Risiken, die er eingegangen war . . . Er hatte sich gut abgesichert.

Er duschte und rasierte sich, kleidete sich mit Bedacht: ein beigefarbener Tropenanzug – in der Savile Row maßgeschneidert auf seine breiten Schultern –, ein Hemd aus blauem Oxfordleinen, eine lindgrüne Krawatte mit kleinen roten und gelben Mustern, alles zusammen von der lässigen Eleganz, die ihm passend erschien. Er warf noch einen kurzen Blick aus dem Fenster seines Zimmers im Ducor Palace Hotel hinaus auf den Atlantik. Noch vor Einbruch der Nacht würde er zu Hause sein – ein kurzer Aufenthalt in London, um etwas Geschäftliches für Maurice zu erledigen, dann zurück nach New York und zu einem neuen Leben.

Unten in der Hotelhalle vergewisserte er sich, daß sein Flug nach London gebucht und das Taxi zur rechten Zeit bestellt war. Danach verbrachte er gemächlich eine Stunde im Einkaufscenter mit der Auswahl von Souvenirs. Er kaufte eine Loma-Stammespuppe aus Riedgras für seine Schwester, eine Ahnenmaske aus poliertem Rotholz für Maurice und ein Batiktuch mit einem Fischmotiv für seine Mutter.

Mit den Souvenirs schritt Robert Foxman zu seiner ersten Verabredung an diesem Morgen. Der große, gutaussehende Mann bewegte sich mit der selbstsicheren Arroganz eines Menschen von Durchsetzungsvermögen. Seine Schritte wirkten fest, obwohl er ein wenig hinkte und sich auf einen knorrigen Gehstock stützen mußte.

Monrovia war eine Stadt der Gegensätze und Überraschungen. Ursprünglich auf einem Felsenriff erbaut, hatte sich die Stadt längst in den Strand hinein ausgebreitet. Lagunen trennten die einzelnen Stadtteile zu Inseln und Halbinseln. Es gab neue Bürogebäude neben traditionellen afrikanischen Hütten, von denen sich Fernsehantennen hochreckten wie die nach Stammessitte aufgetürmten Haare der Einheimischen. Neue Wohnblocks lagen gegenüber von Wellblechbaracken, und amerikanische Straßenkreuzer säumten die Straßen.

Robert Foxman schritt vorbei an strahlendweißen Häusern, im Kolonialstil, der ihm aus dem tiefen Süden der Vereinigten Staaten bekannt war – eine Erinnerung daran, daß viele Siedler, die sich im 19. Jahrhundert dort niedergelassen hatten, einmal Sklaven gewesen waren. Eine Ironie der Geschichte, dachte Robert: Die befreiten Sklaven hatten diesem Land den Stempel eines Kolonialismus gegeben, der dem weißen Kolonialismus in anderen Teilen Afrikas nicht unähnlich war.

Vor einem niedrigen, modernen Bürogebäude führte ein langer Kolonnadengang zu einer unbeschrifteten Tür. Robert Foxman trat ein. Eine hübsche Empfangsdame in einer gestärkten, weißen Bluse lächelte ihm freundlich entgegen.

»Mr. Foxman, guten Morgen. Mr. Khamoury erwartet Sie schon, Sir.«

Bakshir Khamoury, ein drahtiger Libanese mit großen glänzenden Augen und der verschmitzten Miene eines schlauen Satyrs, wartete in seinem Büro. Die Männer tauschten einen flüchtigen Händedruck.

»Ah, Robert, endlich! Ich hatte begonnen zu fragen: Hat Robert vergessen unsere Verabredung? Sollen Robert und ich doch nicht kommen ins Geschäft? Ah, Allah gibt seinen Segen – Sie sind hier!«

Er hielt Roberts Hände mit seinen umklammert und schaute

wohlgefällig zu ihm hoch. »Sie sind sehr amerikanisch – eine eindrucksvolle Rasse! So groß, so hellhäutig! Und ihre Frauen erst, ah! Die schönsten Frauen der Welt. Doch, wirklich, ich habe verglichen alle Frauen – genau wie ich Waren vergleiche, verstehen Sie?«

Er lächelte, gab Roberts Hände frei und fuhr fort: »Bitte, setzen Sie sich doch. Wie geht es Ihrem Onkel, diesem außergewöhnlichen Gentleman? Er ist immer noch voller Vitalität und sehr erfolgreich.« Er stieß einen Seufzer aus. »Und wie geht es diesem himmelsgleichen Wesen – Ihrer Schwester Ellie? Wenn Frauen beurteilt würden wie Diamanten, wäre sie lupenrein.« Ein kurzes Kichern und ein zischendes Luftholen. »Sie ist es, sage ich, sie ist lupenrein.«

»Bakshir, kommen wir zum Geschäft.«

Der Libanese rieb die Handflächen gegeneinander und setzte sich hinter seinen Schreibtisch. »Ah, ihr Amerikaner! Immer so direkt. Von einem erfolgreichen Unternehmen zum anderen. Liegt das daran, daß ihr glaubt, die Zeit läuft euch davon? Glauben Sie mir, mein Freund, wir haben Zeit im Überfluß. Wir Araber verstehen es besser, die Zeit zu akzeptieren. Sie ist wie das endlose Fließen eines unerschöpflichen Stroms. Allah, der Barmherzige, gibt uns Zeit für alles, für die Vergnügungen, für die Geschäfte, für das Sterben, wenn die Zeit gekommen ist. Es gibt keinen Grund zur Hast.«

»Bakshir, ich bin schrecklich gern in Ihrer Gesellschaft, aber ich bin nicht die ganze Strecke gekommen, um mit Ihnen einen Plausch zu halten. Ich habe noch andere Geschäfte zu erledigen.«

Bakshirs buschige Brauen hoben sich, und die schwarzen Augen glitzerten vor Neugierde. »Gestatten Sie mir eine Vermutung – Sie werden doch nicht für Ihren Onkel Handel treiben mit diesem Russen?«

»Verschwiegenheit, mein Freund, ist immer noch ein wünschenswertes Element in unserem Geschäft.«

»Oh, ja, natürlich. Es geht mich nichts an. Es ist nur – ich habe gehört, Tarassuk ist in der Stadt und will verkaufen. Steine ohne Herkunftsnachweis, habe ich gehört. Stimmt das? Nicht, daß ich mit so einem etwas zu tun haben will. Ein bißchen kaufen, ein bißchen verkaufen, ein bißchen Gewinn machen, das reicht für Bakshir. Warum soll ich Risiko eingehen?«

»Die Steine, Bakshir.«

»Natürlich, ja. Ich verstehe Ihre Abneigung, über gewisse Dinge zu sprechen. Jeder versucht, seine Vorräte außerhalb der gewöhnlichen Quellen aufzustocken. Ein bißchen hier, ein bißchen da, niemals soviel, um unerwünschte Aufmerksamkeit zu erregen, ja? Mir können Sie trauen, mein Freund. Ich gehöre zu den diskretesten Menschen in der Welt. Meine Lippen sind verschlossen. Sie haben mir nichts erzählt.«

»Richtig«, sagte Robert Foxman, »ich habe Ihnen nichts erzählt.«

»Nun ja, wie ihr Amerikaner wohl sagen würdet: Monrovia ist ein Dorf. Bei uns bleiben Geheimnisse nicht lange geheim. Und unser Georgi, er ist kein Mann, der irgendwo unauffällig untertauchen kann.« Er lachte laut auf.

»Die Steine, Bakshir.«

Ernüchtert breitete Khamoury ein dunkelgrünes Tuch auf seinem Schreibtisch aus. Aus einer Lade nahm er zwei weiße Umschläge und schüttete den Inhalt des einen behutsam auf das Tuch.

»Smaragde«, sagte er. »Ein paar ausgezeichnete Rubine, einige Saphire.«

Robert Foxman untersuchte die Steine hastig durch seine Lupe. »Zeigen Sie mir die anderen.«

Khamoury leerte den zweiten Umschlag. Ein Dutzend Diamanten rollten über das dunkelgrüne Tuch. »Mehr konnte ich nicht beschaffen, Robert. Sie wissen, daß ich in Diamanten nicht sehr stark bin.«

Robert Foxman inspizierte sie einzeln. »Ganz ordentlich«, sagte er, »aber doch eine arge Enttäuschung, Bakshir.«

»Ich arbeite mehr mit farbigen Steinen!«

»Mein Onkel ist in erster Linie an Diamanten interessiert.«

»Ich weiß, ich weiß. Mehr konnte ich nicht beschaffen. Vielleicht das nächste Mal . . .«

»Haben Sie eine Exportlizenz für diese Steine?«

»Ja, sie liegt vor.«

»Es gibt also keinen Ärger?«

»Ärger? Warum soll es Ärger geben? Das sind fast alles ganz legale Steine.«

»Fast?«

»Nun ja, kein Grund zur Beunruhigung. Einige Steine sind direkt in einer Mine in Zentralafrika erworben worden. Von einem Freund, dem ich mein Leben anvertrauen würde.«

»Verschonen Sie mich damit, Bakshir. Sie bekommen nur die Hälfte dessen, was Sie verlangen.«

Khamoury schlug sich mit der flachen Hand gegen die Stirn. »Alles wird teurer. An einem solchen Geschäft ist nicht viel zu verdienen, es ist mehr eine Gefälligkeit für einen alten Freund. Ihre Unterstellung ist erniedrigend.«

»Ja oder nein?«

»Dreiviertel. Robert, ich bin ein Geschäftsmann, zuverlässig, ehrlich, gesetzestreu.«

»Ein Drittel«, bot Robert Foxman an. »Dazu eine Rechnung und die Exportlizenz.«

»Robert, ich schäme mich, aber ich muß ablehnen. Ich habe Frauen, Kinder und die Väter und Mütter meiner Frauen zu versorgen. Siebzig Prozent.«

»Fünfundsechzig.«

»Siebenundsechzigeinhalb.«

Robert streckte die Hand aus. »Masel und Bruch.«

»Masel und Bruch.«

Die jiddischen Worte für Glück und Segen waren die traditionelle Formel, um einen Handel mit Diamanten zu besiegeln. Robert stand auf, schlug das Tuch um die Steine, faltete es und steckte es in seine Jackentasche.

»Ich lade Sie zum Essen ein«, sagte Khamoury. »Wir werden über Amerika reden, über New York. Was für eine herrliche Stadt! Pulsiert mit Leben. Dieses Gemisch von Völkern – und diese Frauen. Was für eine Stadt für einen Mann, der Frauen so bewundert wie ich.«

»Denken Sie an Ihre Frauen, Bakshir.«

»Kann man zwei Frauen überhaupt vergessen?«

»Aber einem Mohammedaner sind vier gestattet. Warum begnügen Sie sich mit zweien?«

»Sehen Sie mich an, mein Freund – bin ich ein Mann, der sich vier Frauen erlauben kann? Ein armer Händler?«

»In meinem Land kommen wir mit einer Ehefrau aus.«

»Eine Frau wäre eine fürchterliche Last. Wer aber zwei Frauen in sein Haus nimmt, hält sie in Unsicherheit, und beide werden immer alles tun, ihrem Mann zu gefallen. Ihr Amerikaner seid auf vielen Gebieten eine bewundernswürdige Rasse, aber was Frauen angeht, da müßt ihr noch viel lernen. Wie ist es mit dem Essen, mein Freund?«

»Geschäfte, mein Freund«, antwortete Robert Foxman. »Ich habe noch eine andere Verabredung.«

Khamoury legte einen Zeigefinger an den Nasenflügel. Seine Augen blitzten. »Könnte es Sartarwi sein? Nein, ich glaube nicht, er handelt nur mit Resten. Vielleicht der Südafrikaner, McDonald? Nein, Foxman and Company würden nicht mit einem Dieb zusammenarbeiten. Also, wer dann? Wen halten Sie so geheim, mein Freund? Ah, da sind wir wieder beim Russen. Ich muß mich also fragen, ob der Neffe des großen Maurice Foxman mit einem so windigen Typen wie Georgi Tarassuk Geschäfte macht. Was würde Ihr Onkel dazu sagen, Robert?«

Robert lachte, richtete sich auf und lehnte sich auf seinen wuchtigen Gehstock. »Wollen Sie Gerüchte hören, Bakshir, oder Informationen?«

»Gibt es da einen Unterschied? Noch eine Frage: Kaufen Sie für den großen Maurice oder für andere Kunden?«

Robert ging zur Tür, gefolgt von Khamoury. »Ich streite nichts ab, ich gebe nichts zu.«

Khamoury kicherte. »Sie sind ein kluger Mann, Robert. Klug und amüsant.«

Auf der Straße schüttelten sie sich die Hände. »Unser Geschäft besteht zum Teil aus Betrug, zum Teil aus Magie. Ein Teil weckt Begierde, ein Teil weckt die Intelligenz. Passen Sie gut auf sich auf, Robert. Nicht, daß Ihnen wieder etwas zustößt.«

»Wieder?«

»Ihr Stock, Ihr Bein . . .«

»Ah, ja, mein Knie. Ein Bänderriß beim Skifahren, nichts Ernstes.«

»Ihr Amerikaner, ihr seid alle so sportversessen. Das wird euch eines Tages umbringen.«

Von Khamourys Büro war es ein Zwanzig-Minuten-Spaziergang bis zur Gurley Street. Neben einer heruntergekommenen Diskothek lag Annabella's, ein bescheiden aussehendes Restaurant mit einer unauffälligen Fassade. Drinnen standen rohgezimmerte Holztische wild durcheinander. An den Wänden hingen Stammesmasken, gekreuzte Speere und grellfarbige Tücher, umsäumt mit geometrischen Mustern.

An einem Tisch in der Nähe des Eingangs saß ein Bär von einem Mann, schwarzhaarig und mit dichtem Vollbart, die goldgerahmte Brille tief auf der Nasenspitze, das zerknautschte Baumwolljackett zum Zerreißen über den breiten Rücken gespannt. Mit einem Ausdruck von Unerschrockenheit und Frohsinn löffelte er aus einer Holzschüssel Nahrung in seinen Mund und ließ sich darin nicht stören, als Robert sich zu ihm setzte.

Er kaute noch, als er leise mit tiefer Stimme sagte: »Ausgezeichnet, das einheimische Reisgericht. Sollten Sie unbedingt mal probieren.«

»Nein, danke.«

Robert Foxman bestellte ein Bier. Er wartete, bis der Kellner das Glas gebracht hatte, bevor er sagte: »Ich habe den Nachmittagsflug gebucht, so daß ich nicht mehr viel Zeit habe, Georgi.«

Tarassuk nickte. »Haben Sie das Geld?«

»Haben Sie die Ware?«

Tarassuk langte in die Seitentasche seines Jacketts und hielt einen Beutel aus weichem Leder in der Hand. Er warf ihn auf den Tisch. »Überzeugen Sie sich selbst.«

Robert ließ die Steine in seine Hand fallen. Es waren fünfzehn Rohdiamanten, jeder zwischen fünf und zehn Karat. Selbst für das bloße Auge waren die Steine schon vielversprechend. Er befühlte sie einzeln.

»Beeindruckend«, sagte er.

Tarassuk schlürfte Tee aus einem schlanken Glas. »Mehr als beeindruckend«, sagte er in seinem harten Akzent. »Sehen Sie sich die Steine unter der Lupe an. Es ist erstklassige Ware.«

Robert prüfte die Diamanten unter der Lupe. Zufrieden schaute er auf. »Russische Ware?«

»Bitte.« Ein beunruhigter Ausdruck trat in Tarassuks dunkle Augen. Er blickte sich um. »In diesen Dingen ist Diskretion ratsam. Lassen Sie uns keinen Ärger heraufbeschwören.«

»Nichts dagegen«, sagte Robert Foxman, »aber ich müßte wissen, wie Sie an die Steine gekommen sind.«

Der bullige Mann war beleidigt und machte keinen Hehl daraus. »Sie befinden sich in meinem Besitz, das sollte Ihnen genügen. Von wo? Auf welchem Wege? Das spielt keine Rolle. Nicht die geringste.«

Robert blinzelte. »Ich möchte zu gern wissen, auf welchem geheimnisvollen, vermutlich von Strauchdieben und ähnlichem Gesindel belagertem Weg diese Steine zu Ihnen gefunden haben.«

»Ich kann Ihren Humor nicht teilen«, sagte Tarassuk düster. Er schien sich hinter eine unsichtbare Schranke zurückgezogen zu haben. »Sie sind kein ernsthafter Mann, Robert, und deshalb für uns beide eine Bedrohung. Sie finden vieles lustig, ich nicht. Sie sind ein Spieler, ich bin es nicht. Es liegt auf der Hand, daß wir nicht ideale Geschäftspartner sind.«

Robert schob unauffällig einen weißen Umschlag über den Tisch. »Amerikanische Dollars in genau der Höhe, die Sie verlangt haben. Ich nehme die Steine.«

Tarassuk starrte lange auf den Umschlag, bevor er sich entschloß. Dann, als der Umschlag in seiner Tasche verstaut war, sagte er: »Masel und Bruch.«

»Masel und Bruch.«

»Es gibt keine Exportlizenz«, sagte Tarassuk.

»Keine Sorge, Georgi.«

In seinem Hotelzimmer traf Robert Foxman die letzten Vorbereitungen für seine Abreise. Die Steine von Khamoury legte er in die Schultertasche, zusammen mit der Rechnung und der gefälschten Ausfuhrerlaubnis. Dann nahm er sich die russischen Diamanten vor. Er ließ sie über den Glastisch rollen. Sie übertrafen bei weitem seine Erwartungen, was Größe und Wert anging. Er befühlte sie mit den Fingerspitzen, ließ sie auf seiner Handfläche herumkullern, genoß den Anblick von mattem

Licht, das sie reflektierten, und der unregelmäßigen Ecken, die wie Nadelspitzen in seine Haut ritzten. Jeder Stein war ein ungelöstes Geheimnis, das jemand der Erde entrissen hatte und das auf ebenfalls geheimnisvolle Weise in seine Hand geraten war. Er, Robert Foxman, würde das Geheimnis erschließen, er würde die Schönheit, die in jedem Stein verborgen war, herausholen, damit sie Freude und Begierde wecken konnte – und ihm einen kräftigen Gewinn brachte.

Er arbeitete offiziell für Foxman and Company, hatte sich aber vorgenommen, von nun an öfter solche kleinen, ein wenig außerhalb der Legalität stehenden Käufe zu tätigen. Vielleicht acht oder zehn im Jahr. Er würde mit Tarassuk und ähnlichen Leuten zusammenarbeiten, Männer, die bereit waren, außerhalb des weltweiten Diamantenkartells zu operieren. Schon heute wies Roberts Nummernkonto auf den Bahamas ein namhaftes Plus auf.

Er nahm seinen Gehstock und drückte auf eine bestimmte Stelle am Griff. Er hörte ein leises Klicken, drehte den Griff im Uhrzeigersinn und konnte ihn dann herausziehen. Nacheinander ließ er die Diamanten in den hohlen Schaft fallen und drückte jedesmal eine dicke Watteschicht nach.

Er rief in der Halle an und bat, ihm sofort Bescheid zu sagen, wenn das Taxi eintraf, das ihn nach Robertsfield zum Flughafen bringen sollte. Dann packte er die letzten Dinge ein.

Es klopfte an seine Zimmertür. Ein Mann stand da, klein und drahtig. Gestalten wie diese sah man auf den Rennplätzen als Jockeys und in Hotels als Pagen.

»Mr. Foxman?«

»Ich bin Foxman«, sagte er, »ich dachte, Sie wären der Page.«

Der kleine Mann langte unter sein Jackett und zog einen Revolver mit aufgesetztem Schalldämpfer hervor.

»Was soll das?« Robert Foxman war überrascht, noch nicht beunruhigt, eher verärgert über die Störung. »Wer, zum Teufel, sind Sie?«

Der kleine Mann trat weiter ins Zimmer hinein und zwang Robert zum Rückwärtsgehen. Er drückte die Tür hinter sich ins Schloß.

Der kleine Mann schoß Robert Foxman dreimal in die Brust

und sah gelassen zu, wie er zu Boden fiel und gegen das Bett rollte. Nachdem er sich davon überzeugt hatte, daß Robert tot war, steckte er die Waffe ein und begann, das Zimmer zu durchsuchen. Er fand die Khamoury-Steine, prüfte sie kurz und legte sie wieder weg.

Er suchte weiter, arbeitete diszipliniert und mit System. Als er sicher war, nichts übersehen zu haben, trat er den Rückzug an, besorgt wegen des Fehlschlags seiner Mission. Er hatte seine Arbeit ordentlich erledigt, andere konnten das offenbar nicht von sich behaupten. Irgend jemand mußte irgendwo einen Fehler begangen haben. Fehler – das wußte er aus Erfahrung – führten zu unübersehbaren Folgen. Und zu Ärger. Er war ein Mann, der Ärger haßte.

2

Am Tag bevor ihr Bruder erschossen wurde, erfuhr Ellie Foxman, daß der Chamblay zum Verkauf anstand, eine Diamantenkette aus zwanzig Ein-Karat-Steinen mit einem dreikarätigen Mittelstück. Der Chamblay der Marquise Jeannette Manière, die Gerüchten zufolge mit ihren achtundfünfzig Jahren zwei verflossene Ehemänner unterstützte und einen einundzwanzigjährigen Liebhaber. Die Ehemänner besuchten sie immer noch regelmäßig, der Liebhaber stand an vier Tagen der Woche in Bereitschaft.

Ellie lud die Marquise ins La Marée, ein elegantes, teures Fischrestaurant in der Rue Daru. Eines der vielen Dinge, die Ellie von ihrem Onkel gelernt hatte, war, unweigerlich Geld ausgeben zu müssen, um es verdienen zu können.

Die Damen speisten *belons au champagne,* jene berühmten Austern, die im eigenen Saft pochiert und mit Champagner und *crème fraiche* auf Halbschalen serviert wurden.

Die Marquise war eine kräftige, beleibte Frau und trug einen breitrandigen, purpurfarbenen Hut mit Leopardenband. Ihr

Haar hatte die Farbe überreifer Zitronen, und ihre langbewimperten Augen wanderten ruhelos von Tisch zu Tisch, immer auf der Suche nach einem bekannten Gesicht oder nach einem neuen Abenteuer. Sie nahm ihr Essen mit der nämlichen Energie, dem nämlichen Appetit in Angriff – wie ihre Männer –, verschlang lustvoll alles, was man ihr vorsetzte, und gab dazu Kommentare.

Ellie hatte die Marquise vor fünf Jahren in New York kennengelernt und wartete nun darauf, daß sie auf eine weitere Leidenschaft zu sprechen kam – Geld. Über einer mousse, mit halbreifen Erdbeeren auf Sahne und einen Kaffee mit Armagnac, lenkte die Marquise das Gespräch schließlich aufs Geschäft.

»Ich bin ein großer Bewunderer Ihres Onkels, meine Liebe, er ist ein Mann voller Würde und Kultur, und dabei sieht er auch noch blendend aus.«

Ellie war angespannt, ließ sich aber nichts anmerken. Wer immer von Maurice sprach – stets wurde er in den höchsten Tönen gelobt. Klug, mutig, ehrlich. Ein Mann, der klein angefangen und ein Diamanten-Imperium geschaffen hatte. War sie wirklich die einzige, die die Wahrheit über Maurice Foxman wußte? War es möglich, daß nur sie den Kaiser ohne Kleider sah?

»Kennen Sie Maurice schon sehr lange, Madame?«

»So lange, daß ich es am liebsten vergessen möchte. Im Vergleich zu mir ist Maurice freilich noch ein Kind – höchstens siebzig, schätze ich.« Sie steckte eine dünne Zigarette auf eine elfenbeinerne Spitze und zündete sie mit einem zerbeulten Sturmfeuerzeug an. »Eine Erinnerung an den Krieg gegen die *Boche*«, sagte sie, »ein Geschenk eines amerikanischen Gefreiten. Als Zivilist war er Gemüseverkäufer. Ein ganz gwöhnlicher Mann, aber außergewöhnlich auf dem Gebiet, auf das es ankommt, *n'est-ce pas?*«

Sie schloß die Augen und ließ sich für einige Sekunden in die Erinnerung entführen. Dann lächelte sie warm, als sie die Lider wieder öffnete. »Ah, Maurice! An ihm ist nichts gewöhnlich. *Mon Dieu!* Ein Mann mit besonderen Talenten. Und Sie treten in seine Fußstapfen – im Diamantengeschäft.«

»Nun ja . . .«

»Wieso die Einschränkung?«

»Maurice glaubt, daß Frauen nicht mit Diamanten handeln sollten. Sie sollen sie tragen, aber nicht verkaufen.«

»Der liebe Maurice – ein Mann der Tradition.«

»Er sagt, das Geschäft sei schmutzig, sogar gefährlich. Zu schmutzig für eine Frau.«

»Und Sie stimmen dem nicht zu?«

»Die Welt ändert sich, Madame. Unser Handel muß sich auch ändern, sonst werden wir überrollt.«

»Viele von uns werden überrollt. Vom Alter. Wenn Sie in meine Jahre kommen, werden Sie sich fragen: Wie konnte das geschehen? Wo ist die Zeit geblieben? Wie konnte ich nur so alt, runzelig werden, während tief im Inneren ein junges Mädchen lebt, das seine Zukunft plant und seine Träume träumt . . .«

»Sie sind eine so lebendige, faszinierende Frau.«

Die Marquise lächelte matt. »Aber so alt.« Sie gab sich einen Ruck, und die Energie kehrte in ihren Körper zurück. Ihre Augen funkelten wieder, und sogar die Haut ihrer Wangen schien sich unter Ellis Blicken zu straffen. »Ihr Onkel ist ein kluger Mann, vertrauen Sie seinem Urteil.«

Ellie wollte widersprechen, um dieser alten Frau zu trotzen, wie sie ihrem Onkel getrotzt hatte. Sie hatte sich über seine bürgerliche Gesinnung mokiert, ihm vorgeworfen, sich an alten Zeiten mit alten Moralvorstellungen festzuklammern – ein altmodischer Mann zu sein.

Er hatte es nicht betritten. »Wenn die neue Zeit mit vernünftigen Alternativen kommt, werde ich sie mir zu eigen machen. Bis dahin halte ich an dem fest, was sich bewährt hat – am Alten.«

Die Marquise sagte: »Ich denke oft an Maurice. Sehen Sie, wir haben uns im Krieg kennengelernt. Er war den Boches entkommen und wollte nach England, blieb aber kurze Zeit in Paris. Zu kurz. Später hat er wieder gegen die Nazis gekämpft. Er war ein Held, dieser Maurice.«

»Ein Held?«

»Ja, bestimmt. Sieht er immer noch so gut aus? Seine Besuche in Paris nach dem Krieg waren ein Ereignis. Ein Fest. Frauen bebten, wenn sein Blick sie traf, und überhäuften ihn mit Einladungen. Verheiratete wie unverheiratete. Maurice hätte jede der Schönheiten aus den Folies Bergère und die Hälfte aller Aristokratinnen dieser Stadt besitzen können. Aber er war zu ehrenhaft, um solchen Verderbtheiten nachzugeben. Ich selbst hätte mich gegen diese sinnenfrohen Angebote nicht wehren können.«

Sie seufzte. »Armer Maurice. Welche Freuden ihm entgangen sind . . . *C'est la vie,* jedem das Seine.«

Die Marquise musterte Ellie mit den klaren, wachen Augen einer Frau, der nicht viel entgeht. Sie erblickte eine junge Frau, die mehr als nur schön war; sie strahlte Gesundheit aus, Vitalität und einen unerschöpflichen Vorrat an Energie.

»Sie erinnern mich an Ihren Onkel«, sagte die Marquise, »dasselbe Gesicht, stark und doch zerbrechlich. In Ihren Augen liegt ein Ausdruck heimlicher Angst, vielleicht auch von Melancholie. Sie haben wunderschöne Augen, dieser Hauch von Grün, das gar kein Grün ist. Manchmal schimmern sie golden. Es sind hypnotische Augen. Und auch Ihr Mund ist außergewöhnlich. Sinnlich, einladend. Ein Hauch von Ironie, wenn Sie lächeln. Warum auch nicht? Die Welt ist amüsant, nicht wahr? Zwar nicht zu jeder Zeit, aber – wie wir von Camus wissen – auf jeden Fall absurd und unbegreiflich. Wir müssen das Beste daraus machen. Darum ringen – das ist Gottes Auftrag an die Menschen.«

»Sie sind gläubig, Madame?«

»Sie etwa nicht? Jung sein bedeutet, die alten Weisheiten nicht zu glauben. Jung sein heißt, skeptisch, ungeduldig zu sein gegenüber Heuchelei und den Torheiten der älteren Generation. So war das früher auch bei mir. Heute glaube ich. Aber reden wir von greifbareren Dingen. Zum Beispiel vom Chamblay . . .«

»Ist er zu verkaufen?«

Ruckartig hob die Marquise das Kinn, ihr Blick wurde hart. Sie bedachte Ellie mit einem abschätzenden, kühlen Blick, wie ein Boxer, der seinen Gegner taxiert.

»Sie haben gute Quellen.«

»Ich bin schon lange im Geschäft.«

»Nun, eigentlich habe ich an etwas anderes gedacht . . .«

»Eine Auktion?«

»Daran auch . . . Der Chamblay ist bekannt und vielbewundert. Konkurrenzgebote würden den Preis beträchtlich in die Höhe treiben . . .«

Ellie schaltete schnell. »Sie haben bestimmt sehr, sehr viele Freunde in Paris, Madame. Wenn die erfahren, daß Sie sich von einem so kostbaren Stück trennen wollen, wird die Auktion sicher lebhaft werden.«

Die Marquise hielt Ellies Blick lange stand, bevor sie auf ihre Hände schaute. »Sie sind eine harte Geschäftspartnerin, meine Liebe. Warum auch nicht? Sie wollen etwas haben und kämpfen dafür. Dabei sind Sie noch so jung . . .«

»Ich bin dreißig . . .«

Die Marquise lachte. »Das mag in Ihren Augen uralt sein, aber für mich ist das noch Jugend.«

»Geben Sie mir eine Vorstellung von der Summe, die Sie für den Chamblay haben wollen. Ich werde sehen, daß Sie sie bekommen.« Ellie wünschte, ihr Selbstvertrauen wäre so groß, wie es sich anhörte. Sie brauchte diesen Auftrag, und er mußte ihr Geld bringen, damit sie sich und ihrem Onkel beweisen konnte, daß sie es in diesem Geschäft mit jedem aufnahm. »Ich garantiere, Madame, daß ich den bestmöglichen Preis für Sie heraushole.«

Die Marquise schüttelte den Kopf. Die Linien um ihren Mund wurden härter. »Ich bin noch nicht überzeugt. Ich bin nur zu diesem Treffen gekommen, weil Sie für Maurice arbeiten.«

»Wir arbeiten zusammen.«

»Was heißt das genau?«

»Ich arbeite von meinem New Yorker Büro aus, aber ich arbeite auf eigene Rechnung.«

»Sie sind also unabhängig?«

»Die Interessen meines Onkels und meine treffen nicht immer zusammen. Gelegentlich übernehme ich Aufträge für ihn. Dann teilen wir uns den Gewinn.«

»Maurice heißt das aber nicht gut, oder?«

Ellie verschluckte ihre spontane Antwort und erwiderte mit Bedacht. »Ich ziehe es vor, meine Unabhängigkeit zu erhalten.«

Die glänzenden Augen der Marquise schauten Ellie offen an, verrieten aber nichts. »Maurice«, sagte sie leise, »hat auch nicht immer gutgeheißen, was ich tat. Ganz gewiß würde er mein Leben in den letzten zehn Jahren nicht billigen. Aber darum habe ich auch nie gebeten. Wie gut kennen Sie sich mit Diamanten aus, meine Liebe?«

Ellie antwortete sofort. Sie fühlte sich sicherer, wenn sie von ihrer Arbeit sprechen konnte. »Diamanten sind meine erste Leidenschaft. Bei Maurice habe ich mit dem Sortieren angefangen. Zuerst in den Ferien. Dann durfte ich gelegentlich dabei sein, wenn er kaufte oder verkaufte. Nach dem College habe ich ihn oft auf seinen Reisen ins Ausland begleitet – als Assistentin, als Sekretärin, als Gesellschafterin. Ich kenne mich mit Steinen aus, Madame, ich habe das Talent, sie zu kennzeichnen, ihren Schliff vorauszubestimmen . . .«

»Und doch beschäftigt Maurice Sie nicht?«

Ellie zwang sich dazu, keine Antwort zu geben. Die Marquise wollte auf den Busch klopfen; ihre Frage verlangte keine Antwort.

»Er setzt Sie vielleicht als Spezialistin ein, ja? Für besonders schwierige Fälle, *n'est-ce pas?*«

Ellie nickte kurz, und die Marquise lächelte.

»Nun«, sagte sie gedehnt, »was soll ich tun?«

»Lassen Sie mich den Chamblay für Sie verkaufen.«

»Was ist, wenn Sie versagen? Was ist, wenn Sie weniger erzielen, als er wert ist? Ich bin mir nicht sicher, meine Liebe.«

»Madame, ich habe schon den idealen Kunden dafür im Kopf, einen, der ganz sicher kaufen wird.«

»Ich könnte es nicht ertragen, wenn der Chamblay Frankreich verlassen sollte. Er ist französisch und muß es bleiben.«

»Das verstehe ich, das spricht für Ihren Patriotismus. Gleichzeitig wird es wohl auch kein Vergnügen für Sie sein, den Chamblay an einer anderen Frau zu sehen.«

»Sie haben mein Problem erkannt. Aber was soll ich tun?«

»Mein Vorschlag lautet: den Chamblay sollte jemand bekommen, der Frankreich so liebt wie Sie, Madame – ein Franzose natürlich, der aber aus persönlichen Gründen nicht mehr in Frankreich lebt.«

»Wo werde ich so jemanden finden?«

»Ich habe einen Kunden, auf den diese Bedingungen zutreffen, Madame. Ein junger Adliger, der kurz vor der Eheschließung steht. Er sucht ein besonderes Geschenk für seine Braut, eine reizvolle Französin. Beide werden in Quebec leben – wie Sie sehen, eine ideale Lösung.«

»Ein Adliger, sagen Sie?«

»Mit einer sehr langen, ehrenwerten Familientradition.«

Die Marquise war beeindruckt, daß Ellie ihre Probleme erkannt und sie gelöst hatte, noch bevor sie sicher sein konnte, den Auftrag zu erhalten. Sie war offenbar eine kluge junge Frau, die Entschlossenheit an den Tag legte – Eigenschaften, die der Marquise gefielen. »Der Chamblay muß einen sehr anständigen Preis erzielen, meine Liebe.«

»An welche Summe haben Sie gedacht?«

Die Marquise seufzte, schüttelte den Kopf. »Ich weiß es nicht.«

»Würden einhundertfünfzigtausend Ihrer Vorstellung entsprechen?«

»Dollar?«

»Ja, Madame.«

»Abzüglich Ihrer Kommission?«

»Ich werde fair sein, Madame.«

Die alte Dame lehnte sich zurück, gab ihrem Alter und ihrem Übergewicht nach. Das Licht in ihren Augen wurde schwächer. »Als Nichte meines alten Freundes – natürlich werden Sie fair sein! Ich schulde Maurice so viel! Ja, ich sollte Ihnen gestatten, den Chamblay für mich zu verkaufen. Als kleine Gegenleistung für all die guten Erinnerungen, die Ihr Onkel mir hinterlassen hat. Bitte, informieren Sie mich, wenn der Handel abgeschlossen ist. Ich danke Ihnen für ein herrliches Essen, liebes Kind, einer Frau meines Alters bleiben nur so wenige Vergnügungen . . .«

Ellie hatte bekommen, was sie gewollt hatte. Aber warum, fragte sie sich, hatte sie das Gefühl eines Verlustes? Wieder einmal hatte wohl Maurice Foxman den Ausschlag gegeben . . .

Die beiden Frauen verabschiedeten sich vor dem Restaurant, und Ellie ging zurück in den 6. Bezirk zu ihrem Apartment, das sie mit Henry Wilton teilte. Sie zog sich aus, schlüpfte in einen langen weißen Frotteebademantel, ließ Badewasser einlaufen und rief Lucien Duquette an. Lucien war zu Besuch bei seiner Familie in Tarascon, einer kleinen Stadt an der Rhone, südlich von Avignon. Sie teilte ihm mit, daß sie den Chamblay im Auftrag der Besitzerin verkaufen sollte, und beschrieb das Halsband.

Aufgeregt rief er: »Ich muß es unbedingt sehen! Wann geht das, *chérie,* wann?«

Ellie lachte leise in sich hinein. Luciens impulsive Art war so bekannt wie sein ererbtes Vermögen. »Das Halsband hat eine Geschichte, Lucien.«

»Natürlich. Es ist französisch.«

»Die Steine sind fabelhaft und von wirklichem Wert. Ihre Fassung ist ein Kunstwerk, unvergleichlich in der Gestaltung.«

»Ich muß ihn haben. Cici wird die Schönheit des Chamblay noch steigern.«

Cici, seine Verlobte, war die verzogene, langweilige Tochter einer adligen Familie mit Weinbergen, einer Reederei und Beteiligungen an Holzgeschäften in Kanada. Weder Lucien noch Cici hatten in ihren jungen Leben auf irgend etwas verzichten müssen.

»Sie müssen es arrangieren, daß ich den Chamblay sehen kann«, drängte Lucien.

»Er wird extrem teuer sein.«

»Ganz egal, *chérie.* Was soll ich sonst mit dem Vermögen meines Vaters machen, als es für hübsches Spielzeug zu verschwenden? Wann also?«

»Morgen. Vielleicht.«

»Vielleicht?«

»Transaktionen dieser Art sind nicht so einfach.« Sie wollte sein Verlangen nach dem Chamblay noch ein wenig anstacheln. Habgier benebelt den Verstand. »Ein solches Stück hat eine beträchtliche Nachfrage.«

»Sie dürfen es keinem anderen zeigen, *chérie.* Das müssen Sie mir versprechen.«

»Ich melde mich wieder bei Ihnen, Lucien.«

»Morgen?«

»Oder übermorgen.«

»Spannen Sie mich nicht auf die Folter. Ich zahle jeden Preis.«

»*Au revoir,* Lucien.«

Zufrieden mit sich, streifte sie den Bademantel ab und betrachtete sich im langen Spiegel hinter der Badezimmertür. Henry Wilton hatte ihren Körper »typisch amerikanisch« genannt: lange, schlanke Beine, der Bauch fest und flach, die Hüften geschwungen. Ihre Brüste waren anmutig, nicht zu klein und nicht zu groß. Ihr fiel ein, daß sie seit sechs Wochen nichts mehr für ihre Figur getan hatte, kein Joggen, kein Schwimmen. Das war Henrys Schuld, der ihre stete Aufmerksamkeit forderte und ihre sportliche Betätigung als »amerikanischen Perfektionismus« bezeichnete. Sie stieg in die Wanne, legte sich im heißen Wasser zurück, entspannte sich und versuchte, an nichts zu denken. Vergeblich.

Vielleicht hatte Maurice recht. Vielleicht war sie noch zu unerfahren, zu impulsiv und unfähig, innerhalb feststehender Grenzen Leistung zu erbringen. Sie beneidete die Männer um ihre Möglichkeit, sich offen für ihre Ziele schlagen zu können. Niemand kritisierte einen Mann, weil er kämpferisch oder ehrgeizig war. Ihr als Frau hatte man hingegen wiederholt geraten, ihren Ehrgeiz zu verdecken, den Drang nach Abenteuern, Aufregungen und Erfolgen nicht zu zeigen. Sie wehrte sich dagegen, sie wollte alles erreichen, was Diamanten bringen konnten: Respekt, Beifall, Reichtum.

»Behalte deine seltsamen Ansichten für dich«, pflegte ihre Mutter zu sagen. Verärgere die Leute nicht. Geh nicht zu weit.«

Aber Ellie wollte weitergehen, weiter, als es jede andere Frau in diesem Geschäft wagen würde. Sie wollte die Grenzen ihrer Freiheit ausdehnen.

»Such dir einen guten Mann«, sagte ihre Mutter. »Heirate und gründe eine Familie.«

Viele Männer, von ihrer Schönheit angezogen, hatten ihr Anträge gemacht. Es waren attraktive und wohlhabende Männer darunter, aber sie hatte alle abgelehnt. Heirat war nichts für sie, noch nicht. Aber ihr Bedarf an männlicher Aufmerksamkeit wuchs nach jeder Affäre.

Die letzten vier Monate mit Henry Wilton beispielsweise waren ein abwechslungsreiches Abenteuer gewesen, eine erotische Achterbahn. Der gebildete, schlagfertige Henry war ein Mann ohne Gewissen. So ganz anders als Maurice – oder jedenfalls als das Bild, das Maurice der Öffentlichkeit zeigte. Sie kannte ihn besser.

Mit jedem Tag war es ihr leichter geworden, Henrys kleine Gesetzesübertretungen zu dulden. Für Henry hatte Gefahr etwas Magisches. Wenn er ein Geschäft oder ein Vergnügen witterte, ging er fast jedes Risiko ein, und wenn eine seiner Eskapaden endete – immer erfolgreich –, empfand sie Erleichterung wie nach einem gelungenen Spiel. Aber immer blieb die Furcht vor einer drohenden Katastrophe.

Henrys Einfallsreichtum ging bis ins Schlafzimmer. Er war ein erfinderischer Liebhaber, der sie zu ungeahnten Höhen trieb. Nichts war für Henry tabu, nichts war falsch. Für ihn zählte das Neue, das noch nicht Erforschte, der Gipfel der Intensität, des Vergnügens. Der absolute Höhepunkt.

Wie weit konnte das führen? fragte sich Ellie oft. Wohin würde Henry sie noch tragen? Wie weit würde sie sich vorwagen? Früher oder später würde sie das herausfinden müssen.

Nach einem leichten Abendessen legte Ellie den Chamblay auf den Tisch, wo er im milden Licht schimmerte.

Henry bewunderte ihn, ohne ihn zu berühren. Seine britische Reserviertheit gestattete ihm nicht, über Gebühr begeistert zu sein. Nach einer Weile entzündete er einen Joint aus nordafrikanischem Haschisch und sog den Rauch tief ein. Ellie winkte ab, als er ihr den Joint anbot.

»Ist er nicht wunderbar?« fragte sie.

»Sehr schöne Einfassung«, gab er zu. »Solche Handwerkskunst sieht man nicht alle Tage.«

»Ich habe vor, Lucien Duquette als ersten den Chamblay sehen zu lassen. Er heiratet und sucht ein Geschenk für Cici.«

Henry starrte in die Luft, sein blasses, hageres Gesicht war ohne Ausdruck. »Er ist ein Simpel, findest du nicht auch?«

»Er erfüllt alle Vorbedingungen der Marquise«, sagte Ellie. »Er ist Franzose, lebt im Ausland und ist reich.«

»Aber ihm fehlt die Feinfühligkeit, ein solches Stück zu würdigen. Wenn ich die Wahl hätte, würde ich einen anderen Käufer suchen. Wieviel willst du dafür haben?«

»Einhundertfünzig.«

»Pfund?«

Die Frage ließ sie stutzen. Hatte sie den Wert des Chamblay unterschätzt? Oder ihre Fähigkeit, das meiste herauszuholen? Sie suchte die Antwort in Henrys Gesicht, aber sie entdeckte nur Desinteresse.

»Glaubst du, daß ich zuwenig verlange?«

Er saugte wieder am Joint und schloß die Augen. »Du bist natürlich der Experte, aber du würdest doch nicht gern unter dem bestmöglichen Preis verkaufen, nicht wahr?«

»Was sagst du zu zweihunderttausend?«

Er betrachtete das Halsband erneut. »Wie gut ist es wirklich?«

»Eine Spur unter Museumsqualität, obwohl es eine lange Familiengeschichte hat. Es ist ein herausragendes Stück, und die Steine sind so gefaßt, daß sie am wirkungsvollsten herauskommen.«

»Ich glaube«, sagt Henry, »daß wir viel besser ohne deinen Lucien auskommen.«

Ellie mied seinen Blick. Mehr und mehr hatte sich ihr Leben mit seinem verwoben, aber das war mehr zu Henrys als zu ihrem Vorteil. Seine Erfahrungen, seine Erfolge, seine Vergnügungen gehörten ihm. Was sie erreicht hatte, galt als gemeinsam. Da hieß es »Wir« oder »Uns«. So war es ihr immer ergangen. Ihre Individualität wurde ihr gestohlen und diente anderen mehr als ihr selbst.

»Lucien will kaufen. Ein schnelles, sicheres Geschäft . . .«

Er zog wieder an seinem Joint. Seine Augen waren verhangen, die Blicke nicht fixiert. »Hast du deinem Onkel von dem Geschäft erzählt?«

»Natürlich nicht! Er hätte bestimmt irgend etwas auszusetzen.«

»Genau. Der ehrenwerte Maurice weiß, daß man dahin geht, wo Geld ist. Das meiste Geld.«

»Das ist mein Geschäft, nicht seins.«

»Wie du meinst. Aber ist es ein gutes Geschäft, an den ersten Bieter zu verkaufen? Bring deine Ware auf den Markt. Du mußt Konkurrenz erzeugen. Sie sollen sich gegenseitig überbieten.«

»Was rätst du mir?«

Träge antwortete er: »Ich habe einen Freund mit viel Geld und ebensoviel Interesse an einem so schönen Klunker.«

»Wer ist es?«

»Wir können ihn morgen besuchen. Ich bin sicher, daß er kaufen wird. Wir verlangen eine halbe Million, lassen uns auf einen anständigen Preis runterhandeln, kassieren und fliegen nach Süden. Was hältst du von St. Tropez? Ich könnte ein paar Wochen da unten gut vertragen. Wir legen dich an den Strand und lassen deine exquisiten Tittchen hübsch bräunen.« Er griff nach ihrem Schenkel.

Sie verzog das Gesicht. »Nicht jetzt, Henry. Kommen wir zum Chamblay zurück. Wer ist dieser Freund?«

»Raymond Wentworth. Er hat ein Schloß außerhalb der Stadt gemietet. Zusammen mit einigen Freunden. Wir können ihn für ein paar Tage besuchen.«

Sie schenkte sich Wein nach, um Zeit für ihre Antwort zu gewinnen. »Ich mag Raymond nicht sehr.«

»Unsinn. Er ist ein guter Bursche, man hat immer Spaß mit ihm.«

»Geh ohne mich, Henry.«

Er nahm ihr Gesicht in beide Hände und schaute sie an. »Wir gehen zusammen, mein Liebling. Wenn du willst, bleiben wir nur zum Essen. Du und ich und der Chamblay.«

»Du weißt ganz genau, daß Raymond immer hinter mir her ist.«

»Du bist eine wunderschöne Frau, und Raymond bewundert Schönheit in jeder Form. Deshalb wird ihm auch das Halsband gefallen.«

»Er will mit mir schlafen.«

»Wie jeder Mann, der das Glück hat, dich gesehen zu haben, mein Liebling. Ich habe gehört, Raymond soll ein Tier sein bei Frauen – der größte Schwanz in Großbritannien.«

»Erspare mir die Einzelheiten.«

»Morgen . . .« Er drückte ihre Brüste. »Wir machen unser bestes Geschäft. Raymond hat so viel Geld, da ist es nicht einzusehen, daß wir nicht einen Teil davon für uns reservieren.«

»Nein.«

Er griff unter ihren Rock. Ihr Gesicht wurde weicher. »Morgen also«, sagte er. »Wir machen eben ein hübsches Geschäft, und auf dem Heimweg haben wir etwas zu lachen.«

»Zwing mich nicht, Henry.«

»Wir müssen überlegen, was wir anziehen. Dieses zarte, weiße Abendkleid wäre optimal, das mit der durchsichtigen Bluse. Sollen doch alle sehen, was für tolle Brüste du hast.«

»Ich werde es nicht tun, Henry.«

Er preßte sich an sie, knabberte an ihrem Ohr. »Natürlich wirst du es tun, Liebling. Es dauert ja nicht lange. Ich passe auf, du kannst dich auf mich verlassen. Immer . . .«

Das Schloß lag zurückgesetzt auf einer sanften Anhöhe am Ende einer unbefestigten, von ausladenden Platanen gesäumten Straße. Es war aus blaßgelbem Stein gebaut und umgeben von Gärten und Teichen, die im Morgenlicht schimmerten.

Sie fuhren in Ellies Peugeot und parkten ihn zwischen einem weißen Jaguar XJ-S und einem hellroten Alfa Romeo GTV 6. Beide Wagen gehörten Raymond Wentworth.

»Geschwindigkeit fasziniert ihn«, sagte Henry. »Er fährt wie ein Verrückter.«

Ein Diener begrüßte sie mit der Neuigkeit, daß Monsieur Wentworth und seine Gäste noch schliefen. Würden sich Mademoiselle und Monsieur bitte schon einmal ihr Zimmer ansehen? Das Zimmer stellte sich als geräumiges Apartment heraus mit Wohn- und Schlafzimmer. Eine riesige Wanne auf breiten Löwentatzen stand mitten im Bad.

Bis sie sich umgezogen hatten und die gewölbeartige Halle betraten, war es Zeit zum Mittagessen. Danach spazierten sie durch den Garten und warteten auf Raymond, der sich am späten Nachmittag schließlich sehen ließ.

Er war ein linkischer, schlaksiger Typ. Sein Haar schien wie auf die Kopfhaut geklebt, seine Augäpfel traten dick hervor, seine wulstigen Lippen hatte er gespitzt.

Er beugte sich über Ellies Hand. »Was für ein Prachtstück Sie sind, meine Süße. Erstklassige Ware, Henry, ich gratuliere dir.« Er wollte sie auf den Mund küssen, aber geschickt wich sie ihm aus. Seine Lippen landeten auf ihrem Ohr, und seine Zunge begann zu sondieren. Sie riß sich los.

»Benehmen Sie sich, Raymond.«

»Aber sicher doch. Sag mir, Henry, ist sie so gut, wie sie aussieht?«

»Noch besser.«

»Wie wäre es denn mit ein bißchen Gemeinschaftssinn? Ich hatte immer schon etwas von einem Kommunisten – alles teilen und so.«

»Nicht mit mir«, sagte Ellie.«

»Sie ist ein bißchen heftig, was?« meinte Raymond.

Henry lachte: »Sie ist eine dieser streitbaren Jüdinnen, verstehst du?«

»Dieser israelische Einfluß«, sagte Raymond. »Man läßt sie marschieren, am Maschinengewehr ausbilden und solche Sachen. Ist sie aufs Töten abgerichtet, Henry?«

»Ellies Waffen bereiten Vergnügen, altes Haus.«

»Verschont mich bitte mit diesem dekadenten Cambridge-Humor«, sagte Ellie. »Ich bin hier, um über ein Geschäft zu reden, Raymond, das ist alles.«

»Wie schade.«

»Sie spricht von diesem Halsband, alter Knabe.«

»Oh ja, der Chamblay. Ist er wirklich so toll, wie man sagt?«

»Überzeug dich selbst.« Henry deutete mit dem Kopf auf Ellie, eine stumme Aufforderung.

Es machte sie wütend, wie sich Henry in ihr Geschäft einschaltete, aber jetzt war nicht die Zeit, ihren Ärger zu äußern. Sie legte ein schwarzes Samttuch auf einen länglichen Tisch, der unterhalb eines Fensters an der Wand stand, und arrangierte darauf das Halsband. Es glitzerte und funkelte, tote Materie voller Leben.

»Mein Gott«, sagte Raymond und schlug ergriffen die Hände zusammen. »Was für ein Meisterwerk! Ich bin so froh, daß du es mir gezeigt hast. Ich will es haben, ich muß es haben. Jill wird begeistert sein. Wir wollen heiraten, Jill und ich. Die Gute hat die Hälfte aller Betten Londons hinter sich, und ich kenne die andere Hälfte. Irgendwo in der Mitte haben wir uns ein- oder zweimal getroffen. Jetzt wollen wir's legal machen mit allem Drum und Dran und alle unsere Freunde zur ersten Nacht einladen. Jeder ist für jeden zu haben – Jill, ich, alle. Ihr müßt auch kommen . . .« Er sah Ellie gierig an. »Jill wird das hinnehmen müssen . . . Sie verstehen? Der Chamblay ist wohl schrecklich teuer, was?«

»Ganz schrecklich«, sagte Ellie und wünschte, sie hätte sich von Henry nicht zu diesem Besuch überreden lassen.

»Heraus mit der Sprache.«

Bevor sie antworten konnte, sagte Henry in einem Ton, als ob ihn alles Geschäftliche anöde: »Neunhunderttausend.«

Ellie warf ihm einen besorgten Blick zu. Transaktionen in dieser Höhe mußten mit viel Geschick angegangen werden. man durfte nicht zu hart oder zu lange drängen. Man war schließlich nicht auf dem Fischmarkt, und es ging nicht um Pfennigbeträge. Den Preis zu hoch anzusetzen, konnte das ganze Geschäft platzen lassen, denn Raymond Wentworth war gewiß kein Narr.

Als ob er ihre Gedanken hatte lesen können, sagte Henry: »Das ist ein Einstieg, Raymond, du verstehst.«

»Feilschen hat mir noch nie Spaß gemacht.«

»Ich bin sicher, daß wir uns auf einen fairen Preis einigen können.«

»Ich werde ein Gegengebot machen.« Raymond hakte sich bei Henry ein. »Komm, plaudern wir ein bißchen miteinander. Nur wir beide.« Er sah grinsend zu Ellie hinüber und steuerte Henry zu den hohen Terrassentüren, die in den Garten führten.

Ellie sah ihnen nach, wie sie die Köpfe zusammensteckten und Vertraulichkeiten austauschten. Sie kam zu einem Entschluß: Wenn das hier nicht klappte, würde sie morgen früh Lucien anrufen.

Sie hörte Schritte und drehte sich um. Eine attraktive junge Frau kam lächelnd auf sie zu. Sie trug einen langen Rock und eine Bauernbluse aus fast durchsichtiger Baumwolle. Ihre Brustwarzen drückten sich durch den dünnen Stoff.

»Hallo . . . Sie müssen Ellie sein. Ich bin Jill.«

»Hallo, Jill.«

»Raymond hat mir alles über Sie erzählt. Sie sind tatsächlich so umwerfend, wie er Sie beschrieben hat. Was für schönes Haar Sie haben, so locker, so strahlend! Oh, großer Gott! Ist das der Chamblay? Wunderschön! Gehört er Ihnen?«

»Ich habe ihn für die Besitzerin in Kommission genommen.«

Die beiden Männer kamen zurück. Raymond schlang seine Arme um Jills Taille. Sie lehnte sich an ihn und ließ ihr wohlgerundetes Hinterteil langsam kreisen.

»Nun, meine Liebe«, sagte Raymond, »was hältst du von ihm?«

»Der Chamblay? Er ist herrlich!«

»Nur herrlich?«

»Fantastisch!«

»Das ist schon besser. Möchtest du ihn haben?«

»Oh ja, Darling. Darf ich ihn haben? Wirklich?«

»Henry und ich versuchen, uns auf einen Preis zu einigen.«

»Raymond hat ein gutes Angebot gemacht«, sagte Henry.

»Darf ich es hören?« fragte Ellie.

»Alles zu seiner Zeit, Liebling, alles zu seiner Zeit.« Er faltete den Chamblay in das schwarze Tuch und steckte es in seine Tasche.

»Später«, sagte Raymond, »viel später. Jetzt sollten wir uns einen Schluck Champagner gönnen.«

»Oh ja, ich liebe Champagner!« rief Jill.

»Die Party beginnt«, verkündete Raymond.

Gegen zehn Uhr waren alle high – ausgenommen Ellie. Vollkommen nüchtern, wartete sie darauf, daß Henry den Handel mit Raymond endlich zum Abschluß brachte.

»Hast du schon mit ihm gesprochen?« fragte sie zum drittenmal.

»Nerv mich nicht. Alles ist in bester Ordnung.«

Er schnupfte Kokain, das Raymond besorgt hatte und das ihn

mal euphorisch, mal depressiv machte. In der depressiven Phase schimpfte er auf alle, die er nicht ausstehen konnte, und auf jeden, der ihn daran hinderte, das zu bekommen, was er wollte.

Raymond und Jill lagen zusammengekuschelt auf einem tiefen Sofa und teilten sich einen Joint. Sie lachten viel, redeten so gut wie gar nicht und knutschten unentwegt. Schließlich zogen sie sich ohne Kommentar in die obere Etage zurück.

»Verdammt«, sagte Ellie, »ich wollte heute abend zum Abschluß kommen und nach Paris zurückfahren.«

»Genau wie ich«, sagte Henry. »Wir können den Handel jetzt perfekt machen.« Er stand auf. »Sollen wir gehen . . .?«

»Wohin?«

»Vertrau mir«, sagte er. Er zog sie auf die Füße. »Ich weiß genau, was ich tue.« Er führte sie zu der imposanten Treppe, die von der Halle nach oben führte. »Was hältst du von Jill?«

»Sie ist okay.«

»Tolle Brüste, was?«

»Die sie jedem zeigt.«

»Raymond macht das nichts aus. Weißt du, wie sie an die Dinger gekommen ist?«

»Auf dieselbe Weise wie andere Frauen auch, nehme ich an.«

Er lachte und packte ihren Hintern. Sie wich ihm aus. Er lachte wieder. »Alles künstlich«, sagte er. »Voll Silikon. Sie bleiben stehen wie 'ne Eins, auch wenn Jill liegt. Und sie sind hart wie Stein.«

»Woher willst du das wissen?«

»Raymond hat darauf bestanden, daß ich sie anfasse.«

»Und du hast der Gelegenheit nicht widerstehen können.«

»Es war nur ein Experiment«, sagte er. »Mir sind weiche Brüste lieber.« Er umfaßte ihren linken Busen. Sie schob seine Hand weg. »Was für einen herrlichen Körper du hast, Liebling, laß ihn uns voll genießen.«

»Zur rechten Zeit am rechten Ort.«

»Du mußt lernen, freier zu sein, wagemutiger. Es gibt noch so viel Spaß, den du nie kennengelernt hast.« Oben auf der Treppe küßte er sie. Seine Zunge zwängte sich zwischen ihre

Lippen. »Ein wunderbarer Mund«, murmelte er. »Der beste, der mir je begegnet ist.«

Er öffnete die nächstgelegene Tür und schob sie hinein.

»Das ist nicht unser Apartement«, protestierte sie.

Er führte sie durch den Wohnraum ins Schlafzimmer. Im weichen, blaßrosa Licht einer Nachttischlampe sah sie Raymond und Jill im Bett liegen. Beide waren nackt, ihre Glieder ineinander verschlungen, die Gesichter vergraben im Körper des anderen.

»Was soll das?« keuchte Ellie.

Raymond blickte hoch. »Ich dachte schon, ihr kommt nicht mehr. Zieht euch aus, greift zu und laßt euch greifen.«

»Du Mistkerl, Henry!« rief Ellie. »Was hast du mir versprochen?« Sie fühlte ihre Selbstkontrolle schwinden, fürchtete sich vor dem, wozu sie gezwungen werden sollte, oder vor ihren eigenen Wünschen.

»Komm doch, Schatz«, gurrte Jill jetzt unter Raymonds Körper hervor. »Sei kein Spielverderber. Wir werden eine Menge Spaß haben . . .«

»Das gehört mit zum Geschäft«, sprach Raymond zu ihr und wandte sie dann an Henry: »Sieh zu, daß du deine Zusage erfüllst, altes Haus, dann halte ich meine auch ein.«

»Was geht hier eigentlich vor?« Ellie schrie fast. Die Situation bereitete ihr körperliche Schmerzen. »Ich will gehen, Henry, sofort.«

»Zieh dich aus«, sagte Henry.

»Komm zu dir, Gruppensex ist nichts für mich.« Ihre eigene Stimme kam ihr fremd vor.

Henry stellte sich dicht vor sie und sprach mit einem penetranten Zischen: »Willst du verkaufen? Er ist bereit, den doppelten Preis zu zahlen. Das ist ein glänzendes Geschäft – all das Geld, und dann noch der Spaß! Komm schon, zieh dich aus.«

»Du Bastard!« Sie holte mit der Hand aus und wollte ihn ins Gesicht schlagen, aber er wich geschickt aus, packte sie und riß an ihrer Bluse. Sein Gesicht war verzerrt, die Augen glänzten fiebrig. Ohne Warnung schlug er zu. Sie stolperte rückwärts gegen die Wand, er folgte ihr, holte mit beiden Händen aus, links, rechts. Ihr Kopf schlug von einer Seite zur anderen. Sie flehte ihn an, aufzuhören, und begann zu weinen.

»Zieh dich aus!« brüllte er.

»Bravo!« rief Raymond.

»Olé!« Jill kniete im Bett, um besser sehen zu können.

Henry zerrte an Ellies Rock. Sie wehrte sich, bis es ihm gelungen war, ihren Rock abzustreifen. Da ließ ihr Widerstand nach, sie fiel gegen die Wand.

Jill applaudierte.

»Welche Schönheit!« rief Raymond, schwang sich aus dem Bett und kam auf sie zu. Er drückte ihre Brüste, Schmerz fuhr durch ihren Körper. Sie bat ihn aufzuhören, mit schwacher Kinderstimme, und machte einen vergeblichen Versuch, sich aus seinem Griff zu befreien.

Jill kam dazu und kniete sich neben Ellie, die instinktiv zutrat. Ihr Knie traf die Nase des blonden Mädchens, das umkippte und brüllte, als es spürte, wie das Blut aus der Nase floß.

»Meine Nase! Sie hat meine Nase gebrochen!«

»Verdammt!« knurrte Raymond. »Die Nase hat ein kleines Vermögen gekostet.«

Ellie nutzte die Ablenkung, um nach ihren Kleidern zu suchen.

»He, sieh mal, was du gemacht hast«, rief Raymond.

»Ich blute!« schrie Jill.

»Sie blutet!« gab Raymond weiter. »Du hast uns den ganzen Abend verdorben.« Er holte mit der Faust aus und traf Ellie hart an der Hüfte. Sie wurde herumgewirbelt, er verfolgte sie – riesig, spinnenartig, eine tödliche Bedrohung.

Ellie warf ihm eine Vase entgegen, die an seiner Stirn zerbrach. Er ging zu Boden, stöhnte und bejammerte sein Schicksal.

»Verdammt!« brüllte Henry. »Du hast alles ruiniert! Ein Vermögen aus dem Fenster geworfen!« Er verpaßte ihr einen Hieb, sie stürzte, kam sofort wieder hoch und rannte zur Tür.

Hinter sich hörte sie Raymond fluchen und stöhnen. »Ich will sie! Ich will sie! Ich will's ihr, verdammt noch mal, heimzahlen!«

Ellie wußte, daß sie ihr folgen würden.

Sie erreichte den Peugeot und raste mit kreischenden Reifen über das Kopfsteinpflaster des Hofes. Ihr Körper schmerzte, und Angst elektrisierte ihre Sinne. Nackt und schluchzend drückte sie das Gaspedal durch, aber die Kurven auf der unbekannten Strecke zwangen sie immer wieder, die Bremse zu bedienen. Im Rückspiegel näherten sich zwei Scheinwerfer. Raymond und Henry im Jaguar XJ-S. Der Abstand wurde immer kürzer.

Bald rasten sie dicht hinter ihr und rammten ihre Stoßstange. Zuerst eher spielerisch, dann härter. Sie klebten an ihrer Stoßstange und schickten den Peugeot auf einen wilden Schleuderkurs. Ellie kämpfte mit dem Steuer und bildete sich ein, das irre Gelächter der beiden zu hören, für die ihre Todesangst sicher ein perverses Vergnügen war.

Der Jaguar schwang nach links wie zu einem Überholmanöver. Sie blockierte ihn. Raymond versuchte es auf der anderen Seite. Wieder konnte sie verhindern, daß er durchkam. Sie planten, sie zum Anhalten zu zwingen, sie gewaltsam aufs Schloß zurückzuschleppen, um dort mit ihr machen zu können, was sie wollten. Sie schwor sich, nicht kampflos aufzugeben.

Der Jaguar fuhr wieder dicht auf, die Vorderräder des Peugeots flatterten wild. Kaum hatte sie den Wagen wieder unter Kontrolle, als sie noch einmal zustießen. Eben ging es in eine scharfe Kurve. Sie riß das Lenkrad herum, gleichzeitig drückte der Jaguar sie von der Straße. Der Peugeot geriet ins Trudeln, fiel auf die Seite, rutschte, stieß gegen ein Hindernis und kippte aufs Dach.

Sie vernahm das schreckliche Konzert aus kreischendem Metall, splitterndem Glas und knirschenden Steinen, bis ein donnernder Krach den Peugeot jäh zum Stillstand brachte und die Schmerzen einsetzten.

Unerträgliche Schmerzen. Und mehr Angst, als sie jemals in ihrem Leben gespürt hatte.

Sie hörte auf, darüber nachzudenken. Sie spürte, wie sie sich von allem löste und unaufhaltsam das Bewußtsein verlor . . .

3

David Foxman arbeitete emsig auf dem Schrägbrett: Oberkörper auf, ab, auf, ab – die Arme hinter dem Kopf verschränkt, die Beine gestreckt. Die Übung mit den Hanteln hatte er schon hinter sich. Anstrengende und schweißtreibende Arbeit, nur um den Körper fit zu halten, konkurrenzfähig zu bleiben, das Herz zu stärken, die Ausdauer zu erhöhen. Tatsächlich war David in besserer Verfassung als je zuvor in seinem Leben.

Sein Körper war ihm wichtig. Er wollte ihn so, daß Frauen von ihm träumten. Es hatte immer Frauen in seinem Leben gegeben, ein- oder zweimal hatte er auch eine Heirat erwogen, aber immer war etwas auszusetzen gewesen. Nicht klug genug, nicht schön genug, nicht elegant genug. Nun nahm er an, daß mit einer Vervollkommnung seines Körpers und einer besseren Position sich die Auswahl an hochklassigen Frauen vergrößern müßte.

Er konzentrierte sich wieder auf sein Training, bis der gestreifte Gymnastikanzug auftauchte. Darin steckte eine ernstzunehmende Ablenkung. Dreimal war sie in den letzten Tagen im Fitness-Club erschienen. David war seit einigen Wochen Stammkunde, und weil beide Geschlechter vertreten waren und sich nach dem Training in der Bar bei Fruchtsäften oder Müsli erholten, hielt David diesen Ort für erfolgversprechender als Single Bars, um eine Frau kennenzulernen. Trotzdem halfen ihm auch diese Umstände wenig, denn er war zu schüchtern, eine ihm unbekannte Frau anzusprechen. Die Worte erstarben ihm auf den Lippen, er fühlte sich tolpatschig und allen Männern unterlegen, die einfach drauflos reden konnten. Die Frau im gestreiften Gymnastikanzug strahlte eine Menge aus. Man sah, daß sie ihren Körper pflegte und trainierte. Ihr Mund war etwas zu groß, aber äußerst sinnlich.

Er beobachtete sie beim Aufwärmen. Wie sie sich dehnte und streckte, in den Spagat ging, die Beine hochschwang, das Kreuz hohl machte, die Brust rausdrückte. Was müßte das für ein Gefühl sein, ihre Haut zu streicheln, dachte David, die gut entwickelten Muskeln ihrer Oberschenkel zu spüren. Sie setzte sich an die Rudermaschine und hatte bald einen regelmäßigen Schlagrhythmus gefunden.

David blieb auf seinem Schrägbrett liegen und beobachtete beifällig jede ihrer Bewegungen. Er versuchte, sich vorzustellen, wie sie ohne diesen Anzug aussah, ganz nackt. Verdammt, warum kam er nie an solche Frauen heran?

»Das ist eine Augenweide, was?« sagte eine sanfte Stimme so leise, daß nur David sie hören konnte.

David drehte sich nicht um. »Kann man wohl sagen.«

»Ist das Ihre Freundin?«

Jetzt richtete sich David auf. Der Mann, der neben ihm stand, war groß und hatte einen athletischen Körper. Er trug ein graues T-Shirt und weiße Shorts. Ein gutaussehender Mann, stellte David fest, mit einem klassisch geschnittenen Gesicht. Der Mann konnte Filmstar oder Aristokrat sein.

»Das wär' zu schön, um wahr zu sein«, sagte David. »Ich hatte noch nie eine Freundin, die so gut aussah.«

Der Mann lachte, und David lachte mit ihm. Er meinte, sich dem Fremden erklären zu müssen.

»Frauen anzuquatschen, ist nicht meine Stärke. Ich kann einfach keinen klaren Gedanken fassen, wenn es darauf ankommt. Am liebsten möchte ich mich dann verstecken.«

»Bei Cindy sollten Sie damit keine Schwierigkeiten haben«, sagte der Fremde. »Sie ist freundlich und kommt mit jedem gut aus.«

»Cindy heißt sie also.«

»Ja, wirklich nett.«

»Kennen Sie sie wirklich?«

»Wir haben ein- oder zweimal miteinander gesprochen«, antwortete der Mann. »Bei einem Möhrensaft an der Bar. Sie würde Ihnen bestimmt gefallen.«

»Darauf können Sie wetten.« David grinste, streckte seine Hand aus. »Ich bin David Foxman.«

»Peter Downes.«

Downes hatte einen sympathischen, festen Händedruck. Die Hand eines Mannes, dem man vertrauen konnte. Obwohl sie fast gleich groß waren, kam sich David neben ihm klein und bedeutungslos vor.

»Sie haben sie Cindy genannt.«

Downes nickte. »Ihren Nachnamen kenne ich nicht.«

Das gefiel David. Obwohl Peter Downes so gut aussah, hatte sich Cindy von ihm nicht abschleppen lassen. Was für eine Frau!

»Wenn Sie wollen«, sagte Peter, »dann stelle ich sie Ihnen vor.« Er nahm Davids Arm, beide gingen lächelnd auf die Rudermaschine zu.

Der kleine Mann, der Peter Downes im Restaurant des Americana Hotels in New York gegenüber saß, hatte eine beunruhigende Wirkung auf ihn. Harry Geis war schmächtig, hatte abfallende Schultern und den verstohlenen Blick eines Straßenkehrers, der oft mehr sah als andere Menschen. Er erinnerte Downes an ein Frettchen: schnell, dreist und immer bereit, zu kämpfen oder zu fliehen.

»Erzählen Sie mir etwas von sich, Harry.«

»Von mir? Ich bin nur ein kleiner Itzig. Das wundert Sie, daß sich ein Jude selbst so nennt, was? Aber ich sage Ihnen, ich bin ein Itzig, und die meisten auf der 47. Straße sind es auch, diese Orthodoxen in ihren schwarzen Mänteln und Bärten. Sie nennen sich Hasidim, aber sie sind auch nur Ganoven wie ich. Wie Sie und ich. Nur, daß sie auf den Rest der Welt spucken. Sie bleiben unter sich, als ob andere nur Dreck wären. Für sie sind wir keine Juden, nur Dreck. Aber ich bin hundertzehnprozentiger Amerikaner, das kann ich Ihnen garantieren.«

»Ihre Eltern kamen aus Europa?« fragte Peter Downes.

»Meine Großeltern«, sagte Harry Geis. »Ein Teil aus Polen, der andere aus Österreich. Nach den großen Pogromen dort. Mein Alter hat's zu nichts gebracht. Rackerte wie ein Verrückter. Für nichts.« Er warf Downes einen flüchtigen Blick zu, sah das ebenmäßig gebräunte Gesicht, die wie gezirkelten Augenbrauen. »Sie gehen wohl nie ohne keine, was?«

»Ohne?«

»Ohne Frau. Bei Ihrem Aussehen laufen Ihnen alle hinterher, stimmt's?«

»Nun ja, Harry, es gibt genug . . .«

»Ja, aber Männer wie Sie bekommen immer die Sahne. Für unsereinen bleibt nur der Schrott übrig. Das bringt mich zu unserem Thema. Lief gestern alles glatt?«

Peter Downes nickte. »Sie hätten Davids Gesicht sehen müssen, als ich ihm Cindy vorstellte. Ich glaube, ich habe einen Freund fürs Leben gewonnen.«

»So soll es ja auch sein. Glauben Sie mir, er spielt eine wichtige Rolle. Wir brauchen ihn.«

»Cindy schien auf ihn abzufahren.«

Geis sagte schnaufend: »Kunststück, das habe ich so arrangiert. Hat mich fünfhundert gekostet.«

»Sie haben sie angeheuert?«

»Was denn sonst? Sie ist eine Nutte.«

»Ich hatte ja keine Ahnung.«

»Natürlich nicht. Es sollte ja auch alles ganz zufällig aussehen. Cindy war heute morgen um zehn bei mir und kassierte ihre fünfhundert für die Nacht mit dem Freier. Und er hat sich schon wieder mit ihr verabredet. Ich habe ihr gesagt, daß ich noch einmal zahle, danach soll sie's zum Vergnügen mit ihm treiben.«

»Was ist, wenn David das herausfindet?«

»Wer soll's ihm denn sagen? Sie? Ich? Cindy? Nein, das läuft glatt. Ich habe Cindy schon an viele gute Kunden vermittelt. Sie ist teuer, aber sie ist es wert.« Geis musterte sein Gegenüber. »Und jetzt wollen Sie auch kassieren, stimmt's?«

Downes spürte plötzlich so etwas wie eine Vorahnung. Auch er war für einen Job angeheuert worden, genau wie Cindy. Er wollte sein Geld und dann verschwinden.

»Wir haben eine Abmachung«, sagte er.

»Klar haben wir das.« Geis' Lachen klang blechern. »Ich will Ihnen mal was sagen, Mann. Bei Ihrem Aussehen müßten Sie die ganze Zeit erster Klasse reisen. Die besten Frauen, die besten Restaurants. Aber Sie fliegen Touristenklasse, machen auf kleinklein.«

Peter Downes spürte, wie sich seine Hände zu Fäusten ballten. Er war es nicht gewohnt, offen angegriffen zu werden, meist schüchterte seine Erscheinung ein, denn er war groß und muskulös. Dieses Kerlchen brachte ihn auf achtzig.

»Ich weiß nicht, wovon Sie reden.«

Harry zeigt kurz sein humorloses Grinsen. »Sie wissen es ganz genau. Sie sind hinter Geld und Frauen her, aber Sie bekommen nicht die allererste Ware. Und warum? Ich werd es Ihnen sagen. Weil Ihnen der letzte Schliff fehlt.«

Downes tupfte mit der Serviette seine Mundwinkel ab. Er nippte an seinem Wasserglas und hob dann den Blick zu Harry Geis, scheinbar gelangweilt.

Spöttisch sagte Geis: »Das haben Sie wohl oft geübt, was? Sie haben Zeit zum Nachdenken gewonnen, also, was haben Sie zu sagen?«

Downes fühlte sich übel, wollte weg von Harry Geis. Dieses kleine Monster irritierte ihn, machte ihn auch neugierig. Geis wollte etwas von ihm, und er mußte wissen, was das war.

»Sie kennen mich kaum, Harry.«

»Ich weiß genug. Sie haben die richtige Abstammung, das richtige Aussehen. Nur nicht genug Hirn.«

Das konnte Downes nicht mehr schlucken. Er hob seine geballte Faust. »Treiben Sie's nicht zu weit, Kleiner. Auch meine Geduld hat Grenzen.«

»He, das war gut! Das hat mir gefallen! Sie haben doch noch ein bißchen Mumm in sich. Aber ich will nicht mit Ihnen kämpfen, sondern reden.«

»Worüber?«

»Was hat Sie eigentlich nach New York gebracht?« fragte Geis.

Sein Verstand sagte Downes, daß er sein Geld kassieren und verschwinden sollte. Harry Geis war gefährlich auf seine Art, die er nicht einordnen konnte. Andererseits fühlte er instinktiv, daß über ihn der Weg zu Erfolg und Wohlstand führte, obwohl Geis der letzte Mann auf Erden zu sein schien, der über diese Dinge Bescheid wußte. Downes beschloß, so lange zu bleiben, bis er wußte, was Geis von ihm wollte.

»Ich bin lange Zeit ein Dealer gewesen«, sagte Downes.

»Sie sind ein lausiger Lügner.«

Downes zeigte wieder seine Faust. »Ich habe Ihnen gesagt . . .«

»Setz dich, Schmock. Du warst nie in deinem Leben ein

Dealer. Zuletzt hast du die Münzfernsprecher in Chicago ausgeräumt.«

Downes sank zurück. »Wie . . .?«

»Das braucht dich nicht zu interessieren. Ich hab' meine Verbindungen. Vorher hast du versucht, Pensionären ihr Erspartes abzuluchsen, indem du ihnen falsche Steine angedreht hast.«

»Das ist . . .«

»Hör endlich mal zu, damit du vielleicht was lernst. Vor ein paar Jahren hast du ein Versandhaus für billigen Schmuck in L.A. aufgemacht. Es lief nicht besonders, aber ein paar alte Frauen sind auf dich reingefallen. Du bist dann aus L.A. abgehauen, weil dir die Bullen auf den Fersen saßen.«

»Ich werde mir diese Gemeinheiten nicht länger anhören.«

»Solltest du aber. Ein Schmock wird ein Schmock, weil er nicht zuhört, weil er glaubt, schon alles zu wissen. Du hast keine Ahnung, wovon ich rede, aber du bekommst wenigstens ein Essen gratis. Du bist nach New York gekommen, um den großen Wurf zu machen.«

»Statt dessen bin ich dir in die Arme gelaufen.«

»Das war dein Durchbruch.«

»Haha.«

Geis wischte sich mit der Serviette den Mund ab, schob den Teller zur Seite und trank einen Schluck Bier. »Ich mache dich reich.«

»Harry, dir gehört ein kleiner Laden in der 47. Straße. Wie viele im Diamantenviertel handelst auch du mit falschen Steinen, billigem Schmuck, und verscheuerst wohl auch gestohlene Ware, wenn sich die Gelegenheit dazu bietet. Du beschäftigst stundenweise einen Feinmechaniker für deine Uhren und ein Mädchen, das auf den Laden aufpaßt, wenn du nicht da bist. Klein klein, Harry. Du machst keinen von uns beiden reich.«

»He, das gefällt mir!« sagte Geis fröhlich. »Du hast deine Hausaufgaben gemacht. Vielleicht hast du mehr drauf, als ich gedacht habe. Das beweist nur, daß ich die richtige Wahl getroffen habe.«

»Wahl?«

»Du hast es für einen Zufall gehalten, daß wir uns über den Weg gelaufen sind. Ich habe dich gesehen und sofort als den Mann eingeschätzt, den ich suche. Natürlich habe ich dann ein bißchen ermittelt, ich bin schließlich nicht blöd. Ich sag's dir, Peter: Ich bin der Stoff, aus dem deine Träume sind.«

Downes hatte starke Zweifel. Dieser kleine verschlagene Harry Geis spielte mit ihm ein Spiel, dessen Regeln nur er kannte. Was führte er im Schilde?«

»Alpträume«, sagt er.

»Ich bin auf dem Weg nach oben, Junge. Ich habe einen Plan, mit dem ich die Nummer Eins im Diamantengeschäft werde.«

»Angenommen, ich nähme das ernst, warum bist du auf mich gekommen?«

»Erstens wegen deiner äußerlichen Voraussetzungen. Wie du aussiehst, wie du redest. Und zweitens wegen deiner inneren Voraussetzungen. Du bist ein Ganove. Du bist genau das, was ich brauche.«

»Ist es ein großer Coup?«

»Der größte Coup aller Zeiten.«

»Dazu braucht man Geld.«

»Alles arrangiert. Also, machst du mit oder nicht?«

Sag nein, sagte sich Downes im stillen, ganz egal, wieviel du verdienen kannst. Mit Harry Geis wirst du nicht reich . . . Aber die Versuchung war zu groß. Geis hatte recht: er war nach New York gekommen, um das große Geld zu machen. Vielleicht war das hier der Durchbruch, auf den er so lange gewartet hatte.

»Ich mache mit.«

4

Der Hotelangestellte schloß die Zimmertür auf und trat zur Seite. Keller ging an ihm vorbei und sah sich im Zimmer um. Es unterschied sich kaum von den tausend anderen, die er gesehen hatte. Ein bißchen exklusiver, die Teppiche dicker, das Bad größer, die Badetücher weicher.

»Sie haben die Leiche gefunden.« Keller hatte den rauhen Akzent des amerikanischen Städters, was hier in Monrovia, wo die Schwarzen ein sanftes Englisch sprachen, fehl am Platze schien.

Keller stand wie lauernd etwas nach vorn gebeugt auf den Fußballen, den Kopf leicht gereckt und zur Seite geneigt, als wolle er lauschen oder etwas beobachten. Seine blaßblauen Augen lagen tief, was noch durch die starken Wangenknochen betont wurde. Seine Nase wirkte zu kurz für sein Gesicht, und man sah ihr an, daß sie mehrfach gebrochen war.

Er hatte die erste Lebenshälfte hinter sich und gehörte zu denen, die sich nicht die Mühe machten, über die andere Hälfte nachzudenken. Er handelte nach seinen eigenen und den Erwartungen der Leute, die ihn bezahlten.

»Ja, Sir«, sagte der Mann, »ich habe Mr. Foxman gefunden.«

»Wo?«

Zögernd trat der junge Schwarze ins Zimmer. Er fürchtete sich vor dem Amerikaner, und diese Furcht veranlaßte ihn zu sorgfältig überlegten Antworten.

»Hier, Sir, auf dem Boden, mit dem Rücken gegen das Bett. Als ob er sich zum Ausruhen auf den Boden gesetzt hätte. Sein Augen standen offen.«

»Sonst noch etwas?«

»Da war Blut. Viel Blut.«

Es gibt immer viel Blut, dachte Keller. Nicht wie im Film, wo Einschüsse kugelrund sind und das Blut nur dezent tröpfelt.

»Hielt er etwas in den Händen?«

»Nein, Sir, das habe ich auch der Polizei gesagt. Aber sein Zimmer war sehr durcheinander.«

»Hat der Killer das Zimmer also durchsucht?«

»Das glaube ich bestimmt, Sir.«
»Mr. Foxman war zur Abreise bereit, nicht wahr?«
»Ja, er hatte schon angerufen, daß ihm jemand das Gepäck hinunter trägt.«
»Und Sie sind geschickt worden?«
Der Schwarze nickte. »Die Tür war zugelehnt, aber nicht verschlossen. Ich brauchte sie nur aufzudrücken.«
»Haben Sie den Mann gesehen, der Foxman erschossen hat?« fragte Keller.
Die Fragte verwirrte den Mann. Er wich Kellers Blick aus. »Auf dem Flur ist mir ein Mann entgegengekommen, Sir. Aber ich kann natürlich nicht wissen, ob er . . .«
»Beschreiben Sie ihn!«
»Ich habe ihn nicht richtig gesehen, Sir. Ich wußte ja nicht . . .«
»Beschreiben Sie ihn!«
»Er war klein.«
»Ich bin einsachtzig«, sagte Keller. »Ich wiege achtzig Kilo. Vergleichen Sie ihn mal mit mir.«
»Oh, er war viel kleiner als Sie, Sir.«
»Sie sind auch kleiner als ich . . .«
»Er reichte mir etwa bis hierhin . . .« Der Schwarze legte seinen Zeigefinger waagerecht unters Kinn.
»Das wären ja höchstens einsfünfzig«, sagte Keller.
»Ein bißchen mehr«, sagte der Hotelmann. »Ich schätze ihn auf einssechzig. Und er war schlank.«
Keller grunzte zufrieden. »Weiß oder schwarz?«
»Weiß, Sir.«
»Hatte er irgend etwas bei sich?«
»Daran kann ich mich nicht erinnern, Sir. Nichts, was mir aufgefallen wäre.«
»Können Sie mir sonst noch etwas sagen?«
»Nichts, Sir. Ich weiß nichts.«
»Was ist mit Foxman? Hat jemand ihn besucht? Frauen?«
»Das weiß ich nicht, Sir.«
»Rauschgift?« drängte Keller. »Hat er versucht, Rauschgift zu kaufen?«
»Ich weiß es nicht, Sir.«

»Er war im Diamantengeschäft. Wußten Sie das?«

»Kann sein, daß jemand das erwähnt hat, Sir. Viele Leute kommen wegen der Diamanten nach Liberia, Sir.«

Detective Sergeant Middleton, ein großer schwarzer Mann in einem konservativen Anzug, reichte Keller die Hand und las die Visitenkarte, die Keller ihm gegeben hatte.

»Joseph Patrick Keller – International Minerals and Mines.« Er ließ die Karte sinken. »Welches Interesse hat Ihre Firma an dieser Sache, Keller?«

Ungebeten setzte sich Keller. »Foxman and Company sind bedeutende Diamantenhändler, Sergeant. Der Tote arbeitet für Foxman und war der Neffe des Präsidenten.«

»Und sobald etwas mit Diamanten zu tun hat, steckt Ihre Firma die Nase hinein?«

»Richtig.«

»Und Sie sind die Nase?«

»Ja.«

»Sie haben keine Zeit vertrödelt, Foxman wurde erst vor knapp 24 Stunden umgebracht.«

»Meine Gesellschaft schätzt es nicht, wenn einer ihrer Schutzbefohlenen ermordet wird.«

»Aber es sieht mir nicht nach einem Mord aus, bei dem die Diamanten ein Motiv sind«, wandte der Sergeant ein.

»Woraus schließen Sie das?«

Der Polizist wies auf einen Karton, der auf seinem Schreibtisch stand. »Das sind die Sachen, die dem Toten gehörten: Eine Brieftasche mit Geld, Kreditkarten und ähnlichem. Dazu farbige Edelsteine und Diamanten. Falls der Mörder hinter Diamanten hergewesen wäre, hätte er sie doch mitgenommen, nicht wahr?«

Keller prüfte die Steine, überflog die Rechnung. »Haben Sie sich schon mit diesem Khamoury in Verbindung gesetzt?«

»Er hat den Verkauf bestätigt, seine Steine identifiziert und auch den Toten. Robert Foxman, 24 Jahre alt, wohnhaft in New York City.«

»Sonst nichts?«

»Seine Kleidung: Zwei Anzüge und ein Sportmantel, Hosen, Hemden, Socken, Schuhe. Ein teurer Koffer mit einem Mark-Cross-Etikett. Oh ja, und ein Spazierstock. Khamoury berichtete, daß Foxman sich beim Skifahren eine Verletzung zugezogen hatte.« Er zeigte den knorrigen Stock.

Keller nahm ihn in die Hand, schüttelte ihn.

Middleton nickte. »Der ist nicht hohl, das fühlt man.«

Keller seufzte. »Wenn Raub nicht das Motiv war, was könnte es sonst sein?«

»Vielleicht irgendeine offene Rechnung«, mutmaßte der Sergeant.

»Vielleicht.« Keller stand auf.

»Sehen Sie irgendeinen Grund, die Leiche und die persönlichen Dinge nicht freizugeben?« fragte der Sergeant. »Ich kann mir denken, daß seine Familie ihn in den Staaten beerdigen will.«

»Haben Sie die Familie informiert?«

»Ja.«

Später ließ sich Keller in der liberianischen Niederlassung seiner Firma ein Gespräch mit Foxman and Company vermitteln. Es dauerte über eine Stunde, bis die Verbindung zustande kam. Nachdem er sich vorgestellt hatte, wollte er von Maurice Foxmans Sekretärin wissen, wo er ihren Chef erreichen könne.

»In London, Connaught Hotel.«

Keller legte auf und buchte den nächsten Flug von Robertsfield nach London.

5

Maurice Foxman war, wie er schon lange erkannt hatte, ein ausgesprochener Stadtmensch. New York und London waren seine Favoriten durch ihre Ähnlichkeit in Sprache, Abstammung, Tempo und in den Menschen, mit denen er jeweils umging. Zu den übrigen Städten, die in seinem Leben eine

Rolle spielten, zählten Paris, Amsterdam, Brüssel und Tel Aviv, die alle geschäftlich von Bedeutung waren, aber zweitrangig in persönlicher Hinsicht.

Am Abend zuvor hatte Foxman ein Konzert besucht, danach mit Freunden gespeist und vor dem Schlafengehen noch eine Stunde gelesen. Dann hatte er in der Dunkelheit gelegen und keinen Schlaf finden können, da ihm sein Herz zu schaffen machte. Der Körper signalisierte, daß er dem Streß nicht mehr gewachsen war, daß er schwächer wurde.

Schade, dachte Maurice Foxman, daß bei allem, was der Mensch erreichte, eins unabänderlich war: Jeder Atemzug brachte das Ende ein bißchen näher. Dieser Gedanke hatte ihn traurig gestimmt. Erst als er ihn verjagt hatte, war er allmählich in einen tiefen Schlaf gesunken.

Um halb sieben war er aufgewacht und hatte sich dann viel Zeit gelassen zu einem Frühstück aus heißen Croissants, einem Kännchen Kaffee und der *Times.* Um acht Uhr kam pünktlich die Maniküre, mit der er über das Wetter plauderte (Nicht schlecht für London um diese Jahreszeit), über die Verlockungen Alaskas (Die Maniküre wollte unbedingt dorthin. Er empfahl ihr, statt dessen Jack London zu lesen) und über ihre Ansicht, daß Juden die besten Ehemänner seien.

»Haben Sie denn einen jüdischen Mann?«

»Nein. Aber eine Freundin von mir hat einen, und er ist wunderbar«, sagte sie.

»Sind sie noch verheiratet?«

»Leider nein. Nach einem Jahr hat er sie wegen einer Französin verlassen. Man sagt, daß die Französinnen sich von allen anderen Frauen unterscheiden. Mr. Foxman, haben Sie mal eine Französin gekannt?«

»Vor vielen, vielen Jahren war ich mit einer sehr schönen, sehr stolzen und sehr mutigen Französin befreundet«, sagte er versonnen. »Sie hat mir das Leben gerettet. Eine ungewöhnliche Frau.«

»Sehen Sie! Jüdische Ehemänner und französische Geliebte, das ist die ideale Kombination.«

Als sie gegangen war, steckte Foxman eine Zigarette in eine elfenbeinerne Spitze und rauchte genußvoll, während er darüber nachdachte, was er heute vorhatte. Er erlaubte sich drei Zigaretten pro Tag, eine nach jeder Mahlzeit. Kein Nikotin, hatte Dr. Altbaum gemahnt, kein Koffein, kein Alkohol. »Wir wollen Ihr Herz nicht unnütz belasten. Wenn Sie sich daran halten und sich nicht überanstrengen, wird es noch mindestens zwanzig Jahre lang schlagen.«

Sie glaubten beide nicht daran, und so hatte Foxman sich eigene Regeln aufgestellt. Eine Tasse Kaffee am Morgen, ein Glas Wein zum Abendessen. Er hatte nie spartanisch gelebt und wollte jetzt nicht damit anfangen.

Rolls-Royce und Chauffeur warteten vor dem Hotel. Der Fahrer begrüßte Foxman mit Namen, hielt ihm die Tür auf, wartete, bis er sich in die weichen Lederpolster zurückgelehnt hatte, und setzte sich dann hinters Steuer.

»In die City, Mr. Foxman?«

»Wie immer, Mr. Dugan.«

Zehnmal im Jahr kam Foxman nach London, hauptsächlich, um das Verkaufsbüro der International Minerals and Mines zu besuchen, von denen er den größten Teil seiner Diamanten kaufte.

Foxman and Company betätigten sich auf drei verschiedenen Gebieten: In erster Linie mit dem Verkauf von Rohsteinen an die Weiterverarbeiter, die sich größtenteils auf die Lieferungen von Foxman ebenso verließen, wie sich Foxman auf die Ware der IMM verließ. Foxman stellte aber auch geschliffene Steine in eigenen Betrieben her, zum Beispiel in New York, wo eine kleine Werkstatt nur Steine über drei Karat produzierte. Eine Fabrik bei San Juan in Porto Rico fertigte größere Mengen von kleineren und qualitativ minderwertigeren Diamanten. Diese Steine wurden an Juwelenhändler auf der ganzen Welt verkauft. In Bombay bestand eine lose Partnerschaft mit einem einheimischen Kaufmann, der drei kleine Werkstätten unterhielt, in denen Produkte gefertigt wurden, die zu klein oder zu minderwertig waren, um in den Vereinigten Staaten oder in Europa günstig verkauft zu werden. Schließlich unterhielten Foxman and Company eine Kette eleganter Geschäfte, jeweils bei exklusiven Hotels in großen Städten gelegen.

Trotz ihrer umfangreichen Geschäfte gehörten Foxman and

Company nicht zu den drei Großen im Diamantengeschäft, aber Maurice Foxman war durch seine Persönlichkeit und seine Integrität zu einer Art moralischen Führers der Branche geworden. Seine Rechtschaffenheit war ein Fundament der Verläßlichkeit für die Industrie. Wer sich auf Maurice Foxman beziehen konnte, dem öffneten sich viele Türen in der Branche, ohne seine Empfehlung blieben sie fest geschlossen.

Wie die anderen 250 großen Händler bezog auch Maurice Foxman das Rohmaterial von der IMM, dem Hauptlieferanten für Steine aller Art. Ohne sie war kein Geschäft möglich. Durch ihre Minen und ihr Verkaufsmonopol kontrollierte sie den Markt von etwa fünfhundert Firmen und Gesellschaften. Die IMM behandelte ganze Nationen nicht anders als ihre Händler – bestenfalls als Gleichgestellte, meistens aber als Minderbemittelte. Sie legte die Hand auf jede neue Diamanten-Mine, sorgte dafür, daß nur eine bestimmte Menge an Steinen in Umlauf kam, und steuerte so den Diamantenkonsum. Mit erstaunlicher Genauigkeit sagten Marktforscher voraus, wie viele Steine in einem beliebigen Zeitraum abgesetzt wurden. Diese Anzahl wurde freigegeben, kein Stück mehr, kein Stück weniger. Auf diese Weise wurde das hohe Preisniveau gehalten – und die Gewinnspanne der IMM.

Gelegentlich versuchte jemand, außerhalb der IMM-Regeln zu operieren. Sobald die Chefetage von IMM davon erfuhr, begannen ernste und stets wirkungsvolle Gegenmaßnahmen: Die Quellen wurden dichtgemacht, die Händler boykottiert – oder noch radikaler –, für den Dissidenten bestimmte Rohdiamanten wurden gestohlen. Niemand konnte nachweisen, daß die IMM dahintersteckte, und nur ganz wenige wagten, überhaupt Fragen zu stellen. Es brachte nur Ärger, sich mit dem »Syndikat«, wie die IMM oft genannt wurde, und erst recht nicht mit seinem herrischen Präsidenten, Sir John Messinger, anzulegen.

In den Augen von Maurice Foxman repräsentierte Sir John die dunkle Seite der Diamanten-Industrie. Er führte das Syndikat mit starker Hand und einem unbeugsamen Willen. Er war in der Lage, einen Mann in die Höhe zu bringen, um ihn dann ebenso schnell wieder fallenzulassen. Branchenklatsch zufolge hatte Sir John die Geschäfte von Männern vernichtet, die ihn beleidigt hatten, und den Tod einiger angeordnet, die sich gegen ihn erhoben hatten. Angeblich arbeitete Sir John eng mit Mitgliedern des organisierten Verbrechens zusammen und unterstützte bei Bedarf auch die verabscheuenswürdigsten Regierungen. Foxman, der in zwei Jahrzehnten höchstens dreimal mit Sir John direkt zu tun gehabt hatte, verurteilte die Art, wie der Präsident seine Geschäfte betrieb. Aber wie alle anderen Händler war auch Foxman auf Sir Johns guten Willen angewiesen, um im Geschäft zu bleiben.

Es war allgemein bekannt, wenn auch nicht bestätigt, daß die IMM einen weltweiten Sicherheits- und Informationsdienst unterhielt, den man nicht selten mit dem CIA oder dem KGB verglich.

Der Rolls hielt vor Sir Johns Villa, und Maurice Foxman fragte sich, welchen Empfang man ihm wohl heute mit welchen Steinen bereiten würde. Sie konnten besonders wertvoll sein oder von minderwertiger Qualität, man konnte den vorher vereinbarten Preis akzeptieren oder ablehnen – aber wenn man ablehnte, lief man Gefahr, nie mehr geladen zu werden. Nur Minderwertiges zur Ansicht zu bekommen, war ein Hinweis darauf, daß man unter Beobachtung der IMM stand. In diesem Fall war es ratsam, seine Geschäftsmethoden zu überprüfen und rasch zu ändern. Es mochte auch sein, daß dem Syndikat abfällige Äußerungen des Händlers über die IMM zu Ohren gekommen waren. Im Wiederholungsfall konnte das den Ruin bedeuten.

Ein stämmiger Portier ließ Foxman eintreten, grüßte ihn freundlich und führte ihn über einen tiefen Teppich zu einem kleinen Aufzug, der ihn in die vierte Etage brachte. Dort empfing ihn ein gedrungener Mann mit rosigem Teint und gab ihm einen weichen Händedruck.

»Mr. Foxman.«

»Mr. Severn.«

Severn war einer der drei Verkaufsleiter und seit zehn Jahren für Foxman die einzige Kontaktperson zum Syndikat. Über ihn lief die Korrespondenz, er bekam die Schecks und schickte die Steine, aber Foxman wußte, daß er im Unternehmen nicht mehr zu sagen hatte als der Portier.

Severn führte Foxman an bewaffneten Sicherheitsposten vorbei in einen leichenhallenähnlichen Raum, an dessen Wänden hohe Stahlschränke standen. Foxman setzte sich an einen langen Tisch, der mit einem weichen, schwarzen Tuch bedeckt war.

»Foxman and Company«, sagte Severn.

Ein Wärter schloß einen der Panzerschränke auf, nahm einen Karton heraus, nicht größer als eine Schuhschachtel, stellte ihn auf den Tisch und bezog Stellung an dessen Kopfende. Severn saß Foxman gegenüber.

Foxman entnahm dem Karton mehrere Umschläge. In jedem befanden sich Diamanten unterschiedlicher Größen und Qualität. Er schüttete sie auf das schwarze Tuch und prüfte sie schnell und fachkundig. Sein Herz schlug schneller, das Pochen in seinen Ohren, das er schon in der Nacht gespürt hatte, setzte wieder ein.

Ohne von den Steinen aufzusehen, sagte er zu Severn: »Diese Steine sind nicht annähernd so wertvoll, wie sie sein sollten.«

»Ist das eine offizielle Beschwerde, Mr. Foxman?«

»Sie sind kaum die zweieinhalb Millionen wert, die ich bezahlt habe.«

»Eine Frage der Beurteilung.«

»Wenn ich dieses Angebot akzeptiere, verliere ich viel Geld«, sagte Foxman.

»Sie lehnen also ab?«

Foxman hob den Kopf und sog Luft in die Lungen. Leblose Luft; die weißgelackten Wände schienen sich auf ihn zuzubewegen.

»Man kann die Fehler mit bloßem Auge sehen«, sagte Foxman. »Hier, schauen Sie selbst.«

»Wenn Sie eine schriftliche Beschwerde einreichen, werde ich dafür sorgen, daß sie auf Sir Johns Schreibtisch kommt.«

»Schauen Sie sich diesen Stein an. Die Risse liegen so ungünstig, daß es unmöglich ist, den Stein ordentlich zu schleifen. Er muß so klein geschliffen werden, daß ihn keiner mehr haben will. Kein einziger Stein ist lupenrein.«

»Ein Beschwerdeformular«, sagte Severn zu dem Wärter.

Foxman rang nach Luft. Er mußte seine Gefühle unter Kontrolle bringen. »Das muß sich um einen Irrtum handeln«, sagte er.

»Nein, das glaube ich nicht. Sir John verabscheut Irrtümer.«

»Vielleicht war der Karton für jemand anderen bestimmt. Ich bin immer korrekt bedient worden. Die ganzen Jahre . . .«

»Genau, Mr. Foxman. Sie ziehen also Ihr Angebot zurück? Sie lehnen die Lieferung ab?«

»Ich möchte darüber reden. Verhandeln . . .«

Severns kleiner feister Mund zuckte, dann verzog er die wulstigen Lippen, als wäre er amüsiert. »Wir reden nicht, Mr. Foxman, wir verhandeln auch nicht. Wir ändern nicht unsere Meinung. Das wissen Sie doch.«

Foxman starrte auf die glitzernden Steine unter den Speziallampen, mit denen die Illusion von Tageslicht erzeugt wurde. Seine Finger zitterten, als er die Steine wieder in die Hand nahm. Er war zornig, hatte den Drang, zuzuschlagen. Sir John war sein Gegner, er hatte es immer gewußt. Sir John war sein Peiniger, eine Bedrohung für sein gegenwärtiges und künftiges Wohlbefinden. Sir John war der Mann, den es zu bekämpfen galt.

»Ich muß mit Sir John reden.«

Severn hielt seinem Blick stand, ohne eine Regung zu zeigen. »Unmöglich, Sir.«

Foxmans Beherrschung schwand, er stand auf. »Ich habe Gründe, die ihr nicht kennt!« sagte er mit ungewöhnlich lauter Stimme. »Ich kann erklären, warum ich gezwungen war, bestimmte Schritte zu unternehmen. Wenn ich mit Sir John darüber rede, wird er es verstehen. Sagen Sie ihm, daß ich ihn sprechen möchte! Sofort!«

»Das kann ich nicht, Mr. Foxman.«

»Wenn wir uns unterhalten haben, wird Sir John die Dinge wieder richtigstellen. Er ist selbst Geschäftsmann und kann die Zwänge eines Geschäftsmannes verstehen. Dieses Angebot hier ist eine Beleidigung, beschämend. Ich lasse nicht zu, derart erniedrigt zu werden. Niemals!« Er brach ab, verschluckte, was er noch hatte sagen wollen, obwohl die Wut über Sir John, die er im Laufe der Jahre angestaut hatte, herausdrängte. »Ich werde eine solche Behandlung nicht tolerieren!«

»Mr. Foxman«, sagte Severn mit vollendeter Geduld, »ich bin nur ein Verkäufer, sonst nichts. Für alles andere ist Sir John zuständig. Man braucht nicht zu kaufen, wenn man nicht will oder unzufrieden ist. Das ist die Regel, das war sie schon immer. Sind Sie unzufrieden, Mr. Foxman?«

Foxman wollte eben einen letzten Versuch machen, diese Wand aus Gleichgültigkeit zu durchbrechen, als ihm plötzlich einfiel, womit er den Unwillen von Sir John erregt hatte. Vor einigen Monaten hatten er und eine Handvoll anderer Händler die Regierungslizenz für eine Mine in Venezuela bekommen wollen. Die Mine hätte eine Alternative zur IMM bedeutet, eine Quelle für Rohdiamanten zu erheblich günstigeren Preisen. Foxman und die anderen hatten sich vorgestellt, daß die IMM die Förderung dieser Mine als Kieselsteine abtun und sich um derlei Lappalien nicht kümmern würden. Sie hatten sich geirrt. Durch einen seiner südamerikanischen Mittelsmänner hatte Sir John versucht, sie zu überbieten. Als das nicht funktionierte, hatte er politischen Druck angewendet und schließlich Übergriffe auf die Mine selbst veranlaßt. Dabei fanden einige Arbeiter den Tod, und die meisten der teuren Maschinen wurden zerstört. Die Schürfungen mußten eingestellt werden, und die Regierung hatte die Lizenz nicht erneuert. Und das hier war nun Sir Johns letzte Warnung, keine Extratouren mehr zu unternehmen.

Es hatte keinen Sinn, Severn zu beschimpfen, das war eine Verschwendung von Energie. Maurice Foxman mußte die Bestrafung hinnehmen, um beim nächsten Mal wieder hochwertige Ware zu bekommen.

Foxman schob die Diamanten in die Umschläge und legte diese in den Karton. Seine Haltung straffte sich.

»Ich akzeptiere«, sagte er mit fester Stimme.

Severn gestattete sich ein knappes Lächeln. Er sah Foxman nach, bis er in der Aufzugskabine verschwunden war.

Im Connaught Hotel wartete eine Nachricht auf Foxman: Mattie hatte aus New York angerufen. Mattie war die Leiterin seines New Yorker Büros, die Witwe seines Bruders, und arbeitete schon lange für ihn. Er konnte sich auf sie verlassen. Der Nachricht zufolge wollte Mattie wieder anrufen, sobald sie in Paris eingetroffen war. Warum Paris? Welche Geschäfte hatte sie dort zu erledigen?

Foxman neigte nicht dazu, sich über Dinge den Kopf zu zerbrechen, die er im Augenblick nicht beeinflussen konnte. Mattie würde sich melden und ihm sagen, was sie in Paris zu tun hatte. Mit dem Schuhkarton unter dem Arm schritt er auf die Aufzüge zu, als ihm ein Mann in den Weg trat.

»Mr. Foxman?«

Foxman musterte den Mann: kompakt, das Gesicht gezeichnet vom Alter und von einigen Gewaltakten, blasse Augen, denen nichts zu entgehen schien. Der Kopf eines Schurken, dachte Foxman, oder der eines Polizisten.

»Ich kenne Sie nicht.«

»Ich bin Keller vom IMM-Sicherheitsdienst.«

Foxman hatte von diesem Dienst allerhand Unwahrscheinliches über radikale Maßnahmen gehört. Keller war der erste Vertreter dieser Einrichtung, den Foxman kennenlernte. Er sah aus wie jemand, der Sir Johns Befehle ausführte.

Foxman tippte gegen den Schuhkarton. »Meine Geschäfte mit der IMM sind für heute abgeschlossen.«

Keller verlagerte wie zufällig sein Gewicht von einem Bein aufs andere und versperrte Foxman mit dieser Bewegung den Weg zum Aufzug.

»Es ist wichtig, Sir.«

»Im Augenblick liegt mir nichts daran, etwas wichtig zu nehmen, was für die IMM wichtig ist.«

»Es geht nicht nur um die IMM, sondern auch um Sie, Sir«, sagte Keller. »Persönlich und geschäftlich.«

Foxman versteifte sich. »Was genau wollen Sie mir sagen?«

»Es geht um Ihre Familie, Mr. Foxman. Könnten wir uns unter vier Augen darüber unterhalten?«

Foxman konnte keine Bedrohung in den wachen Augen lesen. »Also gut, kommen Sie mit.«

Die beiden Männer nahmen ihre gegenseitige Musterung wieder auf, als sie sich im Wohnzimmer von Foxmans Suite gegenüber saßen. Für Foxman repräsentierte Keller eine der schlimmsten Seiten der Diamantenwelt: die grenzenlose Habgier, mit der mehr als ein anständiger Profit verfolgt wurde, und die zunehmende Mißachtung von Normen und Gesetzen. Keller hatte von Foxman gehört, ihn aber bisher nicht kennengelernt. Foxman war größer als er und von stolzer, aufrechter Haltung. Das weiße Haar bedeckte die Ohren und fiel über den Kragen des maßgeschneiderten Jacketts. Foxman strahlte etwas von alter Schule aus, was Keller schätzte.

»Haben Sie schon gefrühstückt?« fragte Foxman.

»Für mich nichts, danke.«

»Kaffee?«

»Nein, danke.«

»Sie sind Amerikaner.«

»New Yorker. Aber ich reise viel.«

»Und erledigen Sir Johns Aufträge.«

»Ich bin für die Sicherheit verantwortlich. Ich bin gut in meiner Arbeit.«

»Daran zweifle ich nicht. Ich habe viele Geschichten gehört über die Leute vom Sicherheitsdienst.«

»Es sind nur Geschichten. Sie müssen nicht auf mich zutreffen.«

»Um so besser.«

Keller erwiderte nichts. Er hatte sich angewöhnt, mehr zu fragen als zu antworten.

»Warum sind Sie hier, Keller?«

»Sie haben einen Neffen namens Robert Foxman?«

Foxman legte die Handflächen gegeneinander wie zum Gebet. »Was ist mit Robert?«

»War er zuletzt in Monrovia?«

»Ja, im Auftrag meiner Firma. Was hat das mit Ihnen zu tun?«

»Wollte er dort Diamanten kaufen?«

»Warum stellen Sie diese Fragen, Keller? Ja, Robert sollte für Foxman and Company kaufen. Farbige Steine für Juwelen, die wir in unseren eigenen Boutiquen verkaufen. Auch ein paar Diamanten, aber keine großen Mengen. Aber das ist alles kein Geheimnis. Warum also interessieren Sie sich für Robert?«

Keller verzog keine Miene. »Ich habe keine guten Nachrichten.«

In Foxmans Gesicht war nichts zu sehen, aber sein Herz begann zu rasen. »Sprechen Sie . . .«

»Robert ist tot. Er wurde vor zwei Tagen im Ducor Palace Hotel in Monrovia erschossen.«

Alles Blut wich aus Foxmans Gesicht, plötzlich wirkte er viele Jahre älter. Seine Lippen bewegten sich, und Keller mußte sich anstrengen, ihn zu verstehen.

»Yisgadoel, yisgadasch . . .«

Sein Oberkörper bewegte sich vor und zurück in sanften, schaukelnden Bewegungen, während er leise das jüdische Totengebet murmelte. Keller wartete, bis Foxman geendet hatte.

Schließlich öffnete Maurice Foxman die Augen. Es dauerte eine Weile, bis er sich in seinem Hotelzimmer wieder zurechtfand und seinen Blick auf Keller richtete. »Kein Zweifel, daß es Robert ist?«

»Kein Zweifel.«

»Wie konnte das geschehen? Raub?«

»Nichts von Wert ist gestohlen worden.«

»Warum also?«

»Ich hatte gehofft, daß Sie mir ein Motiv nennen könnten.«

Foxmans Mißtrauen kam wieder. Keller arbeitete für das Syndikat, war einer von Sir Johns Handlangern, jedenfalls kein Mann, dem man trauen konnte.

»Unser Geschäft führt einen Mann an viele Orte«, sagte Foxman.

»Wohin zum Beispiel?«

»Spielt das jetzt noch eine Rolle?«

»Wenn Diamanten im Spiel sind oder Diamantenhändler, dann ist es mein Job, nach den Ursachen zu forschen. Robert arbeitete für Sie, er befand sich auf einer Geschäftsreise, als er getötet wurde. Und doch hat man die Steine nicht angerührt. Seltsam.«

Müdigkeit überkam Foxman, er hätte sich gerne zurückgezogen, erholt von den Aufregungen dieses Morgens. Zuerst die Enttäuschung mit den Diamanten, jetzt die traurige Nachricht vom ungeklärten Mord an seinem Neffen. Wie sollte er Mattie den Tod ihres einzigen Sohnes beibringen? Oder wußte sie es schon? Hatte sie deshalb angerufen? Aber was wollte sie dann in Paris?

Er sah Keller an. »Wenn sie nicht hinter den Diamanten her waren, warum haben sie Robert dann erschossen?«

»Sie? Von wem reden Sie?«

»Von den Leuten, die meinen Neffen ermordet haben. Ihre Leute.«

»Sie glauben, daß die IMM ihn getötet hat?« Keller konnte sein Erstaunen nicht verhehlen.

»Wer sonst? Sir John versucht, mich aus dem Geschäft zu drängen. Mich und meine Freunde, obwohl wir schon so lange mit Diamanten handeln.« Er deutete auf den Schuhkarton. »Zweieinhalb Millionen Ausschußware. Meine Bestrafung. Und für was? Weil ich es gewagt habe, die Grundlagen meines Geschäfts zu verbessern. Dafür würde die IMM uns vernichten, wenn sie könnte.«

»Sir, ich habe keine Verbindung zum Verkaufsbüro. Mein Job ist die Sicherheit. Wenn die IMM Ihren Neffen getötet hätte, warum sollte sie mich dann auf den Job angesetzt haben? Das ergibt keinen Sinn.«

»Oder doch – es gehört zur Tarnung. Ein wirkungsvoller Schachzug, um Unschuld zu demonstrieren. Sie gehören zu Sir John und seinen Terroristen. Ich glaube nichts von dem, was Sie erzählen.«

Keller sah Maurice Foxman an und fragte sich, ob der alte Mann durchgedreht war. Vielleicht war er mit Robert in irgendeine dunkle Angelegenheit verwickelt. Vieles an den Umständen des Mordes machte Keller mißtrauisch, und er schwor sich, das Rätsel aufzulösen, egal, wohin das führte. Foxman hatte vielleicht mit gestohlenen oder geschmuggelten Diamanten handeln wollen. Es wäre nicht das erste Mal, daß ein seriöser Geschäftsmann durch besondere Umstände in solchen Methoden Zuflucht suchte.

»Robert hielt sich in Monrovia auf, um ausschließlich von einem Händler namens Bakshir Khamoury zu kaufen – ist das richtig?« fragte Keller.

»Offenbar kennen Sie bereits die Antwort auf diese Frage.«

»Ja. Ich wollte sie mir von Khamoury bestätigen lassen, aber er hatte das Land bereits verlassen.«

»Ein Händler ist immer unterwegs.«

Keller nickte und sagte dann, ohne Mitgefühl in seine Stimme zu legen: »Schade, daß Robert keine Zeit fand, sich gegen den Angreifer zu wehren. Er war doch ein athletischer junger Mann.«

»Athletisch? Ja, das kann schon sein. Er spielte Tennis, glaube ich. Und zum Schwimmen ging er ins Hallenbad in der 92. Straße.«

»War er nicht auch ein leidenschaftlicher Skifahrer?«

»Das weiß ich nicht. Robert arbeitete für mich, aber außerhalb des Büros haben wir uns kaum gesehen. Nur an den Feiertagen. Mattie, seine Mutter, hat noch kürzlich ein Seder zubereitet – wissen Sie, was ein Seder ist?«

»Eine Fastenmahlzeit, nicht wahr?«

»Das letzte Abendmahl von Jesus war ein Seder. Haben Sie das gewußt?«

»Nie gehört.«

»Zu viele Christen ignorieren, daß Jesus ein Jude war.« Er seufzte. »Nein, Robert und ich hatten wenig miteinander zu tun. Kann sein, daß er ein ausgezeichneter Skifahrer war und ich es nicht weiß. Warum fragen Sie?«

»Er benutzte einen Gehstock.«

»Robert – einen Gehstock?«

»Ja. Man sagte mir, er hätte sich beim Skifahren das Knie verletzt.«

»Seltsam, das ist mir nicht zu Ohren gekommen. Und mit einem Gehstock habe ich ihn nicht gesehen. Oder ist es mir nicht aufgefallen? Wissen Sie, in meinem Alter sieht man nicht mehr alles. Ist das wichtig?«

»Wahrscheinlich nicht«, sagte Keller und erhob sich. Er reichte Foxman seine Visitenkarte. »Wenn Ihnen noch etwas einfällt, was weiterhelfen könnte . . .«

»Ja, sicher. Und lassen Sie's mich wissen, wenn Sie das Rätsel gelöst haben.«

»Das hängt davon ab, Sir . . . Ich bin jedenfalls erreichbar.«

Mattie Foxman hörte geduldig dem französischen Polizeiinspektor zu, der darauf beharrte, ihrer Tochter noch viele Fragen stellen zu müssen. Das Krankenhaus hielt er für den geeigneten Ort, um das Verhör zu beginnen, und er meldete, daß die zuständige Polizeidienststelle dringend empfehle, Mademoiselle hier zu lassen.

Mattie stimmte allem zu und redete dann auf den Inspektor ein, bis sie schließlich ihren Willen durchsetzte.

»Gut, Sie dürfen Mademoiselle aus dem Krankenhaus mitnehmen, Madame, aber nur in ein Pariser Hotel.«

»Wie Sie wollen, Inspektor.«

Im Krankenhaus sah sie sich dem Stationsarzt gegenüber, einem kleinen Mann mit verkniffenem Gesicht und randloser Brille. »Madame, Ihre Tochter hat Glück gehabt, bei einem so schweren Unfall hätten die Verletzungen tödlich sein können. Sie hat eine Reihe von Blutergüssen erlitten und einen schweren Schock davongetragen, deshalb empfehle ich Ihnen sehr . . .«

Mattie hörte zu, nickte, lächelte hilflos – und eine Stunde später saß Ellie auf dem Rücksitz der geräumigen Limousine, die Mattie in Paris gemietet hatte. Im Hotel – als der Zimmerkellner heißen Tee gebracht hatte – setzte sich Mattie ans Bett ihrer Tochter und schaute Ellie mit beträchtlichem Mißfallen an.

»Wie hast du das fertiggebracht?« fragte sie. »Habe ich dich dafür großgezogen? Daß du nackt durch die französische Landschaft rast und Wagen zu Schrott fährst?«

»Ich hab's dir doch gesagt! Sie haben mich von der Straße gedrängt! Dieser verdammte Henry Wilton!«

»Aber nackt! Nein, das ist nicht meine Erziehung – ich darf mich wohl für eine weltoffene Frau halten, aber ein Auto zu steuern, ohne etwas anzuhaben . . . Wirklich, Ellie, ein solches Verhalten kann ich nicht gutheißen.«

Ellie mußte lachen, was ihr Stiche in den Rippen bescherte. Sie stöhnte, schüttelte den Kopf. »Ich hatte keine Zeit mehr, mich anzuziehen.«

»Verrückte Engländer«, sagte ihre Mutter. »Diese Aristokraten sind fast alle verrückt. Ich bin ihnen immer aus dem Weg gegangen.«

»Das werde ich von jetzt an auch tun.«

Mattie war noch nicht besänftigt. »In unserer Familie ist einiges durcheinander geraten. Du hättest der Junge sein müssen und Robert das Mädchen. Als Kind hast du immer seine Kämpfe ausgetragen. Du warst die aggressivere, die starrköpfigere.«

»Jemand mußte Robert doch beschützen.«

»Mädchen sollen sich nicht prügeln.«

»Wo steht das geschrieben? Wenn ich nicht gekämpft hätte, wären wir beide verprügelt worden.«

»War es denn unbedingt nötig, sogar Football zu spielen?«

Ellie mußte wieder lachen und verzog wieder schmerzvoll das Gesicht. »Ich verspreche dir – nie mehr Football.«

»Eins ist wirklich tröstlich«, sagte Mattie, »du hast meinen Humor.«

»Und dein gutes Aussehen.«

»Schmeicheleien werden dir nichts nützen . . . Vielleicht ist das überhaupt dein Problem – daß du zu gut aussiehst. Den richtigen Mann hat dir deine Schönheit noch nicht beschert.«

»Ich bin noch jung, Mutter.«

»Es wird Zeit, daß du erwachsen wirst und dir einen guten, soliden Mann suchst. Einen wie deinen Onkel.«

»Nicht noch ein Maurice, bitte«, sagte Ellie mit unverhohlenem Sarkasmus.

»Nein wirklich, Ellie, du bist doch nicht dumm. Sieh selbst, wohin dich deine modernen Ideen gebracht haben – an Männer, die dich schlecht behandeln, und zu einem Bett in einem französischen Krankenhaus. Es ist ein Wunder, daß du noch lebst.«

Ellie grinste und wollte sich auf die andere Seite legen, aber wieder kamen die Schmerzen. »Ich finde keine Stelle, die nicht wehtut.«

Sofort wurde aus Mattie die besorgte Mutter. Sie half Ellie, ihre Position zu wechseln, glättete die Laken, hielt ihr die Teetasse hin. »Der Arzt sagt, daß du wenigstens noch eine Woche lang Schmerzen haben wirst.«

»Es ist mir fast peinlich, daß ich ein Auto zu Schrott gefahren und mir nicht einmal etwas gebrochen habe.«

»Dem Himmel sei Dank.« Matties Blick ging zur Decke. »Ruh dich jetzt eine Weile aus. Morgen früh fliegen wir nach New York zurück. Ich ruhe nicht, bis Dr. Hammaker dich untersucht hat.«

»Er ist nicht der einzige Arzt in der Welt.«

»Ich kenne ihn seit einer Ewigkeit, ich vertraue ihm. Und ich werde jetzt besser auf dich aufpassen. Vielleicht kann ich doch noch verhindern, daß du dich umbringst.«

»Bei einem Mann wie Henry wäre es überflüssig, Hand an sich zu legen«, sagte Ellie sarkastisch. »Mutter, während ich eben mit dem Leben davongekommen bin, ist Henry mit etwas anderem davon – mit dem Chamblay. Dieser Bastard hat ihn vielleicht schon verhökert. Wie bringe ich das wieder in Ordnung?«

»Deinem Onkel wird etwas einfallen.«

»Ich verzichte auf die Einmischung von Maurice.«

»Ich rede von Hilfe, und du nennst es Einmischung. Bei diesem Unfall müssen ein paar deiner Gehirnzellen zerstört worden sein.«

»Mutter, das hier ist mein Problem. Ich werde einen Weg finden, es zu lösen.«

»Du bist starrköpfig. Maurice ist der Bruder deines Vaters – warum läßt du dir nicht von ihm helfen, wenn er kann?«

»Ich sagte, daß es mein Problem ist!«

»Maurice war immer da, wenn jemand in der Familie Hilfe benötigte.«

»Mutter, laß uns nicht streiten. Du hältst von Maurice erheblich mehr als ich.«

»Das habe ich bemerkt. Mehr als einmal hast du ihn rüde behandelt. Habe ich euch nicht gute Manieren beigebracht? Was ist aus dir geworden? Dein Onkel hat sich um deinen Bruder und um dich gekümmert, seit Emil von uns gegangen ist. Wie viele andere Männer wären so großzügig gewesen?«

»Zu großzügig.«

»Maurice ist ein guter Mensch. Ein Mann, der seine Familie liebt, selbst seine ungezogene Nichte.«

»Ist es Liebe oder sein schlechtes Gewissen? Oder eine Art, seine Macht über uns zu dokumentieren?«

Mattie runzelte die Stirn. »Schlechtes Gewissen? Warum sollte Maurice ein schlechtes Gewissen haben?«

Ellie preßte die Lippen zusammen. Mutter weigerte sich, ihre eigene Vergangenheit zu bewältigen, die Vergangenheit ihrer Familie. Hatte sie wirklich vergessen, daß es zwischen Emil und Maurice grundlegende und moralische und ethische Unterschiede gegeben hatte, aus denen unvermeidlich der bittere Konflikt entstanden war, der sie über viele Jahre getrennt hatte? Hatte sie vergessen, wie Maurice seinen Bruder – ihren Ehemann – gedemütigt und erniedrigt hatte? Nein, vergessen hatte sie es nicht, sie hatte Maurice bewußt beigestanden gegen den Mann, den sie geheiratet hatte.

»Lassen wir es dabei: Ich traue Maurice nicht.«

Mattie schüttelte den Kopf. »Ich verstehe das nicht.«

Ellie antwortete nicht.

»Er ist ein Mann von Ehre.«

»Unsere Begriffe von Ehre weichen voneinander ab. Vielleicht schuldet die Familie ihm eine Menge, aber . . .«

Ellie kam es wie ein Verrat an ihrem Vater vor, gut über Maurice zu denken. Auch deshalb mußte sie ganz unabhängig werden von Maurice.

Das Telefon klingelte. Mattie nahm den Hörer ab.

»Hallo, Maurice . . . Ja, es geht mir gut, aber Ellie hatte einen Autounfall . . . Nein, nicht schlimm, es ist nichts gebrochen . . . Ja, morgen . . . Was?«

Sie lauschte angestrengt, und Ellie sah, wie das Blut aus dem Gesicht ihrer Mutter wich.

»Nein«, jammerte Mattie, »nein, nein, nein! Mein Gott, nein!« schrie sie und fiel ohnmächtig auf den Boden.

6

Keller traf am Vorabend von Robert Foxmans Beerdigung in New York ein. Der Fall hatte seine Phantasie angeregt, aber vielleicht war auch der alte Foxman der Grund für sein Interesse. Der Mann besaß eine Reihe unausgeleuchteter Ecken, war kompliziert, aber auch offen, intelligent, stolz. Keller fragte sich, was es für einen solchen Mann bedeutete, bald das Zeitliche segnen zu müssen – trotz der ungebrochenen Vitalität, und der Macht, unaufhaltsam dem Ende zuzugehen.

Er bezweifelte, daß jemand bei der IMM in diesem Fall so engagiert war wie er. Ganz bestimmt nicht Sir John, auch nicht Koenigsberg, der gerne alle Unklarheiten beseitigt wußte, bevor ihm Resultate auf den Tisch gelegt wurden. Kleinarbeit langweilte Koenigsberg, Probleme verwirrten ihn.

New York belebte Keller. Der vertraute Lärm, die vertrauten Gerüche schärften sein Bewußtsein und seine Instinkte und ließen ihn an Blutsverwandtschaft unter den Tieren dieses speziellen Dschungels denken.

Die alten Brownstones – jene um die Jahrhundertwende gebauten Mietshäuser – waren abgerissen und durch Wolkenkratzer aus Glas und Stahl ersetzt worden, um New York sicherer und besser zu machen, aber das Gegenteil war eingetreten. Am schlimmsten waren die U-Bahnen. Dreckig und überfüllt, seit Generationen vernachlässigt. Graffiti verschandelte die Wände der Wagen. Als »Kunst des Mannes von der Straße« waren diese Schmierereien einmal von jemandem bezeichnet worden, der vermutlich nicht auf die U-Bahn angewiesen war und nichts wußte von Dreck, Gestank und der steten Gefahr, ausgeraubt zu werden.

Es war einmal ganz anders gewesen. Mit einem Zehner konnte man von der äußeren Bronx, wo Keller geboren und aufgewachsen war, bis ganz unten nach Brooklyn fahren. Die preiswerteste Reise der ganzen Welt. Pinky hatte das Mädchen geheißen, es hatte bei Coney Island gewohnt. Pinky war blond und vollbusig und großzügig auf eine Art, die Keller bis dahin noch nie erlebt hatte. Jeden Freitagabend hatte er die lange

Reise zu ihr unternommen, und nach einer Nacht voller Wonnen fuhr er in die Bronx zurück, meist schlafend, denn man konnte gewiß sein, daß niemand einen störte. Später, nachdem er Doris kennengelernt hatte, die seine erste Frau wurde, hatte er die Fahrten nach Coney Island eingestellt. Doris lebte ganz in der Nähe, Pinky war geographisch benachteiligt.

Vom Kennedy Airport fuhr Keller direkt zu dem Appartementhaus, in dem Robert Foxman gewohnt hatte. In dieser Gegend wohnten erwartungsvolle junge Männer und schöne junge Frauen, die der bevorzugten Lage wegen sündhaft teure Mieten zahlen mußten. New York zog alle an, die Besten und Klügsten im Lande, die bereit waren, sich um den Heiligen Gral zu schlagen. Nur wenige erreichten ihr Ziel. Die Stadt fraß sie auf, enthüllte ihre Schwächen, machte ihnen bewußt, daß sie nur Durchschnitt waren. Zwanzig Jahre später erwachten sie aus ihren Träumen – verwirrt, verbittert, nicht mehr jung und nicht mehr erwartungsvoll.

Keller fand den Hausverwalter des Gebäudes, zeigte seinen Ausweis und teilte mit, daß Robert Foxman ermordet worden sei.

»Ja, das habe ich gehört«, sagte der Hausverwalter.

»Brechen Sie bloß nicht zusammen«, sagte Keller sarkastisch.

»War er etwa mein Bruder? Hören Sie, Mann, da draußen warten eine Menge Leute auf jeden freien Quadratmeter. Ich kann jetzt einen Menschen glücklich machen, verstehen Sie? Das kommt selten vor, denn es zieht kaum mal jemand aus. Aber sprechen Sie nicht von Mord . . . die anderen Mieter brauchen das nicht zu erfahren. Kein gutes Renommee . . .«

»Nun ja, er ist ja nicht auf Ihrer Türschwelle ermordet worden«, sagte Keller. »Ich kann schweigen – wenn Sie sich erkenntlich zeigen.«

»Wie meinen Sie das?«

»Ich will mir Foxmans Apartment ansehen.«

»Oh, nein, das geht nicht. Unmöglich. Respekt vor dem Verblichenen und so . . .« Der Mann grinste.

Keller faltete einen Zwanzig-Dollar-Schein und steckte ihn in die Tasche des grauen Jacketts, das der Hausverwalter trug.

»Wenn Sie mir folgen wollen, Sir . . .«

Die Wohnung war peinlich sauber. Es war erst vor kurzem Staub gewischt und gesaugt worden. Der Blick ging zum East River und auf den UN-Wolkenkratzer, der Balkon hatte Morgensonne.

Keller arbeitete schnell und umsichtig. Im Schlafzimmerschrank fand er einige teure Anzüge, Sakkos und mehr Schuhe, als Keller in seinem ganzen Leben besessen hatte. Die Schubladen barsten vor maßgeschneiderten Hemden. Im Bad fand Keller nichts, was seine Aufmerksamkeit erregt hätte.

»Wer hat aufgeräumt und saubergemacht?«

»Ein Vetter, David Foxman.«

»Hat er etwas mitgenommen?«

»Nein, nichts. Er kam an meinem Büro vorbei, bevor er ging, und hatte nichts bei sich.«

»Was ist mit seinen Skiern, den Stiefeln und diesem Zeug?«

»Nie gesehen. Vielleicht hat er sich solche Sachen geliehen.«

»Was hat der Vetter gesagt?«

»Nicht viel. Nur, daß sie ihn heute beerdigen. Juden sind so. Können es nicht erwarten, bis sie die Ihren unter der Erde haben. Schade, daß Sie nichts gefunden haben.«

»Ich habe schon etwas entdeckt . . .«

»Was denn?«

»Daß Sie ein kaltschnäuziger Bastard sind.«

Die Beisetzungsfeier fand in einer Kapelle auf der Madison Avenue statt – ohne kirchliche Rituale. Robert hatte wohl klargestellt, daß er Atheist war und als solcher beerdigt werden wollte.

»Er war ein Jude«, protestierte Maurice.

»Wir müssen seine Wünsche berücksichtigen«, sagte Ellie.

Mattie hielt sich aus dem Streit heraus. Man einigte sich auf einen Kompromiß: Gedenkfeier ohne Theologie, Beisetzung mit dem jüdischen Totengebet und einer Grabrede von Maurice. Alle waren zufrieden, Robert konnte nicht gefragt werden.

Vom Küster in der Kapelle erfuhr Keller, daß er zu spät und die Prozession schon zum Friedhof aufgebrochen war.

»Sind die persönlichen Sachen des Verblichenen noch bei Ihnen, oder hat jemand sie schon an sich genommen?«

»Normalerweise verbleiben solche Dinge im Hause des Heimgegangenen. Aber dieser arme Mann schied im fernen Afrika hin, allein in einem fremden Land. Wie unsagbar traurig, mit Luftfracht nach Hause gebracht zu werden! Wir haben ihn auf dem Kennedy-Flughafen in Empfang genommen, einschließlich der persönlichen Dinge.«

»Und wo sind die jetzt?«

»Hier bei mir. Ich soll sie seiner Mutter bringen lassen.«

»Was ist mit dem Gehstock?«

»Gehstock?«

»Ja, so eine Art Krücke.«

»Ah, ja, die ist auch dabei.« Er zeigte in eine Ecke seiner Sakristei.

»Ich nehme sie mit«, sagte Keller.

»Oh, das geht nicht, Sir.«

Keller legte einen Zwanziger auf den Tisch. Als der Küster noch zögerte, legte er einen weiteren Zwanziger dazu. »Der Gehstock hat Erinnerungswert für mich«, sagte Keller.

»Ah, Sie kannten den Verblichenen. Nun, dann mag es verständlich sein, wenn ich eine Ausnahme mache.«

»Yisgadoel, yisgadasch . . .«

Über hundert Trauergäste drängten sich um die Grabstätte, Freunde, Geschäftspartner, Familienmitglieder. Viele waren aus Respekt vor Maurice Foxman gekommen, und als er mit leiser, melancholischer Stimme zu sprechen begann, hörte jeder aufmerksam zu.

»Robert, der nicht einmal in den besten Jahren seines Lebens war, ist von uns gegangen. Ermordet in einem fremden Land von einem unbekannten Täter aus Gründen, die niemand kennt. Aber es fällt mir nicht schwer, das Motiv für diesen gemeinen Mord beim Namen zu nennen – Habgier!

Diamanten gehören seit meinen Kindertagen zu meinem Leben. Während der Naziherrschaft, als Juden geschlachtet wurden, nur weil sie Juden waren, haben Diamanten mein

Leben gerettet und auch das Leben meines geliebten Bruders Emil – Gott sei seiner Seele gnädig.«

Er suchte Ellies Augen, die ihn kurz anblickten. Dann reckte sie sich im Rollstuhl auf und schaute in das offene Grab.

»Seit dem Mittelalter haben wir Juden mit Diamanten gehandelt«, fuhr Foxman fort, »denn schon damals waren wir ein verfolgtes Volk und erkannten, daß diese kleinen glitzernden Steine sich perfekt eigneten für denjenigen, der die Art seines Lebensunterhaltes verdecken mußte, um nicht ausgeraubt zu werden. Wir sind immer ein Volk gewesen, das darauf eingestellt war, von einem Augenblick zum anderen fliehen und unser Leben retten zu müssen. Diamanten – leicht zu verbergen, leicht zu transportieren – waren deshalb ein ideales Handelsgut.

Masel und Bruch – Glück und Segen – und ein Händedruck. Niemand verlangte mehr, um ein Geschäft zu besiegeln. Das Wort eines Mannes genügte. Ehre war das Band jeden Handels, Selbstachtung war die Währung.

Leider ist sie das nicht mehr, so traurig das auch sein mag. Schlimme Veränderungen sind zu beklagen. Unser Wertesystem greift nicht mehr. Eigensucht, Gewalt und Grausamkeit scheinen unser Leben zu beherrschen.

Widerwärtige Elemente haben unsere Kreise infiltriert. Unverantwortliche und gleichgültige Menschen, die unseren Traditionen und unserem Ehrenkodex nicht verpflichtet sind, haben überall Not und Schaden angerichtet. Lüge und List wird als Wahrheit ausgegeben. Männer werden kaltblütig ausgeraubt und ermordet.

Wir werden angegriffen. Unser Beruf ist in Gefahr, unsere Zukunft, unsere Familien. Manche von uns wissen, was es bedeutet, einer gemeingefährlichen, unkontrollierten Macht ausgesetzt zu sein, denn einige von uns sind nur kanpp dem Holocaust entkommen. Und heute hat das Syndikat, Sir John Messingers International Minerals and Mines, die wirtschaftliche Macht, jeden einzelnen von uns erneut zu vernichten. Er besitzt unvorstellbaren Reichtum, politischen Einfluß und eine Armee hartgesottener Männer, die bereit sind, alles auszuführen, was er anordnet. Auf jeden von uns drückt die schwere

Hand Sir Johns. Wenn es ihm gefällt, wird er uns in die Knie zwingen.«

Foxmans Blick ging über die Trauergäste, bis er Keller gefunden hatte, der allein im Hintergrund stand. Foxman hob den Kopf und sprach direkt zu Keller:

»Die Terroristen des Syndikats sind überall, zum Schlag bereit, falls wir es wagen sollten, unserem Gewissen zu folgen. Wenn ein Mann sich vom Eigeninteresse leiten läßt, wird ihn Sir John bestrafen. Er wird sein Geschäft verlieren – und vielleicht sein Leben. Jeder von uns weiß, wie ungeschützt wir alle sind.

Ich rufe nach Befreiung von diesem Druck, ich rufe nach einem Ende der Unterdrückung, der Diktatur, der unbarmherzigen Angriffe auf alte, ehrbare Familien. Laßt uns wieder die Traditionen derer ehren, die uns vorangegangen sind!

Wir müssen zusammenhalten. Wir müssen dem Feind gemeinsam begegnen. Wir müssen Männern wie Robert eine sichere Welt hinterlassen. Dieses schreckliche Verbrechen muß vergolten werden. So soll es sein. Amen . . .«

»Masel und Bruch«, sagte jemand.

»Masel und Bruch.«

Sie saßen allein in Matties Wohnzimmer und nippten an heißem Tee mit Zitrone. Lange Zeit sprach niemand. Die langen Schatten der hohen Gebäude brachten vorzeitige Dämmerung, als sollte der Trübsinn dieses Tages unterstrichen werden.

Es war Maurice, der schließlich die Stille brach. »Du hast nicht geweint«, sagte er mitfühlend. »Während der ganzen Beerdigung nicht.«

Sie schaute ihn nicht an. »Ich habe geweint«, sagte sie, »hier drinnen.« Sie schlug sich gegen die Brust. »Seit ich es gehört habe. Es tut so weh, Maurice, werden diese Schmerzen einmal aufhören?«

»Er war ein feiner Junge.« Maurice Foxman wollte sie trösten, aber er wußte, was für eine unmögliche Aufgabe das war. »Ein feiner Junge«, wiederholte er.

»Wie er schon als Baby ausgesehen hat! Überhaupt nicht verrunzelt und rot wie so viele Babies. So schön war er immer. Oh, Maurice, ich vermisse ihn so sehr.«

»Wir vermissen ihn alle. Alle, die ihn gekannt haben, werden ihn vermissen.«

»Viel zu jung zum Sterben. Warum er, Maurice? Er war doch noch so jung.«

»Es gibt keine Gründe, keine Logik. Denk dran, wie es in Europa bei den Nazis war! Meine Familie, deine Familie, so viele sind in den Lagern für immer verschwunden. In solchen Taten eine Logik zu vermuten, heißt, sie zu würdigen, ihnen eine Bedeutung, einen Sinn zu geben.«

»Das Leben kann grausam sein.«

»Das Leben ist, was es ist – eine Lotterie. Unlogisch, ein Zwischenspiel, das genau die Bedeutung hat, die du ihm beimißt. Robert war ein guter Junge, ein guter Mann. Eines Tages hätte er meine Firma übernehmen können.«

Sie hob ihre Tasse, setzte sie wieder ab, ohne zu trinken. »Daß ein Junge wie Robert so früh genommen wird. Das ist nicht richtig. Das ist nicht fair. Er hat mir so viel bedeutet.«

»Du hast noch Ellie.«

»Ja, aber er war mein einziger Sohn. Nein, es ist nicht richtig. Robert hat mir immer mehr bedeutet. Ich habe ihn anders geliebt als Ellie. Auch anders als Emil.«

»Anders«, sagte Maurice, als ob er froh wäre, nichts mehr darüber zu hören.

»Anders«, sagte sie wieder. »Mehr. Ich habe Robert mehr geliebt. Eine Mutter darf das nicht sagen, aber es stimmt. Von Anfang an habe ich ihn mehr geliebt als Ellie. Sogar mehr als Emil. Irgendwie hat Robert in meinem Innern etwas ausgefüllt, das Emil nie berührt hat. Dabei spielte es keine Rolle, daß zwischen Emil und mir vielleicht weniger war, als zwischen Mann und Frau sein sollte.«

»Emil war dein Mann«, fühlte er sich verpflichtet zu sagen, »er hat für dich gesorgt, er hat sein Bestes gegeben. Er war Roberts Vater, er war Ellies Vater, und er war mein Bruder.«

Sie hob den Blick, schaute ihn an. »Ich trauere um Robert, wie ich um Emil nie getrauert habe. Daran läßt sich nichts ändern, Maurice. Hier drinnen werden meine Tränen nie aufhören. Ich weine immer um ihn.«

»Die Zeit wird es dir leichter machen, Mattie«, sagte er leise.

Sie brachte fast ein Lächeln zustande. »Leichter ja, aber nicht besser. Ich werde mich vielleicht an den Schmerz gewöhnen, ihn nie mehr zu sehen. Aber die Leere, die wird nicht vergehen. Niemals.«

Und dann, endlich, begannen die Tränen doch zu fließen.

7

An diesem klaren, strahlenden Frühlingstag in New York war es noch sehr kühl, und die Menschen gingen rascher durch die Straßen, als wollten sie sich durch Bewegung warmhalten. In der 47. Straße zwischen der Fünften und Sechsten Avenue herrschte der übliche lautstarke Betrieb mit den dazugehörigen geistreichen Verkaufsgesprächen.

Bärtige Hasidim in langen schwarzen Mänteln hielten jiddische Geschäftsreden. Schwarze Afrikaner verkauften an aufgeregte Italiener. Briten verhandelten mit Niederländern über Preise, und Israelis verkauften an Araber in hebräischer, arabischer oder französischer Sprache. Inder aller Kasten boten ihre Waren an und versuchten, die Fußgänger auf sich aufmerksam zu machen.

Auch Harry Geis war dabei, ein Geschäft anzubahnen. Die Frau war etwa Mitte Vierzig, hatte Übergewicht und gebleichtes blondes Haar. Sie befingerte die Diamanten, die Geis ihr auf einem Tablett vorgesetzt hatte. Drei der größten Steine legte sie zur Seite, hob jeden auf ihre Handfläche, als wollte sie ihn abwiegen.

Geis ging sparsam mit Worten um. »Das meiste verkauft sich von selbst«, war seine Philosophie, »man muß nur hin und wieder einen Satz sagen, der anheizt.«

»Ich will einen perfekten Stein«, sagte die Frau.

»Lupenrein«, sagte Geis, »jeder dieser Steine, die Sie schon aussortiert haben, ist lupenrein.« Er bot ihr seine Lupe an. »Überzeugen Sie sich selbst.«

Sie nahm die Lupe und schaute, aber er war sicher, daß sie keine Ahnung hatte, wonach sie suchen mußte. Er kannte ihren Typ: bis obenhin gefüllt mit Geld des Ehemanns – und immer auf der Suche nach Schnäppchen. ›Da mußt du früher aufstehen‹, dachte er.

»Wenn Sie einen Stein für einen Ring oder eine Brosche suchen«, sagte er, »dann reicht auch einer der kleineren . . .«

Sie antwortete, ohne aufzuschauen. »Nein, ich will einen Stein als Investitionsanlage, verstehen Sie? Etwas, das nicht an Wert verliert, sondern zunimmt.«

»Diamanten sind für die Ewigkeit«, sagte Harry Geis.

»Welcher von diesen dreien ist der beste?«

›Die sitzt schon in der Falle‹, dachte Geis hämisch. »Sie haben ein gutes Auge«, sagte er. »Mit keinem dieser Steine sind Sie schlecht bedient.«

»Für welchen würden Sie sich entscheiden, wenn Sie in meiner Lage wären?«

Er überlegte nicht lange, zeigte auf einen Stein, ganz kurz nur, und flüsterte dann, als ob er ihr ein Geheimnis verrate: »Ganz ohne Zweifel ist das der hervorstechendste. Schauen Sie sich dieses Funkeln an . . .«

»Ja, ich habe es schon gesehen . . .«

»Dieser Stein ist eine Meisterleistung«, sagte Harry Geis, »in einer solchen Qualität finden Sie nicht viele . . .«

»Aber teuer, was?«

»Nun ja, Qualität hat ihren Preis . . .«

»Wieviel?«

Er hatte schon einen Entschluß gefaßt. »Sie haben Glück«, sagte er. »Sie sind zur richtigen Zeit gekommen. Heute morgen ist nicht viel los, und weil sie meine erste Kundin sind, gebe ich Ihnen den besten Preis, der überhaupt möglich ist: neuntausend für Sie – die Steuer führe ich selber ab.«

Wenn sie akzeptierte, brauchte er heute nichts mehr zu tun – bei einem Profit von rund siebentausend.

Sie zögerte. »Ich hätte ihn gern schätzen lassen.«

»Aber natürlich! Ich würde Sie nicht ohne weggehen lassen . . . Ich mache Ihnen einen Vorschlag: Nehmen Sie den Stein, den Sie haben wollen, zeigen Sie ihn irgendeinem anderen Händler hier auf der Straße und lassen Sie sich einen Preis sagen. Wenn er höher liegt als neuntausend, nehme ich es auf meine Kappe. Wenn man Ihnen einen niedrigeren Preis nennt, können Sie den Stein dafür haben. Na, was sagen Sie dazu?«

»Hört sich fair an.«

»So arbeite ich, Ma'am, fair und ehrlich. Gehen Sie, lassen Sie den Stein schätzen.«

Die blonde Frau hob den Stein auf, nahm ihn in die Hand. »Wollen Sie keine Anzahlung?« fragte sie verwirrt.

»Lassen Sie mir Ihren Scheck da. Ich halte ihn fest, bis Sie kommen. Wenn der Stein weniger wert sein sollte, zerreißen wir den Scheck, und Sie stellen einen neuen auf die geringere Summe aus. Fair?«

Sie kicherte. »Wissen Sie was? Ich habe gar keinen Scheck bei mir. Ich zahle bar.«

Naives Dummerchen, dachte Geis und lachte sie an. »Richtiges Geld nehme ich auch.«

Sie gab ihm ein dickes Bündel, er händigte ihr eine Quittung aus. »Das ist wirklich fair«, sagte sie. »Ich lasse ihn rasch schätzen und bin gleich wieder da.«

»Lassen Sie sich Zeit«, sagte er, während er die restlichen Steine auf dem Tablett zurück in die Vitrine schob. Sobald die Frau den Laden verlassen hatte, rief er: »Hetty!«

Hetty kam aus dem Hinterzimmer, ein Buch in der Hand. »Was ist, Harry?«

»Hast du die Frau genau gesehen?«

»Ja.«

»Geh ihr nach. Du weißt schon.«

»Okay.« In der Tür traf sie auf Peter Downes. Sie betrachtete ihn ausgiebig und fragte sich, warum sich Männer mit diesem Aussehen nie für sie interessierten.

»Wie geht's?« fragte Geis. »Läuft alles nach Plan zwischen David Foxman und dir?«

»Ich habe ihn viermal gesehen. Wir treffen uns regelmäßig im Fitness-Center.«

»Er kostet mich verdammt viel wegen dieser Cindy. Ich dachte, nach zwei Nummern ist er bedient und schiebt sie ab. Aber der Kerl scheint nicht genug von ihr zu kriegen, und die verdammte Hure kommt mir mit dem Preis nicht entgegen.«

Peter Downes lachte. »Dann laß ihn doch hängen.«

Geis zischte: »Ich wünschte, das könnte ich.«

»Ich glaube, David verliebt sich in sie oder hat es schon getan«, sagte Downes.

»Verliebt in eine Nutte! Was für ein Schmock! In einer Welt, wo die Weiber kostenlos zu haben sind, fällt er auf eine Nutte herein. Mit seinem Alten hat er wirklich nichts gemeinsam.«

»Der alte Foxman hat bei der Beerdigung eine feine Rede gehalten«, sagte Downes.

»Warst du da?«

Peter Downes nickte. »Ich dachte, das macht sich gut, wegen David.«

»Kluges Köpfchen.«

»Er hat mich seinem Vater vorgestellt. Ich habe ihm kondoliert.«

»Prima. Geh ganz lässig ran. Laß es langsam wachsen.«

»Glaubst du immer noch, daß Foxman für uns am besten ist?«

»He, hör mir mal zu. Ich habe lange darüber nachgedacht. Foxman and Company ist genau richtig. Groß, aber nicht zu groß. Und angesehen. Die IMM liefert ihm den größten Teil, und sein Neffe fuhr durch die Welt, um ein paar kleinere Quellen anzuzapfen. Jetzt sieht es so aus, als ob der Alte in Schwierigkeiten steckt, weil er nicht mehr an andere Steine herankommt. Dabei hat er doch drei Fabriken zu versorgen, und die noblen Geschäfte, die er vor zehn Jahren eröffnet hat – Boutiquen in First-Class-Hotels. So ist der alte Foxman: Was immer er anfängt, hat Stil. Ein idealer Partner für unsere Zwecke.«

Sein kleines Gesicht verzerrte sich plötzlich. »Weißt du was, ich lasse David tatsächlich auf dem Trockenen bei Cindy. Wenn er ein Betthäschen braucht, soll er sich selbst eins suchen, und wenn Cindy ihn an der Angel behalten will, soll sie's umsonst tun. Wir haben jetzt den Kontakt, also brauche ich sie nicht mehr.«

Das Telefon schrillte. Geis hob ab und lauschte.

»Alles klar«, sagte er. »Komm zurück.«

»Was ist, wenn David durchdreht? Was ist, wenn er will, daß ich ihm bei Cindy helfe?«

»Dann klärst du ihn auf. Jeder wird mal von irgendeiner Frau hängengelassen, das passiert selbst einem Typen wie dir. Soll er doch in sein Bier weinen. Du kannst ihn ja trösten, das schmiedet euch noch enger zusammen.« Er wies aufs Telefon. »Ich muß mal anrufen.«

Er wählte. »Irwin, hier ist Harry Geis. Sag nicht meinen Namen. Bei dir ist'ne pralle Blondine, die will einen meiner Steine von dir geschätzt haben. Einskommaein Karat, weiß. Nenn ihr einen Preis von siebenfünf. Tausend sind für dich, Irwin. Alles klar?«

Er legte auf, grinste Peter Downes an. »Meine Kundin wird in ein paar Minuten wieder hier sein, also sattle dein Pferd und verzieh dich. Bleib an David dran, mach ihm den Vorschlag, den wir ausgearbeitet haben. Wenn ich alles richtig eingeschätzt habe, wird er nicht wütend werden. Alles klar? Worauf wartest du noch?«

Als die blonde Frau wieder das Geschäft betrat, wurde sie von Geis wie eine alte Bekannte begrüßt.

»Was habe ich Ihnen gesagt? Ich habe Ihnen einen guten Preis genannt, stimmt's?«

Sie legte den Diamanten auf die Theke. »Walberg and Sons sagt, der Stein ist nicht mehr als siebentausend wert«, sagte sie, ohne mit der Wimper zu zucken.

Verdammte Hexe, dachte Geis. Na gut, soll sie glauben, daß sie mich reingelegt hat.

»Siebentausend!« wiederholte er und verdrehte die Augen.

»Bei dem Preis komme ich ja nicht einmal auf meine Kosten! Aber gut, ich hab's gesagt, und dabei bleibe ich. Wenn Sie den Diamanten wollen, gehört er Ihnen. Für siebentausend, Lady, das ist geschenkt, glauben Sie mir.« Er reichte ihr das Bündel von neuntausend Dollar, ließ sie siebentausend abzählen und schrieb ihr eine Quittung.

»Es macht Spaß, bei Ihnen zu kaufen«, sagte sie und freute sich hämisch über ihren Triumph.

»Kommen Sie bald wieder«, sagte er, »es hat mich sehr gefreut.«

8

Blickfang im Büro von Maurice Foxman war der im Stil King George aus Walnußbaum gefertigte Partnerschreibtisch. Dahinter konnte man aus drei hohen Fenstern auf die 47. Straße sehen. Foxman saß in einem Drehstuhl und wartete, bis seine Besucher ihre Plätze eingenommen hatten. Er studierte ihre Gesichter, als sähe er sie zum ersten Mal. Eine Sekretärin schenkte Kaffee ein und bot Wiener Gebäck an.

»Ein trauriger Anlaß führt uns zusammen«, begann Maurice Foxman, »und was ich zu sagen habe, wird niemanden fröhlicher stimmen. Roberts Tod macht uns deutlich, zu welchen Mitteln gewisse Parteien in unserem Geschäft greifen, um ihre Ziele durchzusetzen . . .«

David, der in der ersten Reihe saß, fragte: »Glaubst du wirklich, daß Sir John sogar vor einem Mord nicht zurückschrecken würde?«

Foxman sah seinen Sohn abschätzend an. Er war fünf Jahre älter als Robert und auf seinem Gebiet kompetent, aber mehr konnte man nicht über ihn sagen. Wenn man ihm eine Aufgabe übertrug, die innerhalb seiner Möglichkeiten, seiner Vorstellungskraft und seines Ehrgeizes lag, würde er sie erfüllen. Er war der Manager des Ausstellungsraums, begrüßte die Kunden mit einem unerschöpflichen Vorrat an Allgemeinplätzen und Nettigkeiten und beleidigte niemanden. Aber ihm mangelte es an Ehrgeiz und an der Entschlossenheit, ein Karat mehr im Monat zu verkaufen. Es hatte eine Zeit gegeben, in der sich Maurice darauf gefreut hatte, daß David eines Tages das Geschäft übernehmen würde. Aus diesem Traum war er inzwischen erwacht.

»Ich glaube«, sagte Maurice ruhig, »daß das Syndikat tötet, wenn töten ihm nützlich ist. Vorher wird man es mit anderen Mitteln versuchen, einen Mann fertigzumachen: Diebstahl, Betrug, Rufmord.«

»Es ist schwer zu glauben, daß sie wirklich töten würden«, warf Mattie ein. Sie hatte keinen Tag von der Arbeit fernbleiben wollen, um ihren Gram in Papieren ersticken zu können. »Ich meine, Sir John ist ein Mann, der mit der Königin zu Mittag und mit dem Präsidenten zu Abend ißt. Ist es möglich, daß ein solcher Mann schlecht ist?«

»Sir John ist ein Mann ohne Wärme«, sagte Maurice. »Ich traue ihm alles zu.«

»Trotzdem«, sagte Mattie und lächelte Maurice entschuldigend zu, »er ist doch ein Diamanten-Mann . . .«

»Und ein Jude«, warf David ein.

Maurice unterdrückte sein Erstaunen über beider Naivität. »Er und ich haben nichts gemeinsam«, sagte er mit Bestimmtheit. »Er ist kein Jude, er ist Heide geworden. Er ist weder Christ noch Jude.« In seiner Stimme schwang mehr Trauer als Zorn.

Ellie, die immer noch im Rollstuhl saß, sagte lächelnd: »Das ist wohl der Gipfel der Assimilation, was?«

»Bei diesem Thema ist kein Platz für Humor, Ellie. Historische Zwänge haben Sir John geformt, haben ihn in eine andere Welt gestellt, eine Welt, die uns feindlich gesonnen ist. Er ist unser Feind geworden.«

Ellie rief sich in Erinnerung, daß sie hier nur als Familienmitglied geduldet war, nicht als Mitglied der Company. Sie war eine Außenseiterin, zurückgewiesen von ihrem Onkel. Trotzdem konnte sie nicht ihren Mund halten.

»Meiner Meinung nach gibt es andere Gegner für Foxman and Company, um die man sich dringender kümmern sollte.«

»Von wem sprichst du?«

»Zum Beispiel von den Indern, die billige Waren anbieten.« Als niemand unterbrach, fuhr sie fort: »Eine ernstzunehmende Gefahr für unser Geschäft ist auch der wachsende Einfluß des organisierten Verbrechens. Die Gangsterbosse benutzen das Diamantengeschäft als Geldwaschanlage. Sie investieren mit ihrem schmutzigen Geld und bekommen saubere Steine als Profit.«

»Ja, auch das sind Probleme«, gab Maurice zu.

»Was ist mit den neuen australischen Quellen?« warf David ein. »Es heißt, daß es dort noch Hunderte unentdeckter Diamantenfelder gibt. Wenn das stimmt, kann der Markt empfindlich gestört werden.«

»Seht ihr, so sind wir«, sagte Maurice Foxman. »Ohne Zusammenhalt, ohne gemeinsamen Standpunkt. Jeder von uns sieht woanders die Gefahren für unser gemeinsames Wohl, und dabei ignorieren wir die einzige wirkliche Bedrohung – Sir John und das Syndikat.«

»Aber Maurice«, sagte Mattie, »warum sollte Sir John dich oder die anderen Händler vernichten wollen?«

»Du hättest sehen sollen, was er mir zuletzt angeboten hat. Es war eine Katastrophe.«

»Warum?« fragte Ellie.

»Frag Sir John. Vielleicht wegen unseres kleinen Engagements in Venezuela. Der Karton enthielt nur minderwertige Steine, die Farben waren schlecht, alle Steine zu klein. Die gesamte Lieferung war höchstens halb soviel wert, wie ich gezahlt hatte. Kein einziger erstklassiger Stein. Noch so eine Lieferung, und das Geschäft ist in Gefahr. Wenn sie sie bei Foxman and Company nicht bekommen, gehen sie zu anderen.«

»Sag mir, was ich tun kann, Vater«, sagte David. Er streckte und beugte seinen Arm und schaute dem Spiel seiner Muskeln zu.

Foxman sah seinen Sohn lange an. Das Gesicht war blaß, es war das Gesicht eines Athleten, aber in den Augen herrschte eine Leere, die Maurice nicht ergründen konnte. Noch einmal, sagte er sich. Er würde noch einen Versuch unternehmen.

»Gut, David, ich werde dir sagen, was ich von dir möchte. Du übernimmst Roberts Verantwortungsgebiet. Ich möchte, daß du neue Quellen erschließt – zu günstigen Preisen natürlich. Zu lange schon sind wir auf die IMM angewiesen, wir müssen andere Verbindungen schaffen. Du mußt die Händler kennenlernen, David, die Schleifer, jeden in diesem Geschäft.

Flieg nach Australien, sieh nach, was sie uns anbieten können. Du mußt nach Nigeria fliegen, nach Zaire, Angola, und die südamerikanischen Hersteller besuchen. Fang am besten sofort mit deiner Arbeit an.«

David grub seine gespreizten Finger tief in die Muskeln seines Oberschenkels. Er war stolz auf seine Körperkraft, aber lange Zeit hatte er nicht begriffen, daß er kein starker Mann war, jedenfalls nicht im Sinne seines Vaters. Wann immer er vor einer Herausforderung gestanden hatte, hatte David versagt: Beim Football in der High School, bei Frauen, bei der Arbeit. Stets enttäuschte er die Erwartungen der Menschen, die ihm nahestanden, und seine eigenen. Er sehnte sich danach, der Mann zu werden, den sein Vater sich wünschte. Aber wann immer sich eine Chance dazu bot, ließ David sie ungenutzt – wie jetzt.

»Lieber nicht, Vater.«

Foxman hielt die scharfe Erwiderung zurück, die ihm auf der Zunge lag.

»Warum, David?«

Ein verlegenes Lächeln umspielte Davids Mundwinkel. »Ich ziehe es vor, in New York zu bleiben«, sagte er lahm, und als Maurice nichts erwiderte, fuhr er rasch fort: »Mein Leben ist hier. Meine Freunde. Meine Interessen. Ich will nicht reisen, ständig unterwegs sein, aus dem Koffer leben. Ich bin kein Zigeuner. Alles, was ich brauche und erwarte, gibt es hier in dieser Stadt.«

»Und alles, was die Company braucht . . .?«

Davids Augen huschten zu Ellie, zu Mattie, als suchte er Verbündete. »Mein Job ist hier, Vater. Ich habe hart gearbeitet, um meine Verbindungen zu knüpfen. Es wäre nicht vernünftig, das alles aufzugeben. Die Kunden, die in den Ausstellungsraum kommen, erwarten einfach, daß ich da bin. Ich leiste dort gute Arbeit. Mein Wert für die Company liegt dort.«

Foxman sagte: »Wenn nicht du, wer dann?«

Ellie versteifte sich. Sie wollte protestieren, sie wollte herausschreien, daß sie sich beleidigt fühlte, sie wollte alles sagen, was sich in ihr aufgestaut hatte. Aber das hätte ihr nicht weitergeholfen, und so schwieg sie.

Foxman lehnte sich müde in seinen Stuhl zurück. »Mir bleibt also nur noch ein Weg«, sagte er. »Ich muß einen Mann von draußen in die Company aufnehmen, damit ich die Hilfe finde, die ich brauche.«

Er sah zu Ellie hinüber, schien sie aber gar nicht wahrzunehmen.

An diesem Abend besuchte Mattie ihre Tochter in deren Appartement im 22. Stockwerk eines vor kurzem fertiggestellten Gebäudes auf der Dritten Avenue. Alles glänzte und war neu, eine Einrichtung aus poliertem Stahl, Glas und Leder. Mattie kam sich vor wie im Wartezimmer eines Arztes. Sie bevorzugte tiefe, gemütliche Sessel und Sofas, Naturholz und Möbel, denen man ihr Alter ansah.

Sie aßen Nudelsalat und tranken Kräutertee und vermieden, das Gespräch auf Robert zu bringen. Aber Ellie konnte nicht lange an sich halten und ließ eine Tirade auf ihren Onkel los. »Siehst du nicht, wie wenig er von mir hält?« rief sie wütend. »Er braucht jemanden, um Robert zu ersetzen, und er fragt David, der den Job nicht will und auch nicht kann.«

»Sei nachsichtig mit David«, sagte Mattie.

»David ist ein kleiner Junge, der nie erwachsen sein wird. Ihm genügt es, sich in der Ausstellung zu verstecken und seine Muskeln aufzublasen.«

»Manche Menschen sind Spätentwickler.«

»Das ist mir egal, Mutter. Ich bin nicht wütend auf David, sondern auf Maurice. Ich sitze direkt vor ihm, aber die einzige Lösung, die er sieht, besteht darin, einen Mann von draußen zu verpflichten, einen *Mann.*«

»Was kann er denn sonst tun?«

Ellie bezähmte ihre Wut. »Warum muß es denn ein Mann sein?«

»Ich verstehe nicht.«

»Warum kann es keine *Frau* sein?«

Mattie fand den Gedanken sehr belustigend. »Nein, ich kann mir nicht vorstellen, daß eine Frau soviel reisen möchte.

Sie wäre nie zu Hause bei ihrer Familie. Was würden die Kinder ohne sie anfangen? Was würde ihr Mann dazu sagen?«

»Ich habe keine Kinder. Ich habe keinen Mann. Und ich bin viel qualifizierter für den Job als jeder, den er finden wird.«

Ihre Mutter sagte nichts.

»Er hat keine Sekunde auch nur an mich gedacht. Mein Gott, ist das frustrierend.«

»Aber Liebling, du hast nicht die Erfahrung . . .«

»Seit der High School bin ich im Geschäft. Es gibt nichts, was ich nicht kenne. Wenn ich ein Mann wäre, würde Maurice mich sofort anstellen.«

»Da bin ich nicht so sicher.«

»In Maurice' Augen sind Frauen nur gut, um das Haus in Ordnung zu halten, Kinder zu gebären und Parties zu arrangieren.«

»So einfach ist es nicht.«

»Mutter, du machst mich wütend. Du verteidigst ihn immer.«

»Und du greifst ihn immer an.«

»Weil ich Grund dazu habe.«

»Maurice wird auch Gründe haben, warum er dir den Job nicht anbietet.«

»Welche?«

Mattie seufzte. »Nun ja, du hast nicht gerade eine lupenreine Vergangenheit.«

Seit ihrem Abschlußexamen in Barnard hatte es eine Reihe von persönlichen und beruflichen Katastrophen in Ellies Leben gegeben. Liebesaffären mit ungeeigneten Männern. Zwei davon waren verheiratet gewesen, der dritte ein Transvestit. Und dann war da auch noch Henry Wilton – und der Chamblay.

»Meine Vergangenheit!« platzte es aus Ellie heraus. »Was kann man denn schon von mir erwarten, wenn man mir nichts zutraut? Wenn ich für so unfähig gehalten werde, daß man mir keine Verantwortung gibt? So ist es doch immer gewesen. Die liebe kleine Ellie mußte beschützt werden. Bloß keine selbständige, unabhängige Ellie! Und wenn ich mal ausgebrochen bin, wurde ich von Maurice – und von dir, Mutter – wie ein kleines mißratenes Kind behandelt.«

Sie redete sich immer mehr in Rage.

»Ich bin nicht unfähig, und ich bin auch keine Närrin. Ich begreife, daß du und Maurice kein Vertrauen zu mir habt. Dann seid auch nicht überrascht, wenn ich eure Einstellung bestätige. Worauf hat man mich denn getrimmt? Schöne Kleider zu tragen, gut auszusehen, der Satellit eines Mannes zu sein. Niemals bin ich ermuntert worden, mich selbst zu entwickeln, auf eigenen Füßen zu stehen. Mir ist nie erlaubt worden, meinen eigenen Platz in dieser Welt einzunehmen.«

»Warum bist du so verbittert?« fragte Mattie leise. »Robert war nicht so.«

»Robert war ein Junge, er durfte Dinge ausprobieren, erforschen und darauf hinarbeiten, eine eigene Persönlichkeit zu werden. Ich durfte nicht.«

»Ich wünschte, du wärst ruhiger«, sagte Mattie, »gelassener. Ich wünschte, du würdest das Leben mehr akzeptieren. Ich wünschte, du könntest mehr sein wie ich.«

Alle Wut wich aus ihrem Inneren. Ellie fühlte sich wie eine Gummipuppe, der die Luft ausgegangen war.

»Was geschehen ist, Mutter, ist geschehen«, sagte sie. »Ich habe aus meinen Fehlern gelernt. Ich werde auch den Chamblay wiederfinden. Ich bin besser als jeder, den Maurice finden kann, aggressiver, stärker. Ja, ich bin oft übers Ziel hinausgeschossen, aber ich kann noch lernen. Ich habe gute Instinkte.«

Mattie wollte gern glauben, daß sich Ellie geändert hatte, daß sie reifer geworden war. Aber sie war sich dessen nicht sicher. »Hast du mit Maurice darüber gesprochen?«

»Nein, er hat sich ja schon entschieden.«

Mattie wollte dem einzigen ihr verbliebenen Kind helfen, wollte es beschützen vor den Gefahren der Welt. Aber schon bei Robert war ihr das nicht gelungen, und insgeheim bewunderte sie Ellies Ehrgeiz und auch ihre Selbstkritik.

»Wenn du es willst, wirst du Maurice auch von dir überzeugen«, sagte sie.

»Er hat sich entschieden, und du weißt genau, wie starrköpfig er ist.«

»Bist du denn anders? Du mußt Maurice davon überzeugen, daß du gut genug für den Job bist.«

»Und wenn mir das nicht gelingt?«

»Die Antwort kennen wir beide: Du wirst nicht nachlassen, bis er seine Meinung geändert hat.«

Keller wohnte in einem Brownstonehaus in der westlichen 69. Straße, dicht beim Central Park. Er faulenzte in seinem Lieblingssessel, die Füße auf einem der kleinen Beistelltische, und starrte Foxmans Gehstock an, als wolle er ihm befehlen, sein Geheimnis preiszugeben. Es war ein grob geschnitzter, dicker Stock aus einem Stück, massiv genug, um das Gewicht eines kräftigen Mannes wie Robert Foxman zu stützen.

Das Knie beim Skifahren verletzt . . . Ein ganz gewöhnliches kleines Malheur. Wo? Hier im Osten? Der Schnee war schon lange geschmolzen. Vielleicht in Aspen, Colorado? Oder in den Bergen von Utah? Aber Maurice Foxman hatte nichts von dem Skiunfall gewußt. Wäre es ihm nicht aufgefallen, wenn Robert in sein Büro gehumpelt wäre? Hätte er nicht ein, zwei Worte des Mitgefühls verloren?

Keller hob den Stock auf. Er war schwer, womit man bei der Dicke rechnete. Aber vielleicht doch eine Idee zu leicht? Er schüttelte ihn. Nichts. War er auf dem falschen Weg? Manchmal war ein Gehstock wirklich nur ein Stock . . .

Er stand auf, ging in seinem geräumigen Wohnzimmer auf und ab und benutzte dabei den Stock. Er hatte tatsächlich ein lädiertes Knie, zusammengeflickt mit Fäden und Nägeln, eine Erinnerung an seine Football-Zeit. Auch sein Oberkörper war ein einziges Narbenfeld, und an diesigen, feuchten Tagen machten sie sich bemerkbar, als wollten sie dafür sorgen, daß er seine vergangenen Abenteuer nicht vergaß. Dann gab es noch ein paar unsichtbare Narben und Verletzungen – Erinnerungen an seine gescheiteren Versuche, sein Leben zu ändern, an seine gescheiterten Ehen, seine gescheiterten Liebesaffären. Dieser Maurice Foxman besaß etwas, um das er ihn beneidete:

Er konnte sein Leben selbst bestimmen. Keller fragte sich, ob der alte Herr wirklich jemals Angst vor etwas empfunden hatte. Die Sorte Angst, gegen die Keller tagtäglich ankämpfen mußte.

Er untersuchte das Ende des Gehstocks. Ein Gummibolzen sorgte für festen Halt. Keller zog und drehte an dem Bolzen herum, bis er ihn gelöst hatte. Darunter festes Holz, das nicht nachgab. Vergeblich versuchte er, den Griff des Stocks zu drehen, legte ihn schließlich resigniert beiseite, setzte sich in den Sessel und starrte ihn weiter an.

Warum?

Warum war Robert erschossen worden? Raub war nicht das Motiv, denn es war nichts gestohlen worden. Rache? Liebe? Keller spürte, wie er gereizt und wütend wurde über seine Unfähigkeit, das Geheimnis zu lüften. Es hatte zu viele Diamantenmorde in den letzten Jahren gegeben. Aus welchem Bereich würde das nächste Opfer kommen?

Plötzlich blitzte eine Frage auf, die er schon längst hätte stellen müssen. Er ergriff das Telefon und meldete ein Gespräch nach Übersee an. Mit der Antwort auf die Frage würde er klarer sehen.

Vielleicht . . .

Wieder war er beeindruckt von Peter Downes' Aussehen, das durch die weltmännischen Manieren und die Selbstsicherheit dieses Mannes noch verstärkt wurde.

Sie saßen bei Drinks im Algonquin zwischen kleinen Eichentischen auf Stühlen mit hohem Rücken. Fast alle berühmten amerikanischen Dichter hatten schon hier gesessen und mit den altertümlichen Klingeln auf den Tischen die Kellner herbeigeläutet. Es hatte eine Zeit gegeben, in der auch David ein Dichter werden wollte. Er hatte zwei Romane begonnen und keinen beendet, zwei oder drei Kurzgeschichten geschrieben, die er niemandem anzubieten wagte, und ein Theaterstück, das er niemandem zu lesen gab. Ohne Begleitung hätte ihn die Atmosphäre des Algonquin eingeschüchtert, aber mit Peter fühlte er sich sicher.

Peter Downes wirkte, als gehörte er hierher. Sein Aussehen

verlieh ihm dieses Selbstbewußtsein, das Aussehen, das Frauen veranlaßte, sich nach ihm umzusehen, und Männer verstohlen und neidisch blicken ließ.

Peter hatte fest Davids Arm gepackt, als sie sich begrüßten – ein Zeichen beginnender Vertrautheit.

»Es ist so gut, dich wiederzusehen, David.«

David strahlte. Er war glücklich, einen neuen Freund gefunden zu haben.

»Da ist etwas, das ich gern mit dir besprechen möchte«, sagte Peter, als der Kellner die Drinks gebracht hatte.

»Ja? Kann ich etwas für dich tun?«

»Kannst du.« Peter zögerte. »Ich habe vielleicht gar nicht das Recht, dir so etwas anzutragen . . .«

»Wir sind Freunde. Komm, sprich schon.«

Peter sah David eindringlich an. »Ich möchte wirklich gern, daß wir Freunde werden, David, sehr gerne.«

»Sag endlich, was du auf dem Herzen hast.«

»Wenn du nein sagst, mußt du wissen, daß ich das verstehe. Und sag es geradeheraus.«

David fühlte sich glücklich. Daß Peter Downes zu ihm kam und Hilfe brauchte, schmeichelte ihm. »Rück raus mit der Sprache.«

»Ich habe einen Kunden, einen sehr potenten Kunden. Er will seiner Frau ein besonderes Geschenk zur Silberhochzeit machen.«

»Diamanten natürlich.«

»Ja.«

»Und jetzt suchst du die richtigen Steine?«

»Nein, nicht ganz, David.«

In David schrumpfte etwas zusammen. Als ob man ihn wie ein kleines Kind zurechtgewiesen hätte.

»Mein Klient sucht nach einem Paar runder Brillanten, bis zu drei Karat. Lupenrein, keine Einschüsse, perfekt geschliffen.«

»Bis hierher noch kein Problem«, sagte David.

»Der Haken kommt jetzt – er beharrt darauf, daß die Steine frisch geschliffen sind, es muß etwas Jungfräuliches sein.«

»Der Mann ist ein Romantiker.«

»Genau das, David, ein Romantiker. Und er ist immer noch sehr in seine Frau verliebt.«

»Soll ich dir die Steine besorgen?«

»Ich habe sie schon.«

»Oh! Wo liegt dann dein Problem?«

»Der Klient besteht darauf, nur mit einem renommierten Unternehmen ein Geschäft zu machen. Es muß eine Firma sein, die einen guten Ruf hat . . .« Peter Downes sah David fragend an. »Kannst du helfen?«

»Was soll ich tun?«

»Foxman and Company ist auf der ganzen Welt bekannt. Du bist ein Mitglied der Company, du trägst den Familiennamen. Wenn mein Klient überzeugt wäre, die Steine von Foxman and Company zu bekommen . . . nun, dann wäre der Handel perfekt.«

»Kein Problem«, sagte David, »schon erledigt.«

»Vielleicht wäre es dir lieber, wenn du mit der ganzen Sache nichts zu tun hättest.«

»Ich will damit zu tun haben, Peter, du bist mein Freund.«

»Ich weiß das wirklich zu schätzen, David. Ein Akt wahrer Freundschaft.«

»Es ist mir ein Vergnügen.«

»Aber ich knüpfe die Bedingung daran.«

»Ja.«

»Daß du eine anständige Kommission nimmst.«

»Nein, das kann ich nicht.«

»Dann kommen wir nicht ins Geschäft . . .«

»Aber wir sind Freunde . . .«

»Geschäft ist Geschäft.«

»Also gut, wenn du darauf bestehst . . .«

»Ich bestehe darauf.« Er reichte David die Hand. »Wer weiß? Vielleicht machen wir bald wieder ein Geschäft.«

»So eine Partnerschaft würde mit gut gefallen, Peter.«

»Mir auch, David. Mir auch.«

9

Ellie war seit 24 Stunden aus dem Rollstuhl, ihre Beine waren noch ein bißchen wackelig, und bei jedem Schritt hatte sie stechende Schmerzen. Aber sie war entschlossen, ihrem Onkel diese Schwäche nicht zu zeigen, als sie ihn in seinem Büro aufsuchte. Er begrüßte sie mit einem Lächeln, fragte nach ihrer Gesundheit und bot ihr den zimtfarbenen Stuhl auf der anderen Seite seines Schreibtischs an. Dann setzte er sich, schaute sie wohlwollend an und faltete die Hände wie zum Gebet. Maurice war kein gläubiger Mann, wie er manchmal bedauernd gestand. Er liebte die Traditionen des Judentums und fühlte eine sentimentale Verbundenheit zum Gott Abrahams, Davids und Moses, aber zu Gebeten und Ritualen ließ er sich selten herbei. Er empfand eine tiefe Schuld denen gegenüber, die vor ihm gewesen waren, die – ungeachtet der Leiden, der unwürdigen Behandlungen – als Juden gelebt hatten und als Juden gestorben waren.

Ellie, in Amerika geboren und aufgewachsen, war von amerikanischen Traditionen beeinflußt, von den Mythen der Gleichheit, der Gerechtigkeit, dem Wohlstand für alle. Ellie war stark wie die Nation selbst und wie diese noch ein bißchen unreif, voller Hoffnung, es eines Tages denen gleichtun zu können, die vor ihr waren.

Sie war eine attraktive Frau geworden, hatte mit niemandem in der Familie Ähnlichkeit. Ihre Gene mußten lange Zeit im Familienerbgut geschlummert haben. Sie hatte ein offenes Gesicht, helle, glänzende Augen, krauses kastanienbraunes Haar, und wie so oft in letzter Zeit stellte Maurice fest, daß sie eine der schönsten Frauen war, die er je gekannt hatte.

»Es geht dir besser«, sagte er, »ich kann es in deinem Gesicht sehen.«

»Der Doktor sagt, daß ich bald wieder ganz hergestellt bin.«

»Du hast viel Glück gehabt.« Er hatte sie heranwachsen sehen und sie wie eine eigene Tochter geliebt, als sie ein Kind war. Aber dann lebten sie sich allmählich auseinander. Ihm mißfielen einige ihrer Ansichten und manche ihrer Taten, obwohl er ihr das nie gesagt hatte. Er spürte ihre Abneigung sich gegenüber, manchmal auch den blanken Haß, aber er wußte nicht, womit er ihn verursacht hatte.

Er hatte sie straucheln sehen in ihrem Bestreben, zu schnell erwachsen zu werden, und er hatte immer wieder versucht, ihr auf die Beine zu helfen. Wie verzweifelt sie kämpfte, um auf eigenen Beinen stehen zu können, von keinem anderen Menschen abhängig zu sein – als ob das ein wünschenswerter Zustand wäre.

»Du mußt eine schwere Zeit hinter dir haben«, sagte er, »Roberts Tod und dein Unfall . . .«

»Es war eine schwere Zeit für alle«, antwortete sie. Sie wollte nicht mit ihm über den Unfall sprechen. Sie war an der Unglücksstätte von der Polizei gefunden worden, nackt und blutig und bewußtlos. Niemand hatte den weißen Jaguar erwähnt, niemand hatte von Henry Wilton gesprochen. Er hatte sie halbtot am Straßenrand zurückgelassen und war mit dem Chamblay verschwunden. Eines Tages würde sie sich rächen wegen der Schmerzen, die sie erlitten hatte – und wegen des gestohlenen Chamblay. Wie sollte sie der Marquise je den Preis zurückzahlen?

Als ob Maurice ihre Gedanken lesen könnte, sagte er: »Meine Leute haben die Kette sichergestellt, am Hals einer Freundin von Raymond Wentworth. Mit Hilfe französischer Gendarmen haben sie den Chamblay der Eigentümerin in deinem Auftrag zurückgebracht. Die Marquise war zwar verwundert, hat aber keine Fragen gestellt.«

Ellie machte große Augen. »Ich wollte nicht, daß du dich einschaltest. Ich . . .«

Maurice fuhr fort: »Die Polizei und Interpol suchen deinen Freund Wilton. Auch die Detektive einer Versicherung sind hinter ihm her.«

»Ich hätte die Sache auch allein regeln können.«

Er sah sie ernst an. »Wie?«

»Mir wäre schon etwas eingefallen.«

»Ich glaube nicht. Eine solche Angelegenheit verlangt Erfahrung, genug Leute, die man einsetzen kann, und Geld!«

Sie begriff, daß das ein Tadel war. Er wollte ihr zeigen, wie hilf- und nutzlos sie war, wenn es darum ging, etwas wirklich Wichtiges zuwege zu bringen. Während sie ihre Wunden gepflegt und sich bemitleidet hatte, war Maurice das gelungen, wovon sie nur träumen konnte. Sie zwang sich, ihren Unmut nicht zu zeigen. »Und Henry?« fragte sie.

»Es heißt, daß er in Kolumbien lebt bei einer alternden Filmschauspielerin, der dort mehrere Kaffeeplantagen gehören. Er ist jedenfalls aus deinem Leben. Für immer, hoffe ich.«

»Ich wollte das auf meine Weise erledigen . . .«

»Nun, es ist erledigt, das allein ist wichtig.«

»Es hätte mir viel bedeutet, wenn ich die Chance gehabt hätte, es selbst zu schaffen.«

Er hob die Schultern. »Die Chance ist vorbei. Reden wir nicht mehr davon.«

»Ich danke dir«, sagte sie, ohne Gefühl in der Stimme. »Es wird nicht wieder vorkommen, nichts in dieser Art.«

»Ich bin immer bereit, dir zu helfen. Schließlich bin ich der Bruder deines Vaters.«

Sie ging auf diese Bemerkung nicht ein und rief sich in Erinnerung, warum sie gekommen war.

»Ich möchte mit dir reden, Maurice.«

»Ja, sicher. Um was geht es?«

»Um Roberts Tätigkeit.«

Er nickte. »Sein Tod ist eine Tragödie.«

»Ich kann seinen Job übernehmen, Maurice.«

Er runzelte die Stirn. »Du bist noch jung, hast noch Zeit. Brauchst noch Zeit«

»Ich gebe zu, daß ich Fehler gemacht habe«, sagt sie, »aber wer macht keine Fehler? Ich weiß, daß ich Roberts Job übernehmen kann.«

Während sie um den Job bat, wuchs ihr Zorn, richtete sich diesmal gegen sie selbst. Warum bettelte sie? Sie wußte, daß sie die richtige Person für diese Stelle war.

Maurice sagte: »Diamanten sind da, um von Frauen getragen zu werden, weil Frauen die Schönheit eines Diamanten steigern. Aber sie gehören nicht ins Diamantengeschäft, das ist eine Männerwelt.«

»Das ist absurd!« Sie versuchte, ihren Ärger unter Kontrolle zu bekommen, »und eine sehr altmodische Ansicht.«

»Dann bin ich eben ein altmodischer Mann in einem altmodischen Geschäft.«

»Frauen füllen heutzutage jede Position aus. Frauen sind Polizisten, arbeiten auf dem Bau. Ist es nicht an der Zeit, daß auch die Diamantenindustrie das zwanzigste Jahrhundert wahrnimmt?«

Er hätte gern ihren Wunsch erfüllt, aber viele Vorbehalte hielten ihn zurück. »Um was geht es dir, Ellie? Mehr Geld? Gut, dafür gibt es eine Lösung. Du hast bisher nur gelegentlich Aufträge von mir bekommen, das kann ich intensivieren. Du kannst auf Kommissionsbasis regelmäßig für mich arbeiten und bekommst natürlich ein Gehalt, das jährlich angehoben wird. Würde dir das zusagen?«

»Schau mich an, Maurice«, sagte sie mit fester Stimme, »sehe ich aus wie jemand, der sich mit halben Dingen zufrieden gibt? Ich liebe dieses Geschäft auch deshalb, weil es ungeahnte Möglichkeiten bietet. Du kannst alles werden, niemand setzt dir Grenzen.«

»Menschen, die zu hoch hinaus wollen, stürzen leicht ab. Arbeite für mich, dann wird es dir immer gutgehen.«

»Und ich wäre nur eine deiner Angestellten.«

»Was willst du statt dessen?«

Sie atmete tief ein. »Ich will das, was du hast, Maurice – ein eigenes Geschäft, Ich habe Ideen, mein Kopf steckt voller Pläne.« Leiser sagte sie. »Ich will die erste Frau sein, die von der International Minerals and Mines zugelassen wird.«

»Ah, ein Pionier, was?«

»Verdammt!« Sie sprang auf ihre Füße, schritt zur Tür. »Ich hätte wissen sollen, daß du so reagierst. Du nimmst mich nicht ernst. Es war ein Fehler, dich überhaupt gefragt zu haben.«

»Langsam, langsam«, sagte Maurice. »Komm, setz dich wieder. Was wäre, wenn du Roberts Job übernimmst, aber vom Syndikat trotzdem nicht anerkannt wirst?«

»Ich wäre meinem Ziel immerhin nähergekommen, könnte auf mich aufmerksam machen.«

»Du unterschätzt Sir Johns Vorurteile. Er hat eine Frau und

einige Töchter, und er hält sie vom Geschäft fern. Weißt du, es gibt viele Gefahren . . .«

»Ich habe keine Angst. Ich kann auf mich aufpassen.«

»Das hat Robert auch immer gesagt. Leider hatte er unrecht. Es gibt Situationen, in denen man eben nicht auf sich aufpassen kann.«

»Ich bin stärker als Robert – und cleverer.«

»Was hilft dir deine Schlauheit, wenn dich jemand erschießt? Oder dir eins mit dem Knüppel über den Kopf zieht und deine Ware raubt? Vor drei Tagen haben zwei Männer einen meiner Vekäufer, Charlie Wilson, in einen Hauseingang gedrängt, ihn mit dem Messer bedroht und seinen Koffer voller Diamanten an sich gerissen. Charlie ist stark, Charlie ist clever – der Verlust beträgt eine Viertelmillion Dollar.«

»Die Kennedy-Diamanten?«

Maurice nickte. »Tapfer und stark und clever zu sein, reicht nicht aus. Was dir in Frankreich widerfahren ist und Robert in Afrika . . . das sind nicht die scheußlichen Ausnahmen. Unser Geschäft ist gefährlich geworden – nicht nur für Frauen. Ehre und Ehrlichkeit zählen nicht mehr, auch nicht Eigentum oder Menschenleben. Betrüger, Räuber, Mörder lauern überall. Sir John leitet das Syndikat mit Methoden der Einschüchterung und notfalls mit brutaler Gewalt.«

Er atmete kurz und abgehackt und spürte, daß sein Herzschlag raste. »Ich will dir sagen, warum Robert getötet wurde: Es sollte eine Warnung sein. Eine Warnung an mich, daß ich nicht aus der Reihe tanze. Sie wollen nicht, daß ich gegen die rüpelhaften Methoden des Syndikats zu Felde ziehe. Die schlechten Steine, die sie mir in London angeboten haben, waren eine zusätzliche Warnung.«

Er schüttelte den Kopf. »Nein, Ellie, ich kann dich nicht den tödlichen Gefahren unseres Geschäfts aussetzen. Wenn dir etwas widerführe, würde deine Mutter mir nie verzeihen. Ich lasse es nicht zu, daß auch du vernichtet wirst.«

»Du kannst mich nicht aufhalten! Niemand kann das. Ich werde weitermachen, und Sir John wird mich akzeptieren müssen.«

»Und dir Diamanten anbieten?«

»Ja.«

»Du hörst dich genauso an wie jemand, den ich vor langer Zeit einmal gekannt habe«, sagte er lächelnd.

»Es gibt niemanden wie mich«, sagte sie stolz. Sie öffnete die Tür und schritt aus dem Büro.

»O doch«, sagte er leise. »Es gab jemanden – und das war ich.«

10

Keller rief an, nannte seinen Namen und sein Anliegen. Ellie war zu einem Gespräch bereit. »Aber nicht im Geschäft meines Onkels.«

Er schlug ein Mittagessen vor, und sie einigten sich auf den Ginger Man, gegenüber vom Lincoln Center. Er saß schon am Tisch, als sie eintrat, und stand zur Begrüßung auf. Sie musterte ihn abschätzend und schüttelte seine Hand. Einer von Sir Johns Polypen, würde Maurice gesagt haben, einer der Handlanger des Bösen, ein Mann der Gewalt, ein Killer.

Keller strahlte etwas Unbeständiges aus. Die blassen Augen, denen nichts entging, die gebrochene Nase, die sein Gesicht ein wenig verzerrte. Ellie hatte den Eindruck, als gehöre er zu den Männern, die sehr gut auf sich aufpassen können.

»Ich bin Keller«, sagte er und hielt ihre Hand länger als nötig.

»Woher weiß ich, daß Sie der sind, für den Sie sich ausgeben?« Sie entzog ihm ihre Hand und setzte sich.

Er zeigte ihr seinen Ausweis. »Zufrieden, Miss Foxman?«

Sie warf nur einen flüchtigen Blick darauf. »Sie sagten, Sie wollten mit mir über meinen Bruder reden? Warum?«

Ein Kellner kam zu ihnen. Keller bestellte Bier, Ellie verlangte Weißwein.

»Es ist mein Job, mich um solche Ereignisse zu kümmern. Ich will die Hintergründe kennenlernen.«

»Mein Bruder wurde ermordet. Ich kann mir nicht vorstellen, daß Sie die Hintergründe dieser Tat kennenlernen wollen.«

»Was bringt Sie auf den Gedanken?«

»Ihr Boß könnte im Hintergrund sein.« Als er nichts sagte, fühlte sie sich gedrängt, weiterzureden. Trotz des Geräuschpegels, der über dem Restaurant lag, herrschte zwischen ihnen beiden eine Stille, die ihr unerträglich wurde. Keller machte sie verlegen, sie fühlte sich unbehaglich und wünschte, sie wäre nicht gekommen. Der Mann reizte sie, brachte ihr Selbstbewußtsein ins Wanken. Sie rief sich zur Ordnung. »Stellen Sie Ihre Fragen, Keller. Wir beide wissen, daß Ihre Ermittlungen nur eine Formalität sind, eine leere Geste. Nichts wird dabei herauskommen.«

Keller ging auf ihre Unfreundlickeit nicht ein. Er verteidigte sich nie, und er verteidigte auch nicht Sir John. Er bot nicht einmal Erklärungen an. Seine Methode war, Fragen zu stellen, den Antworten zuzuhören, sie zu vergleichen mit bereits vorhandenen Informationen, um dann möglicherweise ein Ergebnis zu erzielen. Manchmal ging es dabei rauh zu. Auch damit kannte Keller sich aus. Es gehörte zum Job, den Schmutz aufzukehren, den andere Leute zurückließen. Alles zum Wohle der IMM, zur Zufriedenheit von Sir John.

Er beobachtete Ellie, taxierte sie. Ihre Bewegungen hatten Stil und Anmut. Ihre seegrünen Augen blickten kühl, sicher. Lichtreflexe glitzerten in ihrem Haar, wenn sie den Kopf bewegte. Sie war die schönste Frau, die er seit langem getroffen hatte, und es war nur zu deutlich, daß sie ihn nicht mochte. Schade. Aber es war nicht nötig, daß sie ihn mochte. Das gehörte nicht zu seiner Stellenbeschreibung.

»Hat Ihr Bruder jemals von Feinden gesprochen? Oder daß er um sein Leben fürchtete?«

»Natürlich nicht.«

Sie hatte ihre Taktik geändert – keine offene Feindseligkeit mehr, statt dessen lässiges Desinteresse. Sie weigerte sich, ihn ernst zu nehmen. Für Keller spielte das keine Rolle, änderte nichts an seinen Fragen. Ihre Antworten würden ihm sicher nützen, denn Antworten enthüllten immer irgend etwas, entweder durch Weglassen oder durch Hinzufügen.

»Er hat auch nie erwähnt, daß er sich bedroht fühlt?«

»Sie haben Robert nicht gekannt. Er hatte alles: gutes Aussehen, Persönlichkeit, Intelligenz. Man kam leicht mit ihm aus, jeder hat ihn gemocht.«

Nicht jeder, wollte er sie erinnern, aber er verschluckte diese Bemerkung. »Hat ihm seine Arbeit Spaß gemacht?«

»Eine große Zukunft lag vor ihm.«

Hörte er Eifersucht aus ihrer Stimme? Bitterkeit?

»Er kam gut mit Ihrem Onkel aus?«

»Ja, trotz ihrer unterschiedlichen Positionen. Mein Onkel ist der König, mein Bruder war der Knecht. Natürlich nur in der Diamantenwelt.« Sie lächelte, um der Feststellung die Schärfe zu nehmen.

»In der 47. Straße hat Mr. Foxman einen ausgezeichneten Ruf.«

»Nicht nur da. Überall, wenn man von der IMM absieht.«

Das war ihre zweite Anspielung. Was mochte der Gund sein für die Feindseligkeit gegenüber dem Syndikat? Er verschob diese Frage auf später.

Sie bestellten ihr Essen, Seezunge für Ellie, ein kleines Steak für Keller.

»Hat Robert Ihnen gegenüber je etwas über Schmuggel erzählt?«

Die Frage kam so beiläufig und mit einem so freundlichen Blick, daß sie einen Moment brauchte, um den Sinn zu begreifen. Ihre grünen Augen begannen zu funkeln. »Wollen Sie meinen Bruder beschuldigen, Diamanten geschmuggelt zu haben?«

Er hob die Schultern. »Monrovia ist ein beliebter Ort, um das eine oder andere illegale Geschäft abzuschließen. Es gibt keine Minen in Liberia, aber viele Steine. Sie kommen aus Sierra Leone und aus vielen anderen westafrikanischen Staaten.«

»Mein Bruder war ein grundehrlicher Mensch.«

»Ihr Onkel auch?«

Sie mußte lachen. »Fragen Sie doch mal herum. Mein Onkel Maurice ist ein Ausbund an Tugend. Ehrlichkeit, Ehre, Selbstachtung sind die Grundsätze seines Lebens und seines Geschäfts – seit eh und je.«

Er trank einen Schluck Bier. »Ein tadelloser Ruf«, sagte er und hoffte, sie wenigstens zu einem kleinen Widerspruch provozieren zu können. »Wenige Menschen können das für sich in Anspruch nehmen.«

Sie antwortete nicht. Gescheit, dachte Keller, sie lernt schnell und ist zäher, als es scheint. Offenbar hatte sie sich gut im Zaum, hat Schönheit und Grips – eine gefährliche Kombination.

»Laufen Sie Ski, Miss Foxman?«

Sie hob leicht die Augenbrauen. »Themawechsel, Keller?« Sie machte sich lustig über ihn. »Ja, Keller, ich fahre Ski, sehr gut sogar. Und Sie?«

»Ich habe es nie gelernt.«

»Ich bin auch eine überdurchschnittlich gute Tennisspielerin, hatte mehrere Turniersiege während meiner College-Zeit. Spielen Sie Tennis, Keller?«

»In meiner Nachbarschaft wurde Baseball gespielt, auch Football. Tennis war etwas für die reichen Kinder.«

»Na ja, ich glaube, ich war wohl immer ein reiches Kind, dank dem guten Geschäftssinn von Maurice. Reich und verwöhnt. Hat Sie niemand verwöhnt, Keller?«

»Nicht so, daß Sie es bemerken würden«, antwortete er. »Fuhr Robert auch Ski?«

»Robert? Er haßte es. Er war nicht schwindelfrei. Als wir beide noch ganz klein waren, hat uns Vater auf die Freiheitsstatue mitgenommen. Wir sind bis ganz oben geklettert. Robert war wie gelähmt, und Vater mußte ihn nach unten tragen. Nein, Robert würde nicht mal einen Skilift besteigen.«

»Ich dachte, er hätte sich beim Skifahren das Knie verletzt«, sagte Keller.

Der Kellner brachte das Essen. Als er gegangen war, sagte Ellie: »Robert hatte nichts am Knie.«

»Dann muß ich mich geirrt haben. Robert hat in Monrovia ein Geschäft mit einem libanesischen Händler getätigt.«

»Bakshir Khamoury!«

»Kennen Sie ihn?«

»Mein Bruder hat im Auftrag der Company kleinere Abschlüsse bei ihm gemacht, meist für farbige Steine.«

»Hat er sonst noch Geschäfte in Monrovia vorgehabt?«

»Nicht, daß ich wüßte. Glauben Sie immer noch, daß mein Bruder in etwas Illegales verstrickt war?« Sie spürte, daß ihr Puls schneller schlug. Was hatte dieser Keller an sich? Eigentlich war er nicht der Typ Mann, der sie reizte. Zu alt, nicht attraktiv genug – und ganz gewiß nicht kultiviert genug. Sie blinzelte. Ihr wurde bewußt, daß sie seinen Blick mied. Das beunruhigte sie noch mehr, und sie erhob sich abrupt.

»Ich habe genug von diesen . . .«

»Sie sind mit Ihrem Essen noch nicht fertig.«

»Statt Dreck zu schleudern, Keller, sollten Sie lieber herausfinden, wer meinen Bruder ermordet hat.«

»Das habe ich vor.«

»Sie? Sie beschützen Sir Johns Profite, und dabei werde ich Ihnen nicht helfen!«

Sie schritt davon, mit dem lockeren, federnden Gang einer Athletin. Viele Blicke folgten ihr.

Sie ist schon was Besonderes, dachte Keller.

Es waren zwei perfekte Steine, makellos rund, jeder mit einem Gewicht von 1, 2 Karat, beide lupenrein. Harry Geis betrachtete sie, bevor er sie Peter Downes übergab.

»Sehr schön«, sagte Downes, »die müssen ein ganz schönes Loch in dein Konto gerissen haben.«

»Geld ist kein Problem, wenn man Beziehungen hat.«

»Sollte ich die Beziehung nicht kennenlernen?« fragte Downes. »Ich meine, wenn ich bei der Operation mitmache . . .«

»Du kannst mir vertrauen.«

Downes lachte fröhlich. »Nein, Harry. Jeder, der seine Sinne beisammen hat, würde dir nicht trauen. Aber das macht nichts, da wir uns gegenseitig brauchen. Also, was ist mit deinem Geldgeber?«

»Klugscheißer«, sagte Geis. Er dachte nach. »Okay, es gibt keinen Grund, daß du es nicht wissen solltest – Ralph Browning heißt der Mann.«

»Du meinst Browning Incorporated, die Privatbank? Ich habe

gehört, daß er zur Mafia gehört. Wenn das stimmt, bin ich draußen, Harry. Ich habe nicht gern mit Leuten zu tun, die mit den Fingern essen. Sie werden uns beiden das Fell über die Ohren ziehen.«

Jetzt war es an Geis zu lachen. »Browning ist echt, glaub mir. Er macht mit den größten Leuten in unserer Branche seine Geschäfte. Immer korrekt, gute Reserven, ein wirklich konservativer Laden.«

»Du garantierst mir, daß er nicht mit der Mafia zu tun hat?«

»Hör nicht auf solchen Stuß. Selbst wenn er Verbindungen zu denen hätte – wo soll ein kleiner Geschäftsmann denn hingehen, wenn er Geld braucht? Zur Chase Manhattan Bank? Überlaß mir diese Probleme, kümmer du dich um David Foxman.«

»Einverstanden. Wieviel willst du für die Steine haben? Man kann wunderschöne Ohrringe daraus machen.«

»Verlang siebzig und laß dich auf fünfundsechzig runterhandeln. Aber paß auf, daß du deine Karten richtig spielst, okay?«

»Okay.«

»Fein. Der Köder ist ausgelegt. Jetzt warten wir auf den dicken Fisch.«

11

Am Abend vor ihrem Abflug besuchte Ellie ihre Mutter.

»Das gefällt mir nicht«, sagte Mattie. »Ich will nicht, daß dir wieder etwas zustößt.«

»Ich muß es tun.«

»Ist es denn wirklich so wichtig, ein eigenes Geschäft zu besitzen?«

»So einfach liegen die Dinge nicht«, antwortete Ellie. »Ich verbinde mehr damit: Ich möchte meine Begabung ausnutzen, meine Fähigkeiten beweisen und meine Erfahrungen anwenden. Maurice gefällt das gar nicht.«

»Was willst du denn eigentlich? Der beste Diamantenhändler der Welt werden?«

Ellie schüttelte den Kopf. »Ich will die beste Ellie Foxman werden, die es geben kann. Das bedeutet, daß ich herausfinden muß – für mich selbst –, wozu ich in der Lage bin.«

»Du wirst ganz allein sein. Jetzt, da Robert tot ist, würde ich es nicht überleben, wenn auch dir noch etwas zustößt.«

»Nichts wird mir zustoßen, Mutter, diesmal nicht.«

»Und du glaubst wirklich, daß die IMM dir Diamanten anbieten wird?«

»Es wird dahin kommen.«

»Maurice ist davon überzeugt, daß Sir John niemals einverstanden sein wird.«

»Wir werden sehen. Selbst Maurice gibt zu, daß meine Instinkte gut sind. Ich bin für das Geschäft besser geeignet als Robert. Mein einziger Fehler ist, daß ich kein Mann bin.«

»Verschone mich mit deinem Sexismus.«

Ellie lachte und umarmte ihre Mutter. »Ich kann einen Stein beurteilen, ich sehe sein Feuer, sein Leben, seine Qualität. Nicht viele Menschen können das. Oft hat Maurice mich schon gerufen, um meine Meinung über einen Stein zu hören.«

»Es ist ein großer Unterschied, eine Meinung zu äußern oder zu berurteilen, ob man für einen Stein hunderttausend ausgeben kann.«

»Ich habe den Markt studiert, habe kaufen und verkaufen gelernt, und jetzt ist meine Zeit gekommen. Ich will das umsetzen, was ich gelernt habe. Mutter, kann es denn falsch sein, für seine Karriere zu kämpfen?«

Mattie sagte nachdenklich: »Dein Wissen über Steine und das Geschäft mag so groß sein, wie du behauptest, ich kann das nicht beurteilen. Aber du hast immer noch viel über Menschen zu lernen. Sei vorsichtig, Ellie, da draußen ist es gefährlich. Denk an Robert.« Matties Augen füllten sich mit Tränen.

Ellie sagte rasch: »Ich tue das nicht nur für mich, Mutter, sondern auch für Robert, dich und Daddy.«

»Nein!« rief Mattie. »Dein Vater ist tot, Robert ist tot. Laß mich jetzt mein Leben leben und tu du dasselbe.«

»Ja, das werde ich. Danke für den Verständnis, Mutter.«

Die beiden Frauen umarmten sich.
»Ich liebe dich, Mutter.«
»Masel und Bruch«, sagte Mattie.

Pieter van Vooren war ein Koloß von einem Mann mit großem runden, blanken Schädel und einem Bauch ähnlichen Formats. Als Kind hatte Ellie den Niederländer im Büro ihres Onkels kennengelernt, und jetzt begrüßte er sie in seinem Büro in Amsterdam. Er hörte aufmerksam zu, als sie ihre Pläne erläuterte, und sagte nichts, bis sie geendet hatte.

»Sie sind also zu mir gekommen, weil Sie mich als Lieferanten für Ihr neues Unternehmen gewinnen wollen.«

»Ich brauche zuverlässige Quellen für qualitativ einwandfreie Ware.«

»Mein Unternehmen ist nicht annähernd so groß wie das Ihres Onkels.«

»Ich will mir eigene Quellen erschließen.«

»Was sagt Maurice zu Ihren Plänen?«

»Maurice ist voreingenommen. Er sieht überall in der Branche wilde Tiere, die nur darauf lauern, über seine hilflose, unschuldige Nichte herzufallen.«

»Ich glaube nicht, daß Sie hilflos und unschuldig sind.«

»Maurice würde Ihnen nicht zustimmen.«

»Blutbande trüben oft das Urteilsvermögen . . . Sie sind also weder hilflos noch unschuldig, und diese Eigenschaften werden Ihnen auch kaum fehlen, wenn Sie Unternehmern werden wollen. Trotzdem hat Maurice nicht ganz unrecht. Wir arbeiten in einem Dschungel, und die wilden Tiere sind gefährlich. Was wollen Sie genau von mir?«

»Qualitätssteine in regelmäßigen Lieferungen. Das Syndikat beliefert Sie, aber es steht Ihnen frei, an wen Sie weiterverkaufen.«

Van Vooren wiegte den Kopf. »Vergangene Woche habe ich die letzte Lieferung in London abgeholt. Der Karton war voller minderwertiger kleiner Steine, höchstens die Hälfte dessen wert, was ich bezahlt hatte. Als ich darauf hinwies, stellte man mir frei, mich nach anderen Bezugsquellen umzusehen.«

»Maurice ist davon überzeugt, daß Sir John darauf aus ist, die alten Händler aus dem Geschäft zu drängen.«

»Ihr Onkel hat ein gutes Gespür, und seine Ansichten sollte man nicht in den Wind schlagen. Ich habe Gerüchte von anderen Händlern gehört, die auch schlechte Ware bekommen haben. Wenn Sir John uns den Krieg erklärt . . .« Er breitete hilflos seine Arme aus.

»Wie könnte sich das auf unsere Geschäftsbeziehung auswirken, Pieter?« fragte Ellie.

»Ich fürchte, es wird gar nicht erst zu einer Beziehung kommen, weil ich nicht einmal genug Qualitätssteine für meine eigenen Kunden vorrätig habe. Nein, ich kann Ihnen beim besten Willen nicht helfen. Vielleicht darf ich Ihnen gelegentlich aushelfen, aber nicht annähernd in der Menge und in der Qualität, die Ihnen vorschwebt.«

Sie suchte van Voorens Blick, aber seine Augen wichen ihr aus. Ein Gedanke streifte sie, der sie nicht mehr losließ: Hatte Maurice ihre Schritte vorausgeahnt und Pieter angerufen? Vielleicht auch die anderen Partner, die sie besuchen wollte? Hatte Maurice ihnen gesagt, sie sollten mit ihr keine Geschäfte abschließen? Saß ihr Gegner vielleicht nicht im Syndikat, sondern in der eigenen Familie?

Sie reiste weiter. Nach jedem Besuch schwand ein Teil ihrer Hoffnungen. In der »Beurs voor Diamanthandel«, der wichtigsten von vier Diamantenbörsen in Antwerpen, wurde sie zwar höflich empfangen und man hörte ihr aufmerksam zu, aber man behauptete, ihr keine Diamanten verkaufen zu können. Desgleichen in Idar-Oberstein. Von dort flog sie nach Tel Aviv zur Ramat-Gan-Börse und verließ sie mit leeren Händen.

Gelegentlich konnte sie ein paar kleinere Steine kaufen, aber wenn ihr die Ware ausgehändigt werden sollte, hatte sich das Geschäft zerschlagen. Unter fadenscheinigen Gründen verweigerte man ihr die Ware, Lieferungen wurden verschoben, verabredete Preise verdoppelt oder gar verdreifacht oder sie erhielt minderwertige Steine als die von ihr ausgesuchten.

Um nicht mit leeren Händen nach Hause zu kommen, buchte sie schließlich einen Flug nach Freetown, der Hauptstadt von Sierra Leone.

Diamanten wurden erstmals 1930 in Sierra Leone entdeckt, an den Ufern des Ghobera, einem Nebenfluß des Bafi in der Region Yengema-Kodu. In den folgenden vierzig Jahren fand man Diamanten von insgesamt mehr als fünfzig Millonen Karat, die Hälfte davon aus feinster Qualität. Auf den ersten Diamantenfeldern war man vorwiegend auf Steine gestoßen, später entdeckte man diamantenträchtige Gräben.
Nach dem zweiten Weltkrieg kehrten britische Soldaten, die in Sierra Leone stationiert gewesen waren, zurück und bedienten sich an dem Reichtum, der am Flußufer lag. Das Diamantenfieber brach aus, und nicht einmal die Anwesenheit der Polizei konnte die Sucher einschüchtern, bis die Regierung einschritt. Gesetze wurden erlassen und ein Lizenzsystem verabschiedet, das der Zentralregierung die Kontrolle über die Diamantenfunde und über den Export gab. Diamantengebiete wurden als »verbotene Region« erklärt, Ausländern war der Zutritt verboten. Aber trotz dieser Maßnahmen blühte der illegale Verkehr, der Schmuggel von Diamanten nach Monrovia, der nur 180 Kilometer entfernten Hauptstadt von Liberia.

Kenema in Sierra Leone war ein typisch afrikanisches Dorf: ein Marktplatz, eine Straße. Die Landschaft um Kenema war abwechselnd grün und schwarz, Zeichen für die traditionelle Anbauweise der Eingeborenen – ernten und verbrennen. Im Dorf selbst standen meist Steinhäuser, einige davon sogar mit einem Obergeschoß, aber rund ums Dorf lag ein Ring aus Lehm- und Schilfhütten. In dieses Kenema führte Ellie Foxmans letzter, verzweifelter Versuch, einen Lieferanten zu finden, auf den sie sich verlassen konnte. Und in diesem Kenema traf sie Bakshir Khamoury, genauer gesagt: Khamoury fand sie.

Ein knochiger Schwarzer mit rotem Fez und Bermuda-Shorts betrieb Kenemas inoffizielles Verkaufsbüro für Diamanten. Zu ihm kamen die Schürfer, um ihre illegalen Funde zu verhökern. Als sich Ellie näherte, wurde sie von wachsamen Augen mißtrauisch gemustert. Ein oder zwei Männer verdrückten sich, andere bauten sich mit gespreizten Beinen auf, als wollten sie einen Angriff abwehren. Der Mann im roten Fez hatte ein leises Lächeln um die Mundwinkel. Ein Mädchen in einem Batikrock schob sich in das Hütteninnere, und Sekunden danach erschien

Khamoury, eine Hand gegen die Stirn gedrückt, um die Augen zu beschatten. Als er Elly erkannte, strahlte sein listiges Gesicht, und er klatschte fröhlich in die Hände.

»Miss Foxman! Sie sind es wirklich! Was für eine große Überraschung! Wunderbar, daß Sie mich wieder einmal besuchen!«

»Bakshir!« Das war ein Zeichen. Ihre Pechsträhne war beendet. »Was machen Sie denn hier?«

»Ja, ich bin hier. Bakshir Khamoury höchstpersönlich. Khamoury ist guter Freund von Miss Foxman, von allen Foxmans. Ich war sehr traurig, als ich von dem Ableben Ihres Bruders gehört habe. Er war ein prächtiger junger Mann. Aber bitte, stehen Sie nicht da in der Mittagssonne. Es ist viel zu heiß. Kommen Sie herein, wo es kühl ist und wo es etwas Kühles zu trinken gibt. Was machen Sie an diesem Ort, den Allah – gesegnet sei sein Angedenken – vergessen hat?«

Er geleitete sie zu einem wackeligen Binsenstuhl und wischte ihn ab, bevor sie sich hinsetzte. Ein kurzer Wink veranlaßte das afrikanische Mädchen, binnen Sekunden einen kühlen Drink in einem hohen Plastikglas zu servieren.

»Ein Fruchtgetränk«, sagte Bakshir, »es ölt Ihre Organe, den ganzen Körper, und spült das Gift weg . . . Sagen Sie mir, Miss Foxman, wie kann ich der Nichte des großartigen Maurice Foxman dienen? Ich bin geehrt durch Ihre Anwesenheit.«

Vor der Hütte stand ein Dutzend Männer und halb so viele Frauen, die gelegentlich einen verstohlenen Blick ins Hütteninnere riskierten. Sie lehnten an einer Mauer, bewegten sich nur gelegentlich und leise, als wollten sie nicht stören.

»Sie anzusehen, ist ein himmlischer Genuß in ihrem miserablen Leben«, erklärte Khamoury fröhlich. »Sie sind beeindruckt, daß jemand wie Sie ohne Begleitung hier auftaucht. Weiße sind hier selten, noch viel seltener weiße Frauen. Und ganz gewiß haben sie noch nie eine Frau von so ausnehmender Schönheit gesehen, Miss Foxman. Ebensowenig wie ich . . .«

Sie warf ihren Kopf zurück und lachte erleichtert, weil sie endlich einen Freund gefunden hatte, jemanden, der sie nicht verdächtigte, zwielichtige Geschäfte machen zu wollen.

»Es ist wirklich ein unvergleichliches Vergnügen, Sie zu

sehen«, fuhr Khamoury fort, »und auch eine Überraschung. Warum sind Sie in Kenema?«

Sie berichtete ihm von ihren Versuchen, an Diamanten zu kommen, von den Hindernissen, die man ihr in den Weg gelegt hatte, von ihren Vermutungen und von ihrem Ehrgeiz.

»Ah«, sagte er schließlich, als sie geendet hatte, »es war nicht gut, nach Kenema zu kommen, wenn ich auch froh bin, daß meinen Augen ein solches Vergnügen vergönnt ist. Aber hier ist es Fremden verboten, mit Diamanten zu handeln, es verstößt gegen das Gesetz. Und es ist auch nicht ganz ungefährlich, selbst für einen Mann mit solchen Freunden und Beziehungen, wie ich sie habe. Noch viel schlimmere Gefahren lauern auf dem Weg einer schönen jungen Frau. Darf ich vorschlagen, Miss Foxman, daß Sie rasch in Ihre Welt zurückkehren? Tätigen Sie Ihre Geschäfte von einem Boden aus, der sicherer ist als dieser – New York, London oder Paris.«

»Das kann ich nicht, Bakshir. Ich muß mir andere Quellen erschließen.«

Er schlug die Hände über dem Kopf zusammen. »Aber hier ist es unmöglich! Wissen Sie was, ich arrangiere, daß Sie zurück nach Monrovia . . .«

»Erst wenn Sie . . .«

»Bitte, bitte hören Sie zu, Miss Foxman! Ich werde Sie morgen aufsuchen. Wir treffen uns zum Essen bei Julia's. Kennen Sie Julia's? Spitzenklasse, sage ich Ihnen. Dreimal pro Woche kommen die exquisitesten Schlemmereien direkt aus Frankreich, und der Service ist ausgezeichnet. Sagen wir ein Uhr?«

»Einverstanden«, sagte Ellie. »Ich bin um ein Uhr bei Julia's.«

Bakshir Khamoury bestellte eine gekühlten Rosé und trank auf das gnädige Schicksal, das ihm Ellie zugeführt hatte.

»Es ist umgekehrt«, sagte Ellie, »ich bin froh, Sie getroffen zu haben, weil ich hoffe, daß Sie mir helfen werden.«

»O ja. Aber Geschäfte sind nichts gegen das, was zwischen einer Frau und einem Mann geschieht. Ich habe Ihrem Bruder gesagt – möge er Glück und Zufriedenheit in Allahs Gegenwart finden –, ich habe ihm gesagt, daß Sie ein Diamant sind, ein wahrer Edelstein. Lupenrein natürlich.« Er kicherte und leerte sein Glas.

Sie lächelte. »Ich dachte, Mohammedaner trinken keinen Alkohol.«

»Ich dachte, Juden essen kein Schweinefleisch . . . Die Wahrheit liegt in der Mitte, stimmt's?«

»So ist es.«

Er langte in seine Tasche und legte eine pinkfarbene, diamantenbesetzte Anstecknadel auf den Tisch.

»Was für ein herrliches Stück, Bakshir.«

»Nicht herrlicher als Sie, Miss Foxman. Tragen Sie es als Erinnerung an Ihren eifrigen Bewunderer.«

»Oh, nein, das kann ich nicht annehmen, es ist zu wertvoll.«

»Es erhält erst seinen richtigen Wert, wenn es durch Ihre Schönheit zum Sprühen kommt, Miss Foxman. Nehmen Sie es als Beweis meiner Zuneigung.«

»Bakshir, Sie sind ein ganz Schlimmer – ein verheirateter Mann, der einer anderen Frau Geschenke macht . . .«

»Oh, ja, verheiratet, zweimal, aber das spielt keine Rolle.«

»Ich versuche, verheirateten Männern auszuweichen. Besonders den zweimal verheirateten Männern. Das wird zu kompliziert.«

Er nahm ihre Hand. »Dieses kleine Ding ist für Sie, ein Geschenk ohne Verpflichtung. Meine Zuneigung bleibt bestehen, ob Sie Ihnen recht ist oder nicht. Fürchten Sie nicht, daß ich je etwas unternähme, was Sie in Verlegenheit bringen könnte, Miss Foxman. Ich bin Ihr Freund für immer, gleichgültig, was sonst zwischen uns geschieht. – So, das haben wir geklärt. Wenden wir uns nun weniger zarten Dingen zu, dem Geschäft. Was kann ich für Sie tun?«

Sie erklärte noch einmal, was sie in Afrika zu erreichen suchte.

Er räusperte sich. »Sie werden hier nicht die Steine bekommen, die Sie suchen.«

»Warum nicht?« Unmutig legte sich ihre Stirn in Falten. Wo auch immer sie sich hinwandte, erhielt sie nur Abfuhren. »Ist es, weil ich eine . . .«

Er hob die Hand, wischte ihre Pläne und Träume mit einer

einzigen Bewegung weg. Arroganz und Überlegenheit, in vielen Jahren listenreichen Handelns erworben, lag in dieser Geste.

»Man hört auch in London und Johannesburg, daß Maurice Foxmann nicht mehr von Sir John Messinger gestützt wird. Andere Namen werden auch erwähnt, ebenfalls sehr angesehene, respektable Händler. Niemand, so wird empfohlen, solle mit Foxman noch Geschäfte machen. Mit keinem Foxman.«

»Sie wollen sagen, daß ich keine Ware bekomme, weil ich Foxman heiße?«

»Ja, so ist es.«

»Heißt das, daß ich auch ermordet werden soll wie mein Bruder?«

Er zuckte zusammen, und seine braunen Augen schauten traurig. »Ich hoffe nicht, Miss Foxman. Was für ein unvorstellbarer Verlust das wäre! Gewiß könnte kein Mann, der seine fünf Sinne beisammen hat, einer so schönen und klugen Frau auch nur das Geringste antun. Auf der anderen Seite befiehlt die Klugheit, niemanden zu provozieren . . . Aber ich habe nichts von Gewalt gehört, nur von dem Geschäftsboykott.«

»Und Sie drehen mir auch den Rücken zu?«

»Nie! Absolut niemals! Allerdings – offen mit einem Foxman – oder einer Foxman – zu verhandeln, wäre ein großes Risiko. Wie Sie wissen, handle ich überwiegend mit farbigen Steinen. Gelegentlich kreuzen auch Diamanten meinen Weg. Weder die Menge noch die Qualität, die Sie suchen, aber doch genug, um hin und wieder ein Geschäft damit zu machen. Wenn Sie mehr wollen, müssen Sie sich an andere wenden.«

»Was schlagen Sie vor?«

»Vielleicht Australien.«

Sie fühlte sich niedergeschlagen. »Nein«, murmelte sie, »nicht Australien, das hat keinen Zweck. Eingegangene Verpflichtungen, feste Verträge, haben sie gesagt. Ich glaube, ich bin in einer Sackgasse angekommen.«

Khamoury nickte. »Auch bei mir fließen die Quellen spärlicher.«

»Wer steckt denn hinter all diesen Dingen?«

Er hob die Arme, zuckte die Achseln. »Ich muß eben sehen, daß ich mir andere Einnahmen erschließe.«

»Waren Sie deshalb in Kenema?«

»Ja, aber das ist, als ob man einen steinigen Acker bearbeitet. Meiner Meinung nach sollten Sie Ihre Beziehung zu Foxman and Company wieder aufnehmen.«

Sie blickte ihn scharf an. Männer wie Khamoury wußten, wie man auch aus Sackgassen wieder herauskam. »Welche anderen Einnahmen können Sie sich denn erschließen, Bakshir?«

»Nun, in dieser Welt gibt es immer wieder Gegenstände zu kaufen und zu verkaufen.«

»Zum Beispiel?«

»Ich habe immer schon gut mit farbigen Steinen verdient.«

Smaragde, Rubine, Saphire – gewiß auch gewinnbringend, aber sie waren nicht das, was Ellie interessierte. Sie wollte Diamanten, in ihnen lag die ungeheure Verlockung. Dem Glanz dieses Steins, seinem unlösbaren Geheimnis, konnte niemand widerstehen.

»Und Gold«, sagte Khamoury.

»Gold?«

»Gold bringt Geld, wenn man genug davon hat und die Quelle stimmt«, sagte Khamoury.

Er bot ihr offenbar einen Ausweg an. Farbige Steine und Gold konnten sie über die Dauer des Boykotts hinwegretten.

»Wo kommt das Gold her?«

»In meinem Geschäft knüpft man viele Kontakte. Käufe könnte ich arrangieren. Die Risiken müßten . . .«

»Und die Risiken sind so groß wie der Gewinn?«

»Genau, Miss Foxman.«

»Ich muß darüber nachdenken.«

»Natürlich, nichts ist sicher. Die Umstände ändern sich unentwegt.«

»Das nächste Mal, wenn Sie in New York sind, lade ich Sie zum Essen ein.«

»Und wir werden wieder über farbige Steine reden.«

»Über farbige Steine, Gold und Diamanten, Bakshir.«

Er seufzte. »Auf diese Verabredung freue ich mich. Was wir besprechen werden, liegt in Allahs Hand. Und nun, liebliche

Lady, sollten wir uns etwas zu essen bestellen. Ich habe Hunger, und in dieser verrückten Welt geht nichts über die französische Küche.«

Die Marquise begrüßte Ellie in ihrem Apartment nahe der Champs-Elysées. Eine junge Frau servierte Tee und Gebäck.

»Ich freue mich, daß Sie von Ihrem Unfall genesen sind«, sagte die Marquise.

»Ich schulde Ihnen eine Entschuldigung für den Ärger, den ich Ihnen zugemutet habe. Ich habe Ihnen gegenüber ein sehr schlechtes Gewissen.«

Die Marquise schaute in ihre Tasse. »Schlechte Männer sind der Fluch jeder guten Frau. Davon kann ich ein Lied singen.«

»Ich hätte nicht Geschäft mit Vergnügen vermischen sollen«, sagte Ellie, »obwohl ich nicht viel Vergnügen hatte. Aber ich hätte nicht zulassen dürfen, daß sich die Angelegenheit so entwickelt . . .«

»Nun, es hat alles ein gutes Ende gefunden, der Chamblay befindet sich wieder in meinem Besitz. Ich habe nur Zeit verloren, sonst nichts. Allerdings habe ich auch nicht zuviel Zeit zu verschenken. Diesmal werde ich ein etabliertes Haus mit der Auktion beauftragen.«

Ellie mußte sich überwinden, der Marquise ins Gesicht zu sehen. »Die Nachteile einer Auktion haben sich nicht geändert, Madame. Der Verkauf wird bekannt, und dann werden Gerüchte hochkommen.«

»Ich brauche das Geld, meine Liebe. Meine Mittel sind erschöpft, ich kann nicht länger warten.«

»Das verstehe ich, aber die Vorteile eines privaten, unauffälligen Verkaufs sind groß. Ich habe heute morgen mit meinem Klienten gesprochen, dessen Appetit auf das Halsband noch größer geworden ist. Deshalb ist er auch bereit, mehr zu zahlen. Der Handel könnte sofort geschlossen werden . . .«

Die Marquise drückte eine lange, braune Zigarette in den Halter, zündete sie mit dem alten Sturmfeuerzeug an und rauchte nachdenklich. »Ich bewundere Ihre Hartnäckigkeit, meine Liebe, aber . . .«

»Aber Sie vertrauen mir nicht mehr?«

»Können Sie mir das nach allem, was geschehen ist, verübeln?«

»Ich bin gekommen, Sie um eine zweite Chance zu bitten. Nicht des Geldes wegen – ich verzichte auf die übliche Kommission –, sondern um meine Verläßlichkeit zu beweisen. Lassen Sie mich beenden, was ich begonnen habe. Lassen Sie mich den Chamblay verkaufen und Ihnen das Geld überreichen.«

»Ich muß Ihnen wegen Ihres Ehrgeizes ein Kompliment machen, meine Liebe, er hat etwas Überzeugendes. Sie erinnern mich daran, wie ich in Ihrem Alter war. Aber ich kann das Risiko nicht eingehen . . .«

»Diesmal gibt es kein Risiko. Der Klient wartet auf meinen Anruf. Wie ich Ihnen sagte, handelt es sich um einen französischen Adligen, der in Kürze wieder nach Quebec abreist. Die Umstände sind ideal – für Sie und für ihn. Überlassen Sie mir den Chamblay, und ich werde vor Sonnenuntergang mit dem Geld bei Ihnen sein.«

»Oh, es ist alles so schwierig! Der Chamblay bedeutet mir mehr als jedes andere Schmuckstück, das ich besitze. Ich will die richtige Entscheidung treffen. Und immerhin geht es um Geld . . .«

»Für mich ist diese Transaktion sehr wichtig«, sagte Ellie. »Ich möchte mich gegenüber Maurice beweisen.«

»Maurice? Was hat er damit zu tun?«

»Es ist mein Onkel, der den Chamblay zu Ihnen hat zurückbringen lassen.«

»Oh, ich hätte es mir denken können! Er kam in Ihrem Namen zurück, meine Liebe, mit dem Ausdruck des Bedauerns und mit allen guten Wünschen. Nichts ließ darauf schließen, daß Ihr Onkel auf irgendeine Weise damit befaßt war. Das ist wieder typisch Maurice.«

Ja, dachte Ellie voller Groll, er spielte wieder mal den lieben Gott, blieb im Hintergrund und zog an den Fäden.

»Um so mehr bedeutet es mir, den Chamblay für Sie zu vekaufen«, beharrte Ellie. »Überlassen Sie ihn mir, Madame, ich werde den richtigen Preis erzielen und Ihren Namen aus öffentlichen Spekulationen heraushalten.«

»Um Ihrem Onkel mitzuteilen, daß Sie doch in der Lage waren, Ihren Auftrag zu erfüllen – genau das würde ich an Ihrer Stelle auch tun wollen. Rache kann süß sein, nicht wahr? Ich mag Sie wirklich, meine Liebe. Aber wäre ich nicht eine Närrin, wenn ich Ihnen den Chamblay ein zweites Mal anvertraute? Ja, genau das bin ich – eine alte Närrin, die keine Chance ausläßt, ihr Leben mit ein bißchen Aufregung zu würzen. Also gut, meine Liebe, verkaufen Sie den Chamblay – wenn Sie zu Abendessen nicht zurück sind, vergesse ich Sie und das Halsband. Ich will nicht noch einmal so entnervende Tage verbringen wie zuletzt.«

»Sie werden es nicht bereuen, Madame.«

»Wir werden sehen.«

12

Keller starrte den Gehstock an und stellte sich vor, wie ein uralter afrikanischer Holzschnitzer tief im Dschungel mit einer scharfen Klinge den Ast eines Mahagonibaumes bearbeitet hatte, bis schließlich dieser kräftige Stock entstanden war, stark und verläßlich, geschaffen für die Ewigkeit.

Oder?

Der Stock fühlte sich gut an in Kellers Hand, hatte etwas Brutales wie der Schlagstock eines Polizisten. Er hob den Stock und schlug ihn mit dosierter Kraft auf die Innenseite seiner linken Hand.

War der Stock ein Kunstwerk? fragte sich Keller. Hatte Robert ihn als Souvenir gekauft und deshalb die Sache mit dem Skiunfall erfunden? Oder war der Stock Massenware? In Serie produziert von unterbezahlten Arbeitern für Touristen?

Keller hob den Stock mit beiden Händen an den Enden und ruckte ihn quer über sein Knie. Ein stechender Schmerz durchfuhr ihn. Er fluchte und rieb sich sein Bein.

Dann verließ er mit dem Stock seine Wohnung und schmetterte ihn auf das metallene Treppengeländer. Der Stock blieb unversehrt.

»Qualitätsarbeit«, murmelte Keller und ging in seine Wohnung zurück.

Hatte er sich verrannt? War es eine fixe Idee, daß der Stock ein Geheimnis enthielt? Irrte er sich auch in der Einschätzung des Mordes? Handelte es sich vielleicht doch um einen Racheakt? In einem eingebauten Dielenschrank befand sich eine Miniwerkbank mit einer Auswahl von Zangen, Hämmern und Sägen. Keller legte den Stock über die Werkbank, hielt ihn mit der linken Hand fest, sägte ihn fünf Zentimeter unterhalb des Griffs durch und starrte kopfschüttelnd auf die beiden Enden: solides Holz. Jetzt sägte er das untere Stück ab – wieder massives Holz. Den dritten Schnitt setzte er in der Mitte an. Als er an den Sägezähnen weiße Wattefasern entdeckte, hätte er am liebsten einen Triumphschrei ausgestoßen.

Keller stieß das untere Stockende gegen die Werkbank, aber nichts rührte sich, bis er mit einem Stück Draht die zusammengepreßte Watte heraus zog – ein strahlend schöner Diamant kullerte auf seine Handfläche.

Insgesamt waren fünfzehn solcher Diamanten in dem Stock verborgen. Keller starrte auf seinen Fund und fragte sich, welche Rolle Maurice Foxman in diesem Stück spielte.

Er rief das IMM-Büro in Johannesburg an und ließ sich mit Koenigsberg verbinden.

»Was wollen Sie, Keller?«

Die typische Begrüßung von Kellers Boß, einem wortkargen Mann, der keine Zeit verschwendete. Keller lächelte. Koenigsbergs beharrliche Unhöflichkeit hatte für ihn etwas Beruhigendes.

»Ich habe herausgefunden, warum Robert Foxman ermordet worden ist.«

Koenigsberg war nicht beeindruckt. »So?«

Eine ebenfalls typische Reaktion – Koenigsberg funktionierte ohne Emotionen, kannte kein Lob. Ein Sicherheitsmann war dazu da, Fälle zu lösen.

»Foxman hatte Steine versteckt. In einem ausgehöhlten Gehstock – stellen Sie sich das mal vor.« Koenigsberg gab keinen

Hinweis darauf, ob er erstaunt war. »Wenn ich wetten müßte, würde ich sagen, es war russische Ware.«

Koenigsberg räusperte sich. »Sie glauben also, daß Foxman schmuggelte?«

»Es sieht so aus.«

»Das will ich meinen«, sagte Koenigsberg, »für den Onkel natürlich.«

»Da bin ich nicht sicher.«

»Es hört sich so an, als ob Sie auf alle Fragen nur unsichere Antworten haben, Keller. Soll ich das Sir John sagen? Sir John ist ein Mann, der Gewißheit bevorzugt.«

»Ich habe vor, den alten Foxman mit den Steinen zu konfrontieren.«

»Gut. Seine Reaktion würde mich interessieren.«

»Er ist jetzt in Europa, ich glaube in Rom. Dort werde ich ihn auftreiben und ihm ein paar Fragen stellen.«

»Was geht mich das an, Keller? Sie verschwenden meine Zeit.«

»Die Steine«, sagte Keller, »ich will sie mitnehmen, möchte aber nicht wegen Schmuggels verhaftet werden. Können Sie das für mich arrangieren?«

Koenigsberg ließ ein Knurren durch die Leitung hören. »Wenden Sie sich an Nick Arno von unserem New Yorker Büro. Ehe Sie ihm am Apparat haben, hat er die Genehmigung. Sonst noch etwas, Keller?«

»Nichts mehr, Mr. Koenigsberg. Danke.«

Koenigsberg legte ohne ein weiteres Wort auf.

Das Schrillen des Telefons weckte Keller. Die roten Ziffern auf seiner Uhr sagten ihm, daß es zehn nach vier in der Nacht war. Ein Mitarbeiter der Sicherheitsabteilung des Pariser Büros war am Apparat.

»Dieser Mann, nach dem Sie sich erkundigt haben, Sir«, sagte die Stimme in akzentuiertem Englisch, »dieser Araber, Khamoury. Er ist heute morgen in St. Tropez eingetroffen und wohnt im Hotel Byblos. Kennen Sie das?«

Keller unterdrückte seine Verärgerung über die nächtliche

Ruhestörung. »Ich kenne es«, sagte er nur. »Wie lange bleibt er?«

»Er hat für drei Tage gebucht.«

»Ich komme mit dem ersten Flugzeug und wäre ungehalten, wenn Khamoury das Hotel verlassen hätte, bevor ich eingetroffen bin.«

»Ich kann Ihnen versichern . . .«

»Schon gut. Wen haben Sie vor Ort?«

»Den Iren . . .«

»McLoughlin, ah! Er ist ein guter Mann.«

»Der beste, den ich habe.«

»Buchen Sir mir ein Zimmer im La Mandarine. Sagen Sie McLoughlin, daß er dort Kontakt mit mir aufnimmt.«

»Wie Sie wünschen.«

Keller unterbrach die Verbindung und wählte die Nummer der Pan American. Er gehörte zu den VIPs und bekam einen Platz in der ersten Maschine, die von Kennedy Airport nach Paris startete. Innerhalb einer Stunde hatte er gepackt und war auf dem Weg zu Flughafen. Er checkte ein, führte drei Telefongespräche, frühstückte hastig und schlief während der Atlantiküberquerung.

Es war Nacht, als er in St. Tropez eintraf. Das kleine Fischerdorf am Mittelmeer, weltberühmt geworden durch Maler, Schiftsteller und Filmstars, war noch voller Leben und Auftrieb.

Im Hotel bestellte Keller eine Kanne schwarzen Kaffees aufs Zimmer, duschte und rasierte sich und rief McLoughlin an.

»Ich will Khamoury sehen.«

»Wann?«

»Jetzt.«

»Seit einer halben Stunde hält er mit drei Bienen Hof im Le Gorille.«

»Was ist das?«

»Ein Bistro, das die ganze Nacht geöffnet hat. Khamoury kostet das süße Leben von St. Tropez. Immer von jungen Frauen umgeben. Er scheint genug Kleingeld bei sich zu haben. Soll ich Sie abholen?«

»Nein, wie treffen uns da.«

»Fein. Sie können mich nicht übersehen«, sagte McLoughlin witzelnd. »Ich bin allein und habe ein erwartungsfrohes Lächeln im Gesicht.«

McLoughlin war tatsächlich leicht auszumachen. Er war groß und hatte den hageren, durchtrainierten Körper eines Tennisspielers. Sein Händedruck war fest. Er vergeudete keine Zeit, zur Sache zu kommen.

»Khamoury«, sagte er und wies mit dem Kinn.

Keller sah sich um, überall junge Menschen, fast alle in Weiß gekleidet. Viele Frauen in dünnen, oft durchsichtigen Blusen, die ihre Brüste zur Schau stellten. Die Männer machten einen eher gelangweilten Eindruck.

»Der mit den drei Schönen?« fragte Keller.

»Das ist er.«

Khamoury saß an einem runden Tisch. Vor ihm stand eine Tasse heiße Schokolade. Er hielt die Hand einer Frau, unterhielt sich mit der zweiten und taxierte die dritte. Alle drei waren jung und blond.

»Ein ehrgeiziger Mann«, sagte Keller.

»Und voller Energie«, warf McLoughlin ein, »gestern abend hatte er auch drei Mädchen bei sich, aber es waren andere.«

»Profis?«

»Hier ist jeder auf die eine oder andere Weise Profi.«

»Ich gehe mal zu ihm.«

»Brauchen Sie Hilfe?«

»Sie bleiben und schauen zu. Es wird nicht lange dauern.« Als Keller sich dem Tisch näherte, sah Khamoury hoch. Irgend etwas an dem robusten Mann störte den Libanesen. Er runzelte die Stirn, ließ die Hand des Mädchen los und setzte sich aufrecht auf seinen Stuhl. Ein Bulle,entschied er auf Anhieb.

»Ich bin einen weiten Weg gekommen, um mich mit Ihnen zu unterhalten«, sagte Keller.

Khamoury wies auf die drei Mädchen. »Wie Sie sehen, Sir, bin ich beschäftigt. Ein anderes Mal.«

»Es ist geschäftlich.«

»Geschäftlich? Sehen Sie, Geschäfte mache ich nur am Tag. Kommen Sie doch morgen zu mir ins Hotel.«

»Es geht um das Syndikat«, sagte Keller, zog einen Stuhl heran und setzte sich.

Khamoury erkannte in Keller einen Mann, dem man mit Vorsicht begegnen mußte, den man nicht verärgern durfte und eher zu fürchten hatte. Auf der ganzen Welt, dachte er, sind sich Polizisten gleich.

»Na gut, also reden wir geschäftlich.«

»Es sind sehr private Dinge, die wir besprechen müssen.«

Khamoury verdrehte die Augen und redete in ausgezeichnetem Französisch mit seinen drei Begleiterinnen. Sie schmollten, lächelten und zogen ab.

»Von der IMM, sagten Sie?«

»Sicherheitsabteilung.«

»Was kann das Syndikat von mir wollen, Sir?«

»Ich heiße Keller.«

»Gut, Mr. Keller.«

»Keller genügt.« Er zauderte nicht lange. »Sagen Sie mir, was Sie über Robert Foxman wissen.«

»Ah, der arme Robert, ein netter junger Mann. Ich werde ihn als Geschäftspartner vermissen. Was für eine Schande! Aber Allahs Wege sind uns Sterblichen unfaßbar, stimmt es nicht, Mr. Keller?«

»Welche Geschäfte haben Sie mit Robert gemacht?«

»Steine.«

»Diamanten?«

»Nur wenige, meist ging es um farbige Steine.«

»Warum sollte jemand Foxman ermorden?«

»Wegen der Steine, nehme ich an.«

»Sonst noch was?«

»Was denn? Robert war auf einer Einkaufsreise, und ich war einer seiner Händler. Käufer sind immer ein Köder für Diebe. Zu Roberts Unglück war dieser Dieb auch ein Mörder. Der arme Robert.«

»Haben Sie eine Erklärung dafür, Khamoury, daß der Dieb die Steine nicht angerührt hat, die Sie Robert verkauft haben?«

»Ist das wahr?« Khamoury schien wirklich überrascht und betroffen zu sein. Er sank auf seinem Stuhl in sich zusammen, als wolle er sich unsichtbar machen.

»Es ist wahr.«

Khamoury hob die Schultern. »Dann kann ich Ihnen beim besten Willen nicht helfen.«

Keller überhörte die Bemerkung. »Worüber haben Sie und Robert gesprochen?«

»Übers Geschäft natürlich.«

»Was sonst noch?«

»Ich habe mich nach der Gesundheit seines Onkels erkundigt, dem ehrenwerten Maurice Foxman. Ich habe mich nach seiner Schwester erkundigt, einer der schönsten Frauen auf der Welt. Sonst nichts.«

»Hat er von anderen Einkäufern gesprochen, von anderen Quellen?«

»Nein.« Khamoury senkte nervös den Blick.

»Kommen Sie, Khamoury.«

Khamoury bemerkte die kaum verhüllte Drohung in Kellers barscher Stimme, in seinen klaren, blassen Augen. Der Syndikatsmann ließ sich nicht für dumm verkaufen. Es war nicht weise, ihn zum Gegner zu haben.

»Reden Sie weiter«, sagte Keller schroff. Er spürte die Angst des Mannes.

Khamoury hob beide Hände und drückte sie gegen den Kopf, als ob er sich so besser konzentrieren könnte. »Er wollte noch jemanden sehen«, sagte er,« sprach davon, noch eine Verabredung zu haben.«

»Name?«

Khamoury sah sich um, wie auf der Suche nach einem Fluchtweg. Aber er wußte, daß er sich nicht davonmachen konnte.

»Robert hat keinen Namen genannt.«

»Weiter«, drängte Keller.

»Bitte, Sie müssen mir glauben. Ich kann Ihnen nur eine Vermutung sagen. Ich hatte nämlich gehört, daß er nach Monrovia kommen sollte . . .«

»Wer?«

»Der Russe.«

In Kellers Gehirn wurde ein altvertrautes Signal ausgelöst. Es meldete, daß er bald in etwas Größeres und Undurchsichtigeres als diesen Mord und den versuchten Schmuggel geraten würde. Er neigte sich ein wenig näher zu Khamoury.

»Dieser Russe, hat der auch einen Namen?«

Khamoury blickte sich wie gehetzt um, sein Gesicht wirkte verkrampft. Er atmete tief.

»Was sind schon Namen?« murmelte er. »Woher soll ich wissen, ob der Name, den ich gehört habe, auch der richtige ist?«

»Welchen Namen haben Sie gehört?«

Khamoury seufzte. »Tarassuk, Georgi Tarassuk.«

»Wo kann ich diesen Tarassuk finden?«

»Wer will das bei so einem Mann sagen? Er taucht auf, wo es ihm gerade beliebt.«

»Ist er ein Händler?«

»Er verkauft nur.«

»Außerhalb der IMM?«

»Ja, sicher, er ist an niemanden gebunden, hält sich an keine Regeln. Ein Mann wie Tarassuk kennt keine Fairness, und wir, die ehrlichen Händler, sind die Leidtragenden. Er taucht mit einer Tasche voller Diamanten auf, lupenreine Diamanten. Wo kommen die her? werden sie fragen. Ich werde Ihnen ehrlich antworten: Ich weiß es nicht.«

»Gestohlen?«

Khamoury senkte den Blick. »War ich dabei? Nein. Habe ich den Russen beim Diebstahl gesehen? Wieder nein. Aber er hat immer Steine im Überfluß, wie ich gehört habe.«

»Und Robert Foxman hat diesen Tarassuk getroffen, nachdem er sein Geschäft mit Ihnen abgeschlossen hatte?«

»Ich habe das angenommen.«

»Aber gesagt hat er es nicht?«

»Nein.«

»Sie wissen also auch nicht, wohin Robert von Ihnen aus gegangen ist?«

»Nein, ich hatte nur so eine Ahnung, daß er den Russen treffen würde.«

Keller reichte dem Araber seine Visitenkarte und erhob sich.

»Bleiben Sie doch«, sagte Khamoury ohne Begeisterung. »Nehmen Sie einen *café au lait*. Die Damen kommen jetzt wieder. Sie sollten sich eine aussuchen. Es gibt viele Arten, wie ein Mann sich vergnügen kann.«

»Wenn Sie etwas hören, rufen Sie das nächste Büro der IMM an. Hinterlassen Sie Ihren Namen, ich treibe Sie dann schon irgendwo auf.«

»Ich kann mir nicht vorstellen . . .«

»Sir John wird Ihnen verbunden sein«, sagte Keller. »Und ich auch.«

Keller und McLoughlin schlenderten durch St. Tropez.

»War der Araber die Reise wert?« fragte McLoughlin.

»Er hat mir einen Namen genannt: Georgi Tarassuk, ein Russe.«

»Nie gehört.«

»Ich auch nicht. Ein gelegentlicher Verkäufer guter Ware, sagte Khamoury.«

»Woher bekommt er seine Ware?«

»Khamoury sagt, er weiß es nicht.«

Sie gingen eine Weile schweigend nebeneinander her. »Woran arbeiten Sie gerade?« fragte Keller dann.

»Das Übliche. Flinke junge Männer, die reichen alten Damen kostbaren Schmuck klauen. Nichts Aufregendes.«

»Haben Sie in letzter Zeit etwas über Schmuggel gehört?«

»Hin und wieder. Kleine Sachen, eher Freizeitspäße von gelangweilten Kindern reicher Eltern. Nichts Professionelles.«

Keller nickte.

»Glauben Sie«, fragte McLoughlin, »daß mehr hinter dem Mord an diesem Foxman steckt?«

»Ich weiß es nicht. Sobald ich eine Frage beantworten kann, tun sich drei neue Fragen auf.«

McLoughlin blieb stehen. »Wenn Sie mich jetzt nicht mehr brauchen, möchte ich mich verabschieden. Ich bin seit vierundzwanzig Stunden auf den Beinen und brauche Schlaf.«

Sie gaben sich die Hand. »Passen Sie gut auf sich auf.«

»Sie auch«, sagte McLoughlin.

Keller war auf halben Weg zum Zentrum, als er bemerkte, daß ihm jemand folgte. Er beschleunigte seine Schritte, bog in eine enge Gasse und hoffte, eine Nische zu finden, wo er sich verstecken und den Verfolger beobachten konnte. Ein flüchtiger Blick über die Schulter zeigte ihm eine schemenhafte Gestalt. Der Mann versuchte nicht mehr, unentdeckt zu bleiben, er holte rasch auf. Keller überlegte, ob er rennen oder kämpfen sollte. Er rannte.

Er mied das offene Gelände um den Hafen und hetzte zurück in die Stadt. Die Schritte hinter ihm kamen immer näher. Keller hoffte auf ein gutbeleuchtetes Bistro oder eine Disco, wo er Zuflucht zwischen den Tänzern finden könnte. Aber er hatte kein Glück. Vor ihm lag eine dunkle, verlassene Straße. Er lief um eine Ecke, an einem pinkfarbenen Haus vorbei. Ein hohes Eisentor stand halboffen, er riß es auf und befand sich in einem Garten hinter einer hohen Mauer, die ihn von der Straße trennte. Er lauschte auf die Schritte seines Verfolgers.

Keller stieg auf die Mauer hoch, in die Glasscherben eingelassen waren, um Einbrecher abzuschrecken. Er spürte, wie das Glas in seine Handflächen drang, aber er bezwang seinen Schmerz. Oben auf der Mauer hockte er sich nieder und wartete.

Ein kleiner Mann kam die Straße entlang, sehr klein und sehr hager, ein Mann wie ein Jockey. Er bewegte sich vorsichtig. Offenbar war er an dem Haus vorbeigelaufen, hatte Keller nicht mehr gesehen und war nun davon überzeugt, daß er sich irgendwo versteckt hielt. In der Rechten hielt der Jockey eine Pistole mit Schalldämpfer.

Keller duckte sich noch ein bißchen tiefer. Der Jockey bewegte sich langsam und geschmeidig und starrte in die Dunkelheit wie ein Raubtier auf der Suche nach seiner Beute. Als er direkt unter der Mauer war, sprang Keller.

Der Jockey schaltete schnell und schwang den Arm mit der Pistole in einem weiten Bogen herum. Keller spürte einen scharfen Schmerz an der Stirn, obwohl er noch versucht hatte, dem Schlag auszuweichen. Der Jockey war vor ihm wieder auf den Beinen und rannte davon. Keller folgte ihm.

Das Tempo des kleinen Mannes war erstaunlich. Im Nu hatte er fünf, zehn, fünfzehn Meter Vorsprung, dann drehte er sich um, hob mit beiden Händen die Waffe und zielte wie ein Scharfschütze.

Keller warf sich zu Boden, eine Kugel pfiff an seinem Kopf vorbei. Dann noch eine. Keller blieb liegen. Der Jockey steckte seine Waffe ein und verschwand.

Keller kam auf die Füße und wischte sich den Staub ab. Für diese Nacht reichte es. Es war Zeit, ins Bett zu gehen.

13

Am späten Nachmittag tauchte David in Ellies kleinem Büro auf. Sie war erst gestern nach New York zurückgekommen.

»Hast du mal eine Minute Zeit für mich?«

»Ich habe mehr Zeit, als mir lieb ist.«

»Wie war deine Reise?«

Sie wollte ihm gerade vom Verkauf des Chamblay erzählen, überlegte es sich aber anders. Nicht einmal das gute Ende der Affäre hatte sie versöhnt. Was für eine Närrin war sie doch gewesen, sich derart von Henry Wilton erniedrigen zu lassen!

»Nicht sehr gut«, sagte sie. »Ich habe ein oder zwei Möglichkeiten aufgetan, aber viel Hoffnung gibt es nicht. Der Name Foxman öffnet seit neuestem nicht mehr viele Türen. Und eine Frau zu sein, hilft in diesem Geschäft auch nicht weiter.«

»Der Alte traut mir ebensowenig zu wie dir. Wir sind beide nicht das, was er sich unter Diamantenhändlern vorstellt.«

»Vielleicht beweisen wir ihm eines Tages, daß er sich geirrt hat.«

»Deshalb bin ich bei dir. Was hältst du von denen hier?« Er zeigte ihr die beiden Diamanten, die Peter Downes ihm gegeben hatte. »Hübsch, nicht wahr?«

Sie nahm die Lupe. »Sehr hübsch«, bestätigte sie. »Was wiegen sie?«

»Eins Komma zwei Karat.«

»Verkaufst du sie für Maurice?«

»Eben nicht. Ich habe sie von einem Freund. Oder besser: Er ist mein Partner bei dem Geschäft . . .«

»Ich verstehe.« Ellie betrachtete David mit neuem Interesse. Von Natur aus war David offen, gutmütig, leicht zu durchschauen und hatte selten Geheimnisse. Diesmal aber rückte er nicht mit der Sprache heraus, und das weckte Ellies Neugier.

Er nahm die Steine wieder an sich. »Bringen sie siebzigtausend, Ellie?«

»Vielleicht. Sie sehen gut aus, auch unter der Lupe.«

»Sie sind vollkommen, echt lupenrein, Ellie. Ich werde sie für fünfundsiebzig anbieten.« Er legte den Kopf ein wenig schief. »Was würdest du dazu sagen, wenn ich mein eigenes Geschäft aufmache?«

»Du willst von Maurice weggehen? Das glaube ich nicht.«

»Doch.«

»Was hast du denn vor?«

»Ich denke an eine Tochtergesellschaft«, sagte David. »Wie hört sich ›P & D Inc.‹ an? Wir kaufen, verkaufen und eröffnen Maurice und uns neue Quellen.«

Ellie sah David plötzlich in einem neuen Licht. Er war zu einem Konkurrenten geworden, zu einer Bedrohung für ihr eigenes Unternehmen. »P & D – D steht für David. Aber wer ist P?«

»Ein Freund von mir. Traust du's mir zu, Ellie? Meinst du, ich schaffe es?«

»Du brauchst Geld.«

»Ja, ich weiß. Ich dachte, Maurice könnte eine Bürgschaft übernehmen. Mit ihm im Rücken . . .«

David hatte sich ein ganzes Leben lang darauf verlassen, seinen Vater im Rücken zu haben und stets gezögert, sich zu weit von zu Hause zu entfernen. Ellie empfand anders. Sie konnte nur noch auf selbständiger Basis für Maurice arbeiten, sie brauchte ihre Freiheit.

»Es könnte gehen«, sagte sie. »Erzähl mir von deinem Freund und Partner.«

»Peter Downes, ein prima Kerl, Ellie. Du wirst ihn mögen. Und er hat viel Erfahrung.«

»Hast du mit Maurice schon über deine Pläne gesprochen?«

»Erst wenn ich diesen Handel unter Dach und Fach habe«, sagte er. »Ich will sehen, wie es ist, selbst etwas zustande zu bringen.«

»Gute Einstellung, David.«

»Es war Peters Idee. Er ist der Partner, den ich brauche, er hat den richtigen Durchblick. Ich möchte, daß du ihn kennenlernst, Ellie, du kannst Menschen besser beurteilen als ich.«

Das ist nun wirklich übertrieben, dachte Ellie, nach Henry Wilton und all den anderen. Ob David das wirklich glaubte? Wenn ja, warf das ein bezeichnendes Licht auf seine Fähigkeit, Menschen einzuschätzen.

»Du wirst Peter mögen«, sagte David wieder. »Jeder mag ihn. Warum verabreden wir uns nicht gemeinsam?«

Sie dachte nach. »Hast du ihn schon Maurice vorgestellt?«

»Um ehrlich zu sein, Ellie, ich habe Angst. Stell dir vor, wenn ich Peter in Maurice' Büro schleppe, und Maurice behandelt ihn in seiner typischen Art von oben herab, dann könnte die Partnerschaft schon am Ende sein, bevor sie überhaupt begonnen hat.«

»Fang es anders an.«

»Aber wie?«

»Mach es zu einer Familienangelegenheit, stell deinen Freund uns allen gleichzeitig vor.«

»Ja, das könnte klappen. Und Mattie?«

»Nein, laß meine Mutter aus dem Spiel und sag nichts darüber, daß Maurice euch unterstützen soll. Über Geschäfte kannst du später reden.«

»Was hältst du von einem Essen in den Four Seasons?« frage David, der bereits Feuer und Flamme war.

»Geh nicht gleich so hoch ran. Ein ruhiges Mittagessen, wo man sich auch unterhalten kann, nichts Formelles.«

»Hört sich gut an, ich arrangiere das. Du siehst die Dinge immer so klar, Ellie. Ich bin sicher, daß unser Plan aufgeht. Maurice wird Peter mögen. Und du auch, Ellie, da bin ich ganz sicher.«

Ellie lächelte. »Mal sehen.«

Tom Horn sah nach dem aus, was er war: ein Cowboy aus dem Westen von Texas mit – wie er es bezeichnete »ei'm klein' Stück Land un' 'ner Han'voll Küh'. Klar, vor'n paar Jahr'n hat 'n Nachbar Öl gefun', un' da fing ich auch an zu grab'n.«

»Und?« fragte David gespannt, den es faszinierte, einen echten Cowboy und Rancher kennenzulernen.

»Un' wir stießen auf'n eigenes Casino, Mann. Mit 'nem Dutzen' oder so Pumpen. Tag un' Nach'.«

»Die müssen Sie ziemlich reich machen«, sagte David fröhlich.

»Nich' so reich wie annere Leute in Texas, aber wir könn' Rachel un' Thomas aufs College schick'n, wenn's mal soweit is'. Nee, klag'n will ich nich'. Wir ha'm im Dreck gegrab'n und Gold gefund'n.«

Horn war ein großer schlanker Mann, hatte tiefliegende Augen, mit denen er nun zufrieden von Peter Downes zu David und wieder zu Downes sah. Er trug schwarze, hochhakkige Lederstiefel, Jeans und eine Jacke, wie David sie aus den Westernfilmen kannte.

»Kann ich mir die zwei hübsch'n klein' Dinger noch mal zu Gemüte führ'n?« fragte Horn und beugte sich über die Diamanten auf Davids Schreibtisch. »Lupenrein, sag'n Sie?«

»Einwandfrei.«

»Was heiß' das eigentlich genau, Mr. Foxman?«

»Die Reinheit eines Diamanten ist gegeben, wenn auch bei zehnfacher Vergrößerung keine Fehler festzustellen sind. Lupenrein sagt dem Händler, daß er einen Stein bekommt, der absolut transparent ist, keine Einschüsse und keinen anderen äußeren Makel hat.«

»Hört sich gut an.«

»Die Farbe eines Steins wird in Buchstaben gewertet. Die höchste Wertung ist D – was für diese beiden Steine zutrifft. Sie sind wirklich vollkommen.«

»Prächtige Dinger«, sagte Horn bewundernd, »was mein' Sie, Mr. Downes? Glaub'n Sie, daß meine Madeline vor Glück 'n Purzelbaum schlägt?«

»Ohne jeden Zweifel«, antwortete Downes. »Hier handelt es sich um erstklassige Ware. Die Steine haben ein Zertifikat vom

GIA, dem Geologischen Institut von Amerika. Foxman and Company ist ein angesehenes Unternehmen mit internationalen Verbindungen. Erkundigen Sie sich nach Maurice Foxman, und Sie werden überall nur das Beste hören.«

»Sie können die Steine mitnehmen und schätzen lassen, Mr. Horn«, bot David an. »Unsere Preise bestehen jeden Test.«»Hoho«, machte Horn, »ja, red'n wir mal übern Preis. Ich meine, achtzig Mille sind 'n bißchen stolz für mich.«

Horn war kein Narr, fand David. Er mochte wenig über Diamanten wissen, aber er verstand eine Menge von Geld. Ein Rancher mit einem Ölgeschäft im Rücken war kein finanzieller Anfänger.

David sagte: »Sie werden keine besseren Steine als diese finden, Mr. Horn. Ich will Ihnen den günstigsten Preis nennen, den ich Ihnen geben kann.« Im Augenwinkel sah er Peter Downes nicken. »Unsere Gewinnspanne ist nämlich nicht sehr groß . . .«

»Klar doch«, sagte Horn, »Profit gehört dazu. Ich will nichts geschenkt, Mr. Foxman. Ich will nur aufpassen, daß mir in New York nich' die Tasch'n geleert werd'n, sozusagen.«

»Warum sagen wir nicht fünfundsiebzig?« sagte David.

»Ich hab' eher an siebzig gedacht.«

David griff mit einer langsamen Bewegung nach den Steinen. Horn legte seine Hand auf Davids. »Sie woll'n das Geschäft, ich will's auch. Teilen wir den Unterschied, sagen wir zweiundsiebzigfünf.«

David zögerte nicht. »Gemacht, Mr. Horn.«

»Ist mein Scheck gut genug für Sie?«

»Aber natürlich, Mr. Horn.«

Sie sahen zu, wie Horn den Scheck ausstellte. »Macht Spaß, mit Ihnen zu handeln, David«, sagte Horn. Er ließ die Diamanten in seiner Tasche verschwinden und erhob sich.

»Ich komme mit Ihnen«, sagte Peter Downes.

»Aber du kommst doch zurück?« fragte David.

»Sobald ich Mr. Horn zur Straße begleitet und in ein Taxi gesetzt habe, damit er zu seiner Madeline zurück kann.«

»Meine Madeline«, sagte Horn lachend, »mit den bei'n

Dingern ist sie die Weiße Rose von Texas.« Er stieß die Tür auf und ging lachend hinaus, gefolgt von Peter.

Draußen auf dem Bürgersteig tauschten die Männer einen Händedruck, dabei wanderten die Diamanten wieder in Peters Hand, der die Kostbarkeiten rasch einsteckte.

»Hat Ihnen meine Vorstellung gefallen?« fragte Horn, ohne jeden Anflug von texanischem Dialekt.

»Perfekt, Junge. Du hast deinen Akzent bestens vorgebracht.«

»Ich bin eben ein Schauspieler.«

»Gratuliere. Du hast dein Geld, also verschwinde.«

»Wenn Sie mich noch mal brauchen – Sie haben ja meine Adresse.«

»Ist doch klar.«

Downes ging zurück in Davids Büro. Bisher konnte er sehr zufrieden sein. Alles lief nach Plan.

Sie trafen sich zum Mittagessen in einem kleinen französischen Restaurant in der 51. Straße – David, Ellie, Maurice und Peter Downes, eine außergewöhnlich attraktive Gruppe. Ellie zog die Blicke jedes Mannes auf sich. Neben ihr, rechts und links, saßen David und Peter, zwei gutaussehende junge Männer, charmant und witzig. Ihnen gegenüber thronte Maurice Foxman – weißhaarig, kultiviert –, ein König, der Hof hielt.

Ellie gab sich Mühe, ihre Aufmerksamkeit gerecht zu verteilen. Sie lachte über Davids Bemerkungen und widmete sich Maurice, wenn der etwas sagte. Aber es war Peter Downes, an dessen Lippen sie hing und zu dem sie sich hingezogen fühlte, mit einer Intensität, die sie selten zuvor bei einem ersten Kennenlernen empfunden hatte.

Sie hatte den Eindruck, als ob er sie ohne jede Einschränkung in sein Leben aufgenommen hätte. Er hielt nichts zurück, antwortete auf jede Frage so offen, daß es fast schon an Naivität grenzte. Hinzu kam sein beunruhigend gutes Aussehen, das eher zu einem Filmstar paßte. Sein Lächeln war einnehmend und ließ seine ebenmäßigen weißen Zähne sehen. Ellie spürte, daß sie sich viel zu schnell von ihm einfangen ließ, und wurde verlegen, sogar ängstlich. Sie hatte bei Keller schon eine seltsame Reaktion gezeigt, aber dieser Mann hier war noch beunruhigender. Er erinnerte sie an jemanden, den sie einmal gekannt hatte.

Seit Henry Wilton sie vor zwei Monaten halbtot hatte liegen lassen, hatte sie nicht das geringste Verlangen mehr verspürt, in der Nähe eines Mannes zu sein. Sie hatte auch niemanden von Interesse kennengelernt – ausgenommen Keller, der überhaupt nicht ihr Typ war, so angeschlagen und vernarbt, wie er aussah.

Sie warf einen verstohlenen Blick auf Peters klassisches Profil, und ein leichter Schauer der Erwartung rann über ihren Rücken. Wann immer Peter sie direkt ansprach, war ihr, als wären sie allein im Raum. Die anderen am Tisch waren aus ihren Gedanken und ihrem Blickfeld ausgeschlossen. Sie konnte sich erst wieder von Peter abwenden, wenn er den Kontakt abbrach. Wenn er lächelte, erwiderte sie sein Lächeln. Wenn er sprach, lauschte sie andächtig wie ein Schulmädchen. Bleib cool, mahnte sie sich.

Zur allgemeinen Überraschung beendete Peter abrupt die Zusammenkunft, indem er sich mit seiner festen, sympathischen Stimme an Maurice wandte.

»Es war mir ein Vergnügen, Sie kennenzulernen, Sir. Aber nun rufen die Geschäfte.«

»Ich kann das verstehen, Peter.«

Ellie schaute verblüfft ihren Onkel an. Noch nie hatte sie gehört, daß ihr Onkel jemanden beim ersten Kennenlernen mit dem Vornamen anredete. Dafür war er viel zu förmlich. »Gute Manieren«, pflegte er zu sagen, »halten uns davor zurück, daß wir uns gegenseitig an die Kehle springen.«

»Ein Kunde wartet auf mich«, sagte Peter.

»Das Geschäft geht vor.«

»Zu viele Steine, zu wenig Kunden.«

Maurice war überrascht. »Denselben Satz habe ich auch schon gesagt.«

»Während des Diamond Club Banketts vorigen Monat«, sagte Peter. »Ihre Rede hat mich sehr beeindruckt und ist seither meine berufliche Leitlinie.«

»Das ist sehr nett von Ihnen, Peter.«

Downes erhob sich und gab jedem die Hand. »Ich habe kürzlich eine größere Lieferung erhalten, die ich zu einem anständigen Gewinn . . .« Er brach ab. »Tut mir leid. Man sollte ein ausgezeichnetes Essen nicht durch Geschäfte verderben.« Er trat einen Schritt vom Tisch zurück.

»Bernstein dirigiert am Dienstag die Philharmoniker«, sagte er zu Ellie. »Ich habe Tickets. Möchten Sie mitkommen?«

Sie zauderte.

»Ich kann gut verstehen«, sagte er locker, »daß Sie andere Pläne haben.«

»Nein, durchaus nicht. Dienstag paßt mir.«

Er nickte und war verschwunden. Ein Kellner brachte frischen Kaffee.

»Ein sympathischer Kerl, nicht wahr?« sagte David.

»Ein beeindruckender junger Mann«, sagte Maurice. »Gefällt er dir, Ellie?«

»Das kann man wohl sagen.« Dann fügte sie hinzu: »Ein sehr glatter Typ.«

David ging sofort zu Peters Verteidigung über. »Er ist sehr ungewöhnlich. Ich habe lange nicht mehr einen so interessanten Mann kennengelernt.«

»Hast du etwas bemerkt, was dir nicht gefallen hat, Ellie?« fragte Maurice. Er selbst schloß sich Davids Meinung an. Peter war einer der selten gewordenen Männer, die er schätzte.

»Ich kenne ihn ja kaum«, sagte Ellie.

»Du wirst ihn am Dienstagabend besser kennenlernen.« Davids spöttisches Grinsen wurde von den beiden anderen übersehen.

»Wie gut kennst du ihn, David?« fragte Maurice.

»Wir sind Freunde geworden. Zwei- oder dreimal in der Woche treffen wir uns zum Essen oder auf einen Drink. Und wir spielen Schach zusammen.«

Auch das war gut, dachte Maurice. Ein guter Schachspieler konnte vorausdenken, verfügte über geistige Flexibilität, Geduld und Ausdauer.

»Und wir machen einige gemeinsame Geschäfte.«

»Vielleicht kann mir Peter eines Tages die Freude machen,

mal mit mir zu spielen«, sagte Maurice. »Was sind das für gemeinsame Geschäfte?«

»Nichts von Bedeutung.«

»Jedes Geschäft ist von Bedeutung, habe ich festgestellt. Wer in kleinen Geschäften versagt, wird auch große nicht meistern. Diese Regel gilt für alle Lebensbereiche. War es ein erfolgreiches Unternehmen, David? Ich meine, war es profitabel?«

»Ja, Vater, das war es. Danach haben Peter und ich überlegt, ob wir daraus nichts Dauerhaftes machen sollten – ein gemeinsames Geschäft.«

»Sehr interessant. Du mußt mir mehr davon erzählen, wenn ihr bereit seid.« Maurice verlangte die Rechnung.

»Ich habe doch eingeladen«, wandte David ein.

Maurice schien den Einwand nicht gehört zu haben. Er war immer der Gastgeber, und er zahlte.

14

Harry Geis lebte in einer Mietwohnung in der Vierzehnten Straße. Peter Downes schätzte die Herkunft des Mobilars auf Heilsarmee oder Sperrmüll. An den Wänden hingen keine Bilder, es gab keine Bücher, auf dem Boden lag kein Teppich. Gegen diese Dürftigkeit sprachen nur ein teures Fernsehgerät, ein Videorecorder und eine Hifi-Anlage mit zwei leistungsstarken Lautsprecherboxen. Weder diese Elektronik noch Robert Browning paßten hierher.

Browning sah nach Geld aus, nach großem Geld. Sein Anzug war maßgeschneidert, die Schuhe in England handgefertigt, die Armbanduhr von Baume et Mercier – ein Mann mit Stil und Geschmack. Die Art Mann, die Peter Downes immer schon hatte sein wollen.

Browning sprach mit ruhiger, kultivierter Stimme. »Harry hat mich informiert, daß Sie beide ins Geschäft einsteigen wollen.«

»Wir haben darüber geredet«, sagte Downes. Er wußte nicht, wieviel Geis dem Bankier gesagt hatte. Warum sollte ein Mann wie Browning Interesse an ihrem Geschäft haben?

»Nur geredet«, stellte Browing fest. Er wandte sich an Geis. »Sie gaben mir zu verstehen, Harry, daß Sie und Downes bereits eine Vereinbarung getroffen haben.«

»Haben wir.«

»Peter spielt also mit, nicht wahr, Peter?«

Downes zögerte, dann nickte er.

»Schon besser«, sagte Browning. »Wie weit ist das Geschäft schon gediehen?«

»Wir sind dabei, Foxman and Company einzukreisen«, sagte Harry Geis. »Wir nennen es ›Projekt Lupenrein‹. Peter hat den Alten kennengelernt, seine Nichte und David.«

»David ist Maurice Foxmans Sohn«, erklärte Downes. »Wir haben schon ein Geschäft gemeinsam durchgezogen.«

»Peter und ich sind wirklich dicht dran«, warf Geis ein.

Browning sah Downes abschätzend an. »Ist Ihnen bewußt, wie kompliziert dieser Job ist?«

Er weiß alles, dachte Downes, er weiß über die Dimension des Coups Bescheid und wieviel Geld damit zu machen ist.

»Der Job verlangt Mut und Intelligenz, Downes«, fuhr Browning fort. »Ist Ihnen das klar? Glauben Sie, daß Sie das schaffen können?«

»Ich glaube ja.«

»Ich bin ganz sicher, Mr. Browning«, sagte Geis.

»Ich bin nicht so sicher. Geben Sie zu, Downes, daß Ihr bisheriger Stil nicht gerade vertrauenerweckend war. Ihnen ist schon eine Menge danebengegangen.«

»Machen Sie sich um mich keine Sorgen.« Downes kam sich wie ein Schuljunge vor, der sich aufspielen muß, um zu imponieren. Ralph Browning schüchterte ihn ein, und er fragte sich, wie es Geis gelungen war, eine so beeindruckende Verbindung zu knüpfen.

»Ein Mann in meiner Position muß sich Sorgen machen, Downes. Ein einziger Fehler und wir gehen alle baden.«

»Ich mag Peter«, sagte Geis. »Ich vertraue ihm.«

Downes schüttelte seine Furcht ab. »Ich habe mich in diesen

Job nicht reingedrängt, Harry hat ihn mir angeboten. Ich brauche mir deshalb diesen Unsinn . . .«

»Ohne Peter, Mr. Browning, kommen wir nicht weiter«, sagte Geis. »Kein Kontakt zu Foxman, nichts . . .« Er sagte grinsend zu Downes: »Erzähl ihm von dem Mädchen, Peter.«

»Ich bin mit ihr am Dienstagabend verabredet.«

»Sie ist jetzt schon ganz verrückt nach Peter, Mr. Browning. David ist sein Freund, und Ellie liegt schon auf den Knien und fleht ihn an, es ihr zu besorgen . . . also, wenn das keine günstige Position ist . . .«

Downes sagte mit vorgetäuschtem Selbstbewußtsein: »Ich bin nicht hier, um meine Leistungen unter Beweis zu stellen. Wenn Sie mich nicht dabei haben wollen, bin ich draußen. Besorgen Sie sich einen anderen.«

»Nun warte mal!« rief Geis aufgeregt.

»He«, sagte Browning, »steckt ja doch noch Feuer in Ihnen. Sehr gut! Wenn ich Harrys Vorschlag richtig verstanden habe, wird es eine Weile dauern, bis der Job endlich über die Bühne gehen kann. Ausdauer, Downes – haben Sie die?«

»Ja.«

Browning fixierte ihn. »Sie müssen meine Position verstehen, wenn ich das Startkapital gebe, hängt meine Bank mit drin. Und mein Ruf – ich trage das größte Risiko.«

»Wir schaffen das«, sagte Geis.

»Der alte Foxman ist beschlagen«, sagte Browning nachdenklich. »Er ist schon lange im Geschäft, und er kennt jeden Trick der Branche.«

»Foxman mag Peter«, sagte Geis, »das wissen wir von seinem Sohn.«

Browning schlug die Beine übereinander, richtete die Bügelfalten. »Wir reden hier nicht über einen Ladendiebstahl. Wir reden über eine Menge Geld – über zwanzig Millionen Dollar. Egal, wie leicht es jetzt aussieht, es wird nicht leicht sein, den Job durchzuziehen. Man braucht Grips, Gerissenheit und Stehvermögen.«

»Ich schaffe Foxman«, sagte Peter Downes.

»Wie?«

»David und ich planen ein gemeinsames Unternehmen, eine Partnerschaft, die aber als Tochtergesellschaft von Foxman and Company fungieren soll.«

»Kredit?«

»David ist davon überzeugt, daß Maurice uns den Rücken stärken wird. Wenn wir das erreichen . . .«

»Wieviel werden Sie von mir brauchen?« fragte Browning.

»Eine Viertelmillion für den Anfang. Falls Foxman wirklich für uns die Bürgschaft übernimmt, kann nichts mehr schiefgehen.«

»Eine sichere Sache!« rief Geis begeistert.

»Wie lange wird es dauern, bis es soweit ist?« fragte Browning.

»Drei Monate insgesamt«, antwortete Downes.

»Es darf nicht zu lange gären«, warnte Browning, »es gibt Geschäfte, die verbrennen, wenn man sie zu lange kocht.«

»Drei Monate.«

»Und du hast ein gutes Gefühl, Harry?«

»Ja, Sir.«

»Falls ich mit von der Partie sein soll, müssen bestimmte Bedingungen erfüllt sein. Jedes Geld, das ich hineinstecke, versteht sich als Darlehen auf Zinsbasis. Ist das klar?«

»Kein Problem.«

»Sobald die Kreditwürdigkeit festgestellt wird, Foxman dahintersteht und die ersten Käufe getätigt sind, werde ich euch zu bestimmten Händlern führen.«

»Wir werden große Mengen einkaufen müssen«, sagte Downes, der seine Nervosität zu verdrängen suchte.

»Das ist kein Problem. Ich werde übrigens nichts unterschreiben, uns bindet nur eine mündliche Vereinbarung. Mache ich mich verständlich, Mr. Downes?«

»Ja.«

»Ich werde also ein stiller Teilhaber sein ohne jede sichtbare Verbindung zwischen uns, Downes. Niemand darf von meiner Beteiligung erfahren. Ist das auch klar?«

»Klar.«

»Alle Gewinne werden zu gleichen Teilen geteilt«, fuhr Browning fort. »So, das wär's. Sonst noch etwas?«

»Ich bin einversanden!« rief Geis begeistert. »Und du, Peter?«

»Okay.«

»Was ist mit der Frau?« fragte Geis.

»Ellie? Die ist meine Sache«, sagte Downes.

»Nichts in diesem Geschäft ist Ihre Sache«, sagte Browning. »Zementieren Sie Ihre Beziehungen zu Miss Foxman und zum alten Foxman.«

»Es ist nie gut, Vergnügen und Geschäft zu vermischen«, sagte Geis.

»Diesmal stimme ich nicht zu«, sagte Browning. »Sie dürfen aber nicht vergessen, Downes, wo Ihre wahren Interessen liegen und wer Ihre wahren Partner sind.«

»Partner«, sagte Geis erleichtert.

»Partner«, wiederholte Downes, immer noch nicht sicher, ob er die richtige Entscheidung getroffen hatte.

Sie saßen nebeneinander, ohne sich zu berühren, aber Ellie fühlte sich trotzdem gestreichelt – von seiner Gegenwart, seinen Blicken, seiner Stimme. Das Konzert war ein Genuß, die Musik hüllte sie ganz ein, und doch war ihr stets bewußt, daß Peter neben ihr saß. Am liebsten hätte sie ihn an sich gezogen, wagte es aber nicht, um nicht alles zu verderben. Wieder fühlte sie sich wie ein junges Mädchen, das ein vages Verlangen spürt und unbekannte Nöte. Alle jungen Männer, die ihr bisher begegnet waren, hatten auffallend gut ausgesehen und vielversprechend gewirkt, aber sich nur damit beschäftigt, ihre Schönheit zu erhalten – daneben hatte nichts anderes mehr Platz gehabt in ihrem Leben.

Mit zwanzig hatte Ellie Craig Bergson geheiratet, den schönsten aller Männer – schlank, groß, sanft, athletisch, begehrenswert. Zwei Jahre später hatte sie sich scheiden lassen, weil sie seine Eigensucht nicht mehr ertrug, seine Unfähigkeit, anderen Menschen – zum Beispiel seiner Frau – Zugeständnisse zu machen.

Seither hatten sich ihre Männerbekanntschaften nicht gebessert. Schöne Männer mit trainierten und gebräunten Körpern, verführerische Männer, die viel versprachen und nichts einlösten. Männer, die ihr Aussehen als Kapital einbrachten und sonst nichts – Schlaffis, wie sie sie nannte. Immer blieb sie frustriert und verbittert zurück. Immer war sie es, die die Beziehung löste, weil sie vom faden Nebeneinander genug hatte.

Peter war anders, meinte sie. Auch er sah gut aus, aber er nahm Rücksicht auf sie. Würde er ein guter Liebhaber sein? Sie sehnte sich nach dem Ende des Konzerts.

Er schlug vor, in »The Russian Tea Room« zu gehen. Sie stimmte zu und achtete darauf, nicht ihr Gesicht zu zeigen, aus Sorge, er könne darin ihr Verlangen lesen.

Er sah ihr zu, wie sie Blinis und Erdbeeren mit saurer Sahne aß, während er sich mit Kaffee begnügte und seine Blätterteig-Pastete kaum anrührte.

»Sie essen ja gar nichts«, sagte sie.

»Ich schaue Ihnen zu. Es macht Spaß, einer Frau zuzusehen, die mit Appetit ißt.«

»Ich war dem Verhungern nahe.«

»Die meisten Frauen picken nur von ihrem Teller, als ob es eine Todsünde wäre, Hunger zu haben. Das liegt an dieser verrückten Schlankheitsmanie, die dieses Land befallen hat.«

»Männer sind der Grund dafür.«

Sie erwartete eine frivole Antwort oder wenigstens die Bemerkung, daß sie eine makellose Figur habe und sich um Kalorien nicht sorgen müsse. Aber er blieb stumm. Auch dadurch unterschied er sich von den Männern, die sie bisher gekannt hatte.

»Morgen«, sagte sie, »ist Ellie-Foxman-Hungertag. Und ich werde drei Meilen schwimmen.«

»Ich laufe im Park, vier- oder fünfmal in der Woche. Und ich bin Stammkunde im Fitness-Center.«

»Da haben Sie David kennengelernt, nicht wahr?« Sie kicherte.

»Maurice behauptet, daß Gymnastik den menschlichen Körper ruiniert. Er sagt, daß er seine Freizeit auf den Beerdigungen seine Freunde verbringt, die Sport betrieben haben.«

Downes lachte leise. »Ich bewundere Ihren Onkel sehr.«

»Die meisten Menschen tun das.«

»Sie nicht?«

»Kein Kommentar.«

Er hob die Brauen. Einiges stimmte nicht zwischen Onkel und Nichte. Er würde versuchen, von David mehr darüber zu erfahren. Jeder Riß in der Familie Foxman konnte von Vorteil sein und seinen Job erleichtern. Er lenkte das Gespräch in eine andere Richtung.

»Sind Sie glücklich mit Ihrem eigenen Unternehmen?«

»Ich werde erst glücklich sein, wenn ich völlig auf eigenen Füßen stehe. Geht es Ihnen nicht genauso?«

»Ich arbeite dort, wo ich eine Chance sehe.«

»Ein Opportunist«, sagte sie ohne Tadel in der Stimme.

Er lächelte sie offen an. »Ich wäre ein Narr, das abzustreiten. Ich greife jede Gelegenheit, die das Geschäft mir bietet. Bisher halte ich mich ganz gut über Wasser mit dieser Taktik. Ich bin nicht reich geworden, aber es geht mir gut und ich bin glücklich.«

»Wenigstens einer.«

»Sie nicht?«

Sie schüttelte den Kopf. »Ich will meine eigene Company, ich will von der IMM akzeptiert werden. Ich will Erfolg und alles, was auch Maurice hat, was ihm so einfach in den Schoß gefallen ist.«

»Ist es ihm denn in den Schoß gefallen?«

»Darauf können Sie sich verlassen. Er kam mit einer Tasche voller Steine aus Europa, und im Handumdrehen hatte er sein eigenes Unternehmen. Er hatte immer nur Glück.«

»Vielleicht ist es nicht nur Glück. Vielleicht stellt er es cleverer an als andere. Vielleicht ist er besser.«

»Das bezweifle ich, Peter. Mein Vater, ja, er war der beste Mann, den ich je gekannt habe. Ehrlich, mitfühlend, am Schicksal anderer Menschen interessiert. Er war in Europa in der alten Tradition erzogen worden, aber er sah, daß in Amerika andere Werte zählten. Er war bereit, sie anzunehmen und sich durchzusetzen, doch das hat er nicht geschafft. Mein Onkel beharrte auf den überholten Traditionen, zu denen auch gehört, daß das Geschäft von Männern beherrscht wird und

Frauen in der Küche, im Vorzimmer oder in der Buchhaltung ihren Platz haben. Maurice hielt meinen Vater für einen schwachen Mann wegen seiner Ideale. Am Ende hat Maurice gewonnen und mein Vater verloren. Er mußte sogar für Maurice arbeiten, das war die größte Demütigung, die ihm widerfahren konnte. Geht daraus hervor, daß Maurice der bessere Mann ist? Glauben Sie es, wenn Sie wollen. Ich werde es nie tun.«

Wieder diese Abneigung gegen Maurice Foxman. Er hakte nicht nach, wollte sie nicht mißtrauisch machen, sondern alles tun, um sie auf seiner Seite zu halten.

Als sie das russische Teehaus verließen, spazierten sie bis zum Central Park, nahmen eine Kutsche und ließen sich durch die Anlagen fahren. Seine Nähe auf der schmalen Sitzbank machte sie scheu, weckte in ihr Erwartung und zugleich das Gefühl einer Bedrohung. Sie war gewohnt, daß Männer es bei ihr eilig hatten, und wartete auf seinen Arm um ihre Schulter, leise, sanfte Worte, seine Hand auf ihrem Oberschenkel. Er unternahm nichts dergleichen, und das irritierte sie noch mehr, denn sie sehnte sich nach seiner Berührung.

Sie stiegen aus der Kutsche in ein Taxi, das sie zu ihrem Appartementhaus brachte. Er begleitete sie bis zur Wohnungstür. Jetzt nimmt er mich in die Arme, küßt mich, lädt sich zu mir ein. Wie soll ich reagieren? Soll ich meinen Wünschen nachgeben, den wilden Bildern in meinem Kopf? Oder soll ich ihn bis zu nächsten Mal hinhalten?

Er enthob sie einer Antwort, reichte ihr die Hand zu einem kühlen Händedruck und sagte: »Der Abend hat mir sehr gefallen. Sie müssen müde sein, gute Nacht.« Er drehte sich um und ging, ohne ihr auch nur einen Kuß auf die Wange zu geben.

Sie war erleichtert, daß er nicht versucht hatte, mehr an diesem Abend zu erreichen, und wütend, weil sie sich zu ihm hingezogen fühlte und er kein Interesse an ihr zu haben schien.

Sie betrat ihr Appartement und wußte plötzlich, an wen er sie erinnerte. Dieses lässige Selbstvertrauen hart an der Genze zur Arroganz hatte sie zuletzt bei Henry Wilton erlebt. Sie glichen einander auch äußerlich, aber ihr Stil hatte nichts gemeinsam. Henry war barsch, fordernd, fast grausam in der Behandlung seiner Frauen, und Peter war sanft und rücksichtsvoll. Jedenfalls schien es so.

Sie verabscheute Henry Wilton, und sie konnte es nicht erwarten, Peter Downes wiederzusehen.

15

La Riva Gauche – traditionelles Studentenviertel von Paris, Zentrum radikaler Gedanken und politischer Unruhe . . . Das Viertel, bemerkte Keller, hatte seine Vitalität behalten, seine Jugend, seine mitunter infantil schockierende Art. In der geschäftigen Mischung aus Studenten, Herumtreibern und Touristen war schwer auszumachen, wer zu welcher Sorte gehörte.

Keller blieb stehen vor einem alten Haus mit Ornamenten, von Eidechsen und Schlangen. Auf einer breiten Marmortreppe gelangte er in den zweiten Stock zu einer hohen Tür. Er klopfte, und die Tür wurde von einem stiernackigen Mann geöffnet, der die kraftvollen Schultern eines Ringkämpfers und den mürrischen Blick eines Leibwächters besaß.

»Ich bin Keller, er erwartet mich.«

Der Leibwächter knurrte, ließ ihn eintreten und reichte ihn an einen zweiten Mann weiter, der kleiner, dicker, fast halslos, aber auch mit kräftigen Schultern ausgestattet war. Er führte Keller über einen langen Flur, der vor einer hohen Doppeltür endete. Kellers Begleiter klopfte, stieß die Türen auf und gab mit einem kurzen Wink zu verstehen, daß er eintreten solle.

Der Raum war fast fünfzehn Meter lang. Die beiden offenen Kamine an den beiden schmalen Seiten des Zimmers waren an diesem Tag nicht in Betrieb. Die Fenster, die von der Decke bis zum Boden reichten, brauchten dringend eine Reinigung, falls Wert darauf gelegt wurde, das Tageslicht einzulassen. Überall auf dem Boden lagen marokkanische Teppiche, in denen blaßgelbe und rote Farben vorherrschten. Am Ende des langgestreckten Raums, neben einem Kamin, stand ein langer, schmaler Tisch mit einer Batterie von Telefonen unterschiedlicher Farbe. Hinter diesem Tisch ein Stuhl, der einem Thron ähnlich sah und wahrscheinlich einem entmachteten König gehört hatte. Auf dem Thron saß Vadim Lukas, in dieser Stellung mehr denn je an einen mongolischen Krieger erinnernd. Eine Blauleinenjacke verhüllte seine massige Gestalt, eine Baskenmütze den klobigen, kahlen Schädel.

Lukas war ein Mann von undurchsichtiger Herkunft und besaß zahlreiche – von ihm nicht bestätigte – Verbindungen zu gleichfalls undurchsichtigen Existenzen in der ganzen westlichen Welt. Er blinzelte Keller aus kleinen nervösen Augen an und trommelte mit seinen feisten Fingern ungeduldig auf den Tisch. Lukas sprach mit untadeligem Oxford-Akzent, obwohl er weder diese noch eine andere Universität besucht hatte. Gerüchten zufolge war Lukas im Osten Polens geboren, in Ungarn aufgewachsen und in Liverpool groß geworden. Man raunte sich auch zu, er habe seine berufliche Karriere als Friseur in Istanbul begonnen, sie als Zuhälter in Paris und später als Besitzer eines Sandwichladens in Soho fortgesetzt. Aber seine eigentliche Karriere hatte erst begonnen, als er Diamanten entdeckte.

Er knurrte Keller an: »Was, verdammt noch mal, wollen Sie von mir?«

»Ich freue mich auch, Sie wiederzusehen, Vadim. Es ist schon lange her.«

Lukas räusperte sich und starrte an Keller vorbei auf den kalten Kamin. »Habe ich mit International Minerals and Mines zu tun? Nein, habe ich nicht. Schulde ich Sir John größere Summen? Nein, ich schulde ihm nichts – Die Wahrheit ist: Ich habe nichts für das Syndikat übrig und das Syndikat nichts für mich. Gehen Sie, Keller!«

»Heißt das, daß wir keine Freunde mehr sind, Vadim?«

»Sie tauchen auf, und schon gibt es Ärger. Sie wecken schlafende Löwen, Keller, Sie wirbeln Staub auf und machen mich nervös. Wir sind vielleicht keine Feinde, Sie und ich, aber wir waren auch nie Freunde.«

»Das schmerzt.«

»Von Zeit zu Zeit war ich gezwungen, mit Ihnen zusammenzuarbeiten, aber das sind keine guten Erinnerungen. Die meisten Ihrer Kollegen sind brutale Kerle, Gauner und Verbrecher. Sie, Keller, sind nicht so. Auf Ihre eigene sonderbare Art sind Sie ein Mensch geblieben, aber Sie sind trotzdem einer von denen. Verzeihen Sie mir, aber Sir Johns Legionäre sind nie nach meinem Geschmack gewesen. Warum sind Sie diesmal gekommen?«

»Tarassuk.«

Lukas hob seine Hände und ließ sie wieder sinken. »Was ist ein Tarassuk?«

»Verschonen Sie mich mit Ihren Witzen, Vadim. Georgi Tarassuk ist ein Russe, der Diamanten verkauft. Er ist in Liberia aufgetaucht und hat ein Geschäft mit einem Mann namens Robert Foxman getätigt. Am selben Tag wurde Foxman erschossen.«

»Mag sein, daß ich von diesem Fall gehört habe. Obwohl so etwas alle Tage geschieht – Mord, Raub, Terror. Unsere Spezies scheinen sich lieber gegenseitig umzubringen, als miteinander in Frieden zu leben. Die menschliche Tragödie. Hat dieser Tarassuk den Mord begangen?«

»Das glaube ich nicht. Was wissen Sie über ihn?«

»Vielleicht habe ich den Namen schon einmal gehört.«

»Reden Sie nicht lange drumherum, Vadim.«

Er schloß die kleinen Augen, seine rosafarbenen Lippen bebten leicht. »Georgi Tarassuk«, murmelte er, »Ein russischer Schmetterling, der hin- und herhuscht. Keine wichtige Figur, wenn ich das richtig einschätze.«

»Wo finde ich ihn?«

»Er flitzt herum, bekommt Ware und verkauft sie. Dann verschwindet er wieder. Er hält sich nur so lange an einem Ort auf, wie es nötig ist, um den Handel abzuschließen.«

»Ich will ihn haben.«

»Keller, es ist Zeit fürs Mittagessen. Ganz in der Nähe liegt eine kleine Taverne. Mögen Sie griechisch essen, Keller? Es gibt da einen ausgezeichneten Moussaka, fast so gut wie auf den Inseln. Beim Essen trinken wir Retsina und unterhalten uns über die Geschichte der Griechen, über Plato, Aristoteles und über die Frauen. Eine herrliche Art, zwei oder drei Stunden zu verleben.«

»Erzählen Sie mir von Tarassuk.«

»Warum geben Sie sich mit dem ab? Er ist eine Null, ohne Bedeutung. Wenn Sie kaufen wollen, wird sich Vadim geehrt fühlen, Ihre Wünsche zu erfüllen, egal, wie ausgefallen sie sein mögen.«

Keller zeigte ihm die Diamanten aus dem Gehstock und ließ sie über den Tisch kullern.

Lukas zog hörbar die Luft ein und schob seinen massigen Körper vor. »Wunderbar«, stieß er hervor. »Sie wollen also verkaufen? Sehr gut. Ich werde Ihnen ein Angebot machen. Sie . . .«

Keller raffte die Diamanten wieder zusammen und fing sie in beiden Handflächen auf. »Was sind das für Steine?«

»Einige sind ausgezeichnet. Ich müßte sie unter der Lupe ansehen. Sie kommen von Tarassuk?«

»Das nehme ich an.«

Lukas setzte sich wieder zurück. »Haben Sie für sich gekauft oder für Sir John?«

»Von Tarassuk über Robert Foxman zu mir. Ich glaube, daß der Killer hinter den Steinen her war.«

»Aber er hat sie nicht gefunden?«

»Nein, sonst könnte ich sie ja nicht haben.«

»Gewalt«, sagte Lukas voller Verachtung, »Was für eine widerliche Kreatur der Mensch doch ist. Ich sehne mich nach friedlichen Zeiten, in denen man seines Nachbarn Bruder ist, in denen man offen und fair miteinander umgeht.«

»Wann wird das sein?« fragte Keller.

»Immer noch der alte Realist, Keller. Haben Sie keine Träume, sehnen Sie sich nicht nach dem Unmöglichen? Sie haben recht, ich träume von einer Welt, die nie existieren wird. Dieser Tarassuk ist kein Mörder, Keller.«

»Was wissen Sie über ihn?«

»Ich habe Ihnen alles gesagt.«

»Versuchen Sie's noch mal.«

»Er ist ein russischer Emigrant. Vielleicht Jude, vielleicht nicht. Jedenfalls kein Politischer. Ich habe gehört, daß er auch in der Sowjetunion schon gehandelt hat, mit allem Möglichen: verbotene Bücher, japanische Kameras, amerikanische Bluejeans. In Moskau hat er sein erstes Diamantengeschäft gemacht. Für die Steine sollte er eine Dissidentenfamilie durch den Eisernen Vorhang bringen – so ist er wohl auf den Geschmack gekommen.«

Keller legte die Steine wieder auf den Tisch. »Ich würde sagen, daß die auch aus Rußland kommen.«

»Sie tragen nicht Hammer und Sichel.«

Keller zeigte seine Zähne in einem freudlosen Grinsen. »Die Russen sind die drittgrößten Produzenten der Welt, nur Südafrika und Zaire liefern mehr Diamanten.«

»Moskau veröffentlicht keine Zahlen.«

»Aber die Schätzungen der Experten gehen nicht weit auseinander. Sie liegen um die zwei Millionen Karat pro Jahr und weitere acht Millionen Karat Industriediamanten.«

Der wuchtige Schädel nickte.

»Lange Zeit hat die IMM die gesamte Produktion der Sowjetunion aufgekauft«, fuhr Keller fort. »Das geschah alles sehr im Geheimen, denn die Sowjetunion legte keinen Wert darauf, Geschäfte bekanntzumachen, die auch den Wohlstand der Rassisten in Südafrika förderte.«

»Die Russen fragen nicht, mit wem sie handeln, solange sie ihr Geld bekommen.«

»1972 wurde das Abkommen mit der IMM geändert. Man schuf Russ Almaz, der eine bestimmte Anzahl Steine über neue Kanäle in den Westen verkaufen sollte.«

»Die Männer in Moskau sind praktisch veranlagt«, sagte Lukas.

»Wir wissen, daß Russ Almaz einige der besten Steine nicht an die IMM lieferte, sondern über drei voneinander unabhängige Verteiler verkaufen ließ.«

»Eine unbedeutende Angelegenheit«, sagte Lukas, »lohnt kaum, davon zu reden.«

»Die drei Verteiler sind Borokin in Bombay, Yuraki in Istanbul und Vadim Lukas in Paris.«

Lukas rutschte auf seinem Thron unruhig herum. »Alles nur kleine Geschäfte, es tröpfelt lediglich . . .«

»Das kommt auf den Standpunkt an, Vadim. Wir wissen beide, daß Sie den Löwenanteil aus dieser Quelle erhalten.«

Lukas sah betrübt aus. Seine Mundwinkel zeigten nach unten. »Diamantenhandel ist eine typische kapitalistische Angelegenheit, mein Freund. Der Sozialismus runzelt die Stirn über diese nur dem einzelnen nützliche Prozedur.«

Keller lachte kurz und trocken auf. »Sie sind ebensowenig Sozialist wie ich. Sie sind des Geldes wegen in diesem Geschäft, genau wie Russ Almaz. Die Anzahl der hochwertigen qualitativen Steine, die vom Osten in den Westen kommen, ist enorm gestiegen. Sie wissen das, Vadim, und ich weiß, daß die größte Anzahl von Ihnen verkauft wird.«

»Ein Mann muß seine Familie ernähren.«

»Welche Familie? Sie haben doch nur sich selbst – Sie sind ein habgieriger Mann, der immer mehr will. Haben Sie Tarassuk diese Diamanten gegeben?«

»Nein. Ich schwöre, daß ich diese Steine nie zuvor gesehen habe.«

»Von wo stammen sie? Aus dem Mirnyi-Feld? Oder aus dem oberen Becken des Marka?«

»Sie haben sich sehr sachkundig gemacht«, sagte Lukas mit Staunen und Bewunderung in der Stimme.

»Stammen sie aus den neuen Funden im Ural?«

»Davon wissen Sie auch?«

»Es sollen die reichsten Vorkommen sein«, sagte Keller.

»Vielleicht sind Ihre Informationsquellen besser als meine.«

»Das bezweifle ich.«

»Sie überschätzen mich, Keller. Es ist kein Honigschlecken, mit diesen Leuten zusammenzuarbeiten. Sie sind unhöflich und verlangen das Unmögliche, und der Profit ist nicht so hoch, wie er sein müßte.«

»Das ist er doch nie.«

»Sie zahlen nie rechtzeitig. Die ganze Verantwortung liegt bei mir, auch das ganze Risiko. Ein paarmal haben sie mir schon Ganoven geschickt, die mich reinlegen wollten. Wie kann ich mich revanchieren? Kann ich Ganoven nach Moskau schicken? Kann ich mich irgendwo beschweren? Wenn ich auch nur ein einziges Wort sage, das ihnen mißfällt, dann drohen sie, daß der Strom versiegt. Ah, Keller, es ist Zeit, daß ich aufgebe.«

»Warum?«

»Warum? Wieso fragen Sie noch warum, nach allem, was ich Ihnen gerade gesagt habe?«

»Was geht eigentlich wirklich vor, Vadim? Die neuen Felder im Ural haben die Produktion ernorm gesteigert, und doch sind in den letzten Monaten erheblich weniger Diamanten in den Westen gekommen. Warum, Vadim?«

Lukas saß aufgewühlt in seinem Thronsessel. Das Trommeln seiner Fingerspitzen wurde lauter, schneller. »Stimmt das? Ich dachte, daß nur ich weniger Ware bekomme. Man sieht mit der Zeit überall Gespenster . . .«

»Was haben die Russen vor?«

»Wer kann das schon sagen? Sie sind alle verrückt, immer gewesen, das können Sie in der Geschichte verfolgen. Sie trauen den Fremden nicht, haben Angst vor Angriffen, Angst, die Herrschaft zu verlieren. Jahrhundertelang haben sie die Welt draußen gelassen, keine Besucher, keine Geschäftsleute, nicht einmal Bücher. Nur die Popen konnten lesen und schreiben.«

»Zurück zu den Diamanten, Vadim. Der Kreml braucht harte Währung, um im Westen seinen Weizen und auch Technologie zu kaufen. Wenn das so ist, warum reduzieren sie dann bei einer größeren Produktion den Absatz von Diamanten?«

»Woher soll ich das wissen?« Er zeigte mit dem Daumen zur Tür. »Diese Gorillas da draußen, glauben Sie, die wären von mir? Die gehören Russ Almaz. Er bezahlt sie, er gibt ihnen die Befehle. Sprechen Sie mit denen, die wissen bestimmt mehr als ich. Aber seien Sie vorsichtig, die Antworten könnten Ihrer Gesundheit abträglich sein.« Er lachte, aber das Lachen ging in einen tiefen Seufzer über.

»Warum?« fragte Keller wieder.

Lukas beugte sich über die Diamanten. Er betrachtete sie unter der Lupe, befühlte sie, ohne hinzusehen. »Gut geschliffen sollten sie mehr als zwei Millionen Dollar bringen.«

»Eine Summe, für die sich ein Mord lohnen dürfte.«

»Aber Sie haben mir gesagt, daß der Mörder die Diamanten nicht bekam.«

»Es sei denn, ich bin der Killer«, sagte Keller und zeigte wieder sein freudloses Grinsen. »Angenommen, die Steine wurden Russ Almaz gestohlen und der Killer hatte den Auftrag, sie wiederzubeschaffen und den oder die Übeltäter zu bestrafen.«

»Und der junge Foxman war der Übeltäter?«

»Er hatte die Steine – das war sein Fehler.«

»Und Tarassuk? Nach Ihrer Theorie müßte er das Opfer sein.«

»Ja, und er weiß das und ist deshalb untergetaucht.«

»Wenn Ihre Theorie stimmt, dann werden sie ihn finden. Sie finden immer ihren Mann.«

»Wenn Sie Tarassuk wären und die Russen wären hinter Ihnen her – wohin würden Sie gehen?«

»Wer kann das schon sagen? Vielleicht ist er längst wieder hinter dem Eisernen Vorhang und freut sich seines Lebens und seiner Dollars. Falls er den Mut dazu hat. Oder er liegt schon tot in irgendeiner Gasse. Vielleicht schläft er mit einer heißblütigen Mulattin in Brasilien. Wer will das schon wissen? Ich ganz bestimmt nicht, Keller. Und ich muß Ihnen sagen, daß es mich auch nicht interessiert.«

16

David Foxman war bei seinem Vater, als Ellie eintrat. Die beiden Männer erhoben sich, um sie zu begrüßen. Als sie sich wieder gesetzt hatten, sagte Maurice: »David erzählte mir gerade, wie sehr er Peter Downes schätzengelernt hat.«

»Ich habe ein paar Geschäfte mit Peter abgeschlossen«, sagte David.

Ellie hatte Peter inzwischen dreimal getroffen. Jede Verabredung schien sorgsam vorbereitet zu sein, was Zeit und Ort betraf, als ob er Wert darauf legte, sich in unterschiedlichen Umgebungen und unter unterschiedlichen Bedingungen zu zeigen. Oder war es umgekehrt, wollte er sie unter diesen jeweils anderen Voraussetzungen testen?

»Ich selbst habe den jungen Mann auch schätzengelernt«, fuhr Maurice fort. »Wir haben schon zweimal Schach miteinander gespielt.«

Ellie spürte einen kleinen Stich – aus Verärgerung oder Eifersucht? Warum hatte Peter nichts von seinem Treffen mit Maurice gesagt?

»Peter ist ein guter Spieler«, sagte Maurice. »Konservativ, was in meinen Augen ein Pluspunkt ist. Er erkennt sofort seinen Vorteil, wenn sich die Gelegenheit bietet, kann vorausschauen und verliert nicht die Beherrschung.«

»Ist er so gut wie Maurice?« fragte Ellie.

»Noch nicht, aber er hat auch beträchtlich weniger Erfahrung. Ich habe gehört, daß ihr euch auch öfter getroffen habt.«

»Nicht so oft.« Man durfte nicht alles preisgeben, mußte immer etwas für sich behalten. Das war auch Maurice' Taktik.

»Hast du dir eine abschließende Meinung über ihn gebildet?«

Sie zögerte mit der Antwort. »Persönlich oder beruflich?«

»Wie du willst.«

Am liebsten hätte sie seine Frage ignoriert, aber sie wußte, daß das nicht möglich war.

»Peter ist ein ungewöhnlicher Mann«, sagte sie.

Maurice sagte: »Ich bin der Meinung daß der junge Mann viel mit mir gemeinsam hat: seine Einstellung zum Leben, zur Arbeit, zum Diamantengeschäft. Peter ist bereit, innerhalb bestehender Ordnungen zu arbeiten, er rebelliert nicht so rasch wie manche von euch jungen Leuten. Er respektiert die Tradition, er begreift, daß sie aus vielfältigen Erfahrungen vorangegangener Generationen gewachsen ist. Ja, in der Tat, Peter Downes ist ein ungewöhnlicher junger Mann.«

Ellie mußte gegen ihren steigenden Groll ankämpfen, denn ihr war, als ob jedes Wort des Lobes über Peter ein Wort der Kritik an ihr sein sollte. Gleichzeitig freute sie sich, daß Maurice ihn so einschätzte wie sie, das machte Peter für sie noch anziehender, noch begehrenswerter.

David sagte: »Peter ist ein guter Mensch, ein guter Freund und ein guter Partner.«

»Ja«, sagte Maurice Foxman, »er versteht etwas vom Diamantengeschäft, wendet sein Wissen unauffällig an, spricht bescheiden von dem, was er erreicht hat, und ernst von seinen Zukunftsplänen. Er versteht etwas von allen Seiten des Geschäfts, nicht nur von seinem Gebiet, und das ist eine Eigenschaft, die ich besonders schätze.«

Ellie hätte am liebsten herausgeschrien: Ich habe mir auch großes Wissen erworben, ich bin auch erfahren, ich kann mit Kunden umgehen und mit Händlern, ich weiß nicht weniger über Diamanten als jeder andere im Geschäft. Aber sie sagte nichts – ihre Zeit würde kommen, dafür würde sie sorgen.

Maurice' Stimme riß sie aus ihren Gedanken. »Was sagst du dazu, Ellie?« fragte er gutgelaunt. »Mein Sohn, Sonne meines Lebens, hat endlich beschlossen, ein eigenes Geschäft zu gründen.«

»Nicht ganz, Vater«, sagte David und wandte sich an Ellie. »Peter & David, P&D. Ich habe es dir schon vor einem Monat angekündigt, Ellie. Jetzt ist es soweit.«

»Ich bin beeindruckt.«

»Ach, so großartig ist es nicht. Ohne Vaters Unterstützung kämen wir nicht zurecht.«

»Ich übernehme nur eine Bürgschaft«, sagte Maurice, »mehr ist es nicht. Ihr jungen Leute müßt eigene Quellen auftun, eure Produkte selbst verkaufen und lernen, auf eigenen Füßen zu stehen. David wird weiterhin in der Ausstellung arbeiten. Er und Peter können aber unter dem Schirm der Foxman Company wirken.«

Neid und Verstimmung kamen in Ellie hoch. Indem er Peter akzeptierte und ihn und David unterstützte, hatte Maurice sie erneut abgelehnt. Wieder zeigte er, daß er ihr nichts zutraute. Er hatte nie angeboten, sie zu unterstützen, oder gar für sie zu bürgen. Nicht, daß sie danach gefragt hätte – oder je danach fragen würde . . .«

»Gratuliere«, sagte sie.

»Hältst du das auch für einen weisen Schritt, Ellie?« fragte Maurice.

»Es ist dein Unternehmen, Onkel, und du kannst damit verfahren, wie du willst.«

»Onkel«, sagte er lächelnd. »Wann immer du mich Onkel nennst, vermute ich, daß du etwas mißbilligst. Ja, es ist mein

Unternehmen, und eines Tages wird es das Unternehmen der jüngeren Generation sein.«

Aber nicht *meins*, dachte sie wütend. Mir wird es nie gehören.

»Ich schätze deine Meinung, meine Liebe. Bedenke, daß Peter der erste Nicht-Jude sein wird, der für Foxman arbeitet. Nicht, daß das Absicht gewesen wäre . . .«

David unterbrach seinen Vater. »Es ist nicht so, daß er für Foxman arbeitet«, sagte er, und seiner Stimme merkte man an, daß er aufgeregt war. »Wir haben in unserer Firma das Sagen, auch wenn wir für Foxman kaufen.«

»Natürlich.«

»P&D ist eine unabhängige Firma«, beharrte David.

»Eine Formalität«, sagte Maurice, den Blick auf Ellie gerichtet. »Nun, Nichte, hast du etwas anzubieten?«

Vielleicht war es so am besten, dachte sie, denn solange Maurice da war, konnte nur einer der Boss sein. Nur jemand mit Macht. Theoretisch mochten sich David und Peter von seiner Autorität befreien, praktisch waren sie aber in allen entscheidenden Punkten auf ihn angewiesen, und er würde erwarten, daß sie sprangen, wenn er pfiff. So etwas würde Ellie nicht mitmachen.

»Peter wird gewiß ein Gewinn für das Unternehmen sein«, sagte sie.

»Gewiß«, sagte Maurice, »genau meine Meinung.«

Ellie und Peter aßen Steak mit Salat und tranken einen ausgezeichneten Beaujolais. In ihrem kurzen schwarzen Kleid, das von dünnen Riemchenträgern gehalten wurde, zog sie viele Blicke auf sich. Peter, falls er es bemerkte, sagte nichts dazu.

Ellie tat nichts, um das Schweigen zu brechen. Sie war plötzlich unsicher, was sie für ihn empfand und was sie sich von ihm versprach. Sie hätte zu Hause bleiben sollen.

Noch hatte er ihr nichts von seiner geschäftlichen Verbindung mit David und Maurice gesagt.

Warum nicht?

Mißtrauen beschlich sie, unangenehme Gedanken kamen

ihr. Plötzlich erschien er zu vollkommen, zu gut, um wahr zu sein, mit seiner behutsamen Fürsoge, seiner Bereitschaft, ihre Launen klaglos hinzunehmen. War sie trotzdem wieder auf eine Fassade hereingefallen? Zum erstenmal kamen Ellie Zweifel, bevor die Hormone ihr Urteil beeinflußten.

»Sie sind weit weg mit Ihren Gedanken«, sagte er.

Wie sollte sie reagieren? Sollte sie ihre Zweifel artikulieren? Sollte sie ihm sagen, wie verärgert sie war über die Heimlichtuerei und darüber, daß Maurice einen Fremden ihr vorgezogen hatte?

Sie betrachtete sein Gesicht, die kräftige, gerade Nase, den sinnlichen, einladenden Mund, die offenen Augen. Der netteste Mann, den sie je kennengelernt hatte. Warum konnte sie ihn nicht akzeptieren wie er war? Warum zeigte sie ihm nicht ihre wahren Gefühle? Weil sie ihm sein Glück neidete? War sie wirklich so gemein, so niederträchtig? Sie schüttelte sich innerlich und zwang sich, ihn anzulächeln.

»Ach, so weit bin ich gar nicht weg.«

Er nahm ihre Hand. »Sie sind müde. Soll ich Sie nach Hause bringen?«

»Mein Onkel ist davon überzeugt, daß Sie ein ganz besonderer Mann sind.«

»Und Sie?«

Die Frage kam überraschend. Brauchte er ein Kompliment, um sein Selbstgefühl zu steigern? Ganz gewiß hatten Frauen ihm sein ganzes Leben lang Schmeicheleien zugeflüstert.

Sag ihm, was du fühlst, befahl sie sich. Laß ihn Anteil haben an deinem Leben, dann hast du Anteil an seinem. Statt dessen wich sie seinem Blick aus.

»David glaubt das auch.«

»Ich mag David. Ich möchte sein Freund sein.«

»Ich hätte nie gedacht, daß zwei so unterschiedliche Männer wie Sie und David wirklich zusammenpassen«, sagte sie.

»Gerade die Unterschiede machen es so interessant, sie ergänzen uns.«

Hatte sie sich schon einmal mit einem anderen Menschen ergänzt? Mit ihren Männern ganz sicher nicht, die waren heute schon nur noch Schemen. Selbst ihr Bruder Robert, den sie geliebt hatte, war ihr gegenüber immer auf Distanz geblieben, als ob sie eine Fremde wäre oder eine Bedrohung.

Und ihr Vater? Sie vermißte sein Lächeln. Er war ein freundlicher, liebevoller Mensch gewesen. Aber auch zwischen ihnen war eine Distanz geblieben.

Sie sehnte sich nach mehr.

Sie drückte Peters Hand und sagte: »Sie und David, das ist schon ein sehr widersprüchliches Paar.«

»Vielleicht ist das die Voraussetzung jeder Bindung.«

»Darüber müßte ich erst nachdenken . . . Maurice hält besonders viel von Ihnen.«

»Ein sehr beeindruckender Mann.«

»Sie sind der Sohn, den er immer haben wollte. Sie sind klug, aggressiv und doch zurückhaltend. Und sie sind mit der gleichen Begeisterung im Diamantengeschäft wie er.«

»Sie sind die Beste von uns allen.« Er küßte nacheinander ihre Fingerspitzen.

Ein wohliger Schauer überlief sie, weil sie an etwas erinnert wurde, das ihr Vater einmal gesagt hatte: »Du bist der Star der jüngeren Foxman-Generation. Wenn du ein Mann wärst, würde dir nichts im Wege stehen. Aber Robert ist der Mann, und Maurice setzt auf ihn, denn selbst er hat erkannt, daß David seine Erwartungen nicht erfüllen wird. Unglücklicherweise ist mein Bruder von der Art, daß er auch an Traditionen festhält, die nicht mehr in diese Zeit passen. Und auch deine Mutter glaubt, daß der Platz einer Frau nicht neben ihrem Mann sein soll, sondern unter oder hinter ihm. Sie hält mich für eine Art Revolutionär, der den sicheren Hafen vernichten will, den sie unter dem schützenden Dach von Maurice zu haben glaubt.«

Er hatte sie traurig angelächelt und dann gesagt: »Aber du, Ellie, bist das Licht meines Lebens, die Begabteste von uns, und eines Tages wirst du es ihnen beweisen.«

Sie entzog Peter Downes ihre Hand und wandte sich ab. »Maurice«, sagte sie, »ist da ganz anderer Meinung.«

»Seien sie da nicht so sicher«, sagte er. »Er ist stur und dickköpfig, aber er erkennt Ihre Qualitäten. Wenn er bereit ist, wird er es Ihnen sagen.«

»Er sieht noch die Heranwachsende in mir, die von einem

Trubel in den anderen stürzt. Die sich mit den falschen Leuten einläßt, mit den falschen Männern.«

»Bin ich einer von denen?«

Sie hörte die Frage kaum, ging nicht darauf ein. »Maurice braucht jemanden, der Robert ersetzt«, sagte sie. »Jemanden, der eines Tages das Unternehmen führen kann. Er sieht in Ihnen diesen Jemand, Peter.«

»Sie schätzen mich zu hoch ein«, sagte er, aber man sah ihm an, daß dieser Gedanke ihn erregte, ihm eine Zukunftsperspektive eröffnete, an die er bisher nicht zu denken gewagt hatte. »Ich bin ein Einzelgänger.«

»Maurice wird Ihnen viel Arbeit aufhalsen, so macht er es immer. Entweder Sie schaffen es, oder Sie schaffen es nicht. Wenn nicht, schreibt er Sie ab, wie er mich abgeschrieben hat.«

»Das stimmt nicht, Ellie. Sie sind noch jung . . .«

Sie legte einen Zeigefinger senkrecht über seine Lippen.

»Still«, sagte sie, »ich kann die Wahrheit vertragen, auch wenn sie mir nicht schmeckt. Ich werde mit allem fertig. – So, jetzt haben wir genug vom Geschäft geredet. Gehen wir, ich muß an die frische Luft, an die abgasgeschwängerte, frische Luft von New York . . .«

Vor ihrer Wohnungstür blieben sie stehen. Sie schloß auf, trat ein und zog ihn nach. In der dunklen Diele drehte sie sich um, hob ihren Kopf seinem Mund entgegen.

»Einen Drink?« fragte sie. »Sonst irgend etwas?«

»Es ist spät«, sagte er. »Ich habe morgen eine frühe Verabredung.« Er gab ihr einen flüchtigen Kuß auf die Wange und ging.

Was, fragte sie sich noch spät in der Nacht, war falsch? Was war mit ihr nicht in Ordnung?

Am nächsten Morgen tauchte überraschend Bakshir Khamoury auf. Ein Telefonanruf informierte sie darüber, daß der libanesische Händler in der Stadt war und sich geehrt fühlen würde, mit Miss Foxman essen zu gehen.

»Unter einer Bedingung . . .« sagte sie.

»Schon akzeptiert, meine liebe Miss Foxman.«

»Daß Sie mich in ein Restaurant führen, in dem ich noch nie war und wo ich garantiert keinen Menschen aus dem Diamantengeschäft treffe.«

»Ich habe das ideale Lokal für uns.«

Es hieß Arab Delight, befand sich auf der Lexington Avenue und war so eingerichtet, wie sich Amerikaner einen Harem vorstellen. Eine vollschlanke Frau im Kostüm einer Bauchtänzerin führte Ellie an Khamourys Tisch. Er umarmte sie, küßte zuerst ihre rechte Wange, dann die linke, und arbeitete sich dann durch die Finger ihrer Hand, die er fest in seiner hielt

»Um Gottes willen, Bakshir, genug geküßt. Setzen wir uns, ich kann einen Drink gebrauchen.«

Der kleine Libanese zog sie mit Blicken aus, und sie spürte, wie nach und nach ihre innere Verteidigung fiel. Arabische Männer, so hieß es allgemein, waren hervorragende Liebhaber – stark, fordernd und leidenschaftlicher, als man sich vorstellen konnte. Aber diese Fähigkeit sagte man auch den Italienern, Griechen, Schwarzen und Spaniern nach. Ellie mußte lächeln, als ihr der Gedanke kam, wahrscheinlich zutreffendere Auskünfte von den jeweiligen Ehefrauen erhalten zu können.

»Sie sind schöner denn je. Oh, was für ein Verlust, Sie nicht als meine Frau zu besitzen.«

»Zwei sind mehr als genug für einen Mann. Sagen Sie mir lieber, warum Sie in New York sind.«

»Weil mich rasende Sehnsucht nach Ihnen verzehrte, liebe Miss Foxman. Ihre Schönheit inspiriert mich, entflammt mein Blut, entzündet meine Nerven. Meine . . .«

»Genug, genug!« rief sie lachend.

»Heißt das, es wird keine Hochzeit geben?«

»Richtig, Bakshir.«

»Ah, die Wege Allahs bleiben uns Schwachen verborgen. Aber meine Zeit wird kommen, ich bin ganz sicher.« Seine Augen leuchteten auf, er klatschte in die Hände. »Ich habe eine Idee! Bis zu unserer Hochzeit werde ich Sie verwöhnen. Ich habe ein paar finanziell sehr erfolgreiche Geschäfte abgeschlossen und werde Sie mit Smaragden zudecken, mit Gold aufwiegen, in Pelze hüllen . . .«

»Diamanten«, sagte Ellie.

»Sie werden von mir ein Penthouse in der teuersten Gegend der Stadt bekommen, ein teures Auto – einen Mercedes oder einen Cadillac – Sie können alles von mir haben, was Sie wollen . . .«

»Diamanten«, wiederholte Ellie.

»Wie beharrlich Sie doch sind. Wenn Sie eine anständige mohammedanische Frau werden wollen, müssen Sie Demut lernen und sich den Wünschen des Mannes unterordnen, seinen Befehlen gehorchen.« Er blickte auf seine Fingerspitzen. »Meine Verbindungen sind beschränkt.«

»Sie haben von Ihren guten Geschäften in der letzten Zeit gesprochen«, sagt Ellie.

»Ich würde es vorziehen, eine Frau nicht in meine Geschäfte hineinzuziehen.«

»Sie reden wie mein Onkel.«

»Ein bewundernswerter Mann, ein Mann ohnegleichen.«

»Zurück zum Geschäft, Bakshir.«

Sein listiges Gesicht verschloß sich, die dunklen Augen blickten besorgt. »Die Männer, die mich beliefern, tauchen oft nachts mit ihrer Ware auf. Manchmal gibt es keine Rechnungen, keine Quittungen, keine Exportlizenzen, keine Expertisen. Man nimmt, was man will, oder man läßt es bleiben. Und man zahlt immer in bar. Ich muß aber auch sagen, daß Männer, von denen ich in letzter Zeit gekauft habe, kurz danach tot aufgefunden wurden. Mich selbst hat man auch schon ein paarmal angegriffen, zweimal mit dem Messer, einmal hat man auf mich geschossen.«

»Warum machen Sie dann weiter?«

Die Frage brachte ihn zum Nachdenken. »Was soll ein Mann wie ich sonst tun? Ohne Reichtum, ohne Bildung, ohne Freunde in Regierungen oder großen Konzernen. Ich fühle mich in diesem Geschäft heimisch, schlängele mich durch die dunklen Gassen, kaufe und verkaufe, was sich gerade anbietet.«

»Sie haben ganz legale Geschäfte mit Robert gemacht.«

»Ihr vielbeweinter Bruder hat immer offen mit mir gehandelt – und ich mit ihm.« Er seufzte. »Ich mochte ihn sehr, ich vermisse ihn.«

»Warum wurde er ermordet, Bakshir?«

»Wer kann sagen, warum solche Dinge geschehen? Das blinde Schicksal des Menschen unter Allahs geheimnisvoller Führung . . . Es ist nicht an uns, Fragen zu stellen. Wenn Sie es wünschen, werde ich versuchen, die Diamanten für Sie zu bekommen.«

In ihrem Kopf schwirrte es. War das die Chance, auf die sie gewartet hatte?

»Aber seien Sie vorsichtig, Bakshir. Gehen Sie nicht meinetwegen ein zu hohes Risiko ein.«

»Das Risiko gehört zu meinem Geschäft. Haben Sie das Geld zur Verfügung? Mein Lieferant wird die Summe bei der Übergabe verlangen. Diese Männer kennen das Wort Kredit nicht.«

»Ich werde sehen, was ich arrangieren kann.«

»Es wird Schwierigkeiten geben. Das Syndikat wird über unseren Handel nicht sehr glücklich sein. Also, ich werde sehen, was sich machen läßt, aber ich kann nichts garantieren.«

»Wir geben beide unser Bestes.«

»Unser Allerbestes«, sagte er traurig.

Sie nahm seine Hand, drückte sie. »Vielen Dank, Bakshir.«

Er hielt ihre Hand umklammert und ahnte, soeben das schlechteste Geschäft seines unsteten Lebens verabredet zu haben.

»Masel und Bruch.«

17

An diesem Abend erschien Ellie überraschend bei Mattie.

»Störe ich?«

»In meinem Alter gibt es nur noch sehr wenig zu stören.«

»Oh, du bist immer noch eine schöne, attraktive Frau.«

»Ellie, du sprichst zu deiner Mutter. Mit ein bißchen Glück und deiner Hilfe werde ich eines nicht zu fernen Tages Großmutter sein.«

»Vielleicht, eines Tages.«

»Ich werde uns Kaffee machen.«

Während sie hörte, wie sich ihre Mutter in der Küche zu schaffen machte, dachte Ellie, daß man bei Mattie immer das Gefühl hatte, besonders geschützt zu sein. Und doch hatte Ellie Matties Gegenwart schon immer auch als Herausforderung, als Bedrohung empfunden.

Mattie war die Schöne, die Kluge, die Großzügige – immer da, wenn man sie brauchte. Mattie war nie zu hager oder zu füllig gewesen, niemals zu schüchtern oder zu selbstbewußt. Mattie Foxman war überall willkommen. Im Gegensatz zu ihrer Mutter hatte sich Ellie nie in ihrer Haut wohl gefühlt, nicht als Mädchen, nicht als Frau. Lange bevor sie darauf eingestellt gewesen war, hatte sie ihre volle Größe erreicht, waren ihre Brüste gewachsen. Damals, mit vierzehn, ging sie nur mit gekrümmten Rücken, zog die Schultern nach vorn, um das zu verbergen, was nicht zu verbergen war. Als sich Jungen für sie zu interessieren begannen, wollte Ellie nicht glauben, daß jemand sie begehrenswert oder schön finden konnte. Sie hielt sich für zu groß, zu plump, zu tolpatschig.

Sie lächelte, als Mattie hereinkam, ein Tablett mit Kaffee, Plätzchen und Sandwiches in den Händen. »Hast du Hunger?«

»Eigentlich nicht.«

Mattie setzte das Tablett ab. »Iß trotzdem etwas, dann fühlst du dich gleich besser.«

»Aber ich fühle mich gut.«

»So siehst du aber nicht aus. Du siehst blaß und müde aus. Was bedrückt dich?«

Ellie nahm ein Sandwich mit Thunfisch und Gurken und knabberte lustlos an den Enden. Mattie konnte verdammt hartnäckig sein, und sie würde auch diesmal keine Ruhe geben, bis sie alles wußte.

»Es geht um mein Geschäft«, sagte Ellie. »Nichts läuft so, wie ich es will.«

»Hast du mit Maurice darüber geredet?«

»Er hat kein Interesse, mir zu helfen.«

»Aber natürlich hat er das! Geh zu ihm, wenn jemand helfen kann, dann ist er es.«

»Du weißt, daß unsere Ansichten über Maurice auseinandergehen.«

»Ja, leider. Maurice ist gut zu dir gewesen, Ellie. Er hat dich ins Geschäft gebracht, er hat dir alles beigebracht, was du weißt, er hat dir alle Gelegenheiten geboten.«

»Er gibt mir keine Gelegenheit, mein Können unter Beweis zu stellen.«

»Wenn er glaubt, daß du soweit bist . . .«

»Ich weiß, daß ich soweit bin!«

»Du bist noch sehr jung.«

»Ich bin eine Frau.«

Mattie nickte. »Und diese Tatsache hat dich schon oft in Schwierigkeiten gebracht.«

»Ich habe Henry Wilton längst vergessen – warum kannst du das nicht auch?«

»Es ist nicht nur das. Was war mit Abarbanel? Du hast die Verabredung nicht eingehalten, und Abarbanel verkaufte seine Sammlung an Kornbluth in San Francisco.«

»Das habe ich doch erklärt. In ganz Europa waren die Flughäfen wegen Nebels geschlossen. Was sollte ich machen?«

»Maurice hätte einen Weg gefunden, um aus Barcelona heauszukommen – Schiff, Zug, Auto, irgend etwas. Notfalls wäre er gelaufen. Dein Versagen hat ihn hunderttausend Dollar gekostet, und er ist für das Geschäft verantwortlich, auch für die Angestellten. Nein, du kannst ihm nichts vorwerfen. Er hat sich rührend um uns gekümmert, seit dein Vater von uns gegangen ist.«

»Das«, sagte Ellie, die ihre Mutter verletzen wollte, weil sie recht hatte, »das macht er doch nur, weil er immer schon ein Auge auf dich geworfen hatte. Auch als Daddy noch lebte.«

Mattie hielt die Luft an. »Das kannst du nicht wirklich glauben!«

»Doch, es stimmt. Ich bin kein Kind, Mutter. Ich weiß es schon lange.«

»Du weiß nichts, überhaupt nichts.«

»Ich weiß, daß Maurice immer schon hinter dir her war. Er wollte haben, was Daddy besaß.«

Mattie sagte leise: »So war es nicht, nie.«

Ellie konnte nicht aufhören. »Er steht in unserer Schuld – in der Schuld von jedem von uns – für das, was er Daddy angetan hat.«

»Was redest du? Als Emil mit seinem Geschäft Schiffbruch erlitt, war es Maurice, der ihn in seine Firma aufnahm.«

»Als Arbeiter, als Untergebenen – Daddy wußte genausoviel von Diamanten wie jeder andere. Er hatte das Recht, Maurice' Partner zu sein.«

»Ist das deine Art von Logik? Maurice hat sich sein eigenes Unternehmen aufgebaut. Warum sollter er einen Partner aufnehmen, selbst wenn er sein Bruder war? Außerdem ist es keine Schande, für einen anderen zu arbeiten.«

Ellie sagte leise und ganz langsam: »Du liebst ihn, nicht wahr? Du hast ihn immer geliebt. Du und Maurice . . . Ich hab's immer gewußt, und Daddy auch.«

»Wovon redest du?«

»Schon als Kind habe ich es gewußt. Die Art, wie du ihn ansiehst, wie du ihn behandelst.«

Mattie preßte eine Hand gegen ihr Herz. Sie starrte mit weit aufgerissenen Augen in das Gesicht der schönen jungen Frau, die ihrem Blick nicht auswich. Es war schwer zu glauben, daß sie ihr eigen Fleisch und Blut war, sie hatten so wenig miteinander gemein. Und doch war ihre Liebe zu Ellie seit Roberts Tod gewachsen, intensiver geworden.

»Du darfst deinen Onkel nicht hassen, das hat er nicht verdient.« Sie zögerte. »Vielleicht sollte ich es dir erzählen . . .«

Ellie zitterte und spürte den Druck aufkommender Tränen. »Über dich und Maurice?«

»Wenn du es wirklich hören willst.«

Vielleicht ist es besser, meine Version der Vergangenheit zu erhalten, dachte Ellie, aber Mattie begann schon zu reden.

»Es war in Wien, ich war viel jünger, als du heute bist. Maurice war schon erwachsen, fünfundzwanzig fast. Groß, schlank und gutaussehend. Sein welliges, schwarzes Haar – so schwarz wie die Flügel eines Raben . . . Er war ein sehr sanfter Mann.«

»Und er wurde dein Geliebter.«

»Natürlich nicht. Ich bin in einem strengen jüdischen Haus

erzogen worden und wäre nie mit einem anderen als meinem Ehemann ins Bett gegangen. Maurice respektierte das. Jedesmal, wenn er nach Wien kam, besuchte er mich, es waren herrliche Stunden. Ich liebte Maurice mit jeder Faser meines Herzens, er war nachts in meinen Träumen und tags in meinen Gedanken . . .«

»Aber du hast Daddy geheiratet . . .«

»Später, viel später in Amerika. Der Krieg war vorüber, aber unser aller Leben hatte sich verändert. Meine Eltern, mein kleiner Bruder Kurt waren von den Nazis ermordet worden.«

»Und du hast Daddy erst in New York kennengelernt?«

»Wir glaubten beide, daß Maurice tot sei. Während des Krieges wurde er als vermißt gemeldet. So haben Emil und ich geheiratet.«

»Aber du fühltest immer noch dasselbe für Maurice?«

»Nein, die Liebe war schwächer geworden. Als er in Amerika auftauchte und Emil und mich fand, war es, als sähe ich einen guten Freund wieder.«

»Was empfand er? Ich meine, was sagte er dazu, daß du seinen Bruder geheiratet hattest?«

»Er sagte, daß er für uns glücklich sei.«

»Und das hast du ihm geglaubt?«

»Wenn Maurice etwas sagt, kannst du ihm glauben. Wer Maurice kennt, weiß, daß es leicht ist, sich in ihn zu verlieben, aber unmöglich, mit ihm verheiratet zu sein. Er ist hart gegen sich selbst und verlangt zuviel von anderen. Bald nach seiner Heirat mit Paula – sie war eine gute Frau – erzählte sie mir, wie schwer sie es hatte. Die Qualitäten, die einen guten Geschäftsmann ausmachen, sind nicht notwendigerweise die eines guten Ehemanns. Deshalb hat Paula ihn auch verlassen, sie konnte nicht nach seinen starren, strengen Regeln leben.«

»Er spricht nie von ihr.«

»Nicht seit dem Tag, an dem sie ihn verließ. Bis David eines Tages in sein Büro kam, um nach einem Job zu fragen . . . Ich war dabei. Er umarmte David und sagte: ›Du siehst gut aus, Junge.‹ Dann setzte er sich und fragte ›Geht's deiner Mutter gut?‹ David bejahte, und damit war das Thema abgehakt. Er hat sie nicht wieder erwähnt. Sie hatte ihn sehr verletzt, obwohl er das nie zugeben wollte. Nein, Maurice ist kein Mann, mit dem man gern verheiratet wäre, aber auch kein Mann, der ein Mitglied seiner Familie absichtlich verletzen würde – ganz bestimmt nicht seinen Bruder.«

Sie drückte die Hand ihrer Tochter. »Es ist schon eine Last, überall unerwünscht zu sein, überall verdrängt, vertrieben zu werden. Wir sind wandernde Juden. Ich bin eine Frau ohne Heimat, ohne Mann. Eine Außenseiterin, wohin ich auch immer gehe.«

»Ich habe nicht gewußt, daß du so empfindest, Mutter.« Ellie hielt Matties Hand fest. »Ich dachte, ich sei die einzige, die solche Gefühle hat, solche Ängste, zu niemandem zu gehören, niemanden zu haben.«

»Deshalb ist die Familie so wichtig, einschließlich Maurice.«

Ellie setzte sich zurück. »Ich fühle mich plötzlich wieder so klein wie ein Kind.«

Mattie lächelte. »Du bist eine junge Frau auf der Suche nach sich selbst.«

»Dieses Gefühl, das du für Maurice empfandest – wie kann man feststellen, wenn es da ist?«

»Du wirst es wissen, wenn es kommt. Oder ist es schon da? Denkst du an Peter Downes?«

»Dir entgeht nicht viel, was? Ja, ich habe an ihn gedacht.«

»Liebst du ihn?«

»Ich glaube.«

»Du glaubst! Wenn dieses besondere Gefühl in dir aufwallt, bist du ohne jeden Zweifel. Liebt er dich?«

»Er hat mich bisher nicht einmal zu küssen versucht. Oh, einmal auf die Wange.«

»Ich rede über Liebe, und du erzählst von Küssen! Das ist eben der Unterschied zwischen unseren Generationen.«

Ellie lächelte versonnen. »Er ist der bestaussehende Mann, den ich je kennengelernt habe.«

»Ich meine, dieses Lied hätte ich schon mal gehört«, sagte Mattie. »Attraktive Männer sind die gefährlichsten und natürlich auch die, denen man am wenigsten widerstehen kann.«

»Ich will ihm gar nicht widerstehen.«

»Sei vorsichtig, bitte.«

»Ich bin noch nie vorsichtig gewesen.«

Mattie lächelte ernst. »Dann fang damit an. In deinem privaten und in deinem beruflichen Leben. Beweise Maurice, daß er sich in dir irrt – und beweise dir sebst, daß du die Herrschaft über dich selbst und über dein Leben hast.«

Ellie drückte ihre Mutter an sich. »Ich hoffe, daß mir das gelingt, Mutter. Es ist Zeit.«

Mattie hielt ihre Tochter umschlungen, und plötzlich kam ihr eine Melodie in den Sinn. Ein Kinderlied, das sie von ihrer Mutter kannte und das auch sie ihren Kindern vorgesungen hatte.

Sie konnte sich an die Worte nicht mehr erinnern. Aber Worte waren auch nicht notwendig.

18

In London stattete Keller seinem Vorgesetzten einen knappen, unerfreulichen Besuch ab.

»Sie verschwenden übertrieben viel Zeit an diesem Fall, Keller«, tadelte man ihn.

»Der Fall enthält mehr, als auf den ersten Blick sichtbar wird, Mr. McClintock.«

McClintock war ein runder Mann mit rosiger Haut. Nach seiner Entlassung aus der britischen Armee war er *Chief of Operations* in der Hauptabteilung *Security* bei der IMM geworden für Westeuropa und Nordamerika. Der Verwaltungsjob paßte zu McClintocks behäbigem, passiven Charakter. »Ich habe genug Wirbel in meinem Leben gesehen oder mittendrin gesteckt«, pflegte er zu sagen, ohne auch nur eine Andeutung zu machen, welche Wirbel das wohl gewesen sein könnten. Keller interessierte sich weder für McClintocks militärische Vergangenheit noch für seine Meriten, solange man ihn in Frieden seine Arbeit nach eigenem Gutdünken erledigen ließ. Gewöhnlich richtete sich McClintock danach.

»Können Sie mir mehr darüber erzählen?«

»Nein, leider nicht. Ich stoße immer wieder auf kalte Spuren, auf Vermutungen und Gerüchte. Ich versuche, die Mosaiksteinchen zusammenzufügen.«

»Wir sind keine Thrillerautoren, Keller, denken Sie daran. Schließen Sie den Fall ab, übernehmen Sie was Neues. Der Stapel unerledigter Fälle wächst.«

»Sobald ich kann.«

»Was unternehmen Sie als nächstes?«

»Ich muß noch einmal zu Vadim Lukas. Ich habe noch ein paar Fragen an ihn.«

Von London ging es nach Paris. Die hohen Türflügel waren fest verschlossen, und als Keller klingelte, öffnete niemand. Die Leibwächter waren nirgendwo zu sehen. Keller ging die breite Marmortreppe hinunter in den Keller zum Hausmeister und fragte ihn in seinem fehlerhaften Französisch: »Monsieur Lukas, ist er zu Hause?«

Der sensible Franzose zuckte, als sein Ohr von Kellers breitem Akzent beleidigt wurde. Dann schüttelte er den Kopf und vertiefte sich wieder in seine Zeitung.

»Wann kommt er zurück?«

Mehr als ein Rollen der massiven Schultern konnte Keller nicht erreichen. Er hielt dem Hausmeister einen zusammengefalteten Geldschein hin, den der Mann einsteckte.

»Was möchten Sie wissen, Monsieur?«

»Wann kommt Monsieur Lukas zurück?«

»Das hat er nicht gesagt.«

»Wo ist er?«

»Das hat er nicht gesagt.«

»Ist er denn für immer weg? Wann ist er abgereist?«

»Mitten in der Nacht. Ich habe ihn gehört. Hat viel Lärm gemacht, meine Frau und ich sind wachgeworden.«

»Hat er mit jemandem geredet?«

»Nein, Monsieur, aber er hat die Autotüren zugeknallt.«

»Was für ein Auto?«

»Ein grüner Opel. Kein Wort zum Abschied, nicht einmal einen Sou für all die vielen Gefälligkeiten. Und er schuldet die Miete der letzten zwei Monate. Die Menschen haben keine Ehre mehr.«

»Was ist mit den Leibwächtern?«

»Sie sind am Morgen danach abgereist. Als ich auf die ausstehende Miete hinwies, haben sie mich beleidigt.«

»Und wann ist das alles geschehen?«

Der Hausmeister konsultierte einen Kalender, der an der Wand hing. »Dienstag.«

»Vor drei Tagen also. Können Sie mir sonst noch Einzelheiten sagen?«

»Nichts.«

»Hat schon mal jemand nach Monsieur Lukas gefragt?«

»Nur der kleine Mann.«

»Der kleine Mann?«

»Ja, der mit dem Gesicht einer Ratte.«

»Er sieht wie ein Jockey aus?« fragte Keller.

»Ja, aber dafür ist er zu alt. Die Augen sind fast orientalisch, aber weder chinesisch noch japanisch, da bin ich ganz sicher. Er hat seine Fragen gestellt, und dann ist er verschwunden.«

»Und Sie haben ihm alles gesagt, was er wissen wollte?«

»Nichts habe ich gesagt. Russen sind nicht so großzügig wie Amerikaner, verstehen Sie, Monsieur?«

Keller verstand, aber er hakte noch einmal nach. »Woher wissen Sie, daß der Jockey ein Russe ist?«

»Derselbe Akzent wie die Leibwächter. Das hört man sofort heraus. Die Russen sind schwerfällig, das liegt ihnen im Blut, man sieht es an ihren Bewegungen, und man hört es an ihrer Sprache.«

Die Sicherheitsabteilung der IMM in Paris hatte ihr Büro im obersten Stockwerk eines Appartementhauses auf dem Montmartre. Es war bescheiden eingerichtet: Schreibtisch und Telefon. Für Keller reichte das. Er begann mit einer Serie von Telefongesprächen. Irgendwo mußte Lukas ja sein.

Keller wußte, daß Lukas das warme Klima bevorzugte, Strände liebte, aber auch die Nähe einer größeren Stadt, die ihm Abwechslung bieten konnte, wenn er sich am Meer langweilte. Lukas hatte Geld genug, also würde er sich nicht einschränken müssen. Er war in sieben Sprachen zu Hause, aber Keller hatte das bestimmte Gefühl, daß Lukas nach Griechenland abgereist war.

Die IMM-Agenten arbeiteten unter Hochdruck. Hotels wurden überprüft, Flugzeugpassagierlisten, Reisebüros, Häfen und Bahnhöfe. Am Ende des dritten Tages erfuhr Keller, daß Lukas von seiner Wohnung zum Flughafen Orly gefahren und von dort nach Rom geflogen war. Mit einem Mietwagen hatte er sich dann nach Pescara an der italienischen Ostküste begeben. Zuletzt war er im dortigen Hafen gesehen worden.

»Die Spur ist kalt«, sagte der italienische Verbindungsmann zu Keller, »niemand hat ihn seither gesehen.«

Keller sagte barsch: »Ich will diesen Mann. Ich muß wissen, wohin er gefahren ist und wo er sich jetzt aufhält.«

»Und wenn er tot ist?«

»Dann will ich das auch wissen.«

Am Montagabend traf Keller in Rom ein. Er schlief in einer Wohnung, die der IMM gehörte und von deren Mitarbeitern benutzt wurde. Am anderen Morgen frühstückte er in einem kleinen Straßencafé in der Nähe der Piazza del Popolo. Danach führte er wieder ein Telefongespräch.

»Seit einer Stunde versuche ich schon, Sie zu erreichen«, klagte eine italienische Männerstimme.

»Was haben Sie für mich?« Kellers Italienisch war erheblich besser als sein Französisch. In den Straßen der Bronx, wo er aufgewachsen war, lebte ein Gemisch aus Italienern, Deutschen und Juden, und Keller hatte von jeder Sprache etwas mitbekommen.

»Ihr Mann ist mit dem Schiff nach Jugoslawien gefahren, und dort haben wir ihn verloren«, sagte der Italiener. »Diesmal, glaube ich, kommen wir nicht weiter.«

»Was glauben Sie, wohin er gegangen sein könnte?«

»Weiß nicht, Ungarn vielleicht. Oder Rumänien. Oder zurück in die Arme von Mütterchen Rußland.«

Keller dachte nach, überdachte die Informationen, die er aus dem Privatleben des dicken Mannes besaß. Nein, er glaubte nicht, daß Lukas in die Sowjetunion gegangen war. Einmal, weil er kein Sowjet war und dort keine Familie hatte, zum anderen, weil ihn dort weder Ruhm noch süßes Leben erwartete. In keinem Ostblockland würde Lukas sicher sein, erst recht nicht, wenn der russische Jockey tatsächlich hinter ihm her war. Ob Lukas wußte, daß der Killer ihn verfolgte? Das würde seinen Füßen Flügel verleihen, und Keller mußte sich auch beeilen, ihn zu finden.

»Nein«, sagte Keller ins Telefon, »er ist nicht hinter den Eisernen Vorhang gegangen.«

»Soll ich ihn weiter suchen?«

»Lassen Sie's. Ich werde mich selbst um ihn kümmern.«

Er setzte sich wieder an seinen Frühstückstisch, genoß die römische Sonne und kramte in seinen Erinnerungen. In all den Gesprächen, die er im Laufe der Jahre mit Vadim Lukas geführt hatte, mußte es doch Hinweise gegeben haben, Andeutungen. Lukas sprach gerne von jungen Frauen, vom Essen und von den schönsten Stränden . . . Keller streckte sich, und plötzlich hätte er beinahe laut aufgelacht.

Er stand auf, ging zum Telefon und buchte seinen nächsten Flug.

Keller war als erster aus dem Flugzeug, kam unbehelligt durch den Zoll und ging zum Taxistand, links vor dem kleinen Flughafengebäude. Die Sonne brannte unbarmherzig nieder, und er spürte, wie der Schweiß in Rinnsalen an ihm hinunterlief.

Das Taxi brachte ihn zum Hotel Grande Bretagne am Syntagma-Platz, schräg gegenüber vom Parlamentsgebäude. Er hatte eine Suite in der oberen Etage gebucht, die ihm einen unverbauten Blick auf die Akropolis bescherte – auf einen uralten, weißen Traum, schwebend im blaugrauen Smog des neuzeitlichen Athen.

Keller erreichte die »Straße der Schuhe«, bevor man dort in die lange griechische Mittagspause ging. An jedem Geschäft hingen Sandalen und Schuhe aufgereiht an dünnen, ledernen Schnüren, und überall waren die klassischen, wollenen Schultertaschen, die *tagarias,* ausgestellt.

In Vardis' Laden war es kühl und ruhig. Das Summen der Klimaanlage übertönte die Straßengeräusche. Vardis, klein und gedrungen, mit einem von Grau durchzogenen Schnurrbart, dessen Enden nach unten zeigten, bediente gerade einen Kunden. Ein unauffälliger Wink mit den Augen verriet, daß er Keller erkannt hatte. Dann widmete er sich wieder dem Kunden, der sich schließlich für ein Goldkettchen entschied. Vardis räumte die Ketten und Ringe wieder in den Safe. Ohne von seiner Arbeit aufzusehen, sprach er Keller in englisch an.

»Es bringt keine Freude in mein Herz, Sie in meinem Geschäft zu sehen«, sagte er.

»*Kaliméra,* Tassos«, sagte Keller.

»Kaliméra. Sophia erwartet mich zum Mittagessen.«

»Geht es Ihrer Frau gut?«

»Ausgezeichnet, sie erweitert ihren Horizont – und ihre Hüften. So ist es, und so soll es sein. Ich bin gut zu ihr, ich habe für ein Haus gesorgt, sie bekommt elegante Kleider, wir machen Urlaub im Ausland. Keine andere griechische Frau hat einen besseren, großzügigeren Ehemann. Meine Frau wird von mir verwöhnt und meine Töchter auch. Keine von ihnen ist verheiratet, wird es wohl auch niemals sein, bei ihren Illusionen vom perfekten Mann. Ich sage Ihnen, Keller, es ist nicht leicht, ein Grieche zu sein. Und Ihnen geht es gut?«

»Keine Klagen.«

»Gut, dann werden Sie mir jetzt vielleicht sagen, warum Sie hier sind und mir großen Kummer bereiten?«

»Vadim Lukas. Ich muß ihn finden.«

»Er hat Athen vor mehr als zehn Jahren verlassen. Nach London ist er gegangen, habe ich gehört.«

»Paris«, stellte Keller richtig.

»Ist ja gleich. Und nun, wenn Sie mich entschuldigen, Keller – mein Essen wartet. Sophia mag es nicht, wenn ich zu spät komme.«

»Lukas ist auf der Flucht.«

»Ein vernünftiger Mann. Ich würde das auch an seiner Stelle tun. Fliehen und mich verstecken, alles Unangenehme hinter mir lassen und eine dieser blonden Norwegerinnen mit festen Schenkeln und der unstillbaren Lust nach meinem Körper suchen. Da oben gibt es Inseln, die keiner kennt. Inseln, auf denen ich nie gefunden würde.«

»Und Sie würden Sophia allein zurücklassen? Das glaube ich Ihnen nicht, Tassos.«

»Sophia würde mich finden, diese Frau läßt mir keine Ruhe. Warum fragen Sie mich nach Lukas?«

»In der Vergangenheit haben Sie beträchtliche Geschäfte miteinander gemacht.«

»Das war in der Vergangenheit. Ein kleiner Warentausch, kaum der Rede wert. Der Mann ist weg, ich weiß nichts von ihm.«

»Sie waren Freunde.«

»Ha! Ein Mann wie ich hat keine Freunde, nur Sophias Verwandte. Davon gibt es unzählige, und jeder glaubt, daß es meine Pflicht ist, ihn über meinen Tod hinaus mit irdischen Gütern zu versorgen.«

»Seit über fünf Jahren hat Lukas mit sowjetischen Steinen gehandelt. Er war einer ihrer Händler für die Ware, die sie direkt plazieren wollten.«

»Von solchen Dingen verstehe ich nichts.«

»Und von einer Stunde zur anderen hört Lukas' Geschäft auf. Er verriegelt sein Haus und verschwindet. Ich will wissen, warum.«

»Ich kann Ihnen nicht helfen, Keller.«

»Das ist eine Angelegenheit des Syndikats, Tassos, eine sehr ernste Angelegenheit.« Kellers Stimme klang leise, drohend. Seine Augen fixierten den griechischen Juwelier. »Ich will Lukas finden, und ich werde ihn finden. Meine Freunde helfen mir bei der Suche. Meine Feinde legen mir Steine in den Weg. Ich werde meine Freunde belohnen und meine Feinde bestrafen.«

Vadis schüttelte sich, fuhr sich nervös mit gespreizten Fingern durch die Haare. »Keller, sagen Sie – was für ein Mann sind Sie?«

»Ein fairer Mann.«

»Ja«, stieß er hervor, »ein fairer Mann.«

»Ich brauche Informationen, Tassos.«

»Ich habe ihn nicht gesehen.«

»Seit wann?«

Vardis zögerte mit der Antwort. »Ein Jahr oder zwei. Nachdem er Athen verlassen hatte . . . er sprach davon, eine Pipeline von Marokko nach Westafrika zu bauen.«

»Mit gestohlener Ware?«

»Das hat er nicht gesagt, und ich habe ihn nicht gefragt.«

»Aber Sie haben mit Ihm Geschäfte gemacht?«

»Ja, seine Preise waren in Ordnung.«

»Sie und Lukas haben illegale Diamanten geschmuggelt.«

Vardis' Nervosität steigerte sich. »Ich war nur ein kleines Glied in einer langen Kette. Lassen Sie nicht zu, Keller, daß die in London etwas anderes glauben. Ein Kurier kam mit einem Päckchen, ich legte das Päckchen in den Safe. Dann kam ein anderer Kurier und holte es ab, weiter nichts. Ich wußte nicht einmal, was die Päckchen enthielten.«

»Wie lange lief das so?«

»Ein paar Monate. Dann hörte es abrupt auf. Ich war ein unschuldiger, unwissender Mann, der einem Freund ausgeholfen hat. Das ist alles, Keller, ich schwöre es.«

»Wo ist Lukas jetzt?«

»Wir waren eine lange Zeit Partner, Freunde. Wir haben zusammen in den *tavernas* getanzt, wir haben *spanakopita* gegessen und *ouzo* getrunken. Verlangen Sie nicht von mir, daß ich meinen Freund verrate.«

»Sagen Sie es mir, Tassos. Ein anderer ist hinter ihm her, ein sowjetischer Killer.«

»Was für ein Narr mein Freund doch ist. Fett und närrisch. Trotzdem, ich habe ihn nicht gesehen.«

»Aber Sie haben mit ihm gesprochen?«

Vadis senkte den Blick. »Er hat mich angerufen.«

»Und?«

»Er hat mir gesagt, daß er für eine Weile untertauchen will.«

»Hier in Athen?«

»Der Mann ist verrückt. Sie wissen, wie er nach Sonne lechzt, wie er Strände liebt und junge Mädchen . . .«

»Mykonos«, sagte Keller. »Er könnte vielleicht auf Mykonos unter all den Touristen untertauchen.«

»Mykonos nicht«, sagte Tassos. »Zu bekannt.«

»Wo dann?«

»Skiathos.«

Nach einem kurzen Flug von Athen buchte Keller auf Skiathos das Xenia-Hotel am Koukounaries-Strand. Er nahm die Gelegenheit wahr, im ruhigen, nicht ganz warmen Meer zu schwimmen, legte sich eine Weile an den Strand, schlief, bis die Sonne verschwand, und bereitete sich dann auf den Abend vor.

Mit einem Taxi ließ er sich in die zehn Kilometer entfernte Hafenstadt fahren. Dort begann er mit seiner Suche nach Vadim Lukas. Er durchstreifte die Cafés, die den alten Hafen auf einem Hügel säumten. Er war sich sicher, daß Lukas diese Umgebung suchte.

Seine Ausdauer wurde belohnt. Kurz vor Mitternacht entdeckte Keller Lukas' auffallend dicke, große Gestalt, angetan mit einer weiten schwarzen Hose und einem schwarzem Hemd. Lukas trug einen breitrandigen Sonnenhut auf dem kahlen Schädel und hatte an jedem Arm ein junges, sonnengebräuntes Mädchen. Man war auf dem Weg zu einer kleinen venezianischen Festung am Ende des Hafens, die zur Zeit als Disco beutzt wurde.

»Vadim . . .«

Lukas blieb wie angewurzelt stehen und drehte sich zögernd um. Er schüttelte die Mädchen ab und fuhr sich über das lose schwarze Hemd.

»Ich hätte es wissen sollen«, sagte Lukas leise.

»Trinken Sie einen Kaffee mit mir«, sagte Keller.

»Wie haben Sie mich gefunden?«

»Kommen Sie, setzen Sie sich.«

»War es einfach? Ich dachte, ich hätte es klug angefangen und meine Spuren verwischt.«

»Leicht für mich, und wahrscheinlich auch für jeden anderen.«

Lukas ließ sich auf einen Stuhl nieder, der viel zu klein für ihn war. Die beiden Mädchen flankierten ihn.

»Geht«, sagte er mit einer entsprechenden Handbewegung.

»Was ist mit dem Tanzen? Wir haben uns schon so darauf gefreut.« Sie schmollten beide.

»Ich dachte wirklich, daß ich hier in Sicherheit bin – wenigstens für eine gewisse Zeit«, sagte Lukas zu Keller und dann zu den Mädchen: »Geht, ich komme in ein paar Minuten nach. Oder?« wandte er sich an Keller.

»Das liegt bei Ihnen.«

»Geht«, sagte Lukas wieder. Die Mädchen schlenderten davon. »Herrlich«, sagte er traurig. »Schwestern, aus Deutschland. Haben Sie es je mit Schwestern getrieben, Keller? Das spornt an, sage ich Ihnen. Sie sind zwei kleine Künstlerinnen. War es nicht wenigstens ein bißchen schwierig, mich zu finden?«

»Ein bißchen.«

»Aber wie ist es Ihnen gelungen?«

»Sie sind zu groß, um sich zu verstecken, Vadim. Sie wissen zuviel, um in Ruhe gelassen zu werden. Und Sie sind zu gefährlich, um Sie zu ignorieren.«

»Ich will hier in Ruhe leben, abwarten und gelegentlich ein bißchen Spaß haben.«

»Auf einer kleinen Insel. Kein besonders kluger Schachzug, Vadim. Wenn ich Sie finde, wird er Sie auch finden.«

»Er? Wen meinen Sie? Ist jemand hinter mit her?«

»Ich nenne ihn den Jockey. Ein kleiner Mann, der versucht hat, mir in St. Tropez ans Leder zu gehen.«

Lukas sackte zurück, und der Stuhl unter ihm knarrte warnend. »Leonid«, murmelte Lukas.

»Erzählen Sie mir von Leonid.«

»Sie haben recht, Keller, er wird mich finden. Leonid ist ein Profi. Er arbeitet für Russ Almaz oder vielleicht für die KGB, es spielt keine Rolle. Er ist mir schon ein paarmal begegnet, aber bisher hat er nie etwas Bedrohliches vorgehabt.«

»Kurz nach Ihrem Verschwinden hat er in Ihrer Wohnung in Paris nach Ihnen gefragt.«

»Das ist Warnung genug.« Er saß wie erstarrt da und schwieg, das Kinn auf der Brust. »Was ist, wenn er Ihrer Spur gefolgt ist?«

»Niemand ist meiner Spur gefolgt.«

Lukas betrachtete Keller abschätzend. »Nein, das glaube ich auch nicht. Das schafft niemand, wenn Sie es nicht wollen. Warum sind Sie hier, Keller?«

»Ich will Tarassuk.«

»Das letzte, was ich gehört habe: er hält sich in Budapest auf.«

»Vor zehn Tagen ist er in Antwerpen aufgetaucht«, sagte Keller. »Vier Tage später ist er in Lugano gesehen worden. Und jetzt hält er sich wieder versteckt. Was ist eigentlich los, Vadim?«

»Russ Almaz verstärkt den Druck. Ich habe es gefühlt. Mehr Steine zu höheren Preisen, aber die Steine haben keine Spitzenqualität, verstehen Sie? Einige sind gut, aber zu viele sind nicht einmal zweitklassig. Sie haben mich zu heftig unter Beschuß genommen. Sie wollen mehr Verkäufe zu höheren Preisen, deftigere Gewinne, und sie ließen mir immer weniger Zeit, die Ware zu verkaufen.«

»Und Tarassuk?«

»Ist Leonid auch hinter ihm her?«

»Tarassuk beschafft sich russische Steine, wo immer er sie bekommen kann. Gestohlene oder geschmuggelte Ware, das ist ihm egal. Handelt er auf eigene Rechnung?«

»Bestimmt«, sagte Lukas. »Und wenn sie ihn haben wollen, bekommen sie ihn auch.«

»Der Meinung bin ich auch. Und wo, glauben Sie, könnte er untertauchen?«

»Ich weiß es nicht. Ich kann Ihnen nicht helfen.«

»Verdammt.«

»Danke, daß Sie gekommen sind und mich gewarnt haben, Keller. Was soll ich jetzt tun? Wenn Leonid mich bekommen will, bekommt er mich.«

»Verstecken Sie sich woanders.«

»Wo?«

»Bleiben Sie weg von Discos, von Stränden, von Diamanten. Und von jungen Mädchen.«

»Das können Sie leicht sagen.«

»Und noch etwas«, sagte Keller und stand auf.

»Ja?«

»Sie müssen abnehmen. Ihr Übergewicht ist nicht gut für Ihre Gesundheit.«

19

Als Maurice ohne vorherige Ankündigung das Büro von Peter Downes betrat, wurde der junge Mann nervös. In den Wochen seit der Gründung von P & D hatte er Maurice lediglich bei den wöchentlichen Unternehmenskonferenz getroffen. Peter fühlte sich in seiner neuen Position immer noch nicht sicher und sah überall kleine Stolpersteine, an denen der Plan zerbrechen konnte.

»Mr. Foxman! Womit kann ich dienen?«

»Ein paar Minuten Ihrer Zeit, bitte, Peter.«

Er betrat den kostbaren Perserteppich und sah sich im Büro um. Als er das alte, granitverkleidete Stadthaus direkt an der Fünften Avenue erworben hatte, war das Innere fast vollständig erneuert worden. Die alten offenen Kaminstellen mit ihren Marmorsimsen waren wieder freigelegt und zur Benutzung hergerichtet worden. Maler hatten die Wände abgekratzt, die ursprünglichen Walnußpaneele hervorgeholt und mit viel Liebe und Sachverstand renoviert. Die alten Kristalleuchter waren von Hand poliert und wieder zusammengebaut worden, und schließlich war in das alte viktorianische Haus wieder neues Leben eingekehrt.

Maurice hatte die feinen antiken Möbelstücke selbst ausgesucht, auch die alten Teppiche und die Vorhänge vor den hohen Fenstern. An den Wänden hingen Gemälde von Meistern des achtzehnten Jahrhunderts – Peale, Stuart und sogar ein Copley.

»Darf ich mich setzen?« Er nahm Platz auf einem Schaukelstuhl, dessen Polster mit rauhem Leinen überzogen waren. Seine Hände ruhten im Schoß, aber die Finger waren nervös. Peter hatte den alten Herrn noch nie so abgespannt gesehen.

»Ist etwas nicht in Ordnung, Sir?«

»Ich möchte mich nur ein wenig mit Ihnen unterhalten. Wenn ich verreist war, plaudere ich danach gern mit den Menschen, die für mich arbeiten, um ein Bild davon zu erhalten, was in meiner Anwesenheit geschehen ist. Zu meinem Bedauern stelle ich fest, daß das Leben und das Geschäft auch ohne mich weiterläuft. Was für ein Schlag ins Gesicht eines alten Mannes.« Er kicherte leise.

Downes ließ auch ein Lachen hören, aber es klang nicht natürlich. Er fühlte sich nicht wohl in Foxmans Gegenwart, fürchtete sich vor ihm, vor seiner Intelligenz, seinem Durchblick, seiner Erfahrung. Was würde geschehen, wenn Maurice erführe, daß die Pflöcke für den großen Coup schon eingeschlagen waren? Viel zu früh nach Peters Geschmack, aber Harry Geis hatte darauf bestanden.

»Foxman ist mit allen Wassern gewaschen«, hatte er Geis gewarnt, »was machen wir, wenn er etwas bemerkt?«

»Er wird nichts bemerken.«

»Und wenn doch?«

»Dann werden wir damit fertig. Mann, riechst du nichts? Es riecht nach Geld. Zwanzig Millionen auf einen Schlag, und du bist ganz legal dabei – ein Mitglied des Unternehmens.«

Peter befolgte die Anweisungen zuerst noch sehr behutsam. Geis hatte ihn mit einer Liste von Verkäufern versehen, von Männern, die unbedingt ihre Diamanten loswerden wollten. Der erste Kauf ging um Diamanten im Wert von fünfzigtausend Dollar. Es war ein Geschäft per Telefon mit einem Mann in Tel Aviv. Die Steine sollten sofort durch Kurier geliefert werden, die Summe mußte innerhalb von dreißig Tagen bezahlt sein. Als die Diamanten eintrafen, verlor Downes keine Zeit, sie zu verkaufen. Er bot sie Händlern im ganzen Land an und verlangte Preise, die deutlich unter den Preisen des Syndikats lagen. Eine schnelle, sichere Transaktion, die ihm Pluspunkte brachte. In den folgenden Wochen wiederholte er Käufe und Verkäufe nach diesem Muster. Seine Selbstsicherheit stieg, sein Mut wuchs, und mit dem drängenden Geis im Nacken tat Peter den nächsten Schritt. Er kaufte nun bis zu fünfundsiebzigtausend Dollar, aber diesmal verkaufte er nicht. Er übergab Harry Geis jeweils die Lieferung zur Aufbewahrung. P & D, gestützt von der Bürgschaft des Foxman-Unternehmens, weitete seine Kredite aus und seine Schulden.

»Hat sich Ihre Reise gelohnt, Sir?« fragte Downes.

»Auch diesmal hat das Syndikat mir Steine angeboten, die den Preis nicht wert waren, den ich bezahlt hatte. Ich gebe zu, daß ich mir beträchtliche Sorgen mache. Ein Unternehmen wie unseres kann nicht ohne hochqualitative Steine arbeiten.«

»Warum geschieht all das?«

»Ich habe natürlich meine Theorien. Sie bestehen einmal darin, daß das Syndikat mich bestrafen will. Nicht mich allein, es gibt auch andere, denen es so ergeht. Ich habe Händler in Antwerpen, Amsterdam und Zürich besucht, und sie haben ähnliche Erfahrungen machen müssen. Als ob wir unsere Nützlichkeit für das Syndikat verloren hätten.«

»Welche Erklärung gibt das Syndikat für dieses Verhalten?«

»Erklärung? Wenn Sie eines Tages selbst nach London reisen und eine Lieferung in Augenschein nehmen, werden Sie erfahren, daß das Syndikat keine Erklärung abgibt. Das Syndikat ist eine Diktatur, Sir John ist ein Hitler.«

»Und es gibt nichts, was Sie dagegen unternehmen können?«

»Deshalb habe ich ja die anderen Händler besucht. Um Informationen zu sammeln, um zu hören, ob sie irgendwelche Vorstellungen haben. Aber wir befinden uns in einer sehr düsteren und wenig aussichtsreichen Position.«

»Das ist natürlich nur vorübergehend«, meinte Peter, »irgendwann werden sich die Dinge wieder normalisieren.«

»Aber bis dahin werden Foxman and Company erheblichen Schaden erleiden. Unsere Umsätze gehen schon bergab. Die Fabrik in Bombay ist weg . . .«

»Weg? Wieso? Sie gehörte doch Ihnen!«

»Zusammen mit einem ansässigen Kaufmann. Er hat sich zurückgezogen, als ich nicht mehr in ausreichendem Umfang Qualitätssteine anbieten konnte.«

»Aber es gibt doch so etwas wie Loyalität.«

Foxman nickte. »Es gibt noch einige von uns, die so denken, aber die Geschäfte stehen schlecht, Peter, und sie werden noch schlechter werden. So sehr ich es verabscheue, ich werde doch bald gezwungen sein, Leute zu entlassen. Ich kann nicht jeden Monat mehr Geld verlieren.«

»Was kann ich tun, um zu helfen?«

»Ich habe versucht, neue Quellen zu erschließen, aber ohne Erfolg. Die wenigen Steine, an die ich außerhalb des Syndikats herankommen könnte, sind so teuer, daß ich nicht mehr konkurrenzfähig bin.«

»Das hört sich ja katastrophal an.«

»Ist es auch. Es gibt noch Steine, aber nicht für mich. Sie haben zum Beispiel in den letzten Wochen eine Reihe von Käufen getätigt . . .«

Downes spürte, wie sich seine Muskeln unwillkürlich verkrampften. »Nur durch Ihre Unterstützung, Mr. Foxman. Ohne Ihre Garantien hätte P & D nicht viel zuwege gebracht.«

»Das wird sich schon noch ergeben, mein Junge. Sehen Sie, Foxman and Company braucht neue Ware . . .«

»Aber was ich kaufe, ist kaum der Rede wert, verglichen mit Ihren Mengen.«

»Das kann schon sein. Doch im Augenblick nehmen wir alles, was der Markt abwirft. Kaufen Sie alles ein, was Sie kaufen können. Und verkaufen Sie, denn wir brauchen jeden Dollar, den wir auftreiben können. Halten Sie die Augen auf, wenn Ihnen ein Händler begegnet, der eine entsprechende Anzahl hochwertiger Steine anzubieten hat. Ich werde alles kaufen, was Sie auftreiben können.«

Downes überlegte rasch. Eine solche Gelegenheit würde sich vielleicht nie wieder bieten. Wenn Foxman unterging, war ihnen allen nicht geholfen, und Harry und er würden wieder von vorne anfangen müssen.

»Vielleicht kann ich Ihnen helfen«, sagte er. »Von welcher Größenordnung reden wir, Sir?« Er spürte, wie sein Selbstbewußtsein stieg.

»Ich räume einen Kredit bis zu fünf Millionen ein, Peter. Das ist erheblich mehr, als ich sonst für einen einzigen Handel anlege, aber ich habe nach den miserablen Lieferungen des Syndikats einiges wettzumachen. Wollen Sie es mal versuchen?«

»Ja, Sir.«

»Gut, neue Quellen, neues Leben. Verläßliche neue Quellen. Tun Sie's für mich, Peter, und ich werde ewig in Ihrer Schuld stehen. Ich plane eine weitere Reise, um herauszufinden, ob es möglich ist, einen Schutzwall gegen Sir John und seine totalitäre Politik aufzubauen.«

»Kann denn ein einzelner Händler gegen das Syndikat vorgehen?« fragte Downes.

»Wir werden sehen. Während meiner Abwesenheit wenden Sie sich an Mattie oder David, wenn Sie Hilfe brauchen.«

Ellie hat er nicht erwähnt, stellte Peter Downes fest. Maurice erhob sich. »Vielen Dank, daß Sie Zeit für mich hatten.«

»Ich danke Ihnen, Sir.«

Als er gegangen war, ließ sich Downes noch einmal jeden Satz der Unterhaltung durch den Kopf gehen. Es konnte kein Zweifel daran bestehen, daß er das Vertrauen von Maurice Foxman gewonnen hatte. Von Tag zu Tag verließ sich der alte Herr mehr auf ihn. Meine Befürchtungen waren und sind völlig grundlos, dachte Peter Downes, wir können die Daumenschrauben ansetzen. Aber zuerst die fünf Millionen . . .

Er rief Harry Geis an und informierte ihn über das Gespräch mit Maurice Foxman.

»Soll ich ihn hinhalten?« fragte er. »Ich kann ihm noch eine Weile erzählen, daß ich an dem Fünf-Millionen-Kauf arbeite.«

»Warum das denn?« fragte Geis. »Mach den Kauf für ihn, damit stärkst du deine Position. Gleichzeitig kratzt du für P & D alles zusammen, was du bekommen kannst. Niemand schert sich um deine eigenen Käufe, solange du dem Alten aus der Klemme hilfst, kapiert?«

Peter begriff. »Und woher bekomme ich die fünf Millionen?«

»Ich werde mit Browning reden. Er hat die Verbindungen, und er wird uns auch die Ware besorgen. Ich melde mich wieder. Verlaß dich drauf, die zwanzig Millionen haben wir schon so gut wie in der Tasche.«

In ihrem Appartement fanden sie den Weg zu ihrem Bett mit der Selbstverständlichkeit alter Liebespaare. Danach lagen sie eine lange Zeit schweigend, dann redend, Wein trinkend und darauf achtend, sich nicht wieder zu berühren. Sie wollte nicht berührt, nicht gestreichelt werden und die nichtigen Koseworte hören, die Liebespaare sich zuflüstern.

»Ich will dir gut sein«, sagte er.

Sie starrte zur Decke und versuchte, sich sein Gesicht vorzustellen. Sie wollte wissen, ob sich daraus lesen ließ, daß er etwas für sie empfand, aber sie drehte sich nicht nach ihm um.

»Es war gut.«

»Ist alles in Ordnung?« fragte er.

Männer schienen unter dem Zwang zu stehen, Fragen dieser Art zu stellen. Als ob eine sexuelle Umarmung eine Frau erschlagen und für immer verderben müßte.

»Mir geht es gut.«

In Wirklichkeit ging es ihr weder schlecht noch gut. Sie empfand nur die übliche Leere und die Ahnung, etwas Kostbares vergeudet zu haben.

Er änderte seine Lage neben ihr, aber immer noch berührte er sie nicht. »Willst du, daß ich gehe?«

Geh! dachte sie. Geh, und komm nie mehr zurück. Geh, denn was du zu geben hast und was ich brauche, sind zwei völlig verschiedene Dinge. Geh, und laß mich leer und verängstigt zurück.

»Natürlich nicht«, sagte sie.

Irgend etwas an ihm berührte sie tief. Seine Wärme vielleicht. Von der elektrisierenden Sexualität eines Henry Wilton hatte sie immer mehr verlangt, während sie sich gleichzeitig dafür verabscheute. Peter war anders – sanfter, herzlicher. Er nahm Rücksicht auf sie, auf ihre Gefühle. Das glaubte sie, das mußte sie glauben.

»Können wir reden?« fragte er.

Machte er sich über sie lustig? Sie sah zu ihm hinüber. Ein feingeschnittenes Gesicht, zu schön, um wahr zu sein.

»Natürlich.«

»Ich wollte dir schon lange sagen: was du machst, ist bewundernswert.«

»Ja, ich bin die bewundernswerte Ellie Foxman.«

»Ich meine es ernst.«

»Ich auch.«

»Ich möchte dir helfen.«

»Ah«, sagte sie ironisch.

Er richtete sich auf, stützte sich auf einen Ellenbogen. »Du besitzt ein seltenes Talent für dieses Geschäft. Wie du die

Rohdiamanten schätzen kannst, wie du schon vorher siehst, wie sie geschliffen werden müssen.«

»Für Schmeicheleien bin ich immer zu haben.«

Er blieb ernst. »Auch dein Onkel weiß das.«

»Mein lieber Onkel.«

»Ich meine, es ist natürlich nicht richtig, daß er dich von Foxman and Company fernhält. Du könntest das Unternehmen an seiner Stelle führen, du bist die beste von uns allen.«

Da war er wieder, dieser Satz. Jeder schätzte sie hoch ein, aber niemand erlaubte ihr, den Weg zu gehen, den sie gehen wollte. War es unnatürlich, diesen Ehrgeiz zu entwickeln? Sie sah Peter Downes an, als sähe sie ihm zum erstenmal. Er schien das zu meinen, was er sagte. Ehrlichkeit war seine große Stärke.

»Er hat sein Auge auf dir«, sagte sie. »Du bist, was David nie sein kann.«

»Aber du bist seine Blutsverwandte.«

»Und du bist ein Mann.«

»Das spielt doch keine Rolle.«

»Für Maurice doch. Und für die meisten Männer im Diamantengeschäft auch. Es ist eine der letzten Bastionen männlicher Vorherrschaft.«

»Ich bin ein Außenseiter, nicht einmal Jude.«

Jetzt berührte sie ihn, fuhr mit dem Zeigefinger über seinen Oberschenkel zur Körpermitte. »Das ist mir nicht einmal aufgefallen.«

Er lachte. Es lief wirklich alles nach Plan. »Du hast eine schmutzige Phantasie.«

»Nur, wenn sie nötig ist.«

»Vielleicht kann ich dir helfen.«

»Du willst meine schmutzige Phantasie säubern?«

»Ich meine mit deiner Arbeit.«

Sie zuckte zusammen. »Und wie hast du dir das vorgestellt?« Sie änderte ihre Laune ohne jede Vorwarnung, sie war die unberechenbarste Frau, die er kannte. »Geld«, sagte er.

Sie starrte ihn an. »Ich verstehe nicht.«

»Ich kann dir das Geld besorgen, das du brauchst.«

Sie wünschte, er würde nicht weiter über Geld und Geschäft

reden. Was sie erreichen wollte, würde sie aus eigener Kraft schaffen: Erfolg, Einfluß, Ansehen. Sie wollte wie Maurice Foxman werden, ihn in seinem eigenen Spiel schlagen. Das wäre ihr größter Triumph und die Vergeltung für ihren Vater und ihren Bruder.

»Die üblichen Quellen sind mir verschlossen«, sagte sie, »ich habe es überall versucht.«

»Nicht überall.« Sie antwortete nicht, und er fuhr fort: »Hast du es schon mit der Browning Bank probiert?«

»Kennst du Browning?«

»Ja.«

»Und du hast auch schon Geschäfte mit ihm gemacht?«

Er erstarrte, als sie so präzise fragte. Ihr Ton war der von Maurice Foxman, eine Stimme, in der Tadel mitschwang, wenn man eine umstrittene Entscheidung getroffen hatte.

»Vielleicht ist es keine so gute Idee«, sagte er, um vorsichtig den Rückzug einzuleiten.

Sie starrte auf einen Punkt an der Decke. »Browning hat nicht den besten Ruf.«

»Ich fand ihn sehr charmant«, sagte er. »Aber wenn du lieber nichts mit ihm . . .«

»Man sagt, daß er Verbindungen zur Unterwelt hat.«

»Das glaube ich nicht.«

»Aber du hast auch von solchen Gerüchten gehört?«

»Gerüchte gibt es immer.«

»Und wenn sie wahr sind?«

»Er ist ein sehr gewandter, gebildeter Mann. Nein, Ralph Browning ist kein Gangster.«

»Was passiert, wenn ich mich entschließe, ihn kennenlernen zu wollen?«

»Vielleicht ist es doch keine gute Idee«, sagte er wieder. »Wenn es wirklich so verbreitet ist, daß man ihn für . . .«

»Kannst du arrangieren, daß wir uns kennenlernen?«

»Vielleicht wird dein Onkel das nicht wollen.« Warum hatte er daran nicht gedacht, bevor er sie auf den Gedanken mit Browning brachte? Geis hatte recht, es war nicht gut, sich intim mit Ellie einzulassen. »Es wäre mir lieber, wenn wir das alles vergessen.«

»Mein Onkel hat damit nichts zu tun.«

Maurice war nur eine seiner Sorgen. Was würde Geis sagen? Und was Browning?

»Okay, wenn du Browning willst, sollst du ihn bekommen.«

Sie schaute in diese dunklen glänzenden Augen und sah nichts. An diesen letzten Teil der Unterhaltung würde sie sich erinnern, auch an das, was nicht gesagt worden war. Da lief mehr, als sie im Moment verstand, und sie ahnte auch, daß Peter Downes von einem Geheimnis umgeben war. Zur rechten Zeit würde es gelüftet werden, und für den Augenblick nahm sie ihn so, wie er war.

»Ich will Browning«, sagte sie entschlossen.

»Ich will auch etwas«, sagte er und legte einen Finger zwischen ihre Lippen. Sie öffnete sich ihm, zog seinen Finger in den Mund, umspielte ihn mit Lippen und Zunge und nahm den Blick nicht von seinen Augen.

20

Sie saßen im »21« und waren Ralph Brownings Gäste, Ellie und Peter Downes. Browning bestimmte das Geschehen, zog ihr Treffen auf wie ein geschickter Dramaturg. Er mied direkte Bezüge zum Geschäftlichen während des Essens und hütete sich vor dem Wort »Geld«, als handele es sich um eine ansteckende Krankheit. Er wählte unverfängliche Themen: den letzten milden Winter, die Musik von Haydn und Mozart sowie die Vorzüge eines Sommers in East Hampton.

»Sie beide müssen mal ein Wochenende bei uns verbringen«, sagte Browning.

»Sie sind sehr großzügig«, antwortete Downes artig.

»Sie sind einer der bestaussehendsten Männer, die ich je gesehen habe, Peter. Und Sie, Ellie – es ist leicht, Ihnen Komplimente zu machen – aber Sie sind wirklich atemberaubend schön.«

»Danke, sehr galant.«

Er deutete eine knappe Verbeugung an und bestellte Kaffee und Cognac.

»Peter hat mir berichtet, daß Sie Ihre eigene Firma eröffnen wollen.«

Endlich, dachte sie und nickte. »Aber es ist sehr kompliziert.«

»Das überrascht mich. Mit Ihrem Onkel im Rücken sollten sich Ihnen alle Türen öffnen.«

Sie tauschte einen flüchtigen Blick mit Peter. Wie viel hatte er Browning gesagt? Und wie gut kannten die beiden sich?

»Dieses Projekt läuft unabhängig von meinem Onkel«, sagte sie.

»Ach? Tatsächlich?«

Ellie versuchte, sich gegen Ralph Brownings Charme zu wehren, gegen seine melodische Stimme mit diesem Hauch eines ungewohnten Akzents, dessen Herkunft schwer auszumachen war. Er redete viel mit den Händen, es waren die eleganten Bewegungen eines Dirigenten. Er hatte lange, schmale Finger mit hervorragend manikürten und polierten Nägeln – wirklich kein Mann, dem mit sie mit organisiertem Verbrechen in Verbindung gebracht hätte. Und doch ging von ihm eine seltsame Bedrohung aus, und sie wünschte, sie wäre nicht gekommen. Aber wenn er ihr half . . .

»Ja, es stimmt, ich suche Unterstützung – falls der Preis stimmt.« Sie lächelte, und er lächelte zurück, und in diesem Lächeln lag das Wissen, um ihre Situation: daß sie es aufgegeben hatte, von einer Bank zur nächsten zu laufen, um einen Kredit zu ergattern, und daß er vermutlich ihre letzte Chance war. »Ich brauche Kredite von bis zu einer Million im Monat. Kann mir die Browning Bank helfen?«

»Der Betrag ist kein Problem. Die Entscheidung liegt beim Kreditausschuß.«

»Peter hat mir gesagt, daß Sie die Bank sind.«

»Ach, wenn das doch so wäre! Man muß immer Rücksicht auf seine Mitarbeiter nehmen. Jeder Antrag weist andere Probleme auf, verlangt nach Durchleuchtung aller Gesichtspunkte. Ihre Situation wird untersucht, und dann wägen wir ab, Miss Foxman.«

»Wann kann ich eine Antwort erwarten?«

»Sobald Sie einen offiziellen Antrag eingereicht und die entsprechenden Formulare ausgefüllt haben – nur wenige Tage. Wir sind es gewohnt, schnelle Entscheidungen zu fällen.«

»Ich werde also von Ihnen hören?«

Er nickte. »So oder so.«

Zuerst hatte sie keine Lust, weder körperlich noch vom Gefühl her. Aber er blieb beharrlich, küßte ihre Augenlider, ihren Mund, ihre Ohren, streichelte mit den Fingerspitzen ihren Hals. Seine Lippen waren sanft und geschickt, seine Zunge eine Erinnerung an das Vergnügen, das sie bot.

»Ich möchte über Browning reden.«

»Später.«

»Aber es ist wichtig.«

»Das hier auch.«

»Bitte, warte.«

»Du fühlst dich wunderbar an.« Er leckte die Mulde an ihrem Halsansatz. »Du schmeckst wunderbar. Es gibt nur dich in meinem Leben.«

»Und Diamanten«, sagte sie, ohne nachzudenken.

Er gab sie frei und dachte über seine Antwort nach. »Diamanten sind pure Dekoration, eine überschätzte, manipulierte Ware. Alles an und über Diamanten ist eine Lüge: daß sie unzerstörbar seien, daß sie ihren Preis hielten . . .«

»He, Peter, du entwickelst dich ja zum Zyniker.«

»Aber es stimmt. Die Leute kaufen hoch ein und sind meistens gezwungen, niedrig zu verkaufen.«

»Du sägst an dem Ast, auf dem du sitzt.«

»Mich hat das Geschäft ebenso am Kragen wie dich. Ich brauche den Glanz, den Glitzer, die Aufregung, die ein besonders hoher und besonders guter Abschluß mit sich bringen. Und die Aussicht, reich zu werden.«

»Du wirst es schaffen.«

»Du bist besser als ich, Ellie. Du hast den Drang und die Macht. Du kannst alles erreichen, was du willst. Steh dir nur nicht selbst im Wege.«

»Was meinst du?«

»Ich meine Ralph Browning.«

»Ich habe dir gesagt, daß mir irgend etwas an ihm nicht gefällt. Ich habe das Gefühl, daß sich unter seinen gelackten Manieren nur Schleim verbirgt.«

»Es gibt kein gutes oder schlechtes Geld. Browning gibt dir die Chance, dich auf eigene Beine zu stellen.«

»Wir werden sehen. Noch habe ich nicht die Quellen, die ich brauche.«

»Hast du schon Bobby Santorini probiert? Ich habe gehört, daß er in Südamerika fest im Sattel sitzt.«

»Er hat nur geschliffene Steine und verlangt hohe Preise. Ich will Rohdiamanten aus erster Hand haben.«

»Und wenn du dich an die großen Hersteller wendest?«

»Das bedeutet doch, daß ich nur Großhandelspreise bekomme.«

»Aber das wäre doch ein Anfang. Du kannst doch nicht erwarten, daß du sofort von null auf hundert kommst. Das Leben ist nicht vollkommen, und unser Geschäft auch nicht.«

»Es gibt Führer und Gefolgsleute.«

»Richtig, aber aus Gefolgsleuten können Führer werden.«

Sie war nicht sicher, ihm zustimmen zu können. Im Augenblick kam sie sich selbst wie ein Diamant vor – zwar schön und hochgeschätzt, aber eigentlich nutzlos. Sie verbrannte solche düsteren Gedanken aus ihrem Kopf, weil sie fürchtete, von ihrem Ziel abgehalten zu werden.

»Ich habe mich doch nicht entschieden«, sagte sie.

»Über Browning? Das ist gut.«

»Da gibt es einen Mann namens Zimmerman . . .«

»Den Anwalt Herbert Zimmerman?« fragte Peter Downes.

»Ja. Er repräsentiert eine Reihe der führenden Leute in unserer Branche. Ich habe mich mit ihm verabredet.«

»Aber du brauchst trotzdem Startkapital, und das bekommst du von Browning.«

»Warum willst du mir Browning so schmackhaft machen?«

Ein Muskel zuckte in seinem Oberschenkel, eine nervöse Warnung. Er marschierte zu schnell, war zu eifrig bemüht, das ganze Bündel zuzuschnüren. Ellie, David, Foxman and Company. Himmel! Was hatte er sich da vorgenommen? Der ganze Plan ruhte auf einer feingliedrigen Struktur, der geringste Fehler brachte das Haus zum Einsturz. Mit oder ohne Browning – er hatte sie an der Angel. Sie brauchte ihn, sie liebte ihn. Seinen Anteil – ein Drittel von zwanzig Millionen – hatte er fast schon in der Tasche, und das war nicht der Augenblick, ihn aufs Spiel zu setzen.

»Es ist dein Geschäft«, sagte er und versuchte, so mitfühlend wie möglich zu klingen. »Du mußt wissen, was du tust. Wenn du zufrieden bist, bin ich es auch.«

Sie setzte sich auf. Er sah auf ihren sanften, kräftigen Rücken und fuhr mit den Fingerspitzen an ihrer Wirbelsäule entlang.

»Geh nicht«, sagte er, ein Versprechen in der Stimme.

»Ich will duschen und mich anziehen.«

»Noch nicht.« Er knabberte an ihrer Hüfte.

»Nicht«, sagte sie, aber ihre Entscheidung geriet unter seinen Berührungen ins Wanken. »Ich weiß nicht, ob ich will.«

»Ich werde dich überzeugen.«

»Es gibt Zeiten, da gibst du mir einiges zu denken auf, Peter.« Er legte sie sanft auf den Rücken und fuhr geschickt mit Zunge und Lippen über ihren Körper. »Jetzt aber nicht.«

Sie hatte sich Herbert Zimmerman anders vorgestellt. Er begrüßte sie in einem Hemd, dessen Ärmel er hochgerollt und dessen Kragen er weit geöffnet hatte. Sein muskulöser Bauch war der eines Gewichtshebers, seine quadratischen Hände hatten kurze Finger. Dünnes, blondes Haar war auf Bürstenlänge geschnitten, und den kleinen Luchsaugen schien nichts entgehen zu können.

»Ich bin ein Bewunderer Ihres Onkels«, begann er mit einer dünnen, schneidenden Stimme. »Sie sind viel jünger, als ich vermutete, Miss Foxman, und noch schöner, als man mir gesagt hat. Ich stehe zu Ihren Diensten. Was führt Sie zu mir?«

»Wie ich Ihrer Sekretärin schon sagte, möchte ich kaufen.«

Zimmerman ließ die Finger seiner rechten Hand knacken. »Wir reden über Diamanten, nehme ich an.«

Knack!

»Richtig.«

»Ich bin ein Anwalt, kein Kaufmann.«

»Aber unter Ihrer Kientel befinden sich Männer aus dem Diamantengeschäft.«

»Ja, aber sie sehen in mir nur den Rechtsberater.« Alles, was er sagte, kam mit einer leichten Ironie.

»Ich bin seit meiner Schulzeit in diesem Geschäft, und der Name Zimmerman fiel immer mit Ehrfurcht. Er stand für einen der einflußreichsten Männer der Branche.«

»Die Leute übertreiben.«

»Ich brauche Steine, Mr. Zimmerman.«

»Warum versuchen Sie es nicht bei International Minerals and Mines?«

»Weil ich kein etablierter Händler bin, beliefert mich die IMM nicht.«

»Dann wenden Sie sich an die größeren Häuser.«

»Das liegt nicht in meinem Interesse. Wenn ich Erfolg haben will, muß ich meine Ware unter dem Marktpreis einkaufen, am liebsten vom Produzenten.«

»Das macht Sinn.« Zimmerman ließ nichts erkennen, kam ihr mit keiner Information zu Hilfe.

Ellie drängte weiter. »Ich habe gehört, daß Sie Verbindungen zu den Ländern haben, in denen die Produktionsstätten liegen. Und Zutritt zu höchsten Ebenen – sogar zu Ministern.«

»Und Sie wollen an solche Quellen herankommen?«

»Ja.«

»Man hat mir gesagt, daß das Geschäft in diesen Kreisen trickreich und manchmal gefährlich ist. Man hat mir zugetragen, daß bereitwillige Käufer, denen eine Quelle erschlossen wird, dafür eine Kommission zahlen. Trifft das zu?«

»Ich bin bereit zu zahlen.«

»Und natürlich möchte auch der Mittelsmann in dem jeweiligen Land verdienen.«

»Ich werde mich jedem erkenntlich zeigen, der mir hilft«, sagte Ellie. »Ich will an die Spitze.«

»Sie haben sich ein luftiges Ziel gesetzt.«

»Ich kann es schaffen.«

»Sie sind eine Frau von Entschlossenheit, Miss Foxman. Aber

mir scheint, daß eine Frau allein das nicht zustande bringen kann.«

»Sie kann, wenn sie die richtigen Verbindungen hat.«

»Welche Ware suchen Sie?«

»Rohdiamanten.«

»Wenn ich richtig informiert bin, lohnen sich kleine Abschlüsse nicht, wenn man direkt einkauft.«

»Ich kaufe bis zu einer Million im Monat.«

»Ein bescheidener Anfang. Aber die Summe könnte in dem einen oder anderen Land auf Interesse stoßen. Reden wir über Qualität und Größe. Im Flußbecken des Caroni in Venezuela werden meist kleine, gelbliche Steine gefunden. In der letzten zwei, drei Jahren, als fehlerhafte Steine für ganz reizvoll gehalten wurden fanden sie erstaunlichen Absatz. In Südafrika werden immer noch die besten und größten Steine gefunden. Australien bringt – bisher jedenfalls – nur Produkte für die Industrie. In der Sowjetunion hat man neben dem Industriezeug auch verschieden große und zum Teil hochwertige Steine gefördert. Ich habe gehört, daß manche von ihnen auf den versteckten Wegen in den Westen gelangen.«

Er knackte wieder mit dem Finger.

»Kimberley ist eine wunderbare Mine. All diese blauweißen Schönheiten. Aus Ghana kommen erstklassige Steine, einige von beträchtlicher Größe. Aber ich nehme an, das wissen Sie alles, Miss Foxman?«

Ihre Bauchmuskeln spannten sich. Sie hielt ihre Arme verschränkt, um keine unbedachte Bewegung zu machen. »Um ehrlich zu sein, ich weiß das alles.«

»Natürlich, als Nichte Ihres Onkels sind Ihnen diese Informationen geläufig. Um Ihr Ziel zu erreichen, brauchen Sie einen hohen einflußreichen Mann in Zaire, Tansania oder Angola. Jemand im Botschaftsrang wäre ein guter Einstieg. Eine Million im Monat, sagen Sie. Sind die Summen abrufbereit?«

»Ich kann sie auftreiben, ganz sicher.«

»Ich meine, eine gewisse Unsicherheit aus Ihrer Antwort zu hören. Machen wir uns nichts vor, Miss Foxman – nur das Geld zählt.«

»Ich kann das Geld beschaffen.«

»Aber nur, wenn Sie zuerst die garantierten Quellen nachweisen können, nicht wahr?«

Das stimmte. Niemand würde ihr das Geld vorschießen, wenn sie keine sichere Quelle angeben konnte.

»Rohdiamanten, haben Sie gesagt?«

»Lupenreine Qualität, nicht unter der Güteklasse VVSI, die ich von einem halben bis zehn Karat schneiden kann.«

Er sah zur Decke. »Es ist sehr unsicher, daß ich Ihnen Steine dieser Qualität besorgen kann.«

Sie erhob sich, baute sich vor ihm auf. »Ist das Ihre Art, einen unterhaltsamen Vormittag zu verbringen, Mr. Zimmerman? Macht es Sie an, kleine Mädchen aus ehrgeizigen Träumen zu reißen? Wessen schmutzige Arbeit machen Sie hier? Welcher Ihrer Klienten legt so großen Wert darauf, mir Hindernisse in den Weg zu legen?«

»Geschäft ist Geschäft.«

»Ein schmutziges Geschäft.«

»Ich werde Ihnen einen kostenlosen Rat geben: Niemand mit dem Namen Foxman wird irgendeinen größeren Abschluß tätigen können. Jedenfalls nicht über die gewöhnlichen Kanäle, das steht verdammt fest.«

»Sie sind ein Syndikats-Mann«, sagte sie mit flacher Stimme.

»Sir John ist verärgert über Ihren Onkel. Sie tragen seinen Namen, Sie arbeiten in seinem Haus, unter seiner Adresse und unter seinem Schutz . . .«

»Ich bin unabhängig.«

»Sir John ist ein altmodischer Mann. Er ist der Meinung, daß Frauen Diamanten tragen sollten, statt mit ihnen zu handeln.«

»Bastard«, sagte sie auf dem Weg nach draußen.

»Ich?« fragte er grinsend.

»Sie und Sir John . . .«

21

»Sprich mit mir« soll der Bildhauer Michelangelo zu der Moses-Statue gesagt haben, die er gerade geschaffen hatte. Seither, davon war Maurice Foxman überzeugt, sprachen die großartigen Kunstwerke Roms zu den Menschen, brachten Schönheit und Glauben in eine Welt aus Gram, Enttäuschung und Schrecken.

Nur diesmal wollten sich ihm die kostbaren antiken Schätze durchaus nicht mitteilen, die Geschichte der Ewigen Stadt hielt keinen Trost für Maurice Foxman bereit. Er fühlte sich leer und ausgebrannt, bar jeder Hoffnung und doch zu einem letzten Versuch verpflichtet. Aber er verließ die Villa Haßler oberhalb der Spanischen Treppe ohne Optimismus.

Rom war Maurice Foxmans Lieblingsstadt. Das Nebeneinander von alt und neu, arm und reich, von Schönem und Profanem. Die Frühlingssonne hatte die Luft erwärmt, als Maurice das Mastrotefano, ein ausgezeichnetes Restaurant an der Piazza Navone, erreichte. Seine Gäste erwarteten ihn draußen an einem Tisch.

»Bentornato«, würde er von allen begrüßt, begleitet von Händedrücken und Umarmungen.

Sie betrachteten sich mit der Anteilnahme und Zuneigung von Männern, die seit langer Zeit Freunde sind. Meier Halevi, ein untersetzter Mann mit einer langen Nase und Backentaschen, die beim Sprechen hüpften, vormals Deutscher, jetzt ein Bürger Israels. Jonas Greenfield, in Berlin geboren, zur Zeit wohnhaft in Florenz, ein Weltbürger, gebildet und studiert, einer der kultiviertesten Männer, die Maurice Foxman je getroffen hatte. Jacques Steinberg, hager und mißmutig, ein Mann, der oft das drohende Unheil suchte und zu oft fündig geworden war.

»Wir haben uns lange nicht gesehen«, sagte Maurice, und die Männer nickten. Sie erkundigten sich gegenseitig nach gemeinsamen Bekannten und Verwandten, wärmten Erinnerungen an alte Zeiten auf. Die Nazis hatten sie zusammengebracht – in Viehwagen, in den Kellern von Krakau, im Schlamm der

Todeslager. Sie lebten mit schrecklichen Erinnerungen, über die sie nicht sprachen, obwohl sie nicht die geringste Einzelheit und schon gar nicht den Tod ihrer Freunde vergessen hatten.

»Und?« fragte Jonas Greenfield und schob seinen halbleeren Teller von sich. »Was bringt uns diesmal zusammen?«

Die anderen schmunzelten. Halevi sagte lachend: »Immer ist es Jonas, der zur Sache kommt. Er hat keine Zeit zu vergeuden.«

»Jonas«, sagte Jacques Steinberg, »wenn Gott ruft, hast du's dann auch so eilig?«

»Aber sicher«, rief Halevi dazwischen, »wenn Gott ruft, wird unser Freund sagen ›Mach voran, Gott, wir haben schließlich keine Zeit zu vergeuden.‹«

Als das Lachen verebbt war, richteten sich die Blicke auf Maurice Foxman. Wie er waren auch sie Diamantenhändler, Männer, für die es lebenswichtig war, von der IMM beliefert zu werden. Sie wußten nicht genau, in welchen Schwierigkeiten Maurice steckte, aber sie hatten Gerüchte gehört.

»Das Syndikat hat mir zweimal hintereinander minderwertige Ware angeboten«, sagte Maurice Foxman.

Die Männer waren mit ihren Steaks beschäftigt. Schließlich sagte Halevi: »Meine letzte Lieferung war 25 Prozent schlechter, als sie hätte sein dürfen.«

Steinberg tupfte sich mit der Serviette den Mund ab. »Auch meine letzte Lieferung war unter Durchschnitt. Nicht schlecht genug, um sich zu beschweren, aber Grund genug, ins Grübeln zu geraten.«

»Und bei dir, Jonas?«

»Nicht gut, nicht schlecht. Aber das Angebot davor war der reinste Horror.«

»Und du hast akzeptiert?«

»Natürlich hat er akzeptiert!« warf Halevi ein, die Stimme gehoben. Er war der temperamentvollste von ihnen. »Welche Wahl läßt uns denn dieser Momser?«

»Das ist es, warum ich hier bin«, sagte Foxman. »Ich glaube, er hat es auf uns abgesehen. Er will uns aus dem Weg haben. Offenbar haben wir für ihn keinen Nutzen mehr.«

Steinberg meinte: »Glaubst du wirklich?«

»Langsam«, mahnte Greenfield, »man läuft nicht, bevor man zu gehen beginnt.«

Halevi fragte erregt: »Sollen wir nach so vielen Jahren doch noch vernichtet werden? Diesmal durch die Unterdrückung eines einzelnen Mannes?«

»Hast du mit Sir John gesprochen?« wollte Greenfield wissen.

»Er läßt sich am Telefon verleugnen, und er beantwortet meine Briefe nicht. Meine Fragen an seine Speichellecker bringen keine Resonanz. Sir John ist besser abgeschirmt als der Präsident.«

»Warum?«

»Ja, Maurice, warum? Warum ist er hinter uns her? Warum gerade jetzt?«

Maurice legte Messer und Gabel hin, nippte am Wein, sah sich um. »Sir John will uns, die alte Garde, fertigmachen. Ich habe es kommen sehen und versucht, mich dagegen zu wappnen, indem ich auch farbige Steine aufgenommen habe, aber das Geschäft mit den Diamanten können sie natürlich nicht ersetzen.«

Er seufzte. »Mein Neffe Robert kaufte in Liberia farbige Steine für mich ein, als er ermordet wurde. Das sollte eine Warnung für mich sein.«

»Bist du sicher, daß es die Arbeit des Syndikats war?«

»Wer soll es sonst gewesen sein? Glaubt mir, ich habe genug hingenommen. Ich bin nicht länger bereit, unter der Herrschaft eines Tyrannen zu ducken.«

»Aber was will Sir John erreichen?«

»Uns durch Männer ersetzen, die er nach seinem Belieben formen kann.«

»Aber Sir John ist Geschäftsmann, er will Profite.«

»Richtig«, stimme Foxman zu, »und er verspricht sich noch größere Profite, wenn er mit jungen, unerfahrenen Leuten zusammenarbeitet. Überall, wo ich mich umhöre, ist es dasselbe: Das Angebot der IMM wird schlechter, der eigene Profit geringer. Wer sich beschwert, bekommt überhaupt keine Ware mehr, und wer ohne die IMM auskommen muß, ist in unserem Geschäft erledigt.«

»Es macht keinen Sinn«, murmelte Steinberg. »Die IMM ist ein gewaltiges Kartell. Ich habe gehört, daß in ihren Tresoren und Stahlkammern über sechzig Tonnen Diamanten lagern. Das ist die Basis der gesamten Branche – wenn die Steine auf einen Schlag in den Markt kämen, gäbe es einen unvorstellbaren Preissturz.«

»Zugegeben«, sagte Maurice Foxman. »Aber bedeutet das, wir müssen uns wie Lakaien behandeln lassen? Müssen wir klaglos unseren Ruin hinnehmen?«

Nachdenklich sagte Greenfield: »Hinter dieser Politik steckt noch etwas anderes . . .«

»Ich glaube, ich weiß auch, was es ist.«

»So? Dann sag es uns, Maurice.«

»Zuerst ist Sir John konvertiert, dann hat er eine Schickse, eine Christin, geheiratet. Dann hört man erste abfällige Bemerkungen über Juden – zu viele Juden im Geschäft, Juden sind zu unabhängig, zu starrköpfig usw. Sir John hat sich zu einem Feind der Juden gewandelt.«

»Sir John ein Antisemit?« fragte Halevi.

»Das mußt du mir beweisen«, sagte Greenfield. »Was könnte einen Mann, dessen Vater ein Jude war, dessen Großvater ein Jude war, was könnte einen solchen Mann dazu bringen, sich gegen sein eigenes Volk zu stellen?«

»Für mich«, sagte Foxman, »ist Sir John eine Sorte Christ geworden, wie die Deutschen Christen waren, wie die Priester und Bischöfe der Inquisition und wie die Polen, als sie ihre Pogrome anfingen. Er ist ein Antisemit, dessen Ziel es ist, die Branche von Juden zu säubern, jeden zu eliminieren, der ihn daran erinnert, wer er einmal war, und was sein Vater und sein Großvater waren. Er ist ein Mann, der seine Vergangenheit auslöschen will.«

»Eine private Version der Endlösung«, murmelte Halevi.

»Ja, das glaube ich.«

»Und was können wir tun?« fragte Steinberg. »Der Mann hat die Macht.«

»Wenn meine Vermutung richtig ist, wird Sir John mich vernichten. Danach wendet er sich dem nächsten zu. Vielleicht bist du danach dran, Meier, oder du, Jonas. Und all die anderen, die letzten unserer Art.«

»Starrköpfige, alte Männer«, sagte Halevi dumpf.

»Unabhängige.«

»Wir wissen, was es bedeutet, von außenstehenden Kräften bedroht zu werden«, fuhr Foxman fort. »Wir wissen, was es bedeutet, wenn unser Eigentum beschlagnahmt und uns nach dem Leben getrachtet wird.«

»Wir sind die Glücklichen, Maurice – wir haben überlebt.«

»Ja, und besteht der Sinn des Überlebens nun darin, Sir John zu gestatten, uns an die Wand zu stellen? Wir müssen an unsere Zukunft denken.«

Halevi fand diesen Gedanken belustigend. »Welche Zukunft denn? Soll ich in meinem Alter noch mal von vorne beginnen? Wieder auswandern? Ich habe Kinder, Enkel, Urenkel, Neffen, Nichten und eine Schwester.«

»Erspare uns die Aufzählung deiner Nachkommen, Meier. Wir wissen, daß du allein halb Israel bevölkert hast. Nicht umsonst nennt man dich den Rammler.«

Als sich das Gelächter gelegt hatte, sagte Foxman: »Wir müssen zusammenstehen.«

»Wie?« fragte Steinberg. »Ich bin keine große Nummer, nicht so bedeutend wie du, Maurice, oder wie Jonas. Und nicht einmal du kannst dir Erfolg davon versprechen, Sir John die Stirn zu zeigen.«

»Richtig. Und deshalb müssen wir unsere Kräfte zusammenlegen.«

»Maurice, bist du senil geworden? Wovon redest du?«

»Davon, daß wir uns gegenseitig unterstützen. Alle – Händler, Käufer, Verkäufer, Schleifer. In Italien, in Amerika, Frankreich, Israel – überall. Eine Vereinigung, die in der Lage ist, der Macht des Syndikats zu trotzen.«

»Du sagst , wir sollen gegen das Syndikat kämpfen?«

»Ja, es bekämpfen und besiegen.«

»Eine Vereinigung?«

»Ja, eine Allianz, die fest zusammenhält, wenn eines ihrer Mitglieder angegriffen wird. Kraft gegen Kraft, Macht gegen Macht. Der gemeinsame Wille zu überleben wird siegen.«

Halevi schüttelte den Kopf. »Das gefällt mir nicht, Maurice.«

»Wem gefällt das schon? Ist es besser, passiv und wie

gelähmt zu bleiben, während er einen nach dem anderen von uns vernichtet? Wir sind wie Menschen, die zu faul und zu verängstigt sind, sich aus einer Falle zu befreien.«

»Es geht nicht«, sagte Halevi.

»Warum nicht?«

»Ich kenne dich, Maurice«, sagte Halevi. »Rom ist nicht deine erste Station, und dies hier ist nicht deine erste Besprechung. Du hast mit anderen in den Niederlanden, in Belgien gesprochen . . .«

»Na und?«

»Inzwischen hat die IMM längst von deinen Schlachtplänen gehört. Sir John mit seiner Macht und seinem Einfluß – glaubst du, er ruht sich auf seinem Landsitz aus? Nein, sage ich dir. Er wird hart gegen dich vorgehen und gegen jeden, der sich mit dir verbündet.«

Greenfield fügte hinzu: »Soll Sir John warten, bis du deine Vereinigung gegründet und stark gemacht hast? Nein, er würde unsere Quellen sofort zum Versiegen bringen, unsere Kuriere würden angegriffen, und unsere Ware würde geraubt.«

Maurice Foxman spürte, wie seine Hoffnung schwand. »Mein Neffe war nur der Anfang. Wer von uns wird als nächster dran glauben müssen? Deine Söhne, Meier? Deine, Jonas?«

Steinberg war nicht überzeugt. »Es hat immer schwere Zeiten gegeben, Maurice. Das Leben steckt voller Probleme.«

»Deine Antwort ist also nein?«

»Ja, meine Antwort ist nein.«

»Du, Meier?«

»Tut mir leid, Maurice.«

Greenfield schüttelte den Kopf. »Es geht nicht, Maurice.«

Maurice Foxman erhob sich steif. »Gut, dann muß ich allein kämpfen, solange es geht. Ich wenigstens bin nicht fett und faul und feige geworden.«

»Maurice!« rief Meier, als der große Mann davonschritt. Foxman entfernte sich, den Rücken gerade, die Schultern gestrafft, die Schritte fest und weit ausholend. Er blickte nicht zurück.

22

Als er Maurice Foxman über die Piazza Navona schreiten sah, eilte Keller ihm nach, bis er ihn eingeholt hatte. Er sprach ihn an, aber Foxman, in seinen Gedanken beim Kampf gegen Sir John, nahm ihn kaum wahr.

»Mr. Foxman!« wiederholte Keller lauter.

Foxman hob den Blick, und immer noch schien er den Detektiv nicht erkannt zu haben. Ohne seine sonstige Verbindlichkeit fragte er barsch: »Ja? Was wollen Sie?«

Keller war beeindruckt. Diese alternden Löwen von der 47. Straße überraschten mit ihrer verborgenen Kraft, ihrer Ausdauer, ihrer Weigerung, sich unterzuordnen. Foxman stand nicht der Sinn nach einer höflichen Plauderei, er zeigte auch keine Anzeichen von Neugier, warum Keller ihn hier, mitten in Rom, aufgespürt hatte.

»Ein paar Minuten Ihrer Zeit.«

»Sie sind Sir Johns Mann. Ich habe nichts mit Ihnen zu besprechen.«

Keller zeigte nach rechts. »Tre Scalini«, sagte er. »Haben Sie dort schon einmal *tartufi* probiert? Das beste Eis Ihres Lebens. Ich lade Sie ein.«

»Keller, Sie stecken voller Überraschungen. Ein Kenner von Eisköstlichkeiten und der italienischen Sprache. Ich nehme Ihre Einladung an, wenn auch mit gebremster Freude.«

»Das reicht mir. Vielleicht werden wir noch Freunde, bevor wir fertig sind.«

»Sie sind Romantiker, Keller, ich bin Praktiker. Aber das sollte uns nicht hindern, das *tartufi* zu probieren.«

Es war ein erstaunliches Gebilde aus Eis und Schokolade, garniert mit cognacgetränkten Kirschen. Foxman beäugte seine Portion mit angemessenem Staunen. »Keller, an diese gewaltigen Becher wagt man sich ja kaum heran.«

»Knabbern Sie dran«, schlug Keller vor.

»Kabbern«, wiederholte Foxman geistesabwesend. »Das hat meine Mutter oft zu mir gesagt, als ich noch ein kleiner Junge war. ›Knabber dran, dann hast du länger was davon.‹« Er sah

Keller an. »Sagen Sie, mögen sie eigentlich Ihre Arbeit? Immer auf der Suche. Was kommt dabei heraus? Meistens Ärger, nehme ich an.«

»Das bringt der Job mit sich«, räumte Keller ein.

»Und er macht Ihnen Spaß? Sie hätten Polizist werden sollen.«

»War ich.«

»Ah«, sagte Foxman, als ob das eine nicht ausgesprochene Frage beantwortete. Er probierte das Eis. »Ausgezeichnet. Sehr gut.« Er legte den Löffel hin. »Wieso sind Sie Polizist geworden?«

»Mein Vater war schon einer. Als ich heranwuchs, habe ich nichts anderes gehört als: die einen sind gut, die anderen schlecht. Für beide das Gesetz, das den Menschen vom Tier unterscheidet.«

»Und dann sind Sie Polizist geworden.«

»Ein schmutziger Job, hat mein alter Herr immer gesagt. Aber einer muß ihn tun.«

»Und doch haben Sie ihn aufgegeben, um für Sir John zu arbeiten.«

Keller rutschte auf seinem Stuhl von einer Seite auf die andere. »Wie es so geht . . . Der Mensch ändert sich.«

Foxman dachte kurz darüber nach, dann schüttelte er den Kopf. »Sie nicht, glaube ich. Sie sind schon früh geformt worden. Männer Ihrer Sorten bleiben das, was Sie sind.«

Keller spürte einen irrationalen Groll in sich aufsteigen. Foxman bohrte an einer Stelle, die er bisher strikt abgeschirmt hatte. »Sie wissen nichts von mir.«

»Und Sie wollen auch nicht, daß jemand etwas über Sie weiß, nicht wahr? Sie sind ein Mann, der sich anderen nicht offenbaren will.«

Keller sah den älteren Mann lange an, sein Gesicht straff und ernst. »Mein Partner wurde getötet«, sagte er, »mein Freund. Und es war mein Fehler, meine Schuld.«

»Unglücke passieren immer wieder, und Fehler gehören zur Erfahrung eines Menschen.«

»Ned Crook, mein Partner, war zu alt für diese Arbeit. Es war meine Aufgabe, ihn zu beschützen.«

»Ah«, sagte Foxman. »Welche Arbeit war das?«

»Großer Juwelenraub bei Metropolitan Gems«, sagte Keller. »Vor etwa zehn Jahren.«

»Ich erinnere mich.«

»Wir fuhren Streife in Midtown, als die Nachricht über Funk kam. Wir waren die ersten am Tatort. Ned wollte auf Verstärkung warten, aber ich wollte den Helden spielen und sagte ihm, daß ich da reinstürmen würde.«

»Und?«

»Er war mein Partner, also ließ er mich nicht im Stich. Er folgte, um mir Deckung zu geben. Vier Kerle waren drinnen und wollten sich gerade verdrücken, als wir auftauchten. Sie schossen sofort, als sie mich an der Tür entdeckten. Ich ließ mich auf den Boden fallen und feuerte zurück.

»Und?«

»Zwei habe ich erschossen, die beiden anderen entkamen mit den Juwelen.«

»Sie waren ein Held.«

»O ja. Mein Bild war in den Zeitungen, man heftete mir einen Orden an die Brust, und ich wurde befördert.«

»Und Ned?«

»Ned bekam drei Kugeln in die Brust und war tot, bevor er es merkte.«

»Das tut mir leid.«

»Mir tat es auch leid. Und seiner Frau und den Kindern.«

Foxman fragte leise: »Und danach haben Sie den Polizeidienst quittiert?«

»Zwei Wochen ließen sie mich auf der Spur der verschwundenen Juwelenräuber. Dann sagten sie mir, ich solle die Sache vergessen. Es gab wichtigere Fälle. Aber mein Partner war getötet worden, und für mich gab es nichts Wichtigeres, als seine Mörder zu schnappen. Meine Vorgesetzten sahen das anders. Sie blockierten mich, legten mir Hindernisse in den Weg, machten mir das Leben schwer.«

»Und so haben Sie um Entlassung gebeten und die Mörder auf eigene Faust gesucht?«

»Die IMM hatte mir einen Job angeboten – ein Jahr, um die Kerle zu finden, und alle Hilfe, die ich brauchte, alles Geld, das nötig war. Es dauerte sieben Monate, dann hatte ich sie. Alle beide.«

»Sie wurden vor Gericht gestellt?«

Kellers Gesichtsausdruck war kalt. »Sie widersetzten sich der Festnahme. Ich habe sie beide erschossen.«

Foxman schüttelte sich unwillkürlich. »Wird das auch mein Schicksal sein? Eine Kugel in den Kopf – mit Grüßen von Sir John?«

Kellers Gesicht entspannte sich. »Ich möchte nur mit Ihnen reden, Mr. Foxman.«

»Hören Sie, junger Mann. Wenn Sir John mich einschüchtern will, verplempert er seine Zeit.«

»Keine Kugel, keine Einschüchterung. Keine Botschaft von Sir John. Ich bin hier, weil mich meine Nase hergeführt hat.«

»Ach? Her zu mir?«

»Die Informationen über Ihre Reisen verbreiten sich rasch. Ich war in Dubrovnik, als ich erfuhr, daß Sie in Rom eingetroffen sind. Ich habe Sie heute schon vom Hotel aus verfolgt.«

»Oh? Das habe ich nicht bemerkt. Früher war ich vorsichtiger. Ich werde alt. Ich sehe Anschläge gegen mich und meine Familie von allen Seiten. Leide ich unter Verfolgungswahn, Keller? Bin ich ein alter Mann, der sich vor nicht vorhandenen Feinden fürchtet? Bin ich wirklich senil geworden, ohne es zu merken?«

»Keine Sorge, Sie sind noch voll da, mehr als die meisten von uns.«

»Dafür danke ich Ihnen.« Er schob den Becher zur Tischmitte. »Ich habe noch nie viel für Süßes übriggehabt. Sagen Sie mir, warum Sie hier sind.«

»Um über Robert zu reden.«

»Ist Robert auch jetzt noch Sir Johns Feind? Der Junge ist tot, lassen Sie ihn ruhen.«

Keller atmete durch. »Robert wollte schmuggeln.« Bedauern schwang in seiner Stimme mit, Bedauern und Scham, daß er gezwungen war, der alten Wunde eine neue hinzufügen.

Zorn kam auf, in dem alten Mann, Zorn und eine längst verloren geglaubte Wildheit, die ihn zu zwingen schien, die Faust gegen Keller zu erheben. Er beherrschte sich mühsam.

»Robert war ein guter Junge, ehrlich und fleißig. Er hatte sich die bedeutende Position in meiner Firma verdient, war ein junger Mann auf dem Weg nach oben. Er hatte keinen Anlaß zur Unehrlichkeit, kein Motiv zum Stehlen oder Betrügen.«

»Trotzdem hat er zu schmuggeln versucht.«

Alle Energie schien aus Foxman zu weichen. Das aristokratische Gesicht schimmerte grau, seine Augen verloren ihren Glanz.

Keller sagte: »Robert hatte einen ausgehöhlten Spazierstock, um Diamanten zu schmuggeln.«

Foxman schüttelte den Kopf.

Keller nahm einen weichen Lederbeutel aus der Tasche und ließ die Diamanten in Foxmans Hand kullern.

Foxman starrte lange auf die glitzernden Steine. Mit der linken Hand fuhr er sich über die Schläfe.

»Warum?« fragte er gepreßt.

Keller gab die einzige Antwort, die ihm bisher überzeugend vorgekommen war. »Robert wollte sich selbständig machen und hat keinem davon erzählt. Er benutzte Foxman and Company als Aushängeschild.«

»Wo kommen diese Steine her?«

»Von einem Mann namens Tarassuk.«

»Wer ist das? Ach, es ist mir egal.«

»Eine Woche vor Roberts Tod wurden die Diamanten in Antwerpen geraubt.«

»Wollen Sie mir sagen, daß Robert die Steine geraubt hat?«

»Nein, das war wahrscheinlich Tarassuk. Die Steine kamen aus Rußland. Sie waren unterwegs nach Paris, zu einem Mann namens Lukas. Ich habe Grund zu der Annahme, daß Russ Almaz vermutet, Lukas sei irgendwie in den Diebstahl verwikkelt. Sie wollen ihn, und sie wollen Tarassuk. Und Robert mußte wegen seiner Rolle in diesem Stück sterben.«

»Das verstehe ich nicht«, sagte Foxman. »In den letzten Jahren hat die IMM alles aufgekauft, was die Sowjets für den Markt freigaben und zwar über London Gem Trading, World Diamonds in Beirut und Miners Traders in Mexiko – alles Scheinfirmen der IMM.«

Keller nickte. »Das hier sind Qualitätssteine.«

»Vielleicht sind es russische, vielleicht nicht.« Er gab sie Keller zurück. »Eins steht fest – Foxman and Company hatte nichts damit zu tun.«

»Aber Robert, und jemand hat ihn deswegen getötet.« Keller ließ die Steine einzeln in den Lederbeutel fallen. »Der Einkaufspreis liegt bei rund einer Million.«

»Eher noch bei eins Komma fünf.«

»Und im Verkauf erlöst man vier- bis fünfmal soviel – da riskiert man schon mal einen Mord, um die Steine wieder an sich zu bringen.«

»Denken Sie, was Sie wollen«, sagte Foxman. Hinter seinen Schläfen pochte es. Er senkte den Blick, und Keller wußte, daß das Gespräch zu Ende war. Er stand auf.

»Danke für Ihre Zeit, Sir.« Foxman gab kein Zeichen, daß er Keller überhaupt gehört hatte. »Ist alles in Ordnung, Mr. Foxman? Kann ich etwas für Sie tun?«

»Gehen Sie, lassen Sie mich in Ruhe.«

Keller war zwei, drei Schritte gegangen, als Foxman ihn rief. Ein einsamer alter Mann saß da verloren am Tisch, im gräulichen Gesicht die Ahnung, daß er vieles nicht mehr begriff.

»Wenn Sie wieder mal in New York sind, Keller«, sagte er, »besuchen Sie mich doch mal.«

»Sehr gern.«

»Dann lade ich Sie aber zum Eis ein.«

23

Harry Geis erkannte sie sofort. Er stand vor seinem Geschäft und wärmte sich in der Nachmittagssonne, als er sie in einer Menschentraube entdeckte, die sich vor einer roten Fußgängerampel gebildet hatte. Er hatte sie erst einmal gesehen, ein Verkäufer hatte sie ihm gezeigt, kurz bevor Downes bei ihr gelandet war.

Spitzenware, klassifizierte er. Ein Gesicht wie eine Madonna, sanfte Haut, große mandelförmige Augen und ein Mund, mit dem er schon etwas anzustellen wüßte. Und dieser Körper – fantastisch! Feste Brüste unter der pflaumenfarbenen Bluse, schlanke Hüften, die sich im Rhythmus ihrer Schritte bewegten.

Sie ging vorbei, ohne einen Blick in seine Richtung zu werfen. Eine Lady wie diese würde sich nicht mit einem Wiesel wie Harry Geis abgeben . . . Dann eben nicht – trotzdem würde er sie aufs Kreuz legen, wie sie noch nie aufs Kreuz gelegt worden war.

Ellie hatte auf der vierten Etage eines Gebäudes direkt an der Fünften Avenue ihr eigenes Büro eröffnet. Ein Raum mit Ausstellungsvitrinen und zwei kleine Büroräume. Das Mobiliar hatte sie gemietet, ein paar Bilder an die Wände gehängt und das Telefon anschließen lassen. Tausend Visitenkarten in Prägedruck und das dazu passende Geschäftspapier vervollständigte die viel zu aufwendige, aber wohltuend elegante Ausstattung.

Jetzt mußte sie nur noch richtig ins Geschäft kommen. Dazu verließ sie sich auf Bakshir Khamoury, mit dem sie in telefonischer Verbindung geblieben war. Sie wußte, daß er sich seit zwei Tagen in New York aufhielt und hatte sich mit ihm verabredet. Er kam in ihr Büro, küßte sie auf beide Wangen, machte ihr mit seiner verführerischen, arabischen Stimme Komplimente und hielt ihre Hände länger, als ihr lieb war. Aber er blieb auf Distanz, drängte seinen Körper nicht gegen ihren, wie es ein Amerikaner versucht hätte, und seine blumenreiche Sprache wurde nie vulgär.

»Neuigkeiten, meine Liebe! Gute Neuigkeiten!«

»Sie können mir die Steine beschaffen, die ich brauche.«

»Ja, ja! Nicht in der Menge, die Sie verlangen, auch nicht in der Qualität, aber . . .«

Sie ließ sich auf den Stuhl fallen. »Also gut, Bakshir, rücken Sie raus mit der Sprache.«

»Es grämt mich, meine Liebe, aber eine Million im Monat ist zuviel für mich.«

»Warum? Wenn ich das Geld aufbringen kann . . .«

»Sie verstehen nicht. Die Leute respektieren den Namen Foxman, ihr Onkel ist ihnen wohlbekannt.«

Sie seufzte. »Aber ich nicht.«

»Man ließ durchblicken, daß es so ist. Und daß Sie eine Frau sind, jung, ohne etablierte Firma im Hintergrund.«

»Eine Frau!«

»Leider, ja. Von meinem persönlichen Standpunkt aus betrachte ich das als Geschenk des Himmels, aber einige meiner Kollegen sind eher konservativ eingestellt. Haben Sie sich meinen Heiratsantrag schon überlegt? Ich werde natürlich mit Ihrer Familie reden, die nötigen Erklärungen abgeben. Eine Heirat mit einem Khamoury wird Sie in meinem Land . . .«

»Bakshir, reden wir zuerst übers Geschäft.« Sie stützte die Ellenbogen auf den Schreibtisch und das Kinn in die Hände. »Wir würden Ihre Belieferer reagieren, wenn ich meine eigene Börse eröffne?«

Seine dunklen Augen wurden rund, er schürzte die Lippen. »Keine Frau hat je eine Börse geführt.«

»Dann wird es höchste Zeit. Wenn das Syndikat und seine Freunde nicht wollen, daß ich Diamanten bekomme – gut. Aber ich kenne andere, denen es nicht besser ergeht als mir, und nicht alle sind Frauen. Sie sind auf andere Weise Außenseiter; kleine Kaufleute, um die sich niemand kümmert, weil nicht genug Profit mit ihnen zu machen ist. Einzeln sind sie zu schwach, um gegen das Syndikat anzukämpfen, aber wenn wir uns zusammenschließen? Unsere eigene Börse – wir teilen die Unkosten, die Informationen, die Quellen – im ›Foxman Diamond Market‹. Hört sich gut an, nicht wahr?«

»Das wird nicht gehen.«

»Doch, zusammen sind wir stark. Und wenn erst der Anfang gemacht ist, kommen andere dazu, die die Vorteile einer unabhängige Börse nutzen wollen.«

»Wo wollen Sie eine solche Börse einrichten?«

»Darüber habe ich schon nachgedacht. Ich habe gute Verbindungen in Paris, ich beherrsche die französische Sprache und kenne die Stadt – ja, Paris ist gut.«

»Wo dort?«

»Natürlich habe ich noch keine Räume angemietet, aber . . .«

Er hob eine Hand und unterbrach sie. »Das Hauptproblem ist damit nicht gelöst, meine Liebe. Woher wollen Sie die Steine beziehen für ein solches Unterfangen?«

»Natürlich von Ihnen, Bakshir, wir sind doch Freunde. Ich bin Ihnen die Gelegenheit schuldig, das zu beweisen.«

»Oh, das ist nicht nötig.«

Sie lachte, aber sie wußte, daß er nicht scherzte. »Haben Sie Angst, Bakshir?«

»Ja, große Angst.«

»Heißt das, Sie lassen mich im Stich, wenn ich Sie wirklich brauche?«

Er betrachtete dieses schöne Gesicht und malte sich aus, wie es sich schmerzlich verzerren würde, wenn er ihre Frage bejahte. Es wäre vielleicht das Ende ihrer Freundschaft.

»Was kann ein armer Mann schon tun?« fragte er jammernd. »Was wollen Sie von mir?«

»Mein Plan ist, an meiner Börse nur mit Diamanten zu handeln, die nach den Werten des Geological Institute of America klassifiziert werden können: halbes Karat, ein Karat, D-Lupenrein – nur geschliffene Steine.«

»Ein interessanter Plan.«

»Mit Ihrer Hilfe wird es gelingen.«

»Ein unsinniger Plan«, sagte Peter Downes ohne nachzudenken, »du hättest mit mir darüber reden sollen.«

»Mit dir darüber reden? Wieso? Es ist mein Plan, meine Entscheidung, mein Leben. Wieso, Peter, nimmt jeder Mann, den ich kenne, automatisch die Position des Herrn ein, der verfügt, bestimmt, entscheidet? Als ob alles, was ich entscheiden könnte, bar jeder Intelligenz sein müßte. Ich lasse nicht zu, daß du meine Initiative blockierst oder daß irgend jemand meine Freiheit einschränkt.«

»Glaubst du, daß ich das tun will? Dann irrst du dich.«

»Das hoffe ich. Wen hast du um Rat gefragt, als du dich entschlossen hast, mit David deine P & D zu gründen? Mich jedenfalls nicht!«

»Ich will dich nicht zurückhalten.«

»Meine Erfahrung lehrt mich, daß du genau das tun willst.«

Sie hatte recht, gestand er sich ein, er hatte die unbestimmte Furcht, ihr Plan könne seinen Coup gefährden. Ellie zog zuviel

Aufmerksamkeit auf sich und auf Foxman and Company, das allein störte schon. Er würde nicht zulassen, daß sich jemand zwischen ihn und seine erwarteten zwanzig Millionen stellte.

»Du hast recht.« Er breitete kapitulierend die Arme aus, lachte verlegen, und dieses Lachen ließ ihn sofort jünger aussehen. »Ich wollte dich nicht kontrollieren, Ellie – ich liebe dich nur.«

Sie schlang ihre Arme um seinen Hals, schmiegte sich an ihn. »Ich werde es schaffen, Liebling, Browning gibt mir Geld und Khamoury die Steine – sicher, es wird langsam anlaufen, viel zu langsam für meinen Geschmack, aber dann geht's bergauf. Ein Dutzend Händler, zwanzig, wenn ich Glück habe.« Sie warf ihren Kopf zurück und lachte. »Du wirst dich noch wundern, Sir John!«

»Ich will dir ja deine Illusionen nicht nehmen, aber Sir John wird sich kaum wegen einer kleinen Börse in New York beunruhigen.«

»Nicht in New York, Liebling – in Paris. Eine Pariser Adresse kann nur vor Vorteil sein, wenn es um Diamanten geht und um Schmuck.«

»Auch um Schmuck? Du hast zuerst nur von Diamanten gesprochen.«

»Warum soll ich mich selbst beschränken? Ich habe schon Verbindungen mit den besten Designern aufgenommen, berühmten Namen. Wir werden die ersten sein, modischen Schmuck und Qualitätsdiamanten zusammen anzubieten. Es gibt einen Markt für Spitzendesigns.«

Die Idee war so gut, daß sie ihm Angst einjagte. Er war plötzlich sicher, daß Ellies Pläne seine eigenen gefährdeten. »Ich freue mich für dich«, sagte er, und zu seiner eigenen Überraschung wurde ihm bewußt, daß das bis zu einem gewissen Punkt sogar stimmte. Ihre Begeisterung steckte an, er wollte, daß sie Erfolg hatte.

»Das weiß ich doch«, antwortete sie. »Oh, Peter, diese Pläne bedeuten mir so viel . . . Ich will ganz nach oben. Ich will sein wie . . .« Sie unterbrach sich, wich seinem Blick aus.

Er nahm ihr Gesicht in beide Hände, zwang sie, ihn anzusehen. ». . . Maurice?«

»Ja, verdammt! Warum nicht? Er hat es geschafft, und ich will es ihm nachmachen.«

»Du wirst es schaffen.«

»Glaubst du das wirklich?«

»Du kannst alles, wenn du es willst.«

Sie küßte ihn auf den Mund, ein langer, sinnlicher, fordernder Kuß. Als er seine Arme um sie schlang und sie an sich drückte, spürte sie, wie ihre Knie bebten und Verlangen sich in ihr ausbreitete.

»Ich liebe dich, Ellie.«

»Ich liebe dich, Peter.« Die Worte klangen seltsam in ihren Ohren, überraschend in ihrer Bedeutung.

Downes war stolz, daß eine Frau wie Ellie Foxman ihn lieben konnte, unter all den Männern, über die sie verfügen konnte, ihn erwählt hatte. Zum erstenmal kam ihm der Gedanke, vielleicht ein ehrliches Leben zu führen, ein Leben ohne Lüge und Betrug, ohne Verrat und Schwindel. Er sah sich als Ellies Ehemann und Partner: Downes & Foxman – Diamanten & Exklusiver Schmuck. Boutiquen in der ganzen Welt, ein Leben in Reichtum. Fast gleichzeitig überkam ihn die Furcht, alles zu verlieren – die Millionen, ein solides Unternehmen, eine attraktive Frau.

»Ellie«, sagte er leise, »willst du mich heiraten?«

Sie war entsetzt, diese Aussicht ängstigte sie. Heirat lag in weiter Ferne. »Pst, Liebster«, sagte sie.

»Es ist mir ernst.«

Sie glaubte ihm, aber sie wußte genau, daß sie noch nicht soweit war. Irgend etwas an ihm, an ihrer Beziehung verursachte ihr unbewußt Abwehr. Worin konnten ihre Zweifel bestehen, Peter war doch vollkommen?

»Später«, sagte sie und zog ihn zum Bett, um ihre Skepsis von anderen, schöneren Gefühlen verdrängen zu lassen. »Viel später.«

24

Harry Geis erkannte ihn nicht sofort, diesen Mann in der unförmigen Baumwolljacke und den weiten Hosen. Georgi Tarassuk sah heruntergekommen aus, ein struppiger Schnurrbart sproß auf seiner Oberlippe, eine dunkle Brille verbarg seine Augen.

»Womit kann ich dienen, Sir?«

Ein donnerndes Lachen brach aus Tarassuk. Er war froh, daß seine Maskerade wirkte. »Harry, ich bin's! Georgi Tarassuk! Hast du vergessen? Es ist lange her, aber so lange auch wieder nicht, mein Freund.«

Geis starrte den Mann entgeistert an. Er hatte gehofft, den fetten Russen nie wiederzusehen, nicht auf der 47. Straße und ganz gewiß nicht in seinem Geschäft. »Sieh dich an«, quengelte er, »du machst schlechte Reklame für mich.«

Tarassuks breites Gesicht verzog sich zu einem Grinsen. »Harry, Harry, du machst immer Witze. Sag mal, tust du immer noch so, als wärst du ein Jude?«

Die stechenden Augen verengten sich, und Harrys Mund wurde zum schmalen Strich. »Was ist los mit dir, daß du so redest? Der Mechaniker ist im Hinterzimmer – soll er Bescheid wissen? Herrgott, kein Wunder, daß du wieder mal davonlaufen mußt – bei deiner Klappe.«

Tarassuks Mundwinkel zuckten. »Wer sagt dir, daß ich davonlaufen muß?«

»So was spricht sich rum.«

Tarassuk beugte sich vor und flüsterte: »Sag mir die Wahrheit, Harry, was ist das für ein Gefühl? Ich meine, als sie an deinem Ding rumgeschnitten haben. Schließlich warst du schon erwachsen. Das muß doch höllisch weh getan haben, danach zum ersten Mal wieder einen Steifen zu bekommen, was? Aber du bist ein Zwerg, wahrscheinlich auch zwischen den Beinen, dann spielt das keine Rolle, denke ich.«

»Hau ab! Von dir brauch' ich mir so was nicht sagen zu lassen.«

Der Russe ließ zwei Rohdiamanten über die Theke kullern. »Mach 'n Angebot, Harry.«

Eine innere Stimme warnte Harry Geis und mahnte ihn zur Vorsicht. Er sah sich die Steine durch die Lupe an. »Die sind in Ordnung.«

»Oh, Harry, bitte! Was bin ich? Eine Jungfrau? Sie sind besser als nur in Ordnung. Sie sind hervorragend. Richtig geschliffen, bringen sie das Sieben- oder Achtfache.«

»Ja, ich habe gesagt, daß sie in Ordnung sind.«

»Achtzig Cent zum Dollar«, sagte Tarassuk. »Das ist ein gutes Geschäft für dich.«

Geis schob die Steine von sich, als fürchte er sich vor einer ansteckenden Krankheit. »Niemals. Du bringst heiße Ware, Georgi, dich und deine Steine fasse ich nicht mal mit 'ner Zange an.«

»Ich hab' sie völlig legal erworben. Solche exquisiten Steine . . .«

»Glaubst du, ich weiß nicht, wo sie herkommen?«

»Du irrst dich, Harry. Solche Qualität findest du heute selten. Sie kommen aus Kimberley. Wie ich an sie herangekommen bin? Na gut, wenn du's wissen willst: Ich habe sie in Madrid erworben, kurz bevor ich in die Staaten gekommen bin. Sechzig Cent zum Dollar – na, ist das kein Angebot?«

»Ist es. Zeig mir die Kaufquittung, die Exportlizenz. Glaubst du, ich weiß nicht, wie du arbeitest?«

»Und glaubst du, ich weiß nichts von dir? Aber ich gebe zu, ich brauche Geld.«

»Geh zu einem anderen. Sprich am besten den ersten besten auf der Straße an.«

»Ich traue dir, Harry, und du kannst mir trauen. Fünfzig Cent, bar auf die Hand.«

»Du steckst in Schwierigkeiten.«

Tarassuk schnaufte. »Sie sind hinter mir her. Sie glauben, ich hätte ein paar Dinger gedreht, die ich besser nicht gedreht hätte. Aber du kennst mich, Harry, schwere Sachen sind nichts für mich. Ich arbeite mit dem Kopf, nicht mit den Händen. Die Leute, die hinter mir her sind, irren sich, glaub mir.«

»Ich will deine Steine nicht.«

»Sie haben Leonid auf mich angesetzt. Kannst du dir das vorstellen? Leonid!«

»Leonid ist verrückt.«

»Glaubst du, das weiß ich nicht? Deshalb bin ich doch zu dir gekommen, Harry. Ich habe Vertrauen zu dir. Was ich brauche, ist Geld, dann bin ich wieder weg. An einem Ort, wo mich niemand findet, auch Leonid nicht.«

»Letztes Mal hat Arkadi sich um dich gekümmert.«

»Ich habe seine Nummer probiert. Er meldet sich nicht. Harry, du mußt mir helfen.«

Geis wog die Steine in seiner Hand.

»Sie sind ein gutes Geschäft«, sagte Tarassuk. »Fünfzig Cent zum Dollar.«

»Ich habe nicht soviel Bares hier«, sagte Geis. »Das kann einen Tag dauern oder zwei.«

»Was soll ich solange tun?«

»Ich kann dir jetzt ein paar Hunderter geben und die Adresse einer Frau, die ich kenne. Sie kommt auch aus Odessa, Georgi, heißt Tatjana und weiß, wie man sich um einen Mann auf der Flucht kümmert.«

»Du traust ihr, Harry?«

»Wie meiner Schwester.«

»Gut, wo finde ich diese Tatjana?«

»Ich schreibe dir die Adresse auf. Sie lebt in Brighton Beach.«

Sobald Tarassuk gegangen war, telefonierte Geis. Ralph Browning beantwortete den Ruf von seinem privaten Apparat, der in einer Schublade seines Schreibtischs steckte.

»Ich muß Sie sofort sehen, Ralph. Ein paar Dinge stören mich.«

»In einer Stunde im Oak Room im Plaza.«

»Ich werde da sein.«

Browning saß schon an einem Tisch an der Rückwand, als Geis eintraf.

»Nun?« fragte Browning, der den Eindruck eines Mannes machte, dem die Welt nicht gefährlich werden kann.

»Georgi Tarassuk hat mich heute besucht.«

Browning runzelte die Stirn. Er war sichtlich konsterniert,

was Geis verblüffte. Der Bänker war sonst nicht so leicht aus der Ruhe zu bringen.

»Ich wußte gar nicht, daß sich Tarassuk in New York aufhält.«

»Gerade erst angekommen.«

»Was will er?«

»Er versuchte, mir ein paar Steine zu verkaufen. Einen Drei-Karäter und einen Fünf-Karäter. Beste Qualität.«

»Und Sie haben gekauft?«

»Ich habe ihm ein paar hundert als Vorschuß gegeben.«

»Sie müssen wissen, daß er auf der Flucht ist«, sagte Browning.

»Klar weiß ich das, er hat es mir gesagt. Er glaubt, daß Leonid auf ihn angesetzt ist.«

»Und Sie haben ihn weggehen lassen?«

Geis beschloß, nicht gleich alle Trümpfe auszuspielen. »Was hat er denn Schlimmes verbrochen?«

»Verdammt, Mann«, sagte Browning mit ungewohnter Heftigkeit. »Sie wissen ganz genau, wie er arbeitet.«

»Er schmuggelt ein bißchen, aber bisher hat sich niemand darum gekümmert.«

»Nun, jetzt kümmert sich jemand. Tarassuk hat einen Kurier in Antwerpen ausgetrickst, einen sowjetischen Kurier. Ein paar Tage später tauchte er in Monrovia auf und verkaufte die Steine.«

»An Robert Foxman?«

»Tarassuk hat zumindest die Transaktion eingeleitet. Leonid war ihm auf den Fersen, fand Foxman, aber Tarassuk war schon auf und davon. Und jetzt haben Sie ihn wieder entkommen lassen.«

Geis grinste und zeigte seine kleinen, scharfen Zähne. »Ich habe Georgi zu Tatjana geschickt. Sie wird ihn für eine Weile beschäftigen. Ich brauche nur anzurufen.« Er wollte aufstehen.

»Warten Sie«, sagte Browning, »wir haben noch andere Themen zu besprechen.« Er wartete, bis Geis wieder saß, dann fragte er: »Wie geht es Downes?«

»Gut. Er legt sich bei der Foxman-Nichte stark ins Zeug.«

»Nicht so sehr, daß er seine eigentliche Aufgabe vergißt, hoffe ich.«

»Keine Sorge. Er kauft und bekommt immer mehr Kredit.«

»Da wir gerade von Kredit reden – er hat mir die Nichte vorgestellt. Sie will eine Million im Monat.«

»Und Sie geben sie ihr?«

»Das Mädchen hat Ehrgeiz. Sie will ihre eigene Börse eröffnen. Downes rief mich an und sagte, er fürchte, das könne unsere Pläne gefährden. Er glaubt, sie könne zuviel Aufmerksamkeit auf sich ziehen, damit auf Foxman und auf ihn.«

»Könnte stimmen.«

»Ja, Peter denkt voraus, das ist gut. Ich werde wohl seinem Rat folgen und den Antrag der jungen Frau ablehnen. Warum sollen wir ein Risiko eingehen? Nun zu Downes – wie lassen sich seine Käufe an?«

»Sehr gut. Er hat bisher für eins Komma fünf Millionen Spielraum. Das ist eine ziemliche Last auf seinen Schultern, aber der Junge lernt.«

»Solange er tut, was man ihm sagt.«

»Das tut er.«

Zufrieden wandte sich Browning einem anderen Thema zu. »Ich habe nachgedacht, Harry. Was würden Sie sagen, wenn wir es statt der zwanzig Millionen auf fünfzig abzielen?«

»Nehmen Sie mich auf den Arm?«

»Ich will eine Antwort!«

»Es ist zu gefährlich, dauert länger und zwingt uns zu größeren Investitionen. Jemand könnte uns auf die Schliche kommen. Das können wir uns nicht leisten.«

»Ich bin anderer Meinung. Im Grunde kauft Peter für Foxman; die Steine, die er kauft, sind Besitz der Firma. Foxman ist Bürge, er übernimmt die Schulden. Das Risiko steigt, aber es potenziert sich nicht. Ich glaube, es lohnt sich. Heben wir auf die fünfzig ab. Wir müssen in der Lage sein, die Firma zu kontrollieren.«

»Was ist, wenn Downes sich weigert?«

»Eine lachhafte Vorstellung. Haben Sie ihm je den Eindruck vermittelt, er könne in der Position sein, einen Befehl zu verweigern?«

»Nein.«

»Dann geben Sie ihm seine Anweisungen. Sagen Sie mir nicht, daß Sie vergessen haben, mit einem Mann wie Downes umzugehen.«

»Ich? Nein, ich vergesse nie«, sagte Geis eisig, entsann sich der Rangordnung und fragte wehmütig: »Sehnen Sie sich nicht auch manchmal nach früher?«

»Sie meinen die guten alten Zeiten?« Browning schüttelte den Kopf. »Sie sind noch jung, Harry, nicht einmal vierzig. Sie haben Talent für diese Arbeit, und dieses Talent ist Ihre Zukunft.«

»Und was ist mit Ihrer Zukunft? Wissen Sie was – tauschen wir doch meine Zukunft und Ihre Gegenwart: Ich übernehme Ihre Bank, ruhe mich in einem bequemen Ledersessel aus, speise in teuren Restaurants und wohne an der Park Avenue. Und Sie gehen in die 47. Straße, feilschen mit den Juden und strampeln sich ab, um leben zu können. Glauben Sie mir – leicht ist das nicht.«

»Sie werden Ihre Belohnung später erhalten.«

»Ich weiß genug von den Belohnungen – ein Orden, eine enge Wohnung draußen vor Moskau, wenn ich alt bin, kein Auto, vielleicht nicht mal ein Fernseher. Auf solche Belohnungen pfeife ich.«

»Ihre Reden machen mich nervös, Harry, Sie würden auch gewisse Leute in Moskau nervös machen.«

Geis rutschte auf seinem Stuhl noch ein wenig tiefer. »Es ist nichts Ernstes, Genosse, nur ein Anflug von Unzufriedenheit. Nicht weiter schlimm, es geht vorüber, das kann ich versprechen.«

»Ich verstehe, mein Freund. Ich habe auch bestimmte Aspekte dieses neuen Lebens schätzen gelernt. Es ist verführerisch und deshalb so gefährlich, das leichte Leben, die schönen Frauen, das schnelle Geld . . .«

Geis sagte rasch, weil er glaubte, daß das angebracht war: »Sie brauchen sich um mich nicht zu sorgen, um meine Loyalität.«

»Daran habe ich keinen Augenblick gezweifelt. Der Kapitalismus ist ein sterbendes System. Es spricht die Schwäche im

Menschen an, aber Sie und ich, wir sind durch Training und Erfahrung gewappnet, den Versuchungen zu widerstehen. Übrigens, meine Rolle in diesem Unternehmen ist bald beendet, dann werde ich nach Hause zurückbeordert.«

»Und dann?«

»Ich werde natürlich gehen. Man muß den Forderungen der Partei entsprechen, auch wenn man vorübergehend an seiner eigenen Karriere bastelt.« Er seufzte. »Aber noch geht es um unsere gegenwärtige Operation. Wenn sie gelingt, werden wir beide Helden sein. Ist das nicht eine erstrebenswerte Aussicht, Harry?«

»Sicher«, sagte Geis. Im Geiste fügte er hinzu: Jedenfalls für kurze Zeit.

Auf dem Wege zur Bank trat Browning in eine leere Telefonzelle. Er wählte eine Nummer, die er auswendig wußte.

»Ich möchte Leonid sprechen.«

»Warum?«

»Mein Name ist Ralph.«

»Viele Männer heißen Ralph.«

»Manche nennen mich Ralph der Bänker.«

Ein kurzes Schweigen am anderen Ende, dann: »Hier spricht Leonid.«

»Suchen Sie immer noch Georgi Tarassuk?«

»Wissen Sie, wo er ist?«

»Tatjana Petrov in Brighton Beach weiß es.«

»Sonst noch etwas?«

»Nein.«

Das Telefon war tot. Hatte er einen Fehler begangen? Egal, jetzt war es zu spät, um den Gang der Dinge aufzuhalten.

Sir Johns Club befand sich auf der Pall Mall und war einer von vielen exklusiven Clubs in dieser berühmten Straße. Über eine breite Granittreppe schritt Norman Kinard in die nüchterne Empfangshalle zum Glaskasten des Pförtners.

»Ich bin Norman Kinard.«

»Ah, ja, Sir. Sir John erwartet Sie.«

Der Pförtner kam aus seinem Glashaus und begleitete Kinard einen hohen, mit dunklen Paneelen ausgeschlagenen Korridor hinunter. Scheu klopfte der Pförtner an die letzte Tür, dann öffnete er und wartete, bis Kinard eingetreten war.

Sir John Messinger saß in einem alten Ledersessel und las eine Zeitung, die er zusammenfaltete und weglegte. Er stand auf und streckte seine Hand aus.

»Wie nett von Ihnen, meiner Einladung zu folgen, Mr. Kinard. Darf ich Ihnen ein Frühstück anbieten?«

»Nein, danke, ich habe gegessen.«

»Dann zum Geschäftlichen. Bitte, setzen Sie sich doch. Ich weiß es zu schätzen, daß Sie mir Ihre kostbare Zeit opfern.«

Kinard brachte ein Lächeln zustande. Er war ein Mann Mitte Vierzig, und sein Selbstbewußtsein gründete sich auf seinen Erfolg. Trotzdem empfand er diesem Mann gegenüber eine gewisse Unsicherheit. Man traf nicht oft auf eine lebende Legende.

»Eine persönliche Einladung von Ihnen, Sir John, ein Privatjet, der mich von New York nach London bringt, ein Bentley mit Chauffeur während meines Aufenthalts und ein luxuriöses Appartement – ich gestehe, daß ich neugierig bin, womit ich diese Sonderbehandlung verdient habe oder verdienen muß.«

»Ich komme gleich zur Sache. Ich möchte mit Ihnen über Maurice Foxman reden. Sie sind sein Bankier, nicht wahr?«

Es war eine Frage, aber Kinard war klar, daß Sir John die Antwort wußte. »Ja.«

»Foxman and Company hat mich stark verärgert«, sagte Sir John. »Durch das Tochterunternehmen P & D steht Foxman mit einem hohen Betrag in Ihrer Schuld, und der Betrag erhöht sich laufend, stimmt's?«

Kinard hatte die Angewohnheit, außerhalb der Bank nie über Bankgeschäfte zu sprechen, aber ihm war klar, daß Sir John Recherchen hatte anstellen lassen. Kinard wollte etwas sagen, aber Sir John sprach weiter.

»Sie brauchen mir das nicht zu bestätigen. Ich weiß sogar, wie hoch die Summe ist.«

»Ich bin mit Maurice Foxman seit zwanzig Jahren im Geschäft. Er ist ein guter Mann, vertrauenwürdig, zuverlässig.«

»Wenn sie meinen . . .«

»Wollen Sie andeuten, daß Sie an diesen Eigenschaften Foxmans zweifeln? Das würde meinen Erfahrungen widersprechen.«

»Sie können etwas für mich tun, Mr. Kinard.«

»Wenn es in meiner Macht steht . . .«

»Steht es, Sir. Ich möchte, daß Sie Foxmans Bürgschaft in Anspruch nehmen.«

Kinards sonst so gelassene Gesichtszüge verrieten Überraschung und Entsetzen. »Ich soll sofortige Bezahlung verlangen?«

»Und jeden weiteren Kredit ablehnen.«

Kinard zögerte, dachte nach. »Darf ich fragen warum, Sir John?«

»Es wäre äußerst wichtig für den guten Zustand unserer Branche, und das, Mr. Kinard, müßte auch in Ihrem Interesse liegen. Immerhin tätigen Sie 90 Prozent Ihres Kreditsgeschäfts mit Firmen aus der Diamantenwelt.«

Kinard begriff, daß er gerade gewarnt worden war, vielleicht war es sogar eine Drohung gewesen. Es bedurfte nur eines Wortes von Sir John, um einige bedeutende Klienten an andere Banken zu verlieren. Er wollte nichts tun, um Sir John zu beleidigen, aber er fühlte auch sich selbst gegenüber eine starke Verpflichtung – schließlich wollte er morgens noch in den Spiegel schauen können, ohne sich zu ekeln.

»Falls ich die Bürgschaft in Anspruch nehme, würde Foxman untergehen«, wandte Kinard ein, »und zwar von einem Tag auf den anderen.«

Sir John musterte Kinard streng. »Ich habe Sie zu mir gebeten, um Ihnen meine Wünsche persönlich vortragen zu können. An Erklärungen habe ich nie gedacht.«

Kinard schüttelte den Kopf. »Ich will Ihnen ja nicht widersprechen, Sir, aber sollte Foxman untergehen, würde das der ganzen Branche schaden.«

»In diesem Punkt sind wir unterschiedlicher Meinung. Foxman and Company ist kein entscheidender Faktor in unserer Branche.«

»Da stimme ich zu, aber es ist erstaunlich, wie einflußreich Foxman ist. Und ich stelle nur zur Diskussion, ob das Vertrauen in die Branche nicht leidet, wenn ein Mann seines Rufes auf so aufsehenerregende Weise in die Pleite stürzt.«

»Wieso sollte es? Es passiert immer wieder, daß Firmen plötzlich von der Bildfläche verschwinden.«

»Ich dachte nur daran, daß wir in einer instabilen Zeit leben. Es gibt viele negative Schlagzeilen – Leute verschwinden, Lieferungen kommen nicht an, Kuriere werden überfallen, beraubt und ermordet; die Preise schlagen Purzelbäume, die Schwierigkeiten mit Zaire, das seine Produkte jetzt selbst in den Markt bringt . . .«

Sir John betrachtete Kinard lange, dann sagte er: »Dieses Problem ist ausgestanden. Jetzt will ich mir Maurice Foxman vornehmen.«

»Oh, ich verstehe, Sir. Nur, wenn ein Händler von Foxmans Ruf untergeht, kann das zur wirtschaftlichen Katastrophe führen.«

»Für einen Mann, der nicht widersprechen will, legen Sie sich mächtig ins Zeug, Mr. Kinard. Aber Ihre Argumente überzeugen mich nicht. Folgen Sie meiner Bitte, und ich stehe in Ihrer Schuld. Und ich zahle meine Schulden immer – auf die eine oder andere Weise.«

Zucker und Peitsche, dachte Kinard, Belohnung oder die Aussicht auf Bestrafung. Wenn schon Sir John nicht sein Freund sein konnte – zum Feind wollte er ihn ganz bestimmt nicht haben.

»Sir John, Sie müssen Gründe haben . . .«

»Ja.«

»Was immer das für Gründe sind, ich sehe keine Rechtfertigung für ein solches Vorgehen. Statt dessen könnte ich eine Reihe von Argumenten aufzählen, genau umgekehrt zu verfahren.«

»Zum Beispiel?«

»Meine Verpflichtung der Bank gegenüber. Foxmans Schulden haben eine solche Höhe erreicht, daß wir fast von ihm abhängen. Wenn ich ihm den Geldhahn zudrehe, was gewinne ich dann? Mir bliebe ein fast wertloses Unternehmen, die Bank würde Millionen verlieren.«

»Ich bürge für die Schulden.«

»Bürgen Sie auch für die Schulden von Sheryl & Sheryl?«

»Was haben Sie mit dieser Angelegenheit zu tun?«

»Sie schulden meiner Bank dreißig Millionen Dollar. Abrams, Selig and Anderson fast zwanzig Millionen. Andere ausstehende Kredite belaufen sich auf fast hundert Millionen. Selbst die IMM kann nicht für alle bürgen.«

»Mir geht es nur um Foxman.«

»Viele Banken räumen einzelnen Kunden hohe Kredite ein, Sir John. Attlee Commercial in den Niederlanden hat einem Klienten siebzig Millionen eingeräumt, Paris International wartet bei einer Firma auf den Beginn der Rückzahlung eines 74-Millionen-Kredits. Wir alle sind alarmiert bis in die Haarspitzen, und wir alle haben aus ein- und demselben Grund die Kredite nicht gekündigt: Die Schulden sind so hoch, daß eine Kündigung den totalen Verlust bedeuten würde. Die Banken würden den Verlust zugeben müssen – das würde Unruhe unter den Anlegern auslösen. Das ist auch der Grund, warum die Kredite verschiedener Staaten – Brasilien, Mexiko, Polen – nicht gekündigt werden. In diesen unsicheren Zeiten würde ein solches Vorgehen eine Bank in die technische Insolvenz treiben und uns allen unermeßlichen Schaden zufügen.«

»Ihre Logik ist unangreifbar, Mr. Kinard.«

»Was für die Diamantenbranche gut ist, ist auch gut für meine Bank, Sir John.«

Sir John sagte bedächtigt: »Ihre Ausführungen sind anerkennenswert, Sie haben mir sehr geholfen. Ich hoffen, ich habe Ihnen nicht allzu große Mühen abverlangt.«

»Ich möchte nicht den Eindruck hinterlassen«, sagte Kinard, »daß ich Ihnen nicht helfen würde, wenn ich könnte.«

Sir John erhob sich, Kinard ebenfalls. »Ich habe Ihren Standpunkt begriffen und bewundere Sie, daß Sie ihn so beharrlich vertreten haben. Viele hätten das nicht getan.« Er führte Kinard zur Tür. »Sollten Sie sich jedoch in der Lage sehen, meinen Wunsch, wenn auch nur teilweise, zu erfüllen, wäre ich Ihnen sehr dankbar.«

»Ich werde daran denken, Sir John.«

Draußen begann Kinard zu frösteln, trotz der warmen Londoner Sonne.

25

Keller erhielt die Nachricht in seinem New Yorker Büro: fünf Überfälle auf Angestellte des Diamantenhandels, von denen vier für Foxman arbeiteten. Drei der vier waren ausgeraubt worden, der vierte hatte Widerstand geleistet und war entsetzlich zugerichtet worden. Steine im Wert von fast 800 000 Dollar – Großhandelspreise – waren den Räubern in die Hände gefallen. Die Polizei ermittelte in einschlägigen Kreisen, Versicherungsdetektive führten eigene Ermittlungen durch – lässig und oberflächlich, am Ende würde die Versicherung zahlen und die Prämien erhöhen.

Nur Keller schien besorgt zu sein. Keiner seiner Informanten – Gauner, Geldverleiher, Kneipiers – konnte mit Hinweisen aufwarten. Die gestohlenen Steinen schienen verschwunden zu sein, und mit jedem Tag verringerte sich die Aussicht, sie je wiederzufinden. Nach einer Woche würden die rohen Steine geschliffen und die geschliffenen geändert sein.

Konnten diese Angriffe auf Foxmans Leute nur Zufall sein? Oder hatte Maurice Foxman recht, der glaubte, daß das Syndikat ihn zur Bestrafung herausgegriffen hatte? Wenn das so war, was sollte Keller dann tun? Nie zuvor war Keller in einen solchen Loyalitätskonflikt geraten. Auf der einen Seite standen die Leute, die sein Gehalt zahlten, auf der anderen Seite die Verpflichtung, die Wahrheit herauszufinden.

Dann kam der Anruf, und er konnte sein Grübeln fürs erste einstellen.

Detective Sergeant Sy Wechsler war ein muskulöser Mann mit kurzem, widerspenstigem Haar, das grau zu werden begann. Die Arbeit hatte Falten in sein Gesicht gegraben, aber seine Augen blickten klar und hell. Er führte Keller zu Georgi Tarassuk ins Leichenschauhaus.

»Ist das Ihr Mann?«

»Ich habe ihn nie gesehen, aber die Beschreibung paßt.«

»Interpol weist ihn als Georgi Tarassuk aus, 43 Jahre alt, Sowjetbürger. Er hatte einen amerikanischen Paß bei sich.«

»Gefälscht?«

»Sieht so aus, wird noch untersucht.«

»Er ist herübergekommen«, sagte Keller, »als Moskau noch Juden ausreisen ließ.«

Wechsler nickte. »Brighton Beach ist voll von ihnen, Klein-Odessa nennen sie es. Er ist beschnitten, aber wie ein Jude sieht er nicht aus.«

»Vielleicht ist er keiner.«

»Seine Papiere machen einen aus ihm, und er trug den Davidsstern an einem Goldkettchen. Sie haben doch auch gesagt, daß er Jude ist.«

Keller schüttelte den Kopf. »Ich sagte, er sei rübergekommen, als Moskau noch Juden ausreisen ließ. Manche Leute behaupten, der Kreml hätte auf diese Weise eine Menge Agenten untergebracht.«

»Der KGB?«

»Ja, aber Georgi war keiner von denen. Er hat in Rußland geschachert mit allem, was einen schnellen Rubel versprach. Dann geriet er an Diamanten und kam zu der Ansicht, im Westen sei der Markt günstiger für ihn und seine Ware. Deshalb kam er rüber.«

»Als angeblicher Jude?«

Keller zuckte die Achseln und fragte: »Wo wurde er gefunden?«

»Ich zeige es Ihnen, wenn wir am Strand sind.«

Unterhalb eines Bretterwagens war eine Stelle abgesperrt, ein gelangweilter Polizist hielt Wache.

»Da lag er«, sagte Wechsler. »Vier spielende Jungs haben ihn gefunden und das Revier angerufen.«

»Was hatte er bei sich?«

»Herzlich wenig. Leere Brieftasche, kein Ring, keine Uhr, nur das Goldkettchen mit dem Davidstern.«

»Diamanten?«

»Machen Sie Witze? Nur zwei 22er Kugeln im Kopf und seinen Ausweis. Charlie Heddon von Manhattan Süd hat mir gesagt, Sie interessierten sich für ihn, deshalb habe ich Sie anrufen lassen.«

Keller nickte. »Danke.« Er murmelte: »Die Arbeit eines Profis. Hat jemand etwas gehört?«

»Niemand hat etwas gehört, niemand hat etwas gesehen. So ist das meistens in dieser Gegend. Vielleicht ist es genau so, wie es aussieht – Raubmord.«

»Vielleicht.«

»Aber Sie glauben das nicht?«

Unter dem Bretterweg war es feucht und finster. Keller kam heraus und trat in die Morgensonne. Sofort ging es ihm besser.

»In letzter Zeit sind viele Leute aus der Diamantenbranche überfallen, manche auch getötet worden. In New York, Europa und Afrika. Ich weiß, daß jemand hinter Tarassuk her war. Ich nehme an, daß er in die eigene Tasche arbeitete und daß jemand geschickt wurde, um ihn aus dem Verkehr zu ziehen. Aber wieso ausgerechnet hier? Tarassuk liebte das gute Leben, hatte viel Geld und kannte elegante Frauen. Wenn ihm nach Strand zumute war, würde ihn nichts nach Long Island, nach Brighton Beach gezogen haben. Er hätte sich an die französische Riviera gelegt, vielleicht auch Sardinien oder Korfu ausgesucht. Und jetzt soll er sich plötzlich bei den verarmten russischen Juden wohlgefühlt haben?«

»Vielleicht ist er doch ein Spion des KGB gewesen.«

»Kann sein.«

»Aber Sie glauben es nicht?«

Keller hob die Schultern. »Haben Sie schon mal von Russ Almaz gehört? Das ist eine Organisation, die für Moskau das Diamantengeschäft betreibt und mehrere hundert Millionen Umsatz im Jahr macht. In letzter Zeit vertreiben sie einen Teil der Steine über private Kanäle. Dadurch kann es schon mal vorkommen, daß eine Lieferung untergeht.«

»Verloren, gestohlen, verschüttet in den Ritzen des Systems – und Tarassuk war wohl einer von denen, die sich in diesen Ritzen gut auskannten.«

»Ah«, sagte Wechsler. »Die Kinder, die Tarassuk gefunden haben, könnten ihn gefilzt haben, bevor sie uns anriefen.«

Keller war skeptisch. »Kinder würden zunächst mal alles nehmen und keine leere Brieftasche oder ein Goldkettchen zurücklassen.«

»Ja, das stimmt«, gab Wechsler zu. »Das heißt, auch Sie sind noch meilenweit von einer Spur entfernt.«

»Nicht so weit«, meinte Keller. »Jemand hat Tarassuk aus dem Verkehr gezogen und uns eine Nachricht hinterlassen.«

»Eine Nachricht?«

»Ja – wer russische Diamanten klaut, lebt nicht lange.«

Den Rest des Tages blieb Keller in Brighton Beach, hörte sich um, lauschte den Gesprächen in Russisch, Englisch und Jiddisch, sah sich die Menschen an und die Geschäfte. Als er bei einem Juwelier vorbeikam, ging er hinein.

»Zu spät«, sagte der Besitzer, der schon mit dem Schlüsselbund an der Tür stand, »ich wollte gerade abschließen. Sie sehen ja, es wird schon dunkel.«

Keller zeigte seinen Ausweis. »Nur ein paar Fragen.«

Der Mann trug die Auslagen auf dem samtbezogenen Tabletts nach hinten ins Safe. Im Vorbeigehen fragte er: »Was will das Syndikat von mir, einem kleinen Händler?«

»Gestern abend wurde ein Mann ermordet.« Von hinten kam keine Antwort. »Haben Sie mich gehört?«

»Ich höre.«

»Der Mann hieß Georgi Tarassuk. Haben Sie ihn gekannt?«

»Ich kenne keine Leute, die sich erschießen lassen.«

»Habe ich gesagt, daß er erschossen wurde?« Keller zeigte dem Mann sein unheimlichstes Grinsen. »Tarassuk hat mit Steinen gehandelt. Er ist Russe.«

»Ich habe ihn nie getroffen.« Er trug wieder ein Tablett nach hinten. »Und erschossen – das habe ich aus den Zeitungen.«

»Aber der Mord an Tarassuk steht doch noch nicht in den Zeitungen.«

Der Mann kam zurück. »Vielleicht hat jemand den Namen bei mir erwähnt.«

»Erzählen Sie.«

»Da gibt es nicht viel zu erzählen. An einem Ort wie diesem tauchen alle möglichen Typen auf – die normalen, die politischen, die Abenteurer.«

»Erzählen Sie mir von Tarassuk.«

Der Juwelier rümpfte die Nase. »Jemand hat gesagt, Tarassuk sei ein Mann, der das gute Leben suchte.« Er überlegte. »Sie wissen schon – leben in Saus und Braus, Frauen und so.«

»Und wo konnte er Frauen und so finden?«

»Hier in Brighton Beach? Na ja, es gibt Clubs hier – das Metropole, das National und der Russian Garden. Die meisten haben nur am Wochenende auf.«

»Und welches macht die Woche durch?«

»Russian Garden. Fragen Sie dort nach Anatoli.«

»Ein Gast?«

»Der Besitzer.«

Anatoli war ein wohlgenährter Mann, der Keller zögernd begrüßte.

»Ich bin Bürger von Vereinigte Staaten seit drei Jahre und ein paar Monate. Habe endlich alle Papiere, und Englisch geht auch schon besser, ja?«

Er wartete die Antwort nicht ab und fuhr fort: »Zu leben in dieser wunderschöne Land und nicht Sprache sprechen ist dumm, ja? Es ist großes Vergnügen, hier zu leben. Freie Rede, freie Gedanken, alles frei.« Er lachte.

Keller sagte: »Kannten Sie Tarassuk?«

»Oh, sicher, ich habe gekannt Georgi. Aber er lebte nicht hier, er war nur auf Besuch. Geschäfte, wenn Sie verstehen.«

»Welche Geschäfte?«

»Er kauft, er verkauft. Mehr weiß ich nicht.«

»Machte er krumme Geschäfte?«

»Viele Leute machen krumme Geschäfte.« Anatoli seufzte. »Ein Mann ist Schneider, guter Schneider. Aber er muß fahren Taxi, findet keine Job als Schneider und muß ernähren Familie.

Anderer Mann ist Lehrer, arbeiten als Kellner, harte Arbeit. Menschen müssen arbeiten hart, wenn sie wollen haben Zukunft für sich und ihre Kinder. Dann schaut Mann um sich, und was findet er? Er sieht Mann, der Ausweise fälscht für Kinder, damit sie kaufen können Schnaps. Verdient viel Geld. Was findet Mann noch? Er sieht Frau, die verkauft Fernsehapparate billiger als in Geschäft. Niemand fragt: wo kommen Apparate her? Frau wird reich, und Leute sparen Geld. Mann sieht viel und kombiniert er: Lieber ein bißchen krumm und viel Geld als hart arbeiten und nix zu essen für Kinder. So macht man das in Amerika, ja?«

Keller wollte sich in keine Diskussion über Moral einlassen. »Erzählen Sie mir von Georgi Tarassuk und seinen Frauen.«

»Alle Männer lieben Frauen. Tarassuk liebte besonders junge Frauen.« Er rückte ein bißchen näher an Keller heran und fügte leiser hinzu: »Ich liebe Frauen auch jung, aber sagen Sie das nicht an meine Frau.«

»War Tarassuk auch gestern abend mit einer Frau zusammen?«

»Hier, meinen Sie?«

»Ja.«

Anatoli rief den Mann hinter der Bar an. »Konstantin! Gestern abend – war Georgi Tarassuk, weißt du, fettes Georgi, hier mit Frau?«

»Kann sein. Ja, ich glaube.«

»Mit wem?« fragte Keller.

Der Barmann schaute zu Anatoli, als wolle er sich erst die Genehmigung holen, die Frage zu beantworten. Anatoli nickte.

»Es war Tatjana«, sagte Konstantin.

»Ah«, sagte Anatoli, »diese Tatjana ist feine Frau. Nicht mehr Schulmädchen, aber feine Frau.«

»Hat er sie hier aufgelesen?«

»He, was Sie glauben, was ich hier führe? Dies ist anständiges Haus. Keine Frau allein, nicht an Bar, nicht an Tisch. Wenn sie kommt mit Mann – okay.«

»Und Tarassuk hat Tatjana mitgebracht?«

»Ja, so muß es gewesen sein.«

»Wo finde ich sie?«

»Ganz einfach«, sagte Anatoli. »Wir sehen nach in Telefonbuch.«

Tatjana Petrov wohnte in einem Haus, das sich in nichts von anderen in dieser Straße unterschied – Typ Arbeitersiedlung der Jahrhundertwende mit ausgebleichten roten Ziegeln und einer Hofeinfahrt, die von steinernen Löwen bewacht wurde. Keller war in einem ähnlichen Haus in der Bronx aufgewachsen, und am besten erinnerte er sich an das Badezimmer, den einzigen stillen Hafen im Lärm und der Hektik einer sechsköpfigen Familie, die mit vier Räumen auskommen mußte. Sein erstes Zimmer für sich allein hatte Keller erst mit 28 gehabt und es dann mit seiner ersten Frau teilen müssen.

Er drückte den Klingelknopf neben dem Namen Tatjana Petrov, und eine dünne, blecherne Stimme kam durch die Sprechanlage.

»Ja, bitte, wer ist da?«

Keller nannte seinen Namen. »Ich hätte Sie gern ein paar Minuten gesprochen.«

»Wer? Wer ist da? Ich habe im Augenblick zu tun.«

»Es geht um Georgi Tarassuk.«

Er meinte hören zu können, wie sie das Für und Wider abwog, ihn hereinzulassen. Sie ließ sich Zeit. Dann sagte sie seufzend: »Also gut, kommen Sie.«

Der Summer tönte, die Tür gab nach. Ihr Appartement lag im dritten Stock, die ehemals weißen Marmorstufen waren mit der Zeit gelb geworden.

Tatjana wartete an der Tür und betrachtete Keller abschätzend. Er erwiderte den taxierenden Blick – in den Vierzigern, Fleisch auf den Knochen, aber an den richtigen Stellen, eisblaue Augen, das blonde Haar in einem altmodischen Knoten zusammengefaßt. Sie erinnerte Keller an Hunderte von Frauen, die er in seiner Kindheit in der Nachbarschaft gekannt hatte – Schwedinnen, Deutsche, Polinnen.

»Wie, sagten Sie, heißen Sie?«

Er musterte sie noch einmal. Sie schien entschlossen, nichts aus sich herauspressen zu lassen.

»Keller«, sagte er. »International Minerals and Mines. Ich möchte über Georgi Tarassuk sprechen.«

»Über wen?«

»Georgi Tarassuk, Sie waren gestern abend mit ihm zusammen.«

Sie zuckte nicht einmal mit der Wimper. »Ach so, ja. Wir kannten uns kaum.«

»Bitten Sie mich doch herein«, sagte Keller. »Sie können mir auch eine Tasse Kaffee anbieten.«

Sie hob die Schultern, trat zur Seite. Er ging an ihr vorbei ins Wohnzimmer. Alles sah sauber und aufgeräumt, aber auch abgenutzt aus.

»Möchten Sie Kaffee?«

»Nein, danke, erzählen Sie mir von Tarassuk.«

»Sind Sie ein Freund von ihm oder warum fragen Sie?«

»Er wurde gestern abend ermordet. Durch zwei Kopfschüsse.«

Sie stieß einen Schreckenslaut aus und preßte eine Hand gegen ihren Mund. Eine schöne Darbietung, dachte Keller, sehr gekonnt.

»Nein! Das kann nicht sein! Der arme Georgi! Warum sollte ihn jemand umbringen?«

»Ich dachte, das könnten Sie mir sagen.«

»Ich? Nein. Er war ein Mann, der einen schönen Abend erleben wollte, das ist alles. Wir tanzten, tranken Wodka, aßen Blinis. Es war ein ganz gewöhnlicher Abend.«

»Bis auf den Mord«, erinnerte Keller sie. »Hatte er Angst vor irgend etwas?«

»Ist mir nicht aufgefallen. Er lachte viel und sagte, wie sehr ihm meine Gesellschaft gefiele.«

»Wie lange kannten Sie ihn?«

»Nicht lange.«

»Wo haben Sie ihn kennengelernt?«

Sie schob eine nicht vorhandene Haarsträhne aus der Stirn. »Ich kann nicht klar denken – Jemand muß uns miteinander bekannt gemacht haben.«

»Wo? Wer?«

»Ich weiß nicht. Ich kann mich nicht erinnern, es ist auch nicht weiter wichtig.«

Laß mich das entscheiden, dachte Keller. »Im Russian Garden vielleicht?«

»Ja, da war es.«

»An der Bar?«

»Ja, er bot mir einen Drink an. Er schien nett zu sein, also akzeptierte ich.«

»Gestern abend?«

»Ja.«

»Anschließend hat er Sie nach Hause gebracht?«

»O nein! Einen Mann, den ich kaum kenne, lade ich nicht in meine Wohnung ein. Wie verabschiedeten uns draußen vor dem Russian Garden, und danach habe ich den armen Georgi nicht wiedergesehen.«

Keller sagte sanft: »Eine Frau kommt nicht allein in den Russian Garden. Sie müssen Tarassuk woanders kennengelernt haben.«

Sie verzog keine Miene. »Ja, natürlich! Es war im Metropole.«

»Aber das Metropole hat nur am Wochenende geöffnet – Ich möchte wissen, wo Sie Georgi Tarassuk kennengelernt haben, Tatjana. Hat jemand Sie bekanntgemacht?«

Sie lachte, flirtend und verlegen wie ein junges Mädchen. Sie war eine schöne Frau, fand Keller, voller Charme und Sinnlichkeit.

»Was spielt das für eine Rolle? Wir haben uns getroffen, einen schönen Abend erlebt, und jetzt ist er weg. Armer Georgi! Wie schade, daß ich ihn nicht wiedersehen werde. Aber bin ich schuld? Vielleicht ja . . . Wenn ich freigiebiger gewesen wäre, ihn zu mir eingeladen hätte, dann lebte er vielleicht noch . . .«

»Sie sind großartig, Tatjana, haben gute Reaktionen und sind schlagfertig, aber das hilft Ihnen diesmal nicht.«

»Ich verstehe nicht.«

»Ich brauche einen Namen, Tatjana, einen Namen, der mich überzeugt. Sonst rufe ich die Einwanderungsbehörde an.«

Sie lachte. »Einwanderungsbehörde? Meine Papiere sind in Ordnung, ich habe mir nichts zuschulden kommen lassen. Seit vier Jahren bin ich US-Bürgerin.«

»Und das FBI?«

Ihre Augen wurden eisig. »Sie müssen sofort gehen, oder ich rufe die Polizei. Ich lasse mich nicht einschüchtern und mir nicht drohen.«

»Verlangen Sie Sergeant Wechsler«, sagte Keller. »Er bearbeitet den Fall. Los, rufen Sie ihn an.« Als sie zögerte, setzte er nach: »Sie sind keine Jüdin, Tatjana.«

»Was sagen Sie da?«

»Sie haben gelogen, um ins Land zu kommen«, sagte er mit mehr Sicherheit, als er hatte. Er mahnte sich, langsam vorzugehen, nicht mehr zu sagen, als er wußte. Ein Fehler, und das Spiel war aus, dann wußte sie, daß er bluffte. »Diese eine Lüge sollte schon ausreichen, um Sie zurückzuschicken, Tatjana. Für wen arbeiten Sie? Für Russ Almaz? Für den KGB?«

»Das ist verrückt! Ich bin, was ich bin – eine Jüdin aus Odessa.«

»Eigentlich spielt es keine Rolle«, fuhr Keller fort. »Wenn ich mit Ihnen fertig bin, werden Sie für Ihre Freunde in Moskau wertlos geworden sein. Ohne viel Mühe lasse ich Sie drei bis fünf Jahre einsperren, Tatjana, und danach kommt die Abschiebung. Eine Frau mit Ihrem Aussehen – das wird keine Freude sein. Keine Männer, keine schönen Kleider, das Ende des guten Lebens.«

»Ich weiß nicht, wovon Sie reden.«

»Ich werden in Brighton Beach verbreiten, das Sie Tarassuk einem Killer des KGB in die Hände gespielt haben. Das wird eine Menge Leute verärgern, sie werden auf Rache sinnen. Werden Sie damit fertig, Tatjana?«

Sie verschränkte die Arme unter den Brüsten, schüttelte sich. »Was wollen Sie von mir?«

»Einen Namen. Ich will wissen, wer Tarassuk zu Ihnen geschickt hat.«

Der Name würde ihn nicht weiterbringen, redete sie sich ein, Geis arbeitete allein, war eine Sackgasse für jeden und konnte durch Keller nicht gefährdet werden. Er würde nichts aus Harry Geis herausholen, sie aber mußte Zeit gewinnen, um eine neue Identität aufbauen zu können. Für die zu Hause war sie immer noch sehr wichtig.

»Ich möchte niemanden in Schwierigkeiten bringen«, sagte

sie schließlich und lächelte gewinnend. »Harry hat uns vorgestellt. So, nun ist es heraus, aber glauben Sie mir, Sie messen dem zuviel Bedeutung zu.«

»Wie heißt Harry?«

»Geis. Er hat mir gesagt, Georgi wollte ein bißchen das Leben genießen, sei ein russischer Emigrant wie ich. Da habe ich zugesagt.«

»Wo finde ich Geis?«

Sie gab ihm die Adresse in der 47. Straße.

»Er handelt mit Diamanten?«

»Ja, aber er ist nur ein kleiner Händler.«

Keller erhob sich. »Sie sind im falschen Job, Tatjana, Sie haben zuviel Temperament. Verdrücken Sie sich, es wäre nicht gut für Sie, wenn wir uns noch mal begegnen.«

Nachdem er gegangen war, wartete sie, bis sich ihr Zittern gelegt hatte. Dann griff sie zum Telefon.

26

Geis war in seiner Wohnung, als der Anruf kam. Er stieß einen Wutschrei aus, noch bevor Tatjana geendet hatte.

»Wie kontest du mir das antun?«

»Er hatte mich in der Ecke, Harry, ich hatte Angst. Alle haben mir gesagt, es sei völlig harmlos für mich, keine Spur würde zu mir führen, aber er hat mich gefunden. Wieso hat er mich mit Tarassuk in Verbindung gebracht? Wie hat er herausgefunden, daß ich keine Jüdin bin? Wieso wußte er, daß ich eine Agentin bin, Harry, glaubst du, daß jemand von uns übergelaufen ist und gesungen hat? Ich meine, wie kann er das sonst alles wissen? Ich habe Angst, Harry.«

»Du hättest mich heraushalten müssen.«

»Ich muß weg von hier, Harry, weit weg.«

Geis hörte die Panik in ihrer Stimme und zwang sich, ruhig zu bleiben. Was soll dieser Keller von der IMM schon ausrichten? Bisher war nichts geschehen, worüber man sich hätte aufregen müssen. Er, Geis, konnte mit Tarassuks Tod nicht in Zusammenhang gebracht werden, und Keller konnte über den großen Foxman-Fischzug nichts wissen. Alles war in Ordnung, nur eine bedeutungslose Störung, sonst nichts.

»Was hast du Keller sonst noch gesagt?«

»Nichts, Harry, ehrlich. Dir kann nichts passieren, du bist gut in deiner Arbeit, du bist darauf vorbereitet worden. Aber ich . . .«

»Wohin wirst du gehen?«

»Ich soll eine Nummer anrufen, falls so etwas geschieht. Dort werde ich meine Anweisungen erhalten. In ein paar Stunden bin ich weg – neuer Name, neue Identität, noch einmal ganz von vorn anfangen.«

»Bist du bis dahin noch in deiner Wohnung?« fragte Geis mit sanfter Stimme.

»Um Gottes willen, nein! Ich lasse alles hinter mir. Wenn ich aufgelegt habe, rufe ich die Nummer an, und dann wird mich keiner mehr finden.« Ihre Stimme nahm einen flehenden Klang an. »Ich habe mein Bestes getan, Harry, wirklich. Es war nicht meine Schuld, dieser Keller . . . paß auf ihn auf, Harry. Er ist zäh und verdammt gerissen.«

»Aus mir kriegt er nichts raus.«

»Das habe ich gewußt, Harry. Nein, aus dir kriegt er nichts raus. *Do swidania,* Harry.«

Einen Augenblick lang mußte er überlegen, um den Sinn dieser Worte überhaupt zu begreifen. Englisch war ihm näher geworden als seine Muttersprache. Dann sprach er lächelnd ins Telefon: »*Do swidanja,* Tatjana.«

Er legte auf und wählte gleich darauf die Nummer von Ralph Browning, aber dort meldete sich niemand. Er versuchte es noch einmal, bevor er zu Bett ging, und gleich wieder am anderen Morgen. Immer noch keine Antwort.

Er öffnete sein Geschäft wie immer und versuchte dann Brownings Privatanschluß im Büro. Keine Antwort. Er rief die Nummer der Bank an, und die Sekretärin teilte ihm mit, Mr. Browning sei außer Haus bei einer wichtigen Besprechung.

Geis hinterließ seinen Namen. »Es ist wichtig, daß ich mit ihm spreche, sobald Sie von ihm hören«, schärfte er der Sekretärin ein. Dann beschäftigte er sich damit, seine Ware aus dem Safe in die Auslagen zu tragen. Er war fast damit fertig, als Keller den Laden betrat.

Geis erkannte ihn sofort – die breiten Schultern, der fast grimmige Gesichtsausdruck, der selbstbewußte Gang. Das war kein Zufallskunde, der gerade mal von der Straße hereinspazierte.

»Guten Morgen«, sagte Geis, »womit kann ich dienen, Sir?«

»Geis?«

»Ja.«

»Ich bin Keller.« Er fixierte den Mann mit seinen blassen, wissenden Augen. »Sie haben gestern abend einen Anruf bekommen, so daß Sie wissen, wer ich bin.«

Ein anderer Mann hätte dabei gelächelt, um anzudeuten, daß das Spiel ihm gefiel und er sich in den Regeln auskannte. Nicht so Keller. Er spielte nach eigenen Regeln und hatte kein Lächeln für Geis.

»Welcher Anruf?« fragte Geis und dachte: Tatjana hatte recht, dieser Keller ist zäh und gerissen.

»Tatjana Petrov.«

Keller sagte den Namen kaum lauter als im Flüsterton. Geis spürte, wie er eine Gänsehaut bekam, und suchte nach einer Antwort, als das Telefon läutete. Es war Browning.

»Sie haben mich angerufen?«

»Ich habe im Augenblick zu tun. Ein Mann . . .«

»Schwierigkeiten?«

»Ja, das könnte sein.«

»Ich habe gehört, daß unsere Freundin in Brighton Beach gestern abend Besuch bekommen hat. Ist der Mann jetzt bei Ihnen?«

»Ja, so wird es sein.«

»Damit werden Sie fertig, Harry. Tatjana ist in Panik geraten, und dafür wird sie zahlen. Machen Sie nicht denselben Fehler, schützen Sie unser Projekt, schützen Sie Downes – aber vor allem mich. Habe ich mich klar ausgedrückt?«

»Danke, ja. Sicher, ich werde zurückrufen.« Er legte auf und wandte sich an Keller. »Okay, Mister, was wollen Sie?«

»Georgi Tarassuk.«

»Wer ist das? Hören Sie, ich weiß nicht, was Sie bei mir wollen, und es ist mir auch egal. Warum verziehen Sie sich nicht einfach?«

»Haben Sie Tarassuk und Tatjana zusammengebracht?«

Er wollte schon verneinen, aber dann sah Geis die Unsinnigkeit ein. Sag die Wahrheit, hämmerte man allen Agenten ein, leugne nicht, was offensichtlich ist, konstruiere Geschichten um die Wahrheit herum, Geschichten, die nicht nachprüfbar sind, mit denen man Zeit gewinnt.

Geis brachte ein kurzes Verlegenheitslachen zustande. »Okay, Sie haben gewonnen – Ja, Georgi und Tatjana, eigentlich wollte ich die beiden ja nicht preisgeben.«

»Um den Ruf der Frau nicht zu gefährden?«

»Sicher. Tatjana hat angerufen, aber ich hatte Ihren Namen vergessen. Sie sagte, Sie hätten sich nach Georgi erkundigt. Der arme Georgi! Sie sind ein Cop, der den Fall bearbeitet, was? Jede Hilfe von mir, Officer.«

»Ich bin von der Sicherheitsabteilung der IMM«, sagte Keller. »Welche Verbindung hatten Sie mit Tarassuk?«

Geis zuckte die Schultern. »Es gab kaum eine Verbindung, nur gelegentlich ein kleines Geschäft. An das letzte Mal kann ich mich kaum mehr erinnern, so weit liegt es schon zurück. Georgi kaufte und verkaufte, was er gerade bekam.«

»Sie haben ihn zu Tatjana geschickt?«

»Ich habe sie miteinander bekannt gemacht, das ist alles. Wissen Sie, diese russischen Emigranten sind alle gleich – Heimweh nach Mütterchen Rußland. So ein Techtelmechtel hilft schon mal darüber hinweg.«

Diesmal war hier nichts zu holen, entschied Keller. Geis war auf der Hut, war gewieft und hatte Zeit genung gehabt, sich auf die Befragung vorzubereiten. Das nächste Mal würde er sich besser vorbereiten, in Geis' Vergangenheit herumstochern. Mal sehen, was dabei herauskam. Wahrscheinlich nicht viel, denn Leute wie Geis hinterließen selten Spuren.

Er ging zur Tür.

»Wenn Sie noch Fragen haben«, rief Geis ihm höhnisch hinterher, »rufen Sie mich einfach an. Fürs Syndikat bin ich immer da.«

Keller blieb stehen, drehte sich um. »Sie werden mich wiedersehen, Geis, verlassen Sie sich drauf! So, und jetzt können Sie.«

»Was kann ich?«

»Zurückrufen – Sie sind noch einen Rückruf schuldig.«

Geis zwang sich, fünf Minuten zu warten, bevor er nach dem Hörer griff. Als er sprach, war das Zittern immer noch nicht ganz aus seiner Stimme verschwunden.

27

Downes war wütend und versuchte nicht, das zu verheimlichen. »Du hättest ein besseres Lokal aussuchen können.«

Geis' Mundwinkel zuckten verächtlich. Er biß seelenruhig in sein Sandwich und sagte, während er kaute: »Nun iß schon. Das Essen ist gut, und es kostet nicht die Welt.«

»Ich mag solche Futterplätze nicht.«

Sie saßen in einer hinteren Nische von Barney Stone auf der Sechsten Avenue, nur einen Katzensprung von Geis' Geschäft entfernt. »Du bist ein Snob, Peter, reden wir jetzt vom Geschäftlichen.«

Downes beäugte mißtrauisch sein Sandwich. »Der Plan gefällt mir nicht.«

»Schade«, sagte Geis, »denn du hast keine Wahl.«

»Es ist zu gefährlich, ich mache nicht mit. So einfach ist das.«

Ein Ausdruck der Verblüffung trat auf Geis' Gesicht. Er zeigte mit einem fettigen Finger auf sein Gegenüber.

»Hör zu, du Wichtigtuer, du tust, was ich dir sage. Und ich sage dir, daß du Gas geben sollst. In sieben, allerhöchstens in zehn Tagen hast du deine fünfzig Millionen zusammen, bevor irgend jemand etwas davon bemerkt.«

»Wir fallen auf.«

»Weißt du, was du bist? Ein *Schmock* mit Ohren. Was glaubst du, was wir hier spielen? Wir gehen zur Sache, zack-zack! Und bald sind wir reich. Willst du nicht reich sein?«

»Ich bin mir nicht mehr sicher.«

»Was faselst du da? Wir hängen drin, und es gibt keinen Weg zurück. Also, du weißt, wie deine Befehle lauten.«

»Befehle? Ich dachte, wir sind Partner.«

»Partner!« Geis spuckte verächtlich aus. »Du arbeitest für mich und führst meine Befehle aus.«

»Ich habe mich schon oft gefragt, Harry, für wen du arbeitest. Ist Browning dein Boss? Und wenn ja – wer gibt ihm die Befehle? Die Mafia? Oder kommt die richtige Macht von woanders? Komm schon, Harry – sei ehrlich zu mir.«

»Ehrlich? Was bildest du dir ein? Entweder du tust, was ich dir sage und kommst aus der Sache raus, daß du duftest wie 'ne Rose, oder . . .«

»Du drohst mir?« Downes schien belustigt. »Ich bin doppelt so groß, fast doppelt so schwer und gut trainiert. Was willst du? Mir vors Schienbein treten?«

Geis starrte ihn ungläubig an. »Du Arschloch, was hältst du davon, wenn dir beide Schienbeine zerschmettert werden? Oder wenn man dir zwei Kugeln durch dein zurückgebliebenes Hirn pustet?«

»Das finde ich gar nicht komisch, Harry.«

Geis stand auf. »Ich auch nicht.«

»Diese Sprache«, murmelte Downes, »ich wette, daß Browning von der Mafia ist.«

»Gut, gut«, sagte Geis. »Krieg's mit der Angst zu tun, Arschloch. Du wirst mit Blut und Schmerzen nicht fertig, du nicht. Also tu, was du tun sollst, dann ist alles in Ordnung.«

Downes sah Geis davonwieseln, während er mit der Rechnung und einer wachsenden Furcht zurückblieb. Das Sandwich hatte keinen Geschmack, das Bier war warm, und sein Appetit war verflogen. Er zahlte und lief hinaus in die Sonne, zurück an seine Arbeit, ohne einen Blick hinter sich zu werfen. Hätte er es getan, wäre ihm Keller aufgefallen, der ihm in einigem Abstand folgte.

An diesem Abend – nachdem sie sich ohne Leidenschaft oder tiefe Befriedigung geliebt hatten – lagen sie nebeneinander in Downes' Bett und wechselten die gewohnheitsmäßigen Beteuerungen von Liebe und Treue, ohne sie zu meinen.

»Warum hast du mir nichts von deiner Reise gesagt?« fragte sie schließlich.

»Wie lange weißt du schon davon?«

»Jeder will in unserer Branche Geheimnisse hüten, obwohl jeder weiß, daß wir wie in einem Aquarium leben. Warum hast du es mir nicht gesagt?«

»Maurice hat mich erst vor ein paar Tagen dazu eingeladen. Ich wußte nicht, ob . . .«

»Ob du Lust hattest, ihn zur IMM nach London zu begleiten? Das ist schwer zu glauben, Peter! Es ist die öffentliche Demonstration, wieviel er von dir hält, daß du die Nummer Zwei in der Firma geworden bist.« Sie erhob sich vom Bett und begann sich anzuziehen.

»Bitte, geh nicht.«

Sie hielt inne, sah ihn an, die Wangen gerötet. »Ich wollte mitgenommen werden nach London. Ich sollte es sein, die darauf vorbereitet wird, die Firma zu übernehmen.«

Er setzte sich auf. »Ich möchte nicht, daß du jetzt gehst, Ellie.« Er griff nach ihr, aber sie wich zurück.

»Nein, faß mich nicht an, Peter, nicht jetzt. Ich gehe lieber, bevor ich etwas sage, was ich später bereue.«

»Ich liebe dich, Ellie.«

Er kam ihr plötzlich wie ein Fremder vor, wie eine atemberaubend schöne Puppe ohne Innenleben. Seine Schönheit hatte keine Wirkung mehr auf sie, seine Liebeserklärung rührte sie nicht. Sie beeilte sich mit dem Anziehen.

»Vielleicht bin ich kindisch«, sagte sie, »oder neidisch. Aber so fühle ich eben, und es gibt keinen Grund, warum ich es verbergen sollte.«

Zum ersten Mal wurde ihm das Ausmaß ihres Ehrgeizes bewußt. Sie liebte das Geschäft mit einer Hingabe, die der von Maurice zumindest ebenbürtig war. Für Peter Downes waren Diamanten eine Gelegenheit, sich in der Welt zu etablieren, es zu Ansehen und Wohlstand zu bringen. Für Ellie war das nur die Nebenwirkung – er hatte sie beobachtet, wenn sie einen schönen Stein zwischen die Finger nahm und mit der Bewunderung des geschulten Auges betrachtete . . .

Er griff nach seinen Kleidern. »Ich bringe dich zum Taxi.«

»Nein!« Sie schrie fast und hatte eine Hand erhoben, um ihn abzuwehren. Dann setzte sie rasch versöhnlich hinzu: »Wir sprechen morgen miteinander.«

Die Straße lag verlassen da. Ein leeres Taxi fuhr vorbei, ignorierte ihr Winken. Wütend stampfte sie mit den Füßen auf. Sie wanderte zur Avenue, wo die Chance, ein Taxi zu erwischen, größer war.

Dicht vor ihr stand ein Mann.

Sie blieb wie angewurzelt stehen. Dies war New York um zwei Uhr nachts: verlassene Straßen, keine Menschenseele weit und breit. Welcher Teufel hatte sie geritten, die Sicherheit von Peters Appartement zu verlassen? Sie wollte weglaufen, als der Mann mit seiner sehr ruhigen Stimme zu ihr sagte:

»Miss Foxman . . .«

Sie blinzelte in die Nacht. Um es ihr leichter zu machen, trat er in einen Kreis gelben Lichts. Es war Keller.

»Ich wollte Sie nicht erschrecken.«

Du Bastard, wollte sie sagen, du hast mich so erschreckt, daß es mich zehn Jahre meines Lebens kostet. Aber sie weigerte sich, ihm diese Schwäche einzugestehen. »Mich erschreckt so leicht nichts, Keller.«

»Kann ich Sie mitnehmen?« Er zeigte auf einen grauen Golf, der zerbeult war und ungepflegt.

»Nein, danke, ich nehme ein Taxi.«

»Ich fahre sowieso in Ihre Richtung.«

Erst jetzt begriff sie. »Was meinen Sie damit ›Sie fahren in meine Richtung‹? Und was tun Sie überhaupt hier? Warum lauern Sie mir auf?«

»Ich möchte mit Ihnen reden.«

»Welches Recht haben Sie, in mein Leben einzudringen? Bleiben Sie weg von mir, lassen Sie mich in Ruhe.«

Er öffnete eine Wagentür. »Nachts ist es gefährlich.«

»Sie sind kein Polizist, Sie können mir nichts vorschreiben.« Sie sah die Straße hinauf und hinunter. Es war dunkel und menschenleer, in jeder finsteren Nische konnte jemand lauern. Verstecke für Räuber, Mörder, Vergewaltiger waren überall.

»Steigen Sie ein«, sagte er, »ich bringe Sie bis vor ihre Tür – kostenlos.«

»Ich will nicht mit Ihnen reden.«

»Dann reden Sie eben nicht. Sie gehen keine Verpflichtung ein.«

Sie warf ihm einen flüchtigen Blick zu und stieg ein.

Man spürte sofort, daß er mit dem Wagen vertraut war. Er klopfte auf das Lenkrad. »Sechs Jahre alt, 110 000 Meilen auf dem Buckel, und er schnurrt immer noch wie eine Eins.«

»Wir haben uns geeinigt, daß wir nicht reden.«

»In Gesellschaft muß ich reden.«

»Ich habe Sie immer für einen großen Grübler gehalten.«

»Wie Peter Downes?«

Sie rutschte weg von ihm, zur Tür hin. »Was soll mit ihm sein?«

»Kennen Sie ihn schon lange?«

Sie schaute in Kellers Gesicht, dessen verwittertes Profil im Schein der Armaturenbeleuchtung hervortrat.

»Wenn Sie etwas über Peter wissen wollen, fragen Sie ihn doch selbst – oder trauen Sie sich nicht?« Das war die Reaktion eines dummen Schulmädchens, erkannte sie sofort.

»Ich habe einige Informationen über ihn eingezogen.«

»Wie können Sie es wagen?«

»Ich gebe Ihnen einen kurzen Abriß«, sagte Keller. »Downes verscheuerte wertlose Steine an alte Leute, die ihr Geld anlegen wollten. ›Diamanten sind für die Ewigkeit‹ lautete seine Verkaufsmasche. In Chicago organisierte er krumme Telefonverkäufe, nahm die Bestellungen und das Geld entgegen, lieferte aber nicht. Nach einem halben Jahr mußte er abhauen und ging nach Los Angeles, wo er armen Leuten eine Plastikschachtel mit Glaskugeln für 29 Dollar 95 andrehte und sie warnte, den verschlossenen Deckel nicht zu öffnen, weil der Wiederverkaufswert sich sonst schon halbiert hätte. Als der Bundesstaatsanwalt ihm auf die Schliche kam, streifte er von Staat zu Staat und nahm hier und da eine einsame Lady aus, wenn Sie verstehen. Nichts war bisher so groß wie Foxman and Company.«

»Sie erwarten doch nicht, daß ich Ihnen auch nur ein Wort glaube.«

»Er will Ihren Onkel ausnehmen. Ich weiß noch nicht wie, aber so muß es sein.«

»Das ist eine Lüge.«

»Wenn er zu großer Form aufläuft, dieser Downes, dann nimmt er Sie auch noch aus.«

»Keller, Sie haben ein krankes Hirn.«

»Ich sage Ihnen nur, was ich bisher herausgefunden habe.«

»Sie sind gefährlich. Neidisch auf alle, die besser sind als Sie.«

»Downes führt etwas im Schilde. Er ist ein Verbrecher.«

»Verdammt! Wer gibt Ihnen das Recht, diesen Dreck in mein Leben zu bringen? Wo sind Ihre Beweise? Wo sind Ihre Zeugen? Halten Sie an, ich will aussteigen.«

Er fuhr weiter. »Es war einmal«, sagte er, »ein russischer Schmuggler namens Georgi Tarassuk.«

»Sie sind gemeingefährlich, Keller, man müßte Sie einsperren.«

»Georgi hat sich auf russische Steine spezialisiert. Einige waren gestohlen, andere geschmuggelt – das machte verschiedene Leute in der Sowjetunion nervös.«

»Na und?«

»Georgi wachte eines Morgens mit zwei Kugeln im Kopf auf – 22er Kaliber. Mit solchen Kugeln wurde auch Ihr Bruder getötet. Vielleicht kamen sie aus derselben Waffe. Robert hatte sowjetische Steine bei sich.«

»Nein.«

»Robert hat sie von Tarassuk gekauft.«

»Nein.«

»Tarassuk stand mit Harry Geis in Verbindung.«

»Wer ist Harry Geis?«

»Er hat einen Laden in der 47. Straße. Nimmt Touristen aus, trickst ein bißchen, kleine Fische. Aber er und Downes hecken etwas Großes aus.«

Sie versteifte sich. »Es ist leicht, Menschen zu verdächtigen. Zeigen Sie mir Beweise, Keller.«

Keller hob die Schultern, konzentrierte sich aufs Fahren.

»Verdammt, Keller! Wer . . . wer hat Sie zum Polizisten und Richter gemacht?«

»Vielleicht habe ich mich geirrt.«

Sie nahm das als Zugeständnis von Schwäche. Ein Mann, der gespielt und verloren hatte. »Peter Downes ist ein guter Mensch, besser, als Sie sich vorstellen können.«

Er warf ihr einen flüchtigen Blick zu. »Ich sehe Sie nicht zusammen, nicht ernsthaft. Sie passen nicht zu ihm.«

»Fahren Sie zur Hölle!«

Er ließ den Wagen vor ihrem Appartementhaus ausrollen, langte zum Türgriff auf ihrer Seite und hatte ihn blockiert.

»Lieben Sie ihn?« fragte er und sah in ihre Augen.

»Ja«, sagte sie, ein wenig zu schnell.

»Das glaube ich nicht. Er macht Sie vielleicht an – so sagt man das doch heute, nicht wahr? Aber Liebe? Downes und Sie – das paßt nicht. Mögen Sie japanisch essen?«

»Fahren Sie zur Hölle«, sagte sie wieder, fühlte sich unterlegen, sprachlos.

»Ich kenne das beste japanische Restaurant in der Stadt – drüben auf der Zweiten Avenue. Nun, wir können den besten *sashimi* auch ein anderes Mal probieren.«

»Keller«, sagte sie giftig, »ich mache kein Geheimnis daraus, daß Männer mich haben können – aber für Sie gilt das nicht.«

»Auch nicht, wenn ich bitte sage?«

»Auch nicht, wenn Sie bitte sagen.«

Keller sagte mit Bedacht: »Ein spanischer Dichter hat etwas sehr Treffendes gesagt: Frauen sind halb Kälte, halb Glut. Auf Sie trifft das genau zu, Miss Foxman.« Er öffnete die Tür. »Ich warte, bis Sie im Haus sind.«

»Warum tun Sie das?«

»Einer muß es tun.«

»Was?«

»Nach dem Rechten sehen – sonst endet alles im Chaos.«

Es dauerte lange, bis sie an diesem Abend Schlaf finden konnte. In ihren Gedanken tauchten immer wieder Downes und Keller, ihr Onkel und ihr Vater auf. Er war ein beunruhigender Mann, dieser Keller, brutal ehrlich. Er hatte vieles mit

Maurice gemeinsam und war doch so ganz anders – ohne den Schutz von Bildung und Kultur. Eine unüberwindliche Wand stand zwischen ihr und ihm und machte es unmöglich, ihn kennenzulernen oder zu verstehen.

28

Maurice Foxman traf gutgelaunt im Connaught Hotel in London ein. Die Gesellschaft von Peter Downes beflügelte ihn. Durch ihn fühlte er sich nicht länger allein in diesem Geschäft, da war jemand, auf den er sich verlassen konnte. Mehr und mehr dachte Maurice Foxman an die Zukunft und fand es gut, einen Mann wie Peter Downes an seiner Seite zu wissen.

Beim Abendessen vertraute er Downes seine Hoffnungen an. »Ich habe oft und lange über die beiden letzten schlechten Angebote nachgedacht. Es mag sein, daß ich dem Syndikat und Sir John mit einigen meiner Aktivitäten auf die Zehen getreten bin, obwohl das nicht in meiner Absicht lag. Wenn ich also unterstelle, daß er Grund gehabt hat, mich zu bestrafen, dann hat er es jetzt erreicht, zwei schlechte Lieferungen sind genug. Er hatte seine Genugtuung, sein Zorn muß verraucht sein. Ich bin sicher, daß das alles hinter uns liegt, Peter.«

»Ich verstehe es immer noch nicht«, sagte Downes. »Ein Mann von Ihrem Ruf – wie konnte es überhaupt dazu kommen?«

»Ich habe mich eine Weile von meinem Zorn leiten lassen«, antwortete Foxman, »aber das ist vorbei. Ich bin überzeugt, daß hinter dieser Affäre keine Bösartigkeit steckt und daß ich nicht ganz schuldlos an der Entwicklung der Dinge bin.«

»Dann glauben Sie, daß die IMM diesmal eine bessere Lieferung anbietet?«

»Ja. Wir haben einiges nachzuholen, deshalb habe ich eine höhere Garantiesumme angewiesen. Ich brauche Spitzenqualität, damit ich die entstandenen Umsatzverluste wettmachen kann. Wenn die IMM mein Zeichen verstanden hat und entsprechend reagiert, wird bald alles wieder so sein wie früher.«

Downes stellte fest, wie betroffen Foxman vom Verhalten des Syndikats war. Sein Stolz und sein Geldbeutel waren gleichermaßen angeschlagen. Foxman hatte Angst – und allen Grund dazu.

Downes machte sich Sorgen. Niedergänge, besonders im Diamantengeschäft, kamen schnell, oft ohne Warnung. In einem Geschäft, das auf Glitter und Träumen aufgebaut war, setzen die Katastrophen ohne Ankündigung ein. Vielleicht rannte ihm die Zeit davon. Er mußte sehen, daß er nicht leer ausging.

Am anderen Morgen begleitete er Foxman zum Rolls-Royce der IMM und sah ihm nach, bis er im Verkehrsgewühl verschwunden war. Dann ging er zurück in seine Suite und führte einige Telefongespräche. Er kaufte Diamanten aus einem halben Dutzend verschiedener Quellen, die ihm Ralph Browning genannt hatte. Er bekam, soviel er haben wollte – und alles auf Kredit. Die Steine sollten an eine Bank in Genf transferiert werden, die Lieferung sollte sofort erfolgen, die Zahlung innerhalb von dreißig Tagen mit Rechnung an P & D und Bürgschaft von Foxman and Company.

Kurz vor Mittag spürte Downes eine Furcht, die er nicht bekämpfen konnte. Alles ging so unglaublich einfach . . .

Mr. Severn, dick und rosig wie immer, begrüßte Maurice Foxman mit seinem schlaffen Händedruck, bevor er ihn an den Wächtern vorbei in den Raum mit den Stahltresoren geleitete. Foxman setzte sich an den langen Tisch mit dem weichen schwarzen Tuch, ein Leibwächter stellte sich an ein Tischende, Mr. Severn an das andere.

Maurice stand unter Spannung. Es war wie damals, als er das erste Angebot der IMM sichten durfte. Ein Hämmern unter seiner Schädeldecke. Seine Reaktionen verlangsamt, seine Sinne verwirrt. Die Stahlbox wurde vor ihn hingestellt, und er schaffte es mühsam, sie zu öffnen. Umständlich schüttete er die Steine auf das schwarze Tuch.

Ein Blick genügte ihm, um ihn in die Wirklichkeit zurückzuholen. Was vor ihm lag, war wertloses Zeug, das er nicht verkaufen konnte. Sir John hatte seine Botschaft unmißverständlich gemacht: Foxman und Company würde es in der Diamantenbranche nicht mehr geben. Er war am Ende.

Mit zitternden Fingern hob Maurice die einzelnen Steine auf, ließ sie zurück in den Umschlag fallen, legte den Deckel auf die Box, erhob sich und trat auf Severn zu.

»Ich möchte mit Sir John sprechen.«

Severn blinzelte. »Das ist unmöglich, Mr. Foxman. Sir John ist unabkömmlich.«

»Wann wird er abkömmlich sein?«

»Das kann man schwer sagen.«

»Er weicht mir aus. Warum? Was habe ich getan?« Maurice spürte den unruhigen Schlag seines Herzens. »Eine solche Behandlung habe ich nicht verdient.« Seine Stimme klang schwach.

»Geht es Ihnen nicht gut, Mr. Foxman?«

»Die Steine – sie sind Abfall, und Sie wissen das. Man kann sie nicht verkaufen.«

»Möchten Sie sich einen Moment ausruhen?«

»Eine Beleidigung – ein solches Angebot ist eine einzige Beleidigung.«

»Oder ein Glas Wasser?«

Alles Blut war aus Foxmans Gesicht gewichen, seine Augen wurden feucht und blickten unsicher. »Sie lassen mir keine Wahl«, keuchte er.

»Man hat immer eine Wahl«, sagte Severn, »akzeptieren oder nicht.«

Maurice Foxman zwang die Worte zwischen zusammengebissenen Zähnen heraus. »Ich akzeptiere nicht«, sagte er. »So lasse ich mich nicht behandeln. Ich verweigere dieses Angebot, ich verweigere . . .«

»Gut, Sie haben sich entschieden.«

Maurice Foxman stelzte auf verkrampften Beinen aus dem Raum, bemüht, den letzten Rest von Würde zu wahren. Severn folgte ihm. Foxman drehte sich nach ihm um. »Ich lasse mich nicht wie eine minderwertige Kreatur behandeln, sagen Sie das Ihrem Sir John.«

Severn unterbrach ihn mit einer barschen Handbewegung.

»Man sagt Sir John nicht einfach etwas. Man kann Sir John konsultieren, man kann ihn informieren, und dann sagt Sir John uns, was zu tun ist. Er hat mir aufgetragen, Ihnen zu sagen, daß Sie und Ihr Unternehmen von der Kundenliste des Londoner Verkaufsbüros gestrichen ist. Wenn Sie dagegen Einspruch erheben möchten, wenden Sie sich schriftlich an die IMM – einen guten Tag, Sir.«

Er trat zurück, der Türwächter schloß die Tür und ließ Maurice Foxman allein und zitternd auf der Straße stehen.

Für Maurice Foxman zog sich der Rückflug nach New York endlos hin, zehrte an seinen letzten verbliebenen Kräften. Er dämmerte vor sich hin, und wenn er aufwachte, dann schossen Erinnerungen in ihm hoch, Gesichter und Geschehnisse aus seiner Jugend. Alte Gefahren bedrohten ihn wieder, und kalter Schweiß trat auf seine Stirn. Er fühlte sich ausgelaugt, alt und kraftlos. Am Flughafen wartete eine Limousine, die ihn sofort nach Hause brachte.

Ein besorgter Peter Downes übergab Maurice Foxman an den Hausdiener, der ihm zu Bett half. Es dauerte nur Sekunden, bis Foxman in tiefen Schlaf gefallen war. Als er aufwachte, war das Essen fertig. Später hörte er sich vom Bett aus ein Rachmaninoff-Konzert an.

Sein Gehirn funktionierte wieder besser. Er sah klarer, wußte, was zu tun war. Als er alle Möglichkeiten erwogen hatte, die ihm blieben, fiel er wieder in einen tiefen Schlaf.

Am anderen Morgen zog er sich an und ging ins Büro. Er hatte sich kaum hinter den Walnußschreibtisch gesetzt, als seine Sekretärin mit heißem Tee kam und einer Liste von Anrufen, die er zu erledigen hatte.

»Mr. Kinard hat schon dreimal angerufen«, sagte sie.

Maurice Foxman nippte an dem Tee, der noch zu heiß war. »Gut, fangen wir mit ihm an.«

Sie stellte die Verbindung her, reichte ihm den Hörer und zog sich zurück.

»Norman, es tut gut, Ihre Stimme zu hören. Sie haben versucht, mich zu erreichen, nun, ich war . . .« er zögerte, » . . . auf Reisen.«

»Alles in Ordnung, Maurice?«

»Warum nicht, Norman? Und bei Ihnen?«

»Nun, nicht alles.«

»Oh, das tut mir leid. Kann ich helfen?«

»Ich habe ein kleines Problem, Maurice.«

»Ah.«

»Es geht um die Schulden Ihres Unternehmens, Maurice. Einige meiner Leute werden nervös.«

Foxmans Finger umklammerten die Teetasse. Das warme Porzellan verschaffte ihm die Gewißheit, daß in seinen Adern noch Blut floß.

»Nervös, Norman? Was sagen Sie da?«

»Ich werde Sie bitten müssen, einen Teil der Schulden Ihres Unternehmens zurückzuzahlen, Maurice, so leid mir das auch tut.«

Foxman zwang sich zur Ruhe. »Steckt die Bank in Schwierigkeiten, Norman?«

»Einen beträchtlichen Teil, Maurice.«

»Warum so plötzlich, Norman?«

»Weil die Schulden ständig anwachsen.«

Ein Zeichen, dachte Foxman, daß Downes gute Arbeit leistet. Dieser junge Mann mit seiner Aggressivität und seiner Fähigkeit, auf neuen Märkten gute Steine auszumachen, würde sie alle retten. Er wollte Kinard das erklären, aber der Bankier ließ nicht mit sich reden.

»Ich habe Gerüchte gehört, Maurice.«

»Über meine Firma?«

»Daß die IMM Ihnen schlechte Angebote vorgelegt hat, dreimal hintereinander schon.«

Auch das war ein Teil von Sir Johns dreckiger Arbeit. Kaum zwei Tage waren seit dem letzten Besuch in London vergangen, und schon wußten alle Bescheid.

»Stimmt das, Maurice? Hat das Syndikat Sie von der Liste gestrichen?«

»Ein Mißverständnis, das sich bereinigen läßt, Norman. Ich habe vor, diese Angelegenheit nächste Woche mit Sir John zu besprechen.«

»Meine Leute haben Ihre Acquisitionen nachgeprüft, Maurice. Sie gehen in astronomische Höhen. Ich weiß natürlich nicht, wie die Verkäufe sind, aber die Schuldenhöhe ist abnorm gestiegen.«

»Zwanzig Jahre, Norman – Sie werden doch nicht . . .«

»Maurice, ich bitte Sie, Geschäft ist Geschäft.«

»Hatten wir jemals Probleme miteinander?«

»Nie, aber ich bin einem Aufsichtsrat verantwortlich sowie den Investoren und Prüfern.«

»Ich brauche Zeit, um gewisse Dinge zu regeln.«

»Tut mir leid, aber die Bank zieht Ihre Kreditzusage zurück.«

»Wie weit?«

»Bis zur Hälfte.«

»Das ist unglaublich, Norman.«

»Ich kann nichts machen. Falls es Ihnen nicht gelingt, die Schulden in naher Zukunft zu reduzieren, wird der Kreditspielraum, den wir Ihnen einräumen, noch kleiner. Wir dürfen nicht zulassen, daß etwas außer Kontrolle gerät, Maurice.«

»Sie verstehen doch unser Geschäft, Norman. Sind es die Käufe von P & D, die Sie und Ihre Leute stören?«

»Richtig, Maurice. Sie haben die Bürgschaft übernommen.«

»Aber diese Käufe werden nur zur Hälfte bar bezahlt, die andere Hälfte mit Dreißig-Tage-Wechseln. Soweit ich weiß, sind diese Wechsel alle eingelöst worden.«

»Zuerst war es so, Maurice, aber jetzt nicht mehr. Außerdem ist der Umfang der einzelnen Abschlüsse bis zu einer halben Million gestiegen, ein Kauf überstieg sogar die Millionengrenze. Und das voll auf Kredit. Ich verstehe ja, daß Sie nicht mehr alles selbst überwachen können, Maurice, aber in diesem Spiel wird für meine Leute zu hoch gereizt.«

»Lassen Sie mich das überprüfen.«

»Gut. Melden Sie sich wieder?«

»Innerhalb einer Woche.«

»Zweiundsiebzig Stunden, Maurice.«

»Ist es so ernst?«

»Ja.«

Maurice Foxman legte den Hörer auf und klingelte seiner Sekretärin. »Keine Anrufe durchstellen, keine Besucher, keine Störung. Ich muß gründlich nachdenken.«

In den folgenden 36 Stunden blieb Maurice Foxman für sich. Bis auf zwei Überseegespräche redete er mit niemandem, er addierte Zahlen und erstellte Bilanzen. Das Tagesgeschäft in seinem Unternehmen lief ohne ihn, wichtige Auktionen nahm er nicht wahr. David hielt den Betrieb in den Ausstellungsräumen aufrecht, und Mattie verrichtete Telefondienst. Peter Downes setzte seine Käufe fort und trieb die Schulden noch höher.

Am Morgen des zweiten Tages rief Foxman seine Schwägerin ins Büro. Sie blickte ihn mit großer Sorge an.

»Du siehst nicht gut aus, Maurice.«

»Schon gut, Mattie, ich bin in Ordnung.«

»Du bist blaß und ausgezehrt. Was ist mit dir los?«

»Seit wann brauche ich ein Kindermädchen?«

»Du hast dich ja nie um deine Gesundheit gekümmert.«

Er ließ sich in seinem Ledersessel zurückfallen. »Wir kennen uns eine Ewigkeit, Mattie, und wir sind immer noch Freunde.«

»Gute Freunde.«

»Deshalb wollte ich zuerst mit dir reden.«

»Über die Affäre mit dem Syndikat?«

»Und über unsere Schulden.«

»Die machen mir auch Sorgen. Hast du schon mit Kinard gesprochen?«

»Ja. Er will Rückzahlungen und den Kredit beschränken.«

»Dir wird schon was einfallen, Maurice.«

Er schüttelte den Kopf. »Es wird für mich immer schwerer. Ich bin zu alt, um noch Schlachten zu schlagen. Zu alt und zu müde.«

»Alt! Du doch nicht!«

»Sehr müde, Mattie.«

»Sag das nicht. Du brauchst dringend einen Urlaub und vollkommene Ruhe.«

Er berichtete vom Ende der Beziehungen zur IMM und von den fehlgeschlagenen Versuchen, neue Quellen zu erschließen.

»Dieser Downes mit seinen verrückten Käufen«, fragte sie, »treibt er dich in den Bankrott?«

»Du darfst das dem Jungen nicht übelnehmen«, sagte er. »Ich danke Gott für Peter Downes. Wo wären wir ohne ihn? Daß er ein wenig zu heftig, zu ungebremst vorgeht – nun, er ist jung und ungeduldig. Aber ohne Peter hätten wir keine Geschäfte mehr gemacht.«

»Ich sehe nichts von Geschäften«, sagte Mattie. »Ich sehe nur Schulden.«

Wo sind die Steine, die er kauft? wollte sie fragen. Warum verkauft er sie nicht so schnell, wie sie hereinkommen? Aber sie wollte Maurice nicht noch mehr beunruhigen, und so sagte sie nur: »Rede mit ihm, Maurice. Mir kommt da einiges nicht ganz geheuer vor.«

»Ja, ich werde mit ihm reden.«

29

Das langgestreckte, niedrige Gebäude außerhalb von Johannesburg strahlte gleißend weiß im flimmernden Sonnenlicht und glich einem Luxushotel, das nur die falsche Lage hatte und dringend einen Autobahnanschluß brauchte. Es war das Hauptquartier von International Minerals and Mines Limited. Von hier wurden die Geschäfte von mehr als fünfhundert Tochterunternehmen gesteuert, Unternehmen der unterschiedlichsten Art, die eines gemeinsam hatten – das Interesse an einer blühenden Diamantenindustrie.

Gold, Platin, Silber und Uran wurden ebenfalls von IMM-Firmen geschürft und vertrieben. Ein Konsortium von Transportfirmen – Schiffe, Flugzeuge, Eisenbahnen – deckte die Lieferung in 43 Länder ab. Marketing, Anzeigenkampagnen und Entwicklungsforschung wurden in Johannesburg konzeptioniert. Der IMM gehörten Fabriken und Dienstleistungsunternehmen, Einzel- und Großhandelsfirmen, Zeitungen, eine amerikanische Filmproduktion und zwei Fernsehstationen. Jede Firma für sich war ein Teil des weltweiten Systems, mit dem Sir John seine Diamanten schützte.

In den vollklimatisierten Kellergeschossen waren die Büros der Sicherheitsabteilung untergebracht. Die Agenten reisten im

Interesse der IMM durch die Welt, aber nur selten wurde einer von ihnen ins Hauptquartier bestellt. Noch seltener trafen sie den Mann, der die Befehle erteilte: Mister Koenigsburg.

Auf einer kleinen Farm bei Johannesburg geboren, hatte Koenigsburg seine berufliche Laufbahn als bewaffneter Wächter in der Kimberley Mine begonnen und die Landschaft nach Eindringlingen abgesucht. Seine Anweisung hatte gelautet: gezielt schießen, und Koenigsburg hatte mit ungewöhnlichem Eifer gehorcht. Im ersten Jahr seines Dienstes tötete er fünf potentielle Diebe – ein Rekord, der seither ungeschlagen war und der seine Zukunft sicherte. Er stieg auf bis zum Chef der Sicherheitsabteilung – und nun hatte er Keller zu sich zitiert.

»Gute Reise, Keller?«

»Wie gewöhnlich.«

Koenigsburg war mit seinen gut siebzig Jahren immer noch eine imposante Erscheinung. Er inspizierte Keller mit Mißfallen.

»Gibt's keine anständigen Schneider mehr in New York?«

Keller grinste. »Bei der Bezahlung bin ich froh, daß ich noch einen Anzug zum Wechseln habe.«

»Heißt das, Sie beantragen eine Gehaltserhöhung?«

»Warum nicht?«

»Reichen Sie das schriftlich ein.«

Keller erwiderte nichts.

»Sir John ist unglücklich«, sagte Koenigsburg. Er sprach mit einem kaum zu lokalisierenden Akzent, der sich in all den Jahren je nach Einsatzort geändert hatte – Chicago, Dublin, Monte Carlo oder Lissabon. Er war ein Polizist durch und durch – humorlos, mißtrauisch, stets auf der Suche nach möglichen Tätern und überzeugt, daß ihm immer jemand nach dem Leben trachtete. Er bemühte sich, nie mehr als ein paar Tage an einem Ort zu verbringen, und gab seine Reisepläne selten vorher bekannt. Er hatte nie geheiratet und keine lebenden Angehörigen.

»Ja«, sagte er, »sehr unglücklich.« Er erwartete keine Reaktion von Keller. Er gab lediglich Informationen weiter und bereitete Keller auf das vor, was folgen sollte. »Köpfe werden rollen. Sir John ist aus London gekommen. Er ist ungenießbar, deshalb habe ich Sie rufen lassen.«

»Ich weiß nichts außer einigen Gerüchten und Spekulationen«, sagte Keller.

»Gut, dann fange ich mit den Fakten an: der Schmuggel nimmt zu, und wir werden in zunehmendem Maße dadurch geschädigt. Eine hohe Zahl von Raubüberfällen und Diebstählen, sogar Morde – in den letzten sechs Wochen sind sieben unserer Leute ermordet worden. Was geht eigentlich vor? Hinzu kommt – und das wirkt sich katastrophal aus –, daß sich mehr Steine als je zuvor auf dem Markt befinden. Bisher ist es uns nicht gelungen, die illegalen Quellen ausfindig zu machen und zu verstopfen. Das gefällt mir überhaupt nicht, Keller, und Sir John gefällt es noch viel weniger.«

»Mir auch nicht.«

Koenigsburg starrte ihn verdutzt an. »Und was gedenken Sie zu tun?«

»Haben Sie mich um die halbe Welt fliegen lassen, um das zu fragen?«

»Keller, das ist wie Krieg, der Feind wird immer stärker. Wir befinden uns in einer Krisensituation, die Zustände rütteln an den Grundlagen unserer Existenz. Begreifen Sie nicht, wie ernst die Lage ist?«

»Für mich? Wenn Sie meinen Job haben wollen, genügt ein Wort – dann liegt mein Ausweis vor Ihnen auf dem Schreibtisch.«

»Wenn ich Ihren Job haben will, nehme ich ihn mir. Aus den Informationen, die in meinem Büro zusammenfließen, schließe ich, daß Foxman der Kern unserer Schwierigkeiten ist.«

Keller war auch zu dieser Auffassung gekommen, aber er hütete sich, das zu sagen.

»Sir John erwartet einen genauen Bericht. Sind Sie ihm schon mal begegnet?«

»Ja, aber das war zwei Wochen nach meiner Anstellung.«

Koenigsburg schaute auf seine Uhr. »Es ist Zeit. Seien Sie höflich, Keller. Reden Sie nur, wenn Sie gefragt werden. Habe ich mich verständlich gemacht?«

Keller grinste. »Sir, ich habe jedes Ihrer Worte gehört.« Koenigsburg runzelte die Stirn.

30

David und Peter trafen sich zu einem Drink bei Charly O.

»Was hältst du davon?« fragte Downes.

»Daß Maurice aufhört? Irgendwann mußte das ja kommen. Mein Vater wird alt.«

Downes wußte noch nicht, wie er auf Foxmans Ankündigung reagieren sollte. Da war sein alter Ehrgeiz, und zugleich boten sich neue Gelegenheiten mit neuen Aussichten. Er wußte nicht mehr, was er wollte.

»Du wirst übernehmen«, sagte er zu David. Das war eher provozierend gemeint. In Wirklichkeit glaubte er nicht an diese Möglichkeit, hätte aber gern gewußt, was in Davids Kopf vorging. Als Maurice' Sohn hatte er vielleicht Zugang zu Informationen, die ihm fehlten.

»Das glaube ich nicht«, sagte David.

»Aber du bist sein Sohn.«

David schüttelte den Kopf. »Selbst wenn er es mir anböte, würde ich die Firma nicht übernehmen. Ich bin dafür nicht gemacht. Wenn Robert noch lebte . . . Ich war immer eine Enttäuschung für Maurice, und Robert war viel mehr sein Sohn als ich.«

»Das kann ich nicht glauben.«

»Es stimmt. Nicht, daß Maurice mich weniger liebte – aber Robert hat er geschätzt.«

»Und du hast Robert nicht geschätzt?«

»Robert hatte alles. Eine athletische Figur, schon in der Schule den schlauen Kopf, und die Mädchen umschwärmten ihn. Er war gut bei allem, was er tat, und ich blieb immer ein wenig unter meinen Möglichkeiten.«

»Du unterschätzt dich, David.«

»Robert war dir sehr ähnlich, Peter.«

»Willst du damit sagen, daß du mich nicht schätzt?« Er fragte es scherzhaft, aber die Frage hatte einen ernsten Unterton.

David legte eine Hand auf Peters Arm. »Wir sind Freunde«, sagte er. »Obwohl – wer weiß, was geschieht, wenn das zwischen dir und Ellie etwas Ernstes ist.«

Downes wollte keinen Zweifel aufkommen lassen. »Mir ist es ernst, ich will sie heiraten.«

»Gratuliere.«

»Nicht so schnell. Sie will noch nicht.«

»Das wird kommen. Was Besseres kann ihr gar nicht passieren.«

»Gut, daß wenigstens einer in der Familie so denkt.«

David grinste. »Sie ist ein guter Fang. Zwar kompliziert und unberechenbar, aber die hat Klasse – und einen unbezähmbaren Ehrgeiz.«

»Sie ist großartig«, sagte Peter Downes.

»Ja, ist sie. Also greif zu, bevor ein anderer sie dir wegschnappt.«

»Das habe ich vor.«

Ellie lag still, um sich zu entspannen. Widersprüchliche Gefühle beschäftigten sie. Sie griff nach dem Glas auf dem Nachttisch. Der Wein war nicht mehr kühl, sein Geschmack beleidigte ihre Zunge.

»Es tut mir leid«, sagte Peter.

»Schon gut.« Aber es war nicht gut. Er war ein eifriger Liebhaber, zu versessen auf die Befriedigung der Partnerin, und deshalb schaffte er es oft nicht.

»Laß es mich noch mal versuchen«, sagte er mit einem flehentlichen Unterton in der Stimme.

Früher hatte die bloße Berührung eines Mannes ausgereicht, um sie zu erregen. Heute brauchte sie mehr, suchte nach Substanz. Ihr wurde bewußt, daß sie sich verändert hatte.

»Was beschäftigt dich so sehr, Ellie?«

»Ich muß immer an Maurice denken. Seltsam, ich bin nicht mehr wütend auf ihn, hasse ihn nicht mehr für die Art, wie er mich behandelt. Meine Schwächen – nun, es sind schließlich *meine* Schwächen, nicht wahr? Er hat mir einige Aufgaben übertragen, und ich habe jedesmal versagt. Hat er es dir schon gesagt?«

»Was gesagt?«

»Daß du seinen Platz einnimmst – du bist doch die logische Wahl.«

Downes fürchtete sich, ernsthaft daran zu denken. Die Wahl mußte auf ihn fallen, es gab sonst niemanden, nicht David und nicht Ellie. Das Angebot würde früher oder später kommen, und er mußte darauf vorbereitet sein. Er würde Hilfe brauchen von David und Ellie. Sie sollten den Leim liefern, um sein künftiges Reich zusammenzuhalten. Seine Heirat mit Ellie paßte ideal zu dieser Vorstellung. Er streckte den Arm nach ihr aus.

Sie schüttelte sich. Er nahm ihre Ablehnung für Begierde. »Du hast meine Frage noch nicht beantwortet.«

»Welche Frage?«

»Hat Maurice dir die Position schon angeboten?«

»Sei nicht albern, Ellie, die Position gehört einer oder einem Foxman.«

Sie wußte es besser. Peter war der Auserkorene, er war nur noch nicht gekrönt. Er war der Moses, der Foxman and Company aus der Wüste ins Gelobte Land führen sollte – und sie würde nur ein anonymes Stammesmitglied sein.

Sie setzte sich auf, ohne auf ihre Nacktheit zu achten. »Peter, ich habe mich in dich verliebt, weil du gut aussiehst und ein lieber, guter Mann zu sein schienst, was für mich etwas dramatisch Neues war. Ich habe mit dir geschlafen wegen deines guten Aussehens, was bestimmt schon viele Frauen aus diesem Grund getan haben. Ich habe dich geschätzt, Peter, ich schätze dich vielleicht auch heute noch – aber ich liebe dich nicht.«

Er zuckte zusammen. »Aber ich möchte dich heiraten«, sagte er fast weinerlich.

Sie sah ihn ernst an. »Maurice würde das befürworten. Er wird dich zu seinem Nachfolger ernennen, und durch eine Heirat mit mir würde es so aussehen, als ob alles in der Familie bliebe.«

»Aber wenn ihm das wichtig wäre, könnte er doch dich oder David ernennen.«

»Das wird er nicht.« Sie schüttelte den Kopf. »Peter, ich will nicht mehr nur Belanglosigkeiten sagen und dein Ego füttern – irgend etwas stimmt nicht mit dir.«

Erschrocken setzte er sich mit einem Ruck auf. »Was meinst du! Was sollte mit mir nicht stimmen?«

»Du hast eine Schwäche, irgendeinen Charakterfehler, Peter. Es zeigt sich sogar im Bett. Du gibst dir Mühe, kennst alle Techniken – aber dir fehlt die Zärtlichkeit, die aus echtem Gefühl kommt. Du sagst die richtigen Worte, als hättest du sie auswendig gelernt, aber du fühlst sie nicht. Und alles, was ich für dich gefühlt habe, existiert nicht mehr.«

»Ich habe bisher noch keine Klagen gehört!«

Sie lachte humorlos. »Oh, du machst deine Sache gut, Peter, du bist ein guter Techniker – Ich berühr' dich hier, du berührst mich da, ich tue dies, du tust das. Das reicht zur Entspannung, aber mehr bleibt nicht übrig. Kein Gefühl, keine Liebe.«

Bevor er etwas einwenden konnte, fuhr sie fort. »Es ist nicht nur das Bett, Peter, wo du zuwenig bringst. Es ist in allem – wie du redest, wie du denkst. Selbst deine guten Manieren übertünchen nur für kurze Zeit, daß du in Wirklichkeit krampfhaft bemüht bist, keinen Fehler zu begehen und dich als guten Menschen darzustellen. Ja, das ist es: du kommst mir wie ein Darsteller vor. Ich weiß nicht, wieso du auf diese Rolle verfallen bist, die mich eine Zeitlang täuschen konnte – wenn ich auch von Anfang an mißtrauisch gegen dich war.«

Wohin mochten ihre Erkenntnisse noch führen? Er hatte Angst. Ihr plötzlicher Ausbruch konnte seine Pläne verderben. Er wollte ihr nichts schuldig bleiben, mußte sich den Anschein geben, den Kampf aufzunehmen.

»Du bist nicht fair«, sagte er.

»Hör mir zu, Peter, hör gut zu: Maurice mag dich, weil du Davids Freund bist und weil du Maurice in seinen konservativen Ansichten stärkst. Im Gegensatz zu mir bestehst du nicht auf Veränderungen, deshalb glaubt Maurice, du seist fantastisch. Aber ich weiß es besser, und wenn ich Maurice sage, daß ich dich für eine hohle Nuß halte, daß deine Gefühle – für mich, für ihn, für Diamanten –, aufgesetzt sind, dann wirst du bald erfahren, daß Blut wirklich dicker ist als Wasser.«

»Du hast kein Recht, so mit mir zu reden.«

Sie ignorierte seinen Einwand und fuhr unbeirrt fort.

»Angenommen, Maurice überträgt dir die Führung der Firma – In diesem Geschäft muß man clever, zäh und ehrgeizig sein, wenn man überleben will. Du, Peter, bist nur ehrgeizig, hinter Geld her und vielleicht noch hinter Status. Aber für mich ist eine eigene Firma eine Sache auf Leben und Tod. Ich muß meine Phantasie anwenden können, meine Intelligenz, und werde alles riskieren, um das zu erreichen.«

Sie atmete kurz, hechelte fast. Das Licht spielte auf ihren nackten Brüsten. Sie sah ihn an.

»Peter, du bist nicht hart, nicht clever genug – und du weißt nicht genug. Ohne mich kannst du das Unternehmen nicht führen.«

Er dachte an Browning und Geis, an ihren großen Coup, an all die Dinge, von denen sie nichts wußte. Es war lebenswichtig, den Coup zu schützen, nichts durfte ihn gefährden.

»Was willst du von mir hören?« fragte er.

»Nichts. Hör mir zu, das genügt. Ich habe dir einen Handel vorzuschlagen.«

Er starrte sie verständnislos an. Was ging hinter diesem schönen, undurchdringlichen Gesicht vor? Er hatte sie bisher falsch gesehen, hatte ihre Entschlossenheit unterschätzt. Die neue Ellie bereitete ihm Angst.

»Was für einen Handel?«

»Welche Vollmacht Maurice dir auch immer geben mag – du wirst sie nach einer gewissen Zeit an mich abtreten. Ich werde die Summe auftreiben, die nötig ist, um dich abzufinden. Wenn es soweit ist, wirst du mit einem satten Gewinn nach Hause gehen.«

Downes dachte darüber nach. Er war nicht so weich und naiv, wie sie offenbar glaubte, sondern gerissener, als sie wahrhaben wollte. Sie würde es schon noch merken. Hinsichtlich der Zukunft von Foxman und Company konnte er ihr heute alles versprechen, denn nach dem großen Coup war die Firma fest in seiner Hand.

Er wandte Ellie ein verletztes, betroffenes Gesicht zu. »Ich weiß nicht, warum du dich mir gegenüber so unnachgiebig verhältst, denn ich hatte immer nur deine Interessen im Sinn.«

»Entscheide dich, Peter. Sag ja, dann winkt dir eine hübsche Summe. Wenn du ablehnst, sorge ich dafür, daß Maurice dich vor die Tür setzt.«

»Mich stört deine Reaktion, deine plötzliche Abneigung. Ich bin sicher, daß wir zu einer fruchtbaren Zusammenarbeit fänden, Ellie, und ich weiß, daß ich die Firma nicht ohne dich führen könnte. Deshalb ist mir jede Vereinbarung recht.« Ein Lächeln des Bedauerns umspielte seine Lippen. »Du brauchst mir nicht zu drohen, Ellie, um von mir das zu bekommen, was du willst.«

Sie glitt aus dem Bett. »Dann ist also alles klar.«

»Nur eines noch nicht.«

»Ja?«

»Was wird aus uns?«

Sie mußte lachen. »Du meinst im Bett?« Wieder lachte sie. »Nun, Peter, du bist ein hübscher Junge und gibst dir auch Mühe. Mit der richtigen Anleitung könnte deine Darbietung noch besser werden . . .«

31

»Foxman! Foxman!« Sir John stieß den Namen mit schriller Stimme und deutlicher Verachtung hervor. »Foxman und die anderen, die so sind wie er!«

Im Gegensatz zu den anderen Räumen des Hauptquartiers der IMM war Sir Johns Büro nicht spartanisch eingerichtet, sondern im Stil eines viktorianischen Londoner Salons ausgestattet. Elegant drapierte Vorhänge filterten das Licht der grellen Sonnenstrahlen, das durch die schmalen Fenster einfiel. Porträts seiner Vorfahren – einige im Stil der alten holländischen Meister – hingen an den Wänden. Ein Cembalo füllte eine Ecke des Zimmers aus, ledergebundene Bücher – nach Autoren geordnet – standen in einem massiven Wand-zu-Wand-Regal. Es gab keinen Schreibtisch, keinen Büroschrank, kein Telefon, nur eine Gruppe komfortabler Sessel um einen runden Kirschbaumtisch, auf dem Sherry, Kaffee, Tee und ein wenig Gebäck standen. Koenigsburg und Keller lehnten diese Angebote ab.

Sir John saß mit dem Rücken zur Bücherwand. »Es kann nicht so weitergehen wie bisher«, sagte er. »Es steht zuviel auf dem Spiel. Diese Firma wurde von meinem Großvater gegründet, er übergab sie an meinen Vater, der mir alles über Diamanten beigebracht hat, und wenn die Zeit gekommen ist, werde ich die IMM an meine Söhne übertragen. Bis dahin übe ich die Macht aus.« Er musterte seine Gesprächspartener, als ob er nach Widerspruch fahndete.

»Ich war gezwungen, ihn von der Liste zu streichen«, sagte er unvermittelt.

Keller verstand. Foxman wurde von der IMM nicht mehr beliefert, Sir John trieb den alten Herrn aus dem Geschäft.

»Soll ich den Mann noch unterstützen, der den revolutionären Versuch unternommen hat, alles zu zerstören, was über so viele Jahre mit soviel Verstand aufgebaut worden ist? Soll ich mir mein eigenes Grab schaufeln? Niemals! Sicher, Maurice ist ein charmanter Mann, gebildet, außergewöhnlich intelligent, ein Liebhaber guter Musik. Aber das sind sie alle, diese Hebräer, sie sind alle kultiviert und gebildet.«

Er seufzte. »Aber sie verursachen auch immer und überall Ärger. Männer wie Foxmann mit ihren Weisheiten aus dem Alten Testament wissen alles besser und sind auf Konfrontation aus.«

Keller konnte nicht glauben, daß ein Semit so antisemitisch war. Er erinnerte sich an Gerüchte, nach denen Sir John während des Zweiten Weltkriegs direkte Geschäfte mit Goebbels gemacht hatte – alles nur, um das Syndikat überleben und profitieren zu lassen.

Sir John wandte sich jetzt an Keller mit einem vergnüglichen Ausdruck in den Augen. »Man hat mir gesagt, daß Sie ein Mann sind, mit dem nicht leicht umzugehen ist, Keller. Aber clever, cleverer als die meisten. Ich habe einige Ihrer Berichte gelesen. Es sind Meisterwerke der Logik. Jedes Wort sorgsam gewählt, ohne alles Unsichere, Unbeweisbare, Überflüssige – die Arbeit eines bedächtigen Mannes. Erzählen Sie mir einiges von dem, was Sie über Foxman weggelassen haben.«

Keller hatte selten Angst, aber dieser Mann flößte ihm Furcht ein. Sir John wandelte am Rande des Größenwahns und war gefährlich wie jeder Mann mit unbegrenzter Macht.

Als Keller nicht sofort antwortete, sagte Sir John: »Wir sind den Angriffen von Rebellen ausgeliefert. Rücksichtslose Männer, die das Syndikat zerstören wollen. Ich bin Foxman auf seine hinterhältigen Schliche gekommen, auf seine Sabotage, seine Bemühungen, meine Autorität zu schwächen. Er hat vor, Krieg gegen uns zu führen. Kürzlich hat er sich mit Gesinnungsgenossen getroffen – Halevi, Steinberg, Greenfield. Alles Männer mit einiger Macht und – kein Zufall – alles Juden. Sie verschwören sich gegen mich. Aber ich lasse nicht zu, daß es ihnen gelingt.«

Keller sagte dumpf: »Ich habe diesen Bericht verfaßt.«

»Ja, richtig, gute Detektivarbeit.«

»Ich habe nichts von einem Krieg geschrieben«, sagte Keller. »Auch nichts über eine Verschwörung. Es war ein Treffen gleichgesinnter Männer.«

Sir Johns Gesicht spannte sich, die Augen blickten starr. »Eine miese Meute. Trifft sich heimlich auf Hinterhöfen und plant das Verderben. Foxman hat Steine aus den verschiedensten Quellen erworben. Seltsame Quellen, haben Sie das gewußt, Keller? Offenbar nicht.«

Koenigsburg füllte das drohende Schweigen. »Die letzte Nachricht besagt, daß Foxmans Käufe sich auf rund 35 Millionen Dollar belaufen. Alle getätigt von P & D, einem Tochterunternehmen.«

»In dem«, ergänzte Sir John, »Sohn David der Partner eines gewissen Peter Downes ist.«

»Ich weiß über Downes Bescheid«, sagte Keller.

»Da ist noch mehr«, sagte Koenigsburg. »Foxmans Neffe, der erschossen wurde, kaufte farbige Steine und Diamanten aus nicht sauberen Quellen.«

»Ich weiß«, sagte Keller, »das ist kein Geheimnis mehr.«

»Ein weiteres Zeichen dafür«, sagte Sir John, »daß Foxman den geraden Weg in unserem Geschäft verlassen hat. Er dehnt seinen Handel über die Kontrolle der IMM hinweg aus.«

»Der Mann kämpft ums Überleben.«

Koenigsburg sagte zornig: »Seine Nichte ist auch im Geschäft. Man hört Gerüchte, daß sie ihre eigene Börse eröffnen will.«

»Okay, Foxman kauft«, sagte Keller, »jeder sieht sich nach neuen Quellen um, wenn . . .«

Sir John unterbrach ihn. »Ein ehrlicher Händler verkauft, so schnell es geht. Aber Foxman verkauft nicht. Er hortet seine Acquisitionen. Warum wohl?«

»Foxman will die Preise hochtreiben«, sagte Koenigsburg, »zu seinem eigenen Nutzen.«

»Ist das möglich?«

»Wenn man genug hortet, ja. Falls er dann auf einen Schlag alles auf den Markt bringt, ist der Schock so groß, daß die Preise drastisch fallen und jeder Schaden nimmt – die großen und die kleinen Händler. Nur die wenigen nicht, die an der Verschwörung beteiligt sind. Was für ein hinterlistiges Komplott, um die Vorherrschaft der IMM zu brechen! Das darf ich nicht zulassen.«

Keller hatte gehofft, er könnte seinen Rat für sich behalten, bis er mehr Beweise hatte. Aber jetzt sah er keine andere Möglichkeit mehr.

»Foxman ist auch nur ein Opfer«, sagte er.

Koenigsburg sprang rasch ein und zischte Keller an: »Sir John hat Ihnen gerade klargemacht, wie die Dinge stehen!«

Sir John sagte ruhig: »Fahren Sie fort, Keller.«

»Die Möglichkeiten, die Sie aufgezeigt haben, stimmen. Bis auf eine entscheidende Abweichung: Die Gefahr geht nicht von Foxman aus.«

»Von wem dann, Keller?«

»Russ Almaz.«

»Unsinn«, platzte Koenigsburg heraus.

»Wer Robert Foxman getötet hat, war hinter den Diamanten her, die er gekauft hatte.«

»Aber sie wurden nicht gestohlen. Er hatte die Steine noch bei sich, als die Polizei ihn fand.«

»Diese farbigen Steine stammten von einem libanesischen Händler namens Khamoury. Aber in seinem Spazierstock hatte Foxman sowjetische Steine versteckt, die er von einem Mann namens Tarassuk gekauft hatte.«

»Ich kenne diesen Mann nicht«, sagte Sir John.

Koenigsburg sagte zögernd: »Ein undurchsichtiger Typ, der mit sowjetischen Steinen handelt. Er wurde getötet.«

»Erschossen«, ergänzte Keller, »mit einer 22er – wie Robert Foxman. Die Beschreibung des Täters paßt auf den Mann, der mich in Saint Tropez aus dem Verkehr ziehen wollte.«

Koenigsburg fragte wütend: »Warum weiß ich davon nichts?«

Keller überhörte die Frage. »Ich glaube, der Mörder ist in beiden Fällen ein sowjetischer Killer.«

»Verlangen Sie nicht, daß ich Ihren Vermutungen folge, Keller. Warum sollte sich Moskau gegen mich stellen? Wir haben eine Vereinbarung.«

»Vielleicht verfolgen Sie trotzdem eigene Interessen.«

Sir John ging unruhig im Zimmer auf und ab. Dann blieb er stehen und drehte sich abrupt zu Keller um.

»Sie sagen mir, daß Moskau falsch spielt. Das glaube ich nicht. Schmuggler hat es immer gegeben – Diebe, Männer, die im Schatten leben.«

Keller berichtete von Vadim Lukas, von dem Jockey-Killer, von Tarassuk und Tatjana, von Harry Geis.

»Geis!« rief Sir John. »Schon wieder ein Name, den ich nicht kenne!«

»Ein unbedeutender Händler auf der 47. Straße. Irgendwie mit den Russen verbunden – und mit Peter Downes.«

»Der Downes, der bei Foxman arbeitet?«

»Ja.«

»Sie sehen Foxman also auf einer Stufe mit den Russen?«

»Nein, Sir. Niemand kennt die Russen besser als Sie, Sir, Sie haben jahrelang direkt mit Ihnen gearbeitet. Sie wissen, wie sie denken.«

Koenigsburg bemerkte, daß Keller sich nicht an die Absprache gehalten hatte, aber er nahm es hin. Er war stolz auf seinen Mann.

Sir John setzte sich, schlug die Beine übereinander. »Die Russen sind ein seltsames Volk, zu jeder Tat fähig, ganz gleich, wie außergewöhnlich sie sein mag. Verträge zählen für sie nur, solange sie ihnen Vorteile bringen. Ich habe nie ganz aufgehört, Moskau als Bedrohung für die IMM anzusehen. Aber warum sollten sie gerade zu diesem Zeitpunkt etwas unternehmen? Welche Motive haben sie?«

»Wenn die Russen wollen, können sie die ganze Branche sabotieren, richtig?«

»Richtig, Keller.«

»Die Russen besitzen eine unbeschränkte Fülle an guten Steinen. Wenn sie wollen, überfluten sie damit den Markt. Sie, und nicht Foxman, können die Preise zum Einstürzen bringen und damit das Fundament, auf dem die Branche steht.«

»Wenn Sie recht hätten«, sagte Sir John, »bleibt immer noch die Frage: Warum ausgerechnet jetzt?«

»Sie wollen den Markt nicht zerstören«, sagte Keller, »deshalb brauchen sie Foxman. Sie müssen die Quelle ihrer Steine tarnen.« Er seufzte. »Wenn ich die Dinge richtig sehe, wollen die Sowjets zwar mehr Steine auf den Markt bringen als bisher, aber sie wollen nicht, daß man ihnen die Schuld an einem möglichen Preisverfall geben kann.«

Sir John war nachdenklich geworden. »Ich gebe zu, daß die Russen die IMM ruinieren können, wenn sie wollen, aber damit ruinieren sie auch ihre eigene Diamantenindustrie. Diamanten bringen ihnen im Westen harte Währung, fast eine Milliarde Dollar im Jahr. Und die Russen sind pragmatische Leute, bessere Kapitalisten als wir hier. Sie werden nichts tun, um sich selbst zu schaden. Nein, Keller, wenn ich Ihre Theorie glauben soll, müssen Sie unwiderlegliche Beweise vorbringen. Können Sie das?«

»Noch nicht.«

»Bis Sie das können, beharre ich auf meinem Standpunkt: Männer wie Maurice Foxman – durchtrieben, heuchlerisch –, sie sind das Krebsgeschwür, an dem unsere Branche krankt. Ich werde das Geschwür ausreißen.«

»Geben Sie mir ein wenig Zeit, Sir.«

Sir John wandte sich ab. »Tun Sie, was Sie nicht lassen können. Ich werde es auch tun.«

32

Am Abend rief er sie in sein Büro. Die meisten Lichter waren gelöscht, und eine dämmrige Stille lastete über dem Raum.

»Ich möchte meine Entscheidung mit dir diskutieren«, sagte er. In seiner Stimme schwang etwas Entschuldigendes mit, das sie bisher noch nicht von ihm gehört hatte.

»Du brauchst keine Erklärung abzugeben«, sagte sie.

»Es ist weniger eine Erklärung als eine Art seelischer Läuterung, meine Liebe, eine Läuterung von alter Schuld. Wie du weißt, bekomme ich von der IMM keine Lieferungen mehr, sie haben mich von der Liste gestrichen. Gerüchte und Verleumdungen über mich sind an jeder Straßenecke zu hören.«

Er machte eine längere Pause, atmete laut ein und fuhr dann fort.

»Gestern abend im Diamond Club beobachteten mich zwei gute Bekannte – wir kennen uns seit zwei oder drei Jahrzehnten – so verstohlen, als wagten sie nicht, offen zu zeigen, daß wir Kollegen sind, daß ich zu ihnen gehöre. Es gibt Gerüchte, nach denen ich das Syndikat schon seit Jahren betrogen haben soll.«

Sie litt mit ihm. Maurice war ein stolzer Mann, und sein Ruf war trotz seines Geschäfts, seiner Kunstsammlung, seiner kulturellen Interessen und seiner Familie immer das Wichtigste in seinem Leben gewesen. Daß jemand ihn verdächtigen konnte, etwas Unrechtes getan zu haben, war eine Folter für ihn.

»Niemand, der dich kennt, wird das glauben.«

»Wenn das nur stimmte, meine Liebe! Manchen Leuten fällt es leicht, von anderen Schlechtes zu glauben. Die Fehler in einem anderen Menschen zu entdecken, seine Schwächen und

Heucheleien – das ist für viele ein Beitrag zur persönlichen Befriedigung.«

Er seufzte.

»Die Gerüchte existieren schon seit einiger Zeit, und nichts brachte sie zum Verstummen. Es hat sich auch herumgesprochen, daß ich in letzter Zeit nur sehr schlechte Ware einkaufen konnte, und so habe ich die ersten bedeutenden Kunden bereits an die Konkurrenz verloren. Dazu kommt, daß Kinard die Teilrückzahlung der Schulden verlangt, die bei P & D entstanden sind und für die ich eine Bürgschaft übernommen habe. Heute morgen hat Kinard mich benachrichtigt, daß mein Kredit bei seiner Bank nicht mehr erhöht wird.«

»Nach all diesen Jahren . . .«

Maurice Foxman nickte. »Kinard verlangt auch, daß ich persönlich für jeden ausstehenden Cent geradestehen soll.«

»Aber das ist doch unzumutbar!«

Wieder nickte er. »Siehst du, Diamanten haben mich zwar zu einem wohlhabenden Mann gemacht – mein Vermögen beläuft sich auf rund zehn Millionen Dollar –, aber die Schulden der Firma sind beträchtlich höher. Selbst wenn ich meinen ganzen Besitz einbringen würde, wäre die Bank nicht befriedigt, sie würde trotzdem auf der Einleitung eines Konkursverfahrens bestehen. Es sei denn, sie sieht irgendwo Licht am Ende des Tunnels.«

Sie wollte etwas sagen, aber er hob die Hand und setzte seine Ausführungen fort: »Seit Sir John mich von der Liste gestrichen hat, können Foxman and Company mit der Konkurrenz nicht mehr mithalten. Andere Quellen haben wir nicht erschlossen – ich bin am Ende. Ich habe verloren und kann nicht mehr weitermachen.«

»Das kann ich nicht akzeptieren«, sagte sie entschlossen, betroffen von dem düsteren Bild, das er gezeichnet hatte. »Laß mich helfen. Wir werden weiterkämpfen, du und ich und David. Ich verspreche dir, eines Tages werden wir gewinnen.«

Ein melancholisches Lächeln hob seine Mundwinkel. »Von diesem Tage an liegen die Geschäfte von Foxman and Company in deinen Händen, Ellie Foxman. Du bist der neue Chef, meine Liebe.«

33

Sie weinte.

Sie sehnte sich danach, daß er sie an sich drückte, sie tröstete ihr die Ängste nahm und das lange festsitzende Mißtrauen gegen ihn. Aber er kam nicht auf sie zu, bot keine versöhnende Geste an. Er wartete, und als sie aufhörte zu weinen, wandte er sich noch einmal mit sanfter Stimme an sie.

»Du wirst wissen wollen, was mich zu dieser Entscheidung gebracht hat, da es lange Zeit so aussah, als würde ich dich von der Führung des Unternehmens ausschließen.«

»Ja, bitte«, sagte sie, nachdem sie sich wieder gefangen hatte.

»Ich habe deinen Ehrgeiz schon vor langer Zeit erkannt«, begann er. »Du hast dich um diese Position bemüht, du hast sie verlangt, aber nie etwas dafür getan. Du beharrtest darauf, Autorität zu haben, aber du hast nicht bewiesen, daß du auch Verantwortung übernehmen kannst oder willst. In einem Unternehmen wie diesem steht viel auf dem Spiel, nicht nur der Gewinn, sondern auch die Verantwortung für alle Menschen, die für uns arbeiten und von uns abhängig sind. Ich will, daß das Verantwortungsgefühl bleibt, auch wenn ich die Firma nicht mehr führe.«

Er sah sie lange an. »Soll ich dir sagen, wann ich begann, meine Meinung über dich zu ändern?«

Sie nickte, brachte keinen Laut heraus.

»Als du die Firma verlassen hast, war mir klar, daß du einen gewaltigen Sprung in deiner persönlichen Entwicklung gemacht hattest. Du hast den sicheren Hafen verlassen und dich auf eigene Füße gestellt, du hattest endlich die Nabelschnur durchschnitten. Du wolltest als unabhängiger Mensch arbeiten und nicht mehr nur als Maurice Foxmans Nichte.«

»Ich habe nicht viel erreicht, fürchte ich.«

»Du hast dich der Herausforderung gestellt. Du bist Risiken eingegangen. Als du die Ergebnisse, die du dir vorgestellt hast, nicht erreichen konntest, hast du etwas Neues probiert. Du hast Phantasie bewiesen, Mut, Beharrlichkeit, und mit deiner eigenen Börse hast du sogar eine Marktlücke entdeckt.«

»Bisher haben nur wenig Händler Interesse gezeigt.«

»Aber was für ein gewagtes Konzept! Die erste Frau, die eine Börse eröffnet! Ich kann mir denken, daß du damit den Leuten im Londoner Verkaufsbüro der IMM eine Menge Kopfzerbrechen bereitet hast. Die Börse existiert – weil du sie durchgesetzt hast. Welch aufregendes Erlebnis, sich einen Traum zu verwirklichen – es gibt nichts Vergleichbares! . . . Aber all das hätte mich vielleicht nicht davon überzeugt, daß du in meine Fußstapfen treten kannst, wenn da nicht die Sache mit dem Chamblay-Halsband gewesen wäre.«

»Das war nicht gerade meine Sternstunde.«

»Du hast einen Fehler begangen . . .«

». . . den du ausgemerzt hast . . .«

»Ja, aber du hast deinen Fehler gutgemacht. Du bist zu Jeannette Manière zurückgegangen und hast sie gegen alle Vernunft überzeugt, dir den Chamblay ein zweites Mal anzuvertrauen. Und diesmal hast du den Verkauf reibungslos zustande gebracht. Jeannette war des Lobes voll über deine kompetente Art – genau das hat sie gesagt. Sie bewundert dich und hat mir gesagt, daß du eine junge Frau mit vielen Talenten bist.«

»Du hast mit ihr gesprochen?«

»Ja, und ich stimme mit ihrer Einschätzung überein. Als ich erfuhr, wie du deinen Fehler ausgebügelt hattest, begriff ich, daß du dein Schicksal in deine eigenen Hände genommen hast.«

»Ich schulde der Marquise sehr viel«, sagte Ellie.

»Du hattest die Chance verdient, die sie dir gegeben hat. Also, was sagst du? Nimmst du mein Angebot an, Chefin von Foxman and Company zu werden?«

Sie versuchte, ihre Gedanken zu ordnen. »Da ist noch David«, sagte sie schließlich.

»David wird zuerst vielleicht ein wenig verärgert sein, aber selbst das bezweifle ich. Am Ende wird er froh sein, daß seine Zukunft unter deiner Führung gesichert ist.«

Sie setzte sich aufrecht hin, fuhr sich mit gespreizten Fingern durch die Haare. »Was ist mit Peter? Er hat sicherlich geglaubt, daß du ihn zu deinem Nachfolger benennst.«

»Ich glaube, er ist ein Spielertyp, und frage mich, ob ich ihm nicht zu sehr freie Hand gelassen habe. Zuerst waren seine Käufe durchaus innerhalb der Möglichkeiten der Firma. Die ersten Steine habe ich selbst überprüft, sie waren exzellent. Seither hat er über unsere Verhältnisse acquiriert. Das ist positiv, denn wir brauchen die Steine, aber er hätte auch wissen müssen, daß er unsere Kreditwürdigkeit gefährdet. Es wird deine Aufgabe sein, Peters aggressive Kauftätigkeit zu bremsen. Du mußt seine Neigung drosseln, sich zu weit vorzuwagen.«

Sie versuchte, ruhig zu atmen und ihren Puls unter Kontrolle zu bringen. Ihre jüngste Konfrontation mit Peter kam ihr in Erinnerung, und sie sah jetzt, wie unnötig das gewesen war.

»Ich werde mit Peter fertig«, sagte sie.

Er preßte die Fingerspitzen gegen seine Schläfe, als wolle er Schmerzen lindern. »Ich habe in meinem privaten Leben zu viele Fehler begangen, als daß ich geeignet wäre, Ratschläge zu geben, du mußt deine eigenen Entscheidungen treffen. Aber geschäftlich kann ich dir noch einen Rat mit auf den Weg geben: Du mußt Peters Investitionen so schnell wie möglich verkaufen und damit die Bankschulden bezahlen. Aber sei vorsichtig, wenn du verkaufst, erwecke nicht den Anschein von Panikverkäufen. Wir wollen nicht den Markt überfluten, das würde die Preisstrukturen durcheinanderwirbeln. Wenn du die Schulden bezahlt hast, liegt es an dir, die Firma wieder auf die Beine zu stellen. Mit deiner Phantasie und deiner Intelligenz gelingt dir das vielleicht besser als mir.«

»Das bezweifle ich.«

»Ich zweifle nicht mehr. Du hast die Fähigkeiten.«

»Aber ohne ein Angebot der IMM?«

»Vielleicht wird es dir eines Tages gelingen, Sir Johns Bannspruch zu durchbrechen. Wenn das glückt, wirst du die erste Frau sein, mit der Sir John Geschäfte macht.«

34

Sie blieb an diesem Abend noch lange in ihrem Büro und dachte über alles nach. Plötzlich verstand sie, daß Maurice sie beobachtet und alles verfolgt hatte, was sie unternahm. Er hatte sehen wollen, was sie erreichen konnte, um einzugreifen, wenn sie Hilfe brauchte. Wer würde sie in Zukunft vor Katastrophen bewahren, wenn sie auf sich gestellt war?

Lange saß sie grübelnd in ihrem Büro, dann schreckte das Telefon sie auf. Wahrscheinlich Peter, der sie erreichen wollte, oder ihre Mutter. Ellie war nicht in der Stimmung, mit einem von ihnen zu sprechen. Sie stand auf, verließ das Büro und trat auf die Madison Avenue, die um diese Zeit ungewöhnlich verlassen dalag.

New York war eine gute Stadt für eine Frau, die stets im Wohlstand gelebt hatte. Sie speiste in den besten Restaurants, genoß die Theater, die Opernbesuche, die Konzerte, die langen Samstagnachmittage in den Museen. Sie fuhr mit Taxen oder Privatchauffeuren, und ihr wurde bewußt, wie geschützt sie war vor den Schrecken dieser Stadt, denen die weniger Glücklichen so oft ausgesetzt waren. New York war ihr Zuhause, ihr Arbeitsplatz und ihr Freizeitpark, sie genoß seinen Rhythmus, seine Vitalität.

Als sie über die 56. Straße zur Park Avenue ging, spürte sie, daß sie hungrig war. Ihr Kühlschrank zu Hause bot alten Joghurt, ein paar Eier, Rahmmilch und Erdnußbutter – ein wenig verlockendes Mahl, bei dem sie obendrein keine Gesellschaft haben würde.

Vor ihr lag das Restaurant Benihana. Sie konnt nicht widerstehen. Eine Japanerin im Kimono führte sie zu einem Tisch neben einem leeren *hibachi*. Man brachte ihr einen Drink und nahm ihre Bestellung auf.

Schemenhaft nahm sie am Nachbartisch einen Mann wahr, der mit einer tiefen Stimme, die ihr bekannt vorkam, Scotch und Soda bestellte mit der Drohung, zu verhungern, wenn er nicht auf der Stelle etwas zu essen bekäme. Gut, dachte Ellie, das wird den Küchenchef auf Trab bringen. Der Schatten hob sein Glas und trank. »Ah, genau das, was ich brauche. Was trinken Sie da?«

New Yorker Männer, dachte sie. Durchdringende Stimmen als Ausdruck eines Selbstbewußtseins, das an Arroganz grenzte – und nichts dahinter.

»Wodka und Tonic«, sagte sie kühl, »und damit ist die Unterhaltung beendet.«

Die Ironie in seinem Lachen war nicht zu überhören. »Das muß an der Branche liegen – Diamanten geben Frauen etwas Schneidendes, Kaltes.«

Keller.

Diese Stimme, diese alles sehenden Augen, die meist verächtlich nach unten gezogenen Mundwinkel. Sie wollte gerade eine rüde Antwort geben, als der japanische Küchenchef kam, die Messer einsatzbereit. Er arbeitete so schnell, daß man seine Bewegungen kaum verfolgen konnte, zerschnitt, häckselte, vierteilte Zwiebeln, Champignons, Steinpilze und legte sie auf den schon heißen *hibachi.* Auf der anderen Seite brutzelten die Langusten. Der Koch führte seine Klingen mit meisterhafter Leichtigkeit.

»Mit dem möchte ich nicht aneinandergeraten«, sagte Keller und deutete auf die Messer.

»Lassen Sie mich in Ruhe«, gab sie frostig zurück, als er sich ihr gegenüber an den Tisch setzte.

»Aber was kann denn eine kleine harmlose Unterhaltung schaden?«

»Gehen Sie.«

»Was halten Sie von einem Waffenstillstand zum Ausruhen und Entspannen?«

»Kein Waffenstillstand – bedingungslose Kapitulation«, forderte sie und richtete sich auf, um noch arroganter zu wirken. »Ihr Boss soll meinen Onkel in Ruhe lassen.«

»Lady, ich bin nur ein kleines Licht.«

»Dann lassen Sie uns wenigstens in Ruhe.«

»Es ist nicht meine Absicht, Sie zu verletzen«, sagte er ernst.

»Das haben Sie und Ihre Freunde schon getan.«

»Wollen Sie wissen, wer Ihren Bruder getötet hat? Wollen Sie wissen, warum?«

»Mein Onkel weiß es, ich weiß es – das Syndikat.«

Keller hob sein Glas. »Nein.« Er trank. »Ich gebe zu, daß Sir John etwas gegen Leute wie Ihren Onkel hat. Sie sind ihm zu unabhängig, zu unzuverlässig. Sie machen mit jedem Geschäfte. Das gefällt ihm nicht, aber das ist für ihn kein Grund, sie umzulegen.«

»Mein Bruder ist tot, und einige andere ehrbare Männer sind es auch.«

»Das heißt nicht, daß das Syndikat dahintersteckt.«

»Wer sonst?«

»Es geschehen merkwürdige Dinge.«

»Zum Beispiel?«

»Das kann ich Ihnen noch nicht sagen. Reden wir über etwas anderes.«

»Gut. Warum verfolgen Sie mich?« Sie spießte die erste Languste auf. Sie war weich, würzig, köstlich. »Oder wollen Sie behaupten, daß dieses Treffen Zufall ist?«

Er sah ihr beim Essen zu. Sie attackierte die Delikatessen mit unverhohlener Angriffslust, das gefiel ihm.

»Wenn Sie gern japanisch essen, hätten Sie mit mir zur Zweiten Avenue gehen sollen, es gibt nichts Besseres westlich von Tokio.«

»Sie verfolgen mich.«

Er trank sein Glas, kaute auf einer Languste. »Es macht Spaß, Ihnen zu folgen. Mir gefällt, was Sie tragen. Ist das Flanell?«

»Seidenflanell.«

»Und die Bluse ist auch chic.«

»Das ist keine Bluse, sondern eine Tunika. Von Mode verstehen Sie nicht viel, Keller, bleiben Sie lieber bei Ihrem Job.«

Er grinste. Sie sah ihn an und wußte, daß er sich über sie amüsierte. Peter hätte das nicht gewagt, er wäre gar nicht auf den Gedanken gekommen, sich über sie lustig zu machen. Peter war höflich, stets darauf bedacht, zu gefallen.

»Hinter was sind Sie eigentlich her, Keller?«

»Im Augenblick hinter einem anständigen Essen. Das Steak ist okay, die Zwiebeln auch. Und zwischendurch eine anregende Unterhaltung.«

»Ach? Ist das vielleicht eine Unterhaltung?«

»Wenn zwei Menschen miteinander sprechen, kann man das eine Unterhaltung nennen. Da wir gerade von zwei Menschen reden – geht alles glatt mit Ihnen und Peter Downes?«

»Bleiben Sie aus meinem Privatleben, Keller!«

»Ich habe in letzter Zeit viel an Sie gedacht.«

»Belassen Sie's beim Denken.«

»Wenn wir gegessen haben, machen wir zwei noch einen Spaziergang.«

»Zu gefährlich.«

»Als Junge konnte ich abends noch überall hin, man brauchte keine Angst zu haben. Ich bin in der Bronx aufgewachsen – ah, nichts bleibt, wie es ist. Wir wär's mit einem Film? Sollen wir ins Kino gehen?«

»Sie vergeuden Ihre Zeit, Keller.«

»Ich habe damals fünfzehn Cent für zwei Karten bezahlt, bei Loew's in der 167. Straße. Im Paradise gab es einen richtigen Sternenhimmel als Decke.«

»Und unten im Parkett saßen Sie mit Ihrer Freundin und haben geknutscht.«

»Ich hatte keine Freundin. Damals noch nicht.«

»Das glaube ich nicht.«

»Ehrlich – Mädchen waren nicht meine Stärke. Ich fühlte mich in ihrer Nähe unsicher, schüchtern, ich hatte Angst vor ihnen.«

»Angst? Sie?«

Er grinste. »Na ja, ich bin älter geworden, habe mich verändert.«

»Das ist mir auch schon aufgefallen.«

»He, verlieren Sie Ihre Scheu vor mir?«

»Vergessen Sie's. Sie sind immer noch einer der Bösen.«

»Ich habe mehr als nur den Verdacht, wer der wahre Bösewicht ist. Er ist unser beider Feind.«

»Selbst wenn das stimmen sollte – meinen Sie, das müßte uns verbinden?«

»Ja, sicher, wir sind Verbündete – Freunde.«

»Ich lasse mich nicht von Ihnen einlullen. Essen Sie Ihr Steak und verschwinden Sie.«

»Ich bringe Sie nach Hause.«

»Haben Sie nicht gehört, was ich gesagt habe?«

»Ich begleite Sie – was haben Sie dabei zu verlieren?«

Eine Menge, wollte sie sagen. »Ich weiß nicht, ob ich Ihnen trauen kann.«

Er lächelte. Es war das Lächeln eines Mannes, der seinen Willen durchgesetzt hatte.

»Natürlich können Sie mir trauen – wie jedem Mann, den Sie abends in einem japanischen Restaurant treffen.«

35

»Wir haben es geschafft!« rief Peter Downes ausgelassen. »Fünfzig Millionen Dollar!«

»Maseltov, Peter!« Geis' verkniffenes Gesicht zeigte einen höhnischen Ausdruck.

Downes wurde mit einem Schlag wieder nüchtern. Harrys sarkastische Ader ging ihm unter die Haut. Oft war ihm danach, den kleinen schmächtigen Kerl zu packen und durchzuschütteln, ihm zu zeigen, daß er sich nicht alles erlauben konnte. Aber dieser Geis hatte etwas an sich, was Downes einschüchterte und ihm Angst einjagte.

Ralph Brownings honigsüße Stimme holte ihn in die Gegenwart zurück. Sie saßen im Büro des Bankiers. Es war später Abend, und die Stille ringsum trug zu Downes' Eindruck von Unheimlichkeit bei. Ihm war, als träfen sich hier die Mitglieder einer exklusiven, geheimen Gesellschaft.

»Geben Sie es zu, Peter – es war leichter, als Sie zunächst geglaubt haben.«

»Das war es wirklich. Aber ich bin froh, daß es jetzt vorbei ist.«

»Noch nicht, mein Süßer«, sagte Geis in seiner irritierenden Stimme. »Nicht, bis wir die Steine vergoldet haben und über einen Haufen Bares verfügen.«

»Und«, sagte Browning, »wir dürfen auch nicht unsere Pläne mit Foxman and Company vergessen.«

»Wann fangen wir damit an?« fragte Downes. »Je länger wir warten, desto gefährlicher wird es für uns.«

Geis kicherte fröhlich, er genoß jede Minute. Die einzelnen Schritte des Plans, die subtilen Geheimnisse, die nur er allein kannte, die Serie der kleinen und großen Triumphe hatten dieses Spiel zu einem einzigartigen Erfolg werden lassen. Noch ein, zwei Schritte, dann war alles vorbei, dann waren alle Spuren, die zu ihm führen konnten, verwischt und ausgemerzt. Niemand würde ihn belangen können, nicht die Bullen und auch nicht das Syndikat. Dieser Sicherheitsheini, Keller, der hatte ihm zuerst einen Schrecken eingejagt, aber er hatte wohl nur auf den Busch klopfen wollen. Keller hatte nichts in der Hand, konnte keinen Griff finden, um ihn, Geis, auszuhebeln. Sollte er sich doch den Kopf zerbrechen. Geis leckte sich die schmalen Lippen – er konnte seinen Sieg fast schmecken.

»Vielleicht lassen wir uns Zeit«, sagte er zu Downes.

»Halten Sie den Mund, Harry!« sagte Browning scharf. »Was zu sagen ist, sage ich!«

Geis starrte den Bankier an. Er hatte nie viel für Browning übriggehabt, er war ihm zu glatt und zu weich, zu weit weg von Geis' ärmlicher Existenz. Die Zurechtweisung nahm er ohne Widerspruch entgegen, seine Zeit würde noch kommen.

Browning wandte sich an Downes. »Das Kapital von zwanzig auf fünfzig Millionen zu erhöhen, hat sich als Kinderspiel erwiesen, Peter. Wir haben größere Käufe in geringeren Abständen getätigt – und Foxmans Bürgschaft hat immer noch gegriffen.«

»Was aber jetzt zu einem Problem führen kann«, sagte Downes. »Ich habe schon gesagt, daß Maurice Foxman sich zurückzieht. Er hat Ellie zu seiner Nachfolgerin bestimmt.«

»Du hättest das werden können, *Schmock*«, sagte Geis wütend, »du hast Mist gebaut.«

Downes schoß zurück: »Wenn dir nicht gefällt, wie ich die Sache angepackt habe, brauchst du es nur zu sagen, dann bin ich . . .«

Browning unterbrach ihn schneidend: »Aufhören mit diesem Unsinn! Wir sind ein Team, eine Organisation mit drei Köpfen. Jeder ist gleichberechtigt, jeder hat Erfolg oder Mißerfolg mit den anderen zu teilen. Also keine Schuldzuweisungen mehr!«

»Ellie ist gut«, sagte Downes. »Sie ist besser als ich in diesem Geschäft, deshalb kann man Foxmans Entscheidung durchaus verstehen.«

»Auch besser im Bett?« zankte Geis.

»Das reicht, Harry!« wies Browning ihn scharf zurecht. Er wandte sich an Downes: »Was macht Ihnen Sorgen?«

»Die Schuldenhöhe. Die Banken sitzen Foxman im Nacken, verlangen Rückzahlungen und haben sein Kreditvolumen erheblich reduziert.«

»Das war unvermeidlich«, sagte Browning.

»Und wenn sie ihm den Hahn zudrehen?« fragte Downes.

»Können sie das?« Geis war zum erstenmal besorgt. Ohne Foxman and Company würde der ganze Plan ins Wasser fallen, ihre Arbeit umsonst gewesen sein, und sie würden noch einmal von vorn beginnen müssen.

Browning war auch besorgt, ließ es sich aber nicht anmerken. »Was schlagen Sie vor, Peter?«

»Wir müssen mit dem Verkauf der Ware anfangen.«

»Die Steine sind noch in der Schweiz«, sagte Geis.

»Wir könnten sie innerhalb von vierundzwanzig Stunden herüberbringen, wenn es nötig ist, nicht wahr, Ralph?«

Browning nickte, und Downes fuhr fort: »Auf diese Weise könnte Foxman einen Teil seiner Schulden bezahlen und würde einen größeren Kreditspielraum erhalten. Wenn wir das Unternehmen dann in die Hände bekommen, hätten wir wenigstens eine funktionierende Firma.«

Browning schwieg, er dachte nach.

»Wann soll ich mit dem Verkauf anfangen?« fragte Downes.

»Sofort«, gab Geis spontan zurück.

Browning wiegte den Kopf. »Ich weiß nicht«, sagte er bedächtig. »Halten Sie ihn noch ein wenig hin, Peter, lassen Sie den Druck auf Foxman noch größer werden. Falls er wieder auf dieses Thema zu sprechen kommt – was bestimmt nicht lange dauern wird –, führen Sie die Marktlage an. Betonen Sie, daß Sie den bestmöglichen Preis erzielen wollen, den größtmöglichen Gewinn für die Firma. Natürlich werden Sie verkaufen, um das Unternehmen am Leben zu erhalten, aber Sie werden es nur mit geringen Mengen tun. Prägen Sie sich das ein: Solange hinauszögern wie möglich, aber dann gerade soviel verkaufen, daß Foxman and Company überleben.«

»Begriffen.«

»Zu einem bestimmten Zeitpunkt«, fuhr Browning fort, »wenn die Schuldenhöhe des Unternehmens so groß ist, daß nicht nur die Zukunft von Foxman and Company gefährdet ist, sondern auch die Existenz seiner größten Kunden, werde ich aus dem Hintergrund auftauchen und anbieten, das Unternehmen zu retten. Oder besser: Meine kleine Bank wird dieses Angebot machen. Sie wird vorschlagen, die Schulden aufzukaufen und Foxman vor dem Makel eines Bankrotts zu bewahren. Dafür wird die Bank die Kontrolle über die Firma verlangen. Wenn es soweit ist, Peter, werden Sie Geschäftsführer von Foxman and Company. Sie werden die Geschicke des kleinen Diamanten-Imperiums leiten – mit meinem Rat natürlich.«

»Ich weiß Ihr Vertrauen zu schätzen«, sagte Peter Downes und wunderte sich, warum er sich nicht wohl fühlte in seiner Haut. Ihm war, als ob seine schlimmsten Befürchtungen sich bewahrheitet hätten.

»Also sind wir uns einig«, stellte Harry Geis fest.

Downes wiederholte: »Ich hole die Steine zusammen und warte mit dem Verkauf.«

»Klar, Peter, du wartest«, sagte Geis und fügte mit einem triumphierenden Grinsen hinzu: »Und während du wartest, kaufst du neue Steine.«

»Ich soll weiterkaufen?« rief Downes verwirrt. »Wir haben unsere fünfzig Millionen! Wir sollten bald kassieren und uns dann verdrücken.«

»Wir haben hier eine Goldgrube«, sagte Geis mit ungewohnter Freundlichkeit in der Stimme, »warum sollten wir sie schließen, bevor sie nicht ganz ausgebeutet ist?« Er forschte in Downes' Gesicht nach einer Reaktion.

»Aber der Plan war . . .«

»Wir wissen, was der Plan war«, unterbrach Browning, »und es war sogar ein sehr guter Plan – leicht, clever, ohne Komplikationen. Aber denken Sie mal einen Schritt weiter, Peter. Was halten Sie davon, wenn wir unsere Operation ausbauen? Wenn wir den Profit noch einmal verdoppeln, eventuell sogar verdreifachen?«

»Sogar verzehnfachen!« rief Geis mit hoher Stimme, das Gesicht noch verkniffener als sonst.

Downes blickte von Geis zu Browning und wieder zu Geis, dann sagte er: »Das ist Wahnsinn!«

»Es ist ausgesprochen vernünftig«, widersprach Browning. »Denken Sie einmal darüber nach, Peter. Ist es wirklich so unvorstellbar? Sprengt es tatsächlich ihre Größenordnung?«

Downes kämpfte gegen seine Ängste an und bemühte sich, einen klaren Kopf zu behalten. Als er antwortete, klang seine Stimme ruhig und besonnen. »Natürlich ist es vorstellbar, theoretisch. Und daß mir auch vor großen Zahlen nicht bange ist, habe ich schließlich bewiesen.«

»Ich werde es noch einmal wiederholen, Peter«, sagte Browning. »Durch den teilweisen Verkauf der Steine kann Foxman einen Teil seiner Schulden zurückzahlen, gleichzeitig wird ihm wieder Kredit eingeräumt, so daß Foxmans Kaufposition – *Ihre* Kaufposition, Peter! – wieder gestärkt wird. Die Bank wird zufrieden sein, wenn sie sieht, daß ihre Befürchtungen unberechtigt waren, und man wird gegen zukünftige Kredite nichts mehr einwenden – bis es zu spät ist, um noch etwas dagegen zu unternehmen.«

»Aber sobald die Schulden wieder so hoch sind wie zuletzt, wird die Bank erneut einen Riegel vorschieben, und meine Position bei Foxman . . .«

»Die Bank weiß, daß die Kredite durch die Einkäufe von Diamanten gedeckt sind«, sagte Browning in seiner ruhigen, überzeugenden Art. »Und genau das ist Ihr Spielmaterial. Die ersten fünfzig Millionen haben der Bank gezeigt, daß Foxman in neuen Größenordnungen denkt.« Er lächelte. »Denken Sie daran, Peter, wir gehen überhaupt kein Risiko ein – Foxmans Bürgschaft zählt immer noch.«

Downes ahnte, daß ihm nichts anderes übrigblieb, als zuzustimmen. »Ein verlockender Gedanke.«

»Er kann viel mehr als verlockend sein«, meinte Browning, »er kann uns über alle Maßen reich machen.«

»Er ist eine Herausforderung«, sagte Downes, »eine neue Dimension.«

»Sie glauben also, daß Sie das schaffen könnten?«

»Ein Spiel mit vielen Unbekannten«, murmelte Downes. »Was ist, wenn einer der Verkäufer mißtrauisch wird?«

»Das wird nicht geschehen«, sagte Browning.

»Wenn einer von ihnen verlangt, daß wir noch größere Abschlüsse tätigen . . .«

»Das wird nicht geschehen.«

»Wenn einer von ihnen an mir vorbei direkt zu Foxman geht und ihn informiert . . .«

»Aber Foxman ist draußen«, sagte Geis.

»Dann eben zu Ellie. Das wäre noch schlimmer, viel schlimmer.»

»Die Lady ist doch heiß auf dich, mein Junge«, sagte Geis zuversichtlich. »Du mußt ihr von Zeit zu Zeit zeigen, was für'n Feger du bist, dann frißt sie dir wieder aus der Hand.«

Downes fühlte sich in die Ecke gedrängt und seufzte. »Warum? Fünfzig Millionen durch drei geteilt, das reicht uns doch bis ans Lebensende. Mir jedenfalls reicht es.«

»Es gibt ein altes amerikanisches Sprichwort«, sagte Geis grinsend. »Man kann nicht zu reich und nicht zu dünn sein.«

»Ein solcher Plan entwickelt seine eigene Dynamik«, erklärte Browning gelassen. »Jeder, der diese Fülle hochwertiger Steine besitzt, kann bis zu einem gewissen Grad den Markt beherrschen.«

»Das Syndikat würde das nicht zulassen. Es würde sich einschalten, und dann . . .«

»Erwägen Sie eins«, unterbrach ihn Browning. »Wir können dem Syndikat seine Exklusivität als Lieferant streitig machen. Und erwägen Sie noch etwas: Wir sind in der Lage, dem Syndikat bei seinen Quellen, Preisen und Verkäufen die Stirn zu bieten.«

Peter Downes' Nervensystem warnte ihn, Schweiß brach aus seinen Poren, ein kalter Schauer jagte ihm über den Rücken.

»Das ist unmöglich«, sagte er.

»Sagen Sie mir, warum.«

Downes schluckte und konnte seine Angst schmecken. Das

Syndikat ließ sich nicht derartig bedrohen, es würde zurückschlagen. Die wenigen Menschen, die sich mit dem Syndikat angelegt hatten, lebten nicht mehr. Und wenn er nicht das Syndikat herausfordern wollte, mußte er sich mit Browning und Geis anlegen, zwei Größenwahnsinnige, die ihn zu Risiken zwangen, die er nie hatte eingehen wollen.

»Es ist unmöglich«, wiederholte er dumpf.

»Ich bin anderer Meinung, Peter. Nehmen Sie Miss Foxman. Wenn ich richtig informiert bin, hat sie bereits eine Verbindung in die moslemische Welt geknüpft. Sie müßten diese Verbindung doch für sich nutzen können, wenn Sie es clever anfangen. Aber wichtiger ist, daß ich Sie mit Quellen versorge, die Ihnen so viele Steine liefern, wie Sie brauchen, Steine in einer Qualität und Größe, um die andere Sie beneiden werden.«

»Es gefällt mir nicht«, sagte Downes starrköpfig. »Was soll das alles bezwecken?«

»Das geht dich einen Dreck an!« platzte Geis dazwischen.

Browning hob beschwichtigend eine Hand. »Bitte, Harry! Peter hat ein Recht zu wissen, worauf ich aus bin.«

Er lächelte Downes an, der das Lächeln nicht erwiderte.

»Bei unserem immensen Vorrat an Steinen«, sagte Browning mit salbungsvoller Stimme, »scheint es angebracht, John Messinger einen Besuch abzustatten und von diesem Herrn gewisse Konzessionen zu verlangen, sonst . . .«

»Sie erwarten, daß ich mich mit dem Syndikat anlege?« Downes war entsetzt. Ein Bein begann unkontrolliert zu zittern, und er hatte Mühe, es ruhig zu stellen. »Das können Sie vergessen!«

»Sie erledigen Ihre Rolle«, sagte Browning, »Sir John können Sie mir überlassen. Ich will dieser hochmögenden Persönlichkeit ins Auge sehen, wenn ich meine Forderungen auf den Tisch lege. Ich will die Reaktion in seinem arroganten Gesicht sehen. Ich will hören, was er sagt, wenn ich ihm mitteile, daß ich bereit bin, Steine im Wert von einer halben Milliarde auf den Markt zu werfen.«

»Sie stürzen uns alle ins Unglück! Sie lassen die Preise purzeln und erreichen den Niedergang der ganzen Branche!«

»Das alles muß nicht sein, wenn Sir John auf meine Vorschläge eingeht.«

»Das ist Erpressung, er wird nie darauf eingehen. Und warum wollen Sie die IMM vernichten?«

»Das ist genau das, was ich nicht vorhabe, Peter, und Sir John will das auch nicht. Er wird es nicht soweit kommen lassen. Wenn er damit rechnen muß, daß sein teures Kartell zusammenbricht, daß die Zeit seines Monopols zur Neige geht, wird er nach Überlebenschancen suchen. Er wird nachgeben.«

Downes hatte Mühe, klar zu denken. »Ich verstehe das nicht. Was wollen Sie?«

»Alles«, warf Geis ein.

Browning fügte ernst hinzu: »Ich beabsichtige, das Syndikat zu kontrollieren.«

Downes' Atem kam stoßweise wie bei einem sich ankündigenden Asthmaanfall. »Das ist unmöglich.«

»Sie irren sich! Denken Sie einmal nach: Es kommt der Zeitpunkt, da wird Sir John mich fragen, was es kostet, mich davon abzuhalten, den Markt mit Diamanten zuzuschütten. Ganz einfach, werde ich ihm sagen: Ich will, daß Sie, Harry und ich in den Vorstand der IMM berufen werden – außerdem noch drei oder vier andere Herrschaften, die ich ihm nennen werde. Mit diesen Stimmen und den Steinen im Hintergrund werden wir die Politik des Syndikats diktieren und die Unternehmungen in einer Vielzahl von Ländern genau auf unsere Bedürfnisse abstimmen können.«

»Ralph, Sie machen mir Angst.«

»Wie ich auch Sir John Angst machen werde . . .«

»Aber das ist mehr, als ich wollte.«

»Natürlich ist es das. Aber ich habe immer dieses Ziel im Auge gehabt. Das ist keine spontane Idee, Peter, sondern das Resultat vielschichtiger Untersuchungen und Recherchen. Man kann es schaffen, und wir werden es schaffen.«

»Und was ist, wenn etwas schiefgeht?«

»Das wird nicht geschehen. Dieses Konzept durchzusetzen ist nicht schwieriger als alles bisher. Mit Ihrer Hilfe, Peter, werden wir gewinnen.«

Downes bebte am ganzen Körper. Seine Nerven gehorchten

ihm nicht, seine Gefühle waren nicht unter Kontrolle. Diese wahnsinnige Gier nach Macht – da konnte er nicht mithalten, er war dafür nicht geschaffen. Er hatte doch nur ein paar schnelle Dollar machen und wieder untertauchen wollen. Das hier war ein paar Nummern zu groß für ihn, und obwohl der mögliche Lohn unermeßlich schien, hatten die neuen Pläne nichts Verlockendes für Peter Downes, im Gegenteil.

Lehn rundheraus ab, befahl er sich, sag es Geis ins Gesicht. Laß Browning die fünfzig Millionen für sich behalten, das ist sicherer für dich. Du hast immer noch eine gute Zukunft vor dir – die Zukunft mit Ellie.

Er liebte sie, er wollte sie haben, er würde sie glücklich machen. Sie würden heiraten und bis ans Ende ihrer Tage die Geschicke von Foxman and Company lenken. Er würde hart arbeiten und Ellie ein guter, ehrlicher Partner sein, ein treuer Ehemann. Sie würden eine Familie haben, Stützen der Gesellschaft werden, ein Appartement in New York besitzen und ein Haus in Woodstock. Warum Risiken eingehen, wenn es überflüssig war? Zum Teufel mit diesem Unsinn – er wollte aussteigen.

»Noch Fragen?« fragte Browning.

Peter Downes zögerte.

Warum machte er nicht eine Weile mit? Mal sehen, wie sich die Dinge anließen. War er nicht immer fasziniert gewesen von dem Gedanken, einmal ganz reich zu sein? Browning bot ihm die Chance – und niemand hatte sie mehr verdient als er, Peter Hilary Downes.

»Die Bedingungen stehen günstig«, sagte Browning. »Wir haben einen wachsenden Markt und erhebliche Rücklagen der Händler, die verkaufen werden, wenn die Preise am höchsten stehen. Alle horten, so daß unsere Aktion für eine gewisse Zeit kaum auffallen wird.«

»Was ist, wenn das Syndikat nicht mitspielt?«

»Das ist vollkommen ausgeschlossen, Sir John kann meine Drohung nicht ignorieren. In einem einbrechenden Markt würde er die großen Händler verlieren, die bedeutenden Käufer. Das kann sich nicht einmal die IMM erlauben. Seine eigenen Aktionäre würden sich bald von ihm abwenden. Wenn wir anfangen, den Preis nach unten zu ziehen, muß er folgen, dann rutscht der Preis noch tiefer. Er weiß das, deshalb wird er begreifen, daß er auf unsere Bedingungen eingehen muß – er hat keine Wahl.«

Downes beleuchtete die Situation von allen Seiten. Trotz seiner Ängste und seiner Zweifel mußte er zugeben, daß einiges für diesen Wahnsinn sprach – die Wahrscheinlichkeit, daß ihnen der ganz große Coup gelang, lag genauso hoch, wie sie bisher bei ihrem Spiel gewesen war.

Einfach weitermachen, redete er sich zu, geradeaus marschieren. Wenn Sir John nachgab, würde er sich als Geschäftsführer der IMM nicht mehr lange halten können, früher oder später würden sie ihn zum Rücktritt zwingen. Ein anderer würde seine Position einnehmen.

Aber wer?

Bestimmt nicht Harry Geis, er hatte einfach nicht die Voraussetzungen. Auch nicht Ralph Browning, der sich offenbar nur wohl fühlte, wenn er aus dem Hintergrund agieren konnte. Also blieb nur er übrig. Großer Gott! Er würde der mächtigste Mann im Diamantengeschäft sein, einer der bedeutendsten Industriemanager der Welt!

»Die Steine«, sagte er mit heiserer Stimme, »woher bekommen wir die Steine, die wir brauchen?«

»Überlassen Sie das mir.«

»Aber woher kommen die Steine?« hakte Downes nach.

Browning bedachte ihn mit einem geringschätzigen Blick. »Aus der Sowjetunion natürlich.«

36

Bakshir Khamoury rief um zehn Minuten nach drei New Yorker Zeit an. Ellie schreckte auf. Sie hatte geträumt und war sich einige Augenblicke lang nicht klar, ob das Schrillen in ihren Traum oder in die Wirklichkeit gehörte. Sie betätigte die Nachttischlampe und sah auf den Wecker. Mit einem kernigen Fluch griff sie zum Hörer.

»Ja?«

Eine ferne, fremdländische Stimme nannte ihre Telefonnummer und ihren Namen. Als Ellie beides bestätigt hatte, knackte es ein paarmal, bis sie die fröhliche Stimme am anderen Ende der Leitung hörte.

»Ich bin Bakshir, meine wunderschöne, amerikanische Freundin. Miss Foxman, ah, es ist eine Freude, mit Ihnen sprechen zu dürfen. Ich, Bakshir, bin Ihr ergebener Bewunderer. Ich will doch hoffen, daß es Ihnen gut geht, meine teure Dame.«

»Bakshir, wissen Sie, daß wir in New York mitten in der Nacht sind?«

»Ich habe seit Tagen versucht, eine Verbindung zu bekommen. Das Telefonsystem hier ist einen Katastrophe, nicht die allerschlimmste in Afrika, aber schlimm genug. Geht es Ihnen gut und sind Sie glücklich, Miss Foxman? In meinen Gedanken sind Sie bei mir Tag und Nacht. Sie durchwandern in Ihrer unvergleichlichen Lieblichkeit meine schönsten Träume. Haben Sie meinen Antrag inzwischen zu meinen Gunsten entschieden, meine Liebste? Werden Sie meine Frau und machen Sie mich zum glücklichsten Mann der Welt.«

»Bakshir, ich kann nicht glauben, daß Sie mich zu dieser unchristlichen Zeit anrufen, um einen Heiratsantrag anzubringen. Wo stecken Sie eigentlich?«

»In Sierra Leone, meine Liebe. Draußen regnet es schon seit Tagen. Ich glaube, ich werde überhaupt nicht mehr trocken. Gestern abend habe ich eine Vorstellung der Nationalen Tanzgruppe im Cape Sierra Hotel gesehen. Eine unglaubliche mitreißende Show, Miss Foxman, atemlos warte ich auf den Tag, an dem wir solche Vergnügen gemeinsam genießen können.«

»Warum rufen Sie mich an, Bakshir?«

»Ich bin in diesem Land viel gereist, überall an den Flüssen entlang. Aber wo immer ich hinkomme, bekomme ich die gleiche Antwort. Überall gibt es eine katastrophale Minderung der Diamantenproduktion.«

Jetzt war sie endlich wach, schwang die Beine aus dem Bett

und stellte ihre Füße auf den dicken Teppich. »Was wollen Sie mir sagen, Bakshir?«

»Die Zukunft ist voller Ungewißheiten, meine Liebe, sie ist sogar dunkel. Ich höre, daß zunehmend Lieferungen an ihrem Bestimmungsort nie ankommen.«

»Kann ich denn mit Lieferungen von Ihnen rechnen?« fragte Ellie.

»Sie wissen, daß ich ein unverbesserlicher Optimist bin, Miss Foxman. Trotzdem muß auch ich ein düsteres Bild zeichnen, wenn ich ehrlich bin.«

»Haben Sie Steine für mich auftreiben können?«

»Ja, ich habe einige Steine, aber ich fürchte, ich habe sie nur solange, wie ich nicht an Sie verkaufe.«

»Das müssen Sie mir erklären.«

»Ich bin untröstlich, meine liebe Miss Foxman, aber uns allen ist das Schicksal vorherbestimmt.«

»Nun kommen Sie schon, Bakshir, rücken Sie mit der Sprache heraus. Was ist los?«

Er stieß einen leisen Laut des Bedauerns aus, stöhnte, ächzte, erflehte den Segen und die Gnade Allahs.

»Das Leben ist grausam, der Mensch ist schlecht. Nur Allah ist gut und beständig. Ich bin nicht mehr länger der Meister meines Geschicks, und ich kann unsere Abmachung nicht aufrechterhalten.«

»Ich habe mich auf Sie verlassen, Bakshir. Sie sind meine wichtigste Quelle.« Allmählich wurde ihr die ganze Tragweite dessen bewußt, was Bakshir Khamoury ihr gerade eröffnete. »Ohne Sie bin ich aus dem Geschäft.«

»Miss Foxman, meine Liebe, meine Teuerste. Meine einzige, wahre Liebe! Sie ahnen ja nicht, was draußen in der Welt vor sich geht. Der Druck nimmt zu.«

»Druck von wem?«

»Wer vermag das so genau zu sagen? Meine Lieferanten haben Warnungen zugespielt bekommen, daß sie mit mir nicht mehr zusammenarbeiten sollen, wenn ich weiterhin die Geschäftsverbindung mit Ihnen unterhalte.«

»Und von wem kommen diese Warnungen?«

»Nicht genannte Offizielle der Regierung, Männer ohne

Bedeutung, die leicht eingeschüchtert werden können, aber klug genug sind zu wissen, daß sie denen in den höheren Etagen gnadenlos ausgeliefert sind. Zweimal sind meine Mitarbeiter ausgeraubt worden, man hat sie schrecklich zusammengeschlagen, die armen Kerle. Steine von insgesamt über tausend Karat sind für immer verloren – für mich jedenfalls. Ich bin arm dran, meine liebe Miss Foxman. Solche Zwischenfälle rauben einem nicht nur ein Vermögen, sondern auch den Mut. Oh ja, ich gebe zu, daß ich ein Schwächling und ein Feigling bin. Vergeben Sie mir, Miss Foxman! Vergeben Sie mir! Es ist nicht, daß ich Sie weniger liebe, aber ich liebe auch das Leben. Ich liebe es sogar noch ein bißchen mehr, was soll ich machen?«

»Durchhalten, Bakshir! Zurückschlagen! Kämpfen!«

»Meine Liebste!« Ein gedämpftes Geräusch drang durch die Leitung, eine Mischung aus einem Schluchzer und einem abgewürgten Lachen. »Ein solcher Vorschlag ist Ihrer nicht würdig. Er hat nur eins zur Folge: Wir werden beide vernichtet. Das wäre töricht, wenn Sie mir meine Offenheit verzeihen. Kämpft man gegen den Regen an, gegen den Wind oder gegen die Sonne? Nein, nein, man kann nur versuchen, Körper und Geist beisammenzuhalten und sich irgendwo zu vergraben, bis die Gefahr vorüber ist. Ein Mann wie ich – kann der sich erlauben, einfach getötet zu werden? Zwei Frauen, all die Kinder! Enkel, die noch kommen werden und sich auf mich verlassen werden –. Oh, Sie ahnen ja nicht, wie überlastet ich mit all meinen Verantwortungen bin!«

Sie schloß die Augen und dachte angestrengt nach. Was Bakshir gesagt hatte, war keine große Überraschung, es paßte zu den anderen schlechten Nachrichten. Erst gestern morgen hatte sie von der Browning Bank die Mitteilung erhalten, daß ihr Kreditantrag abgelehnt worden war, ohne Begründung.

»Bakshir, würde sich etwas ändern, wenn ich meine Börse wieder schließe?«

»Eine ausgezeichnete Idee, Miss Foxman. Dies ist keine Zeit, um neue Unternehmungen zu beginnen.«

»Was ist, wenn ich für meinen Onkel arbeite?«

»Ich fürchte, das würde nicht viel bewirken, meine Liebe. Wörter fliegen wie Sandkörner im Wind, und man sagt, daß jeder, der weiterhin mit Foxman Geschäfte macht, die höchsten Stellen verärgert.«

»Bakshir, wer steckt hinter all dem?«

»Man kann es nur ahnen.«

»Soll ich mal raten? Das Syndikat.«

»In unserem Geschäft, meine Liebe – gibt es da noch jemanden mit soviel Einfluß?«

Eine naheliegende Antwort, dachte Ellie. Die IMM verstärkte den Krieg gegen ihren Onkel, und da sie seinen Namen trug, würde auch sie darunter zu leiden haben. Das war Sir Johns letzte Offensive, um Maurice Foxman gegen die Wand zu drücken, ihn und sein Geschäft zu zerstören. Es mochte möglich sein, als kleiner Glitzerladen irgendwo zu überleben, aber die Tage des Ruhms und des klangvollen Rufs waren vorbei – ausgelöscht wegen einer kleinlichen Rache.

Sie unternahm einen letzten Versuch. »Helfen auch Sie mir nicht, gegen diese Ungerechtigkeit anzukämpfen, Bakshir?«

Ihre schwankende und kraftlose Stimme verriet sie. Bakshir brauchte nicht lange zu überlegen.

»Man kämpft nicht gegen das Gebirge an. Man kann sich Allahs Mächten nicht widersetzen.«

Es gab nichts mehr zu sagen. Sie konnte noch die Steine verkaufen, die P & D acquiriert hatten, damit würde sie zwar die Solvenz von Foxman and Company wiederherstellen, aber es gab keine Zukunft. Es war vorbei. Foxman and Company waren am Ende – sie war am Ende.

In dieser Nacht fand sie keinen Schlaf mehr, wälzte sich von einer Seite auf die andere. Das erste Tageslicht sickerte durch die Ritzen des Vorhangs, als sie sich duschte und für den Tag zurechtmachte. Sie zog einen purpurnen Kaschmirpullover an und einen weiten Rock und verzichtete auf jeden Schmuck. Sie wußte genau, was sie jetzt zu tun hatte.

Maurice saß hinter seinem riesigen Schreibtisch und betrachtete seine Nichte nachdenklich. Seine Entscheidung, ihr seinen Platz anzubieten, hatte er nach langen, quälenden Überlegungen getroffen, und er war sicher, daß auch ihr der Entschluß nicht leicht geworden war.

»Du wirst es schwer haben«, sagte er, »aber ich bin froh. Ich habe zugelassen, daß Foxman and Company fast bewegungslos geworden ist. Vielleicht liegt es an meinem Alter, vielleicht habe ich zu lange gezögert, die Geschäfte abzugeben, vielleicht habe ich mich zu lange an den traditionellen Methoden festgeklammert.«

Er seufzte. »Ich will mich nicht entschuldigen, aber Roberts Tod war ein immenser Schock für mich. Seither waren Foxman and Company wie ein Schiff ohne Ruder. Du brauchst dir nur die Bücher anzusehen, dann weißt du Bescheid. Unsere Schulden sind hoch, die Einnahmen minimal.«

Er redete mit leiser, kraftloser Stimme, es war, als wenn er mehr mit sich spräche als mit Ellie.

»Ich habe mich zu lange auf die guten Lieferungen des Syndikats verlassen und versäumt, rechtzeitig neue Quellen zu erschließen, neue Märkte aufzutun. Statt dessen war ich bemüht, das Erreichte zu erhalten, nicht größer zu werden, weil ich fürchtete, den Überblick zu verlieren. Jetzt sehe ich ein, daß ich die falsche Politik betrieben habe. Es war nicht richtig, die Firma ganz auf mich abzustellen. Ich hätte euch, die jungen Leute, viel früher ermutigen sollen, einen Teil der Verantwortung zu übernehmen. Dein Vater hat das immer so gesehen, er wollte den Ausbau des Unternehmens auf die Schultern der Jungen legen. Heute bin ich überzeugt, daß er recht hatte. Vielleicht sind wir beide Opfer unserer Schrecken in Europa geworden – Emil wollte alles ändern, und ich wollte festhalten an dem, was wir hatten und womit ich mich sicher fühlte. War das denn wirklich so falsch?«

Ellie hatte keine Antwort. Sie wußte nur, daß nichts von ihren abweisenden Gefühlen gegenüber Maurice geblieben war. Sie sah in ihm den alternden Mann, der den Einfluß verlor in einer Welt, die er geschaffen hatte. Hatte er falsch gehandelt? Und wenn ja, würde sie ihm das sagen?

»Du hast getan, was du für richtig hieltest«, sagte sie langsam.

»Vielleicht«, meinte er. Er richtete sich in seinem Sessel auf.

»Du mußt auf straffe Disziplin achten. Möglicherweise müssen wir einige unserer Leute nach Hause schicken. Und du mußt darauf bestehen, daß Peter beginnt, seine Steine zu verkaufen, denn du brauchst das Geld. Es wir dauern, bis wir wieder liquide sind, aber wenn einer den Niedergang des Unternehmens aufhalten kann, wenn einer in der Lage ist, diese Richtung zu ändern – dann bist du das.«

»Ich gebe mein Bestes.«

»Und das wird gut genug sein.«

»Hast du bestimmte Vorschläge, wie wir . . .?«

Er faltete seine Hände. »Ich glaube nicht. Auf einem Schiff kann es nur einen Kapitän geben, und von heute an wirst du das sein. Nein, leicht wirst du es nicht haben, aber ich vertraue in deine Fähigkeiten und deinen Mut.«

Sie hätte ihn am liebsten umarmt, konnte sich aber nicht zu einer so vertraulichen Geste überwinden. Die letzten Spuren der Erinnerung an ihren Vater hielten sie zurück.

Aber ihre Stimme war voller Zuneigung. »Ich werde versuchen, dich nicht zu enttäuschen.«

Sie verlor keine Zeit. Zuerst besuchte sie Mattie.

»Ich brauche Hilfe. Kann ich mich auf dich verlassen, Mutter?«

»Ich bin sicher, daß jeder von uns dir alle Hilfe anbieten wird, die er geben kann.« Sie schlug in die Hände. »Also, was kann ich für dich tun, Boss?«

Ellie verzog das Gesicht. »Noch kann ich mein altes Büro benutzen, aber sobald Maurice ausgezogen ist, werde ich das größere Büro benötigen. Dann brauche ich eine Sekretärin, am liebsten eine aus dem Diamantengeschäft. Sie muß vertrauenswürdig sein und den Mund halten können.«

Mattie machte sich Notizen.

»Ich habe beschlossen, einen Computer zu installieren. Es gibt einige hervorragende Programme, die genau auf unsere Bedürfnisse abgestellt sind und einen direkten, unkomplizierten Zugang zu Informationen über Ein- und Verkauf, Vorrat und Preisentwicklung ermöglichen. Gleichzeitig kann so unsere Buchhaltung vereinfacht und beschleunigt werden. Ruf die führenden Firmen an und mach mit ihnen Termine, mal sehen, wer am besten und am preisgünstigsten ist.«

»Sonst noch was?«

»Ich werde meine eigene Firma schließen, du kannst schon mal mit der offiziellen Abwicklung beginnen. Später werde ich ein paar Leute anrufen und ein paar Briefe schreiben.«

»Wenn du willst, kannst du dieses Büro solange benutzen«, bot Mattie an. »Bis du eine neue gefunden hast, kannst du mich als deine Sekretärin betrachten. Wann willst du anfangen?«

Ellie grinste. »Mutter, merkst du nichts? Ich habe schon angefangen.«

Eine halbe Stunde später stellte sie sich bei David ein. »Hast du ein paar Minuten Zeit für deine Lieblingscousine?«

Er sprang auf, begrüßte sie herzlich und führte sie zu einem Sessel. »Für den neuen Boss ist mir nichts zu kostbar.«

»Du weißt es also schon?«

»Ich habe die ersten Rauchsignale schon ganz früh heute morgen aufsteigen sehen und mache jede Wette, daß es inzwischen jeder Eis- und Brezelverkäufer in der 47. weiß.«

Sie lachte kurz, wurde aber gleich wieder ernst. »Und was hältst du davon, David?«

Er zuckte die Achseln. »Ein Hauch von Neid, als ich es hörte, aber der ist schon verflogen. Das ist kein Job für mich, ich bin nicht der Richtige dafür. Mir genügt es, wenn alles so bleibt, wie es ist.«

»Es wird nicht alles so bleiben, wie es ist«, sagte Ellie.

»Ich nehme an, das wird unvermeidlich sein. Sag mir Bescheid, und du wirst sehen, daß ich mich anpassen kann. Das ist meine Stärke – ducken und anpassen.«

»Für eine Zeit wird es hart werden«, sagte Ellie.

»Wird Foxman überleben?«

»Das ist die entscheidende Frage. Wenn ich es beeinflussen kann – ja.«

»Wenn du von mir etwas brauchst, laß es mich wissen, Ellie. Du kannst auf meine Unterstützung zählen. Hast du schon mit Peter gesprochen?«

»Das kommt noch.«

37

Downes telefonierte, und es hörte sich so an, als sei er mitten in einem Kaufgespräch. Sie hörte aufmerksam zu. Er war gut, er kannte den Markt, hielt fest an dem Preis, den er zahlen wollte. Peter bestätigte noch einmal die Konditionen, bestand auf prompter Lieferung und legte den Zahlungsmodus fest. Er machte den Eindruck eines starken, erfahrenen Mannes mit viel Selbstvertrauen.

»Stellen Sie die Lieferung zusammen und lassen Sie mich wissen, wann sie versandt wird«, sagte er. »Ich teile Ihnen dann Anlieferungsort und -zeit mit.«

Er legte auf, kam hinter seinem Schreibtisch hervor, nahm ihre Hände in seine, zog Ellie hoch und küßte sie auf den Mund.

»Ich freue mich ja so für dich.«

Er schien es ehrlich zu meinen, obwohl er darauf gerechnet haben mußte, selbst den Job zu bekommen. Gewiß war er verärgert, eifersüchtig, neidisch – alles andere wäre nicht menschlich gewesen. Ihr war seine Reaktion egal, er würde sich an die neue Situation gewöhnen müssen. Sie hatte jetzt das Sagen und würde sich von ihm lösen.

»Wir müssen übers Geschäft reden, Peter.«

»Willst du damit andeuten, daß wir Geschäft und Vergnügen nicht miteinander verbinden dürfen? Ja, du hast recht, Boss. Okay, worüber reden wir?«

Sie wollte gleich die Fakten auf den Tisch legen, entschied sich dann aber für einen gemäßigten Beginn. »Weißt du, daß wir von der Kundenliste des Londoner Verkaufsbüros gestrichen worden sind? Maurice hat sich nie um andere Quellen bemüht, und ich habe keine mehr erschließen können. Du dagegen hast regelmäßig Steine gekauft.«

»Unglücklicherweise zu höheren Preisen. Die Gewinne sind erheblich gesunken, seit wir mit den Steinen des Syndikats konkurrieren müssen.«

Ellie nickte. »Ich habe mir die Unterlagen über die Aktivitäten von P & D angesehen und muß sagen, daß sie viel zu wünschen übrig lassen. Die Namen der Käufer, der Händler, eine komplette Liste aller Verkäufe einschließlich der Lieferdaten, eine vollständige Lagerbestandsaufnahme . . .«

»Weder David noch ich haben je behauptet, daß Schreibkram unsere Stärke sei.« Er ließ seine Zähne blitzen, aber ihm war nicht wohl. Ihre kühle Art hatte die Distanz zwischen ihnen sofort vergrößert.

»Berichte mir von diesem letzten Telefongespräch«, sagte sie. »Es hörte sich nach einem größeren Ankauf an.«

»War es auch«, sagte er stolz. Er zögerte, bevor er fortfuhr: »Steine im Wert von eins Komma drei Millionen.«

»Ich bin beeindruckt. Wer ist der Verkäufer?«

Wieder gab er den Namen nach einem kurzen Zögern. »Hamid el Sheikama.«

»Noch nie gehört.«

»Er schwimmt in allen Wassern«, antwortete er. »Ist aus Tunis und sehr zuverlässig nach den Informationen, die ich über ihn erhalten habe.«

Sie mied seinen Blick. »Ich dachte, ich hätte alle bekannten Namen abgegrast«, murmelte sie, »aber diesen Namen habe ich nie gehört. Was ist dein Geheimnis, Peter?«

Er spürte, wie sich sein Magen verknotete. Sie konnte nicht wissen, daß seine Quellen durch Kanäle flossen, die Browning gelegt hatte – russische Kanäle. Instinktiv duckte er den Kopf.

»Geben wir's zu, Darling – Maurice hat eine Menge Leute verärgert, und es hat heftigen Druck auf die Händler gegeben, die noch mit ihm gearbeitet haben. Er hat sein ganzes Unternehmen auf Steine gestellt, die er zu günstigsten Bedingungen einkaufte, und sich immer geweigert, die besseren und höheren Angebote zu akzeptieren. Unsere Geschäfte unterscheiden sich wesentlich.«

»Kann schon sein«, sagte Ellie. »Ich möchte gern die Lieferung sehen, wenn sie kommt.«

»Aber natürlich.«

»Und auch die anderen Quellen. Erstelle eine Liste für mich mit allen Händlern, die dich bisher beliefert haben. Ich will wissen, wo die Steine herkommen. Die Liste sollte alle wichtigen Daten enthalten: Gewicht, Qualität, Preis. Bis morgen, ja?«

Er verschluckte seinen Protest. Das war nicht der richtige Zeitpunkt, sich mit Ellie anzulegen. Außerdem würde es keinen Schaden anrichten, wenn sie wußte, mit wem er handelte. Er entnahm einer Schreibtischschublade ein Blatt Papier und reichte es ihr. Vierzehn Namen standen auf dem Bogen, Namen mit Anschriften und Telefonnummern.

»Das sind meine Leute«, sagte er mit vorgetäuschter Lässigkeit. »Den Rest der Angaben, die du haben willst, muß ich erst noch erarbeiten.«

»Ich kenne keinen einzigen dieser Namen«, sagte sie.

»Glaub mir, ich habe tief graben müssen, um diese Leute zu finden.« Das stimmte, wenn er auch nicht selbst gegraben hatte, sondern Ralph Browning. Alle Namen waren Verbindungen des Bankiers, obskure mohammedanische Händler, die einen schier unbegrenzt scheinenden Vorrat an Steinen hatten. »Die üblichen Quellen sind für jeden, der mit Foxman and Company arbeitet, versiegt.«

»Deine Erfolge sind bewundernswert«, sagte Ellie. »Trotzdem haben sie uns in eine unangenehme Lage gebracht.«

»Wie meinst du das?«

»Deine Käufe sind lebenswichtig für die Firma – ganz besonders für die Zukunft der Firma, aber im Augenblick verursachen sie uns ein Problem. Die Banken werden immer ungeduldiger. Es geht darum, ob wir überhaupt noch Kredit bekommen. Wir müssen die Ausgaben sofort abstellen und statt dessen Geld einnehmen. Ich will, daß du aus dem Bestand verkaufst.«

»Wann?«

»Sofort.«

»Das ist nicht klug, Ellie.«

»Wenn du fundierte Einwände hast, bring sie vor.«

»Die Preise gehen hoch – jetzt zu verkaufen, bedeutet geringeren Erlös.«

»Wann die Preise ihren Höchststand erreichen werden, wissen wir nicht. Es kann in einer Woche sein, in einem Monat oder in einem Jahr. Solange können wir nicht warten.«

»Ich möchte, daß wir für die Akten festhalten, daß ich gegen den Verkauf zum gegenwärtigen Zeitpunkt . . .«

»Schon notiert«, unterbrach Ellie ihn. Sie war verärgert, sie spürte instinktiv, daß etwas nicht stimmte. Er schien etwas vor ihr zu verbergen. Er widersprach ihr zwar nicht in wesentlichen Dingen, aber er stimmte ihr auch nicht zu.

»Ein wenig Geduld, Ellie. Sicher, ich werde verkaufen. Aber in langsamen, kleinen Schritten. Warum sollen wir den ganzen Markt verderben?«

Ihr Mißtrauen wuchs. Zum erstenmal kam ihr Peter Downes unehrlich vor.

»Ich habe keine Geduld, Peter, und deine Hinhaltetaktik macht mich nicht froh.«

»Also gut, machen wir es so, wie du es willst. Sage, daß ich alles auf einmal verkaufen soll, und ich werde es tun. Aber ein paar Wochen noch . . .« Er sprach nicht weiter, sie sollte noch einmal darüber nachdenken, während er überlegte, wie Geis und Browning reagieren würden, wenn sie erfuhren, daß er beauftragt war, den gesamten Vorrat zu verkaufen. Jeder Muskel in seinem Körper spannte sich, als ihm bewußt wurde, daß Ellie dabei war, all seine hochtrabenden Pläne zu zerstören. Er mußte sie daran hindern.

»Ich will dir was sagen, Ellie. Es wird mir jetzt klar, daß du nicht das Vertrauen zu mir hast, das Maurice hatte. Unter dieser Voraussetzung kann ich keine gute Arbeit leisten. Warum machen wir nicht einfach Schluß? Ich werde nicht mehr für P & D einkaufen, David kann meinen Geschäftsanteil übernehmen, und ich ziehe mich aus der Firma zurück.«

Schuldgefühle überfluteten sie in kleinen, heißen Wellen. Sie schämte sich. Er war bereit, zum Wohle der Firma alles aufzugeben . . . War es das, die Nummer Eins zu sein? Ständig mit dem Konflikt zu leben, Mitarbeiter entweder zu motivieren oder zu entmutigen? Stieß jede Entscheidung auf solchen Widerstand?

Sie stand auf. »Wenn ich deinen Rücktritt will, lasse ich's dich wissen.«

»Ich muß wirklich glauben, daß du mir nicht vertraust, Ellie.« Hatte sie wirklich kein Vertrauen zu ihm oder ärgerte sie sich nur darüber, daß er die Notwendigkeit nicht einsah, soviel wie möglich zu verkaufen, um die Firma zu retten?

»Mir geht es nur um das Wohl der Firma, Peter.«

»Und du glaubst, mir ginge es nicht um das Wohl der Firma? Ich glaube eher, wir passen einfach von unseren unterschiedlichen Charakteren nicht zusammen.«

Sie zuckte die Achseln. »Ich sage dir noch einmal, wie ich es haben will, Peter.« Ihre Stimme klang unsicher in ihren Ohren, sie sprach zu zögernd und ein bißchen zu schrill. Sie räusperte sich und begann noch einmal.

»Was den Markt angeht, so wollen wir nichts unternehmen, was einen Preisschock auslösen könnte. Durch unsere Verkäufe dürfen die Preise nicht angetastet werden. Aber damit Foxman weiter existieren kann, brauche ich Bargeld. Der einzige Weg dahin führt über den Verkauf der Steine, die du gehortet hast.«

»Ich stimme zu. Ein paar unauffällige Verkäufe hier und da, niemals höher als hunderttausend.«

Sie schüttelte heftig den Kopf. »Wichtiger als das unauffällige Vorgehen ist im Augenblick unsere Situation bei den Banken.«

»Ich verstehe. Was ich vorhabe . . .«

Wieder unterbrach sie ihn. »Ich sage dir, was du tun wirst. Du stellst eine Sammlung guter Steine zusammen – ein Karat oder schwerer, D-lupenrein – und beginnst mit gezielten Verkaufsverhandlungen.«

»Wie groß soll die Sammlung sein?«

»Nicht unter neun Millionen Dollar.«

Es war Peter Downes, als griffen eiskalte Finger nach ihm. »Aber hast du nicht selbst gesagt, wir wollten kein Aufsehen erregen? Wir . . .«

Wieder das heftige Kopfschütteln. »Es bleibt uns keine andere Wahl, Peter, bitte.« Aber es war keine Bitte, es war ein Befehl.

»Das wird seine Zeit dauern.«

»Wie lange?«

»Die Steine befinden sich an verschiedenen Orten. Ich muß die Kollektion zusammenstellen und den Transport arrangieren.«

»Okay, fang an.«

»Wo soll ich verkaufen?«

»Warum nicht hier in New York?«

Er zögerte. »Genf wäre vielleicht besser. Ich habe einige gute Kontakte in Europa, kenne jemanden, der die gesamte Kollektion vielleicht auf einen Schlag kauft – zu Höchstpreisen.« Er schaute ihr in die Augen. »Solange du sicher bist, daß wir wirklich so verfahren sollen.«

»Ich bin sicher«, sagte Ellie, »denn sonst gehen wir alle unter.«

Downes telefonierte, sobald er allein war.

»Wir haben keine Zeit mehr, Harry! Ellie besteht darauf, daß ich ein Paket von mindestens neun Millionen verkaufe!«

»Verdammt! Du mußt sie hinhalten. Sag ihr, daß du nur in kleineren Sammlungen verkaufen kannst.«

»Das habe ich versucht, sie will nichts davon wissen.«

»Dann kauf noch schneller, als du verkaufst. Unserer Planung nach müssen wir in höchstens einer Woche das Soll erreicht haben. Kauf das Dreifache von dem, was du verkaufst!«

»Das ist verrückt! Ich habe jeden Händler auf Ralphs Liste angerufen. Niemand kann in so kurzer Zeit so viele Steine anbieten. Sie liegen schließlich nicht auf Halde.«

Geis dachte nach. »Ich muß mit Browning darüber reden. Ich bin sicher, daß er sich darum kümmern kann. Der Mann hat seine Verbindungen.«

»Harry, ich muß es dir gestehen: Ich habe Angst. Ellie wird sich über alles informieren, sie wird mich nicht in Ruhe lassen. Ich bin sicher, daß ich nichts ohne sie unternehmen kann. Sie stellt die richtigen Fragen, und sie gibt sich nicht mit ausweichenden Antworten zufrieden.«

»Verdammte Scheiße, das ist dein Problem! Wir ändern unseren Plan nicht. Du kaufst schneller, und du kaufst mehr – verstanden?«

»Was ist, wenn sie ihre Meinung ändert, Harry? Was ist, wenn sie entscheidet, den gesamten Bestand zu verkaufen?«

»Einfach so?«

»Ja, ich wette, sie bringt das fertig.«

Geis spürte, wie seine Kehle trocken wurde. Er knirschte mit den Zähnen. »Die Lady ist im Weg.«

»Also, Harry, was soll ich in diesem Fall tun?«

»Ich werde mich darum kümmern.«

»Irgend etwas könnte schieflaufen, und ich sitze ganz vorn an der Front. Ich habe keine Lust, zehn Jahre in den Knast zu gehen. Wenn sie eine Bestandsaufnahme fordert, wenn sie jeden einzelnen Stein sehen will, dann sieht es bitter für uns aus – was soll ich dann machen?«

»Du hast keinen Mumm, Peter, ich habe es dir immer gesagt. Bleib dran, Mann, halt die Schnauze und beruhige dich, es wird nichts passieren.«

»Sie wird nicht stillsitzen und zuschauen, Harry, darauf kannst du dich verlassen. Sie wird aktiv werden und Himmel und Hölle in Bewegung setzen, bevor sie zuläßt, daß Foxman and Company pleite geht.«

Geis wollte ihn anschreien, aber das hatte keinen Zweck. Noch brauchten sie Downes.

»Verlaß dich auf mich, Peter.«

»Wir haben nicht mehr viel Zeit.«

»Überlaß alles mir. Ich weiß, was zu tun ist.«

Geis dachte nach.

Zum Teufel mit Browning. Zu oft schon hatte er den Bankier zu weich erlebt, zu kompromißbereit. Dabei gab es sichere, wenn auch tödliche Wege, um das Ziel zu erreichen. Je weniger Browning darüber wußte, desto besser.

Geis griff zum Telefon, rief eine Nummer an, ließ es zweimal klingeln und legte auf. Danach rief er wieder an und ließ es dreimal klingeln, bevor er auflegte. Dann setzte er sich und wartete.

Nach etwa zwanzig Minuten schrillte bei ihm das Telefon.

»Geis.«

»Erkennst du mich?«

Es war eine flache, fast tonlose Stimme, ohne jede Emotion. Sie paßte zu ihrem Eigentümer.

»Deine Stimme würde ich immer erkennen, Lenny.«

»Wie oft soll ich dir noch sagen, daß ich keine Namen hören will, verdammt! Woher willst du wissen, daß die Leitung nicht angezapft ist?«

»Sie ist sauber, ich fege sie einmal in der Woche. Wer würde auch so einen kleinen, unbedeutenden Händler wie mich abhören wollen? Ich habe einen Job für dich.«

»Ich habe schon einen Job.«

»Der Sicherheitsmann?«

»Hast du mich angerufen, um mir Fragen zu stellen?«

»Vielleicht kannst du zum Doppelschlag ausholen«, sagte Geis und lachte, »oder schaffst du solche Kunststücke nicht mehr?« Wieder lachte er meckernd.

Der Mann am anderen Ende der Leitung lachte nicht. Es dauerte eine Weile, bevor er seine Frage stellte.

»Um wen geht es?«

»Ellie Foxman.«

»Ist der Job durch den Resident abgesichert?«

»Dieser Fall geht den Residenten nichts an. Ich bin ermächtigt, in diesem Fall allein zu entscheiden.« Dann fügte er langsam und betont hinzu: »Und es ist nicht deine Aufgabe, meine Entscheidungen anzuzweifeln.«

Der Mann am anderen Ende der Leitung fragte nur: »Wo finde ich diese Foxman?«

»Himmel! Muß ich dir auch noch den Hintern abputzen? Du weißt, wo sie arbeitet, also finde heraus, wo sie wohnt. Und – ich will, daß es gut aussieht. Unfall oder Raub, irgendwas in dieser Preislage.«

»Ja, ja, ich mach' das schon.«

»Schnell, Lenny, am besten sofort. Der Erfolg des Projekts hängt davon ab.«

»Ich werde mich drum kümmern.«

38

Die Meldung von Ellie Foxmans Geschäftsübernahme sorgte in den Medien für einige Aufregung. Die Agentur für Öffentlichkeitsarbeit, die Foxman verpflichtet hatte, strich heraus, daß Ellie die jüngste Präsidentin eines so bedeutenden Diamantengeschäfts und überhaupt die erste Frau auf einem solchen Posten sei. Ein Wirtschaftredakteur der *Times* interviewte sie, *The Wall Street Journal* widmete der jungen Präsidentin eine ganze Seite, ebenso *Women's Daily. Savoy* brachte Ellie Foxman auf dem Titelbild, David Hartman holte sie zu einem Live-Interview in seine Nachrichtensendung *Live at Five,* und Phil Donahue wollte sie unbedingt in seiner Show haben. Dazu mußte sie nach Chicago fliegen. Thema fast aller Gespräche und Interviews war außer den neuen Ideen der Ellie Foxman auch das grundsätzliche Thema über die Rolle der Frau in der Geschäftswelt.

In ihrem Unternehmen wollte Ellie Foxman so schnell wie möglich alle Einzelheiten kennenlernen. Sie wußte genug von Diamanten, aber sie merkte bald, wie wenig sie über die anderen Aspekte eines Unternehmens wußte. Sie hätte gut einen Manager-Nachhilfekursus brauchen können. Da waren die Käufer, die plötzlich nur noch mit ihr verhandeln wollten. Da gab es den talentierten Schleifer, dessen Launenhaftigkeit nur zu besänftigen war, wenn Ellie sich seiner annahm. Und Preise waren festzusetzen, Lieferungsbedingungen auszuhandeln.

Sie entdeckte, daß sie ihre Stärken in der Verwaltung und im Personalbereich hatte, aber ihre Schwächen auf dem juristischen Sektor nicht verhehlen konnte. Auch schien sie kein Gedächtnis für Zahlen zu haben. Sie nahm sich vor, daran zu arbeiten. Wenn sie ihrer Sache nicht sicher war, holte sie sich Rat. Noch vor einem Jahr hätte sie sich das nicht gestattet aus Furcht, man könne ihr Hilfeersuchen als Schwäche auslegen.

Sie merkte gar nicht, wie die Tage verflogen. Oft arbeitete sie bis spät in die Nacht hinein, und eines Morgens wachte sie auf, umschlang ihre angezogenen Knie und begann zu weinen. Sie konnte nicht aufhören.

Maurice wollte sie mit ihren Sorgen nicht belasten, Mattie genügte ihr nicht, Peter noch weniger. Sie brauchte eine starke Schulter, an die sie sich lehnen konnte.

Sie rief Keller an.

Eine uninteressierte Sekretärin teilte ihr mit, Keller sei nicht anwesend, aber sie könne ihren Namen hinterlassen. Wann Keller zurückerwartet wurde, war nicht bekannt, auch nicht, wo er zu erreichen war. Ellie gab ihren Namen an.

Zwei Tage später klingelte ihr Telefon kurz vor Mitternacht, als sie gerade einzuschlafen begann. Sie war sofort wach.

»Wo sind Sie gewesen?« rief sie. »Ich habe Sie schon vor zwei Tagen angerufen!«

»Ich habe einen Job, bei dem Reisen an der Tagesordnung sind. Was kann ich für Sie tun?«

»Ich muß mit Ihnen reden.«

»Ich bin gerade auf Kennedy gelandet. Der Auskunftsdienst hat mir gesagt, daß Sie angerufen haben. Ich brauche Schlaf. Ich lade Sie morgen zum Essen ein.«

»Nein, das dauert mir zu lange. Ich brauche Ihre Hilfe, Keller, rasch.«

»Okay«, sagte er. »Haben Sie Scotch da?«

Sie begrüßte ihn an der Tür mit einem Glas Scotch in der Hand. Er nahm einen kräftigen Schluck und ließ sich müde auf die Couch fallen. Sie stellte ein Tablett mit Sandwiches vor ihn, dann brachte sie ihm Kaffee.

»Schießen Sie los«, sagte er.

»Ich habe Foxman and Company von meinem Onkel übernommen.«

Er biß in ein Sandwich und spülte mit dem Scotch nach. »Ich habe es gehört, gratuliere.«

»Ich habe Angst, Keller.«

»Jeder hat vor irgend etwas Angst. Aber jetzt haben Sie doch erreicht, was Sie wollten.«

»Es ist ein Anfang.«

»Manchmal kann man sich an seinem Ehrgeiz auch verschlucken«, sagte Keller.

»Ersparen Sie mir Ihre Philosophie.«

Er trank den Kaffee. »Lady, ich bin müde und verschwitzt.

Seit zweiundsiebzig Stunden bin ich unterwegs, und alles war umsonst. Wenn Ihnen das, was ich Ihnen zu sagen habe, nicht paßt, gehe ich liebend gern nach Hause.«

»Es tut mir leid.« Sie schenkte ihm heißen Kaffee nach. »Ich weiß nicht, woran es liegt, aber Sie haben eine Art, mir Dinge ins Gesicht zu sagen, daß sich meine Nackenhaare sträuben.«

»Das ist der Charme, den man in der Bronx lernt. Okay, wo liegen Ihre Schwierigkeiten?«

Sie setzte sich ihm gegenüber und zog die Beine an. »Ich mache mir Sorgen wegen Peter.«

»Downes? Sie haben darauf beharrt, ihn für hoffnungsvoll zu halten.«

»Der Meinung bin ich jetzt nicht mehr.«

Er biß wieder ins Sandwich. »Das hat aber lange gedauert.«

»Fassen Sie mich nicht zu hart an, Keller!«

Er mahnte sich, sie nicht zu reizen. Die Lady hatte eine Menge Rückgrat, auch wenn sie jetzt offenbar mit irgend etwas überfordert war.

»Okay, lassen Sie von Downes hören.«

»Er kauft und kauft.«

»Das habe ich Ihnen doch gesagt.«

»Ja, aber in noch größeren Mengen als bisher. Ich habe ihn zur Rede gestellt, und er gab klein bei. Das machte mich noch hellhöriger.«

»Und er verkauft nicht?«

»Ich habe ihm gesagt, daß er ein Neun-Millionen-Paket zusammenstellen soll.«

»Tut er das?«

Die Frage überraschte sie, brachte sie zum Nachdenken. »Ich glaube nicht, daß Peter es wagen würde, sich offen gegen mich zu stellen. Ich habe ihm die Anweisung erteilt, die Kollektion zusammenzustellen und zu verkaufen.«

»Damit sollten Sie doch aus den gröbsten Sorgen heraus sein.«

»Ja.« Grübelnd fügte sie hinzu. »Peter wollte es mir ausreden, aber ich glaube, daß ich ihn schließlich überzeugt habe.«

»Gut.«

»Er gab zu bedenken, daß die Preise steigen und wir einen

größeren Gewinn einfahren könnten, wenn wir mit dem Verkauf noch warten.«

»Das hört sich sinnvoll an.«

»Richtig, aber nicht in unserem Fall. Die Bank will uns den Kredit sperren, wenn wir nicht bald einen Teil unserer Schulden zurückzahlen. Und unsere Situation wird immer schlimmer. Eines der Grundprinzipien meines Onkels war, nie zu lange und zu viel zu horten. Der Markt muß in Bewegung bleiben. Man braucht nicht den letzten Cent aus einem Stein herauszuquetschen. Mein Onkel meinte . . .«

Keller unterbrach sie. »Die Steine, die Downes gekauft hat – wie beurteilen sie ihre Größe und Qualität?«

Ein kalter Schauer lief über ihren Rücken. Sie war wütend über sich, weil sie zu leichtgläubig gewesen war, weil sie nicht hart genug vorgegangen war. Aber dann fiel ihr ein Hoffnungsschimmer ein.

»Maurice hat die Steine gesehen.«

»Wissen Sie das genau?«

»Ja. ›Schöne Steine‹, hat er gesagt.«

»Wann?«

Wieder ein Schauer. Sie schlang die Arme um ihren Oberkörper. »Vor einiger Zeit. Am Anfang, als Peter mit dem Kaufen begann.«

»In letzter Zeit nicht mehr? Niemand hat die Ware gesehen – Sie jedenfalls nicht?«

»Nein.«

»Hat jemand die Kaufformulare gesehen?«

»Das müßte meine Mutter wissen. Sie kümmert sich um die Buchhaltung.«

»Stimmen die Kaufformulare mit der Bestandsliste überein?« fragte Keller.

»Ich weiß es nicht.«

»Oh, großartig! Ihr Onkel hat sich auf das Syndikat eingeschossen, sah in jeder Ecke sein böses Gespenst. Inzwischen hat er Downes vertraut und ihm freie Hand gelassen. Ein alter Mann, der einen Feind bekämpft und nicht sieht, daß der wahre Gegner ganz woanders sitzt. Käufe in dieser Größenordnung – das ist Wahnsinn!«

»Maurice hat den Mord an Robert nie verwinden können«, sagte Ellie, »und dann kam auch noch die Bestrafung des Syndikats dazu . . .«

»Okay«, sagte Keller und goß sich noch einen Scotch ein. »Wo sind sie?«

»Die Steine? In den Tresoren des Unternehmens, nehme ich an. In den verschiedenen Banktresoren.«

»Wo? Hier in New York?«

Wieder ein Schauer. »Ich glaube nicht. Sie wurden da deponiert, wo sie gekauft wurden.«

»Also wo, verdammt?«

»New York«, sagte sie leise, »London, Tel Aviv, Brüssel. Foxman hat Geschäftsverbindungen in fast jeder großer Stadt der Welt.«

Er starrte gegen die Wand. »Sonst noch etwas?«

»Ich weiß nicht, was Sie meinen.«

»Worüber wollen Sie sonst noch reden?«

»Alles scheint mir aus den Händen zu gleiten. Eine Quelle, auf die ich mich verlassen hatte, versiegte plötzlich von einer Stunde zur anderen. Er gab zu, daß Regierungsleute Druck auf seine Lieferanten ausübten. Sogar Gewaltandrohungen hat es gegeben, und in einigen Fällen ist es nicht dabei geblieben.«

»Sie glauben, daß die IMM dahintersteckt?«

»Wen gibt es sonst?«

»Ich bin von der Sicherheitsabteilung, nicht vom Verkauf.« Er setzte sich aufrecht hin. »Mehr und mehr Diamanten werden aus dem Verkehr gezogen und irgendwo gehortet im ganz großen Stil.«

»Peter?«

»Er und vielleicht andere.«

»Aber warum?«

»Es gibt viele Fragen und wenig gute Antworten.« Er stand auf, ging einen Schritt auf die Tür zu. Sie spürte Panik in sich aufsteigen und erhob sich.

»Was geschieht jetzt, Keller?«

»Machen Sie mir einen Termin mit Ihrem Onkel. Morgen um zehn wäre mir lieb. Und damit wir nicht gestört werden, würde ich gern zu ihm nach Hause kommen.«

Er ließ sie stehen, übersah ihren ängstlichen Blick, ihre zitternden Knie. Sie hatte Angst, allein zu bleiben, und es dauerte lange, bis sie endlich einschlief.

39

Das Haus stand an einer ruhigen, baumgesäumten Straße zwischen der Fünften und der Madison Avenue. Es war breiter als die Nachbarhäuser und ein Stockwerk höher. Ein paar Treppen führten zu einer Glastür, deren Scheiben von einem Flechtwerk aus schwarzen Kunstschmiedearbeiten geschützt wurden.

Ein Mann in weißem Jackett und mit weißen Handschuhen führte Keller in eine elliptische Eingangshalle, deren Boden mit rosafarbenem, auf Hochglanz poliertem Marmor ausgelegt war. An den Wänden erkannte Keller einen Matisse, einen van Gogh, zwei Cézannes und einen Picasso aus der Blauen Periode. Entgegen seiner Art war Keller höchst beeindruckt und harrte vor jedem Bild eine Weile aus. Der Diener wurde ungeduldig. »Hierher, Sir, bitte.«

Keller deutete auf den Matisse. »Schauen Sie sich das an«, murmelte er.

Der Mann schnaufte. »Ich arbeite hier, Sir, und ich wohne hier . . . Wenn Sie jetzt bitte kommen würden, Sir, Mr. Foxman erwartet Sie. Miss Foxman ebenfalls.«

Kellers Gesicht zeigte einen Ausdruck, der den Mann zum Verstummen brachte.

Der Salon, in dem Maurice Foxman seinen Gast empfing, war an den Wänden mit Büchern zugestellt. Das dunkle Parkett funkelte, die Ledergarnitur zeigte Zeichen langer Nutzung und sorgsamer Pflege. Ein antiker, französischer Tisch im hinteren Teil des Raums diente als Schreibtisch. Er war leer bis auf eine Bronzebüste, die Keller für einen Epstein hielt.

Foxman trug eine dunkelgrüne Samtjacke. Er kam Keller

entgegen und streckte seine Hand aus. »Danke, daß Sie gekommen sind.«

»Ich bin froh, daß Sie Zeit für mich haben.«

Foxman deutete auf Ellie, die in einem tiefen Sessel saß. Sie trug eine hochgeschlossene Kosakenbluse aus weißer Baumwolle mit Seidenstickereien, einen weiten, malvenfarbenen Rock und dazu passende Lederstiefel. Auf Keller wirkte sie attraktiver denn je, von einer geheimnisvollen Aura umgeben, die er gern ergründet hätte.

»Guten Morgen«, sagte er.

»Guten Morgen.«

»Haben Sie schon gefrühstückt?« fragte Foxman.

»Ja, danke, ich möchte nichts.«

Der Mann im weißen Jackett zog sich zurück, Foxman setzte sich hinter den französischen Tisch und legte seine Hände flach auf dessen Oberfläche.

»Ellie sagt mir, daß Sie Zweifel haben, Fragen und einen Verdacht.«

»Ja, das alles und noch mehr.«

»Das liegt wohl in der Natur Ihres Berufs. Es muß schwer für Sie sein, normale Leben richtig einzuordnen.« Er lächelte, um den Sinn seines Satzes abzuschwächen.

Keller erwiderte das Lächeln. Ellie fiel auf, daß er selten lächelte. Noch nie hatte sie ihn lachen sehen, aber jetzt öffnete sich das harte Gesicht einen Augenblick lang und enthüllte, wie er als Junge ausgesehen haben mochte – verletzlich, herzlich, voller Optimismus. Der Eindruck schwand schnell, das Gesicht verschloß sich wieder.

»Ja, es ist schwierig«, sagte er ohne Selbstmitleid in der Stimme.

»Das muß sich auch auf Ihr Privatleben auswirken«, sagte Foxman.

Keller nickte. »Tut es.«

»Wie?«

»Zwei Ehen«, sage er, ohne Ellie anzusehen, »zwei Scheidungen. Wenn es eine Eheversicherung gäbe, würde ich in die höchste Risikogruppe eingestuft.«

»Zwei Ehen«, wiederholte Foxman. »Sie sind ein Optimist,

Keller. Ein Mann, der bereit ist, sich selbst und wahrscheinlich auch anderen noch einmal eine Chance zu geben.«

»Ich habe nie darüber nachgedacht.«

»Und Sie sind ein Romantiker.«

»Ich sehe mich eher als Realisten.«

Foxman lächelte. »Für manche Menschen ist Romantik das Fleisch, mit dem sie ihre Seele speisen.«

»Trifft das auf Sie zu?« erkundigte sich Ellie mit einem Anflug von Spott in der Stimme. Bevor Keller antworten konnte, sagte Foxman: »Kommen wir zum Geschäftlichen.«

Keller glaubte, in Foxmans Gesicht ein paar Falten mehr entdecken zu können als noch vor ein paar Wochen. Der Ausdruck von Mut und Entschlossenheit, den er noch in Rom an ihm bewundert hatte, war nicht mehr da. Die Augen schimmerten feucht und sahen traurig aus, als ob er sich in eine entlegene Ecke seiner Seele zurückgezogen hätte, nachdem seine Macht und sein Einfluß geschwunden waren.

»Ich fing mit meinen Ermittlungen an, als Robert ermordet wurde. Es war zunächst reine Routine, aber dann ergab sich etwas völlig anderes. Es wurden noch eine Menge anderer Leute getötet.«

»Im Zusammenhang mit Roberts Tod?« fragte Foxman.

»Einer mit Sicherheit«, sagte Keller, »Georgi Tarassuk, der erst kürzlich ermordet wurde.«

»Sollte mir der Name etwas sagen?«

»Ich habe ihn Ihnen gegenüber erwähnt, als wir uns in Rom getroffen haben.«

»Oh, ja.«

»Er handelte mit sowjetischen Steinen – eine der vielen Öffnungen der Russ Almaz in den Westen.«

»Die Sowjets . . . welche Verbindung gibt es zwischen ihnen und Roberts Tod?«

»Ich glaube, daß Tarassuk sich selbständig gemacht hat, ohne seine Herren in Moskau davon zu unterrichten. Wahrscheinlich hatte er schon seit längerer Zeit von verschiedenen Lieferungen ein paar Steine beiseite gelegt. Andere mag er geschmuggelt oder gestohlen haben. Und er hat alles, was er bekommen konnte, verkauft.«

»An Robert?«

»Nach den Beweisen muß man das annehmen.«

»Der arme Robert. Er war clever, aber nicht clever genug, um mit Schmuggelware und Schmugglern umzugehen ... Sie haben Beweise, nicht wahr? Ich muß Ihnen also glauben, Keller.«

Ellie nickte traurig.

»Ich möchte ein paar Dinge über den Markt klären«, sagte Keller. »Jeder in diesem Geschäft – ob er Steine kauft oder verkauft – geht von den Voraussetzungen aus, daß die Preise stabil bleiben und daß der Warennachschub nicht ohne Vorwarnung erheblich verstärkt oder gedrosselt wird.«

»Richtig«, sagte Foxman, »das ist der einzige Grund, warum das Syndikat schon so lange seine Daseinsberechtigung hat. Wir alle sind heimliche Verschwörer eines internationalen Monopols, bereit, uns Sir Johns Politik zu verschreiben, der guten wie der schlechten. Ich schäme mich für die Rolle, die ich gespielt habe. Ja, ich schäme mich.« Sein Atem kam in kurzen, keuchenden Zügen.

»Die IMM kauft alle Steine, die sie kaufen kann, um die wirtschaftliche Basis zu halten.«

»Ich weiß nicht, worauf Sie hinauswollen, Keller«, sagte Ellie. »Wir alle wissen, wie Sir Johns Syndikat funktioniert und wie er die Schürfer und die Händler im Griff hat.«

Keller nickte. »Ich will nur meinen Gedanken weiterentwickeln. Das Syndikat bestimmt also bis aufs letzte Karat, wie viele Steine im Jahr auf den Markt gebracht werden. Was wäre, wenn sich das plötzlich änderte? Was, wenn plötzlich irgendwo eine gewaltige Sammlung gehortet würde? Was, wenn diese Steine zu einem nicht voraussehbaren Termin auf den Markt kämen?«

»Unsinn!« rief Foxman aufgeregt. »Niemand würde das ... niemand könnte ... jeder weiß doch, welche Konsequenzen das nach sich ziehen würde ... nein, das ist Unsinn!«

»Ich will nur ein Gedankenspiel aufbauen«, sagte Keller. »Was wäre, wenn jemand eine unvorstellbare Zahl lupenreiner Steine auf den Markt brächte?«

»Das wäre ruinös – die Preise würden purzeln, die Vorräte würden ihren Wert verlieren, viele Aktien würden in den Keller gehen.« Foxman blinzelte, seine Augen füllten sich mit Tränen, seine Stimme klang brüchig. Er rieb sich das linke Handgelenk. »Der Markt würde durchdrehen. Jeder würde alles verschleudern wollen, bevor ihm ein anderer zuvorkommt.«

Keller lehnte sich vor. »Möglicherweise reichte auch schon die Drohung, oder?«

»Das glaube ich nicht«, meinte Ellie. »Wenn jeder ruhig und gelassen bleibt . . .«

Foxman winkte ab. »Niemand würde angesichts einer solchen Möglichkeit noch ruhig und gelassen bleiben. Stell dir vor, du kannst von einer Stunde zur anderen Qualitätssteine für fünfzig Dollar kaufen. Nein, alle, die von der Diamantenindustrie leben, würden untergehen und vorher noch ganz schön verrückt spielen.«

»Die IMM könnte der Drohung widerstehen«, sagte Ellie. »Sir John würde die Preisstruktur mit allen Mitteln verteidigen . . .«

»Das würde er«, bestätigte Keller, »aber auch die IMM würde verlieren.«

»Keller«, sagte Foxman mit zitternder Stimme, »glauben Sie wirklich, daß ein solches mörderisches Komplott irgendwo entsteht?«

»Ja.«

»Aber wo? Und wie?«

»Ich habe mir ein kleines Szenario zurechtgelegt«, sagte Keller. »Es fängt mit Ihrem Neffen Robert an. Er hat Steine gekauft, die jemand aus Rußland herausgeschmuggelt hat, und wurde deshalb getötet. Tarassuk, der Schmuggler, der Robert die Steine verkauft hat, wurde ebenfalls getötet – von derselben Waffe, aus der auch Roberts tödliche Kugel stammte. Der Täter ist ein sowjetischer Killer, der auch schon versucht hat, mich umzubringen. Tarassuk kannte eine Frau namens Tatjana, die ich im sowjetischen Agentennetz in New York sehe – wofür ich allerdings keine Beweise habe. Tatjana unterhielt Kontakte mit Harry Geis, einem Diamantenhändler in der 47. Straße. Und jetzt wird es weh tun, Mr. Foxman, David . . .«

»Nicht mein David!« rief Foxman und preßte beide Handgelenke gegen die Schläfen. »Doch nicht David . . .«

»David und Peter Downes.«

»Ach so«, sagte Foxman erleichtert. »Natürlich wissen wir von David und Peter.«

»Downes und Geis stehen in Verbindung«, sagte Keller.

»Das kann ich nicht glauben«, warf Ellie schnell ein, aber sie wußte, daß sie es doch tat – und nicht nur, weil Keller es behauptete.

»In welcher Verbindung?« fragte Foxman.

»Ich selbst bin Geis gefolgt«, berichtete Keller. »Ich habe ihn und auch Peter Downes beobachten lassen. Downes war zu glatt, zu gut, um wahr zu sein, deshalb bin ich mißtrauisch geworden. Dann stellte ich fest, daß seine Vergangenheit nicht zu dem paßte, was er in der Gegenwart darstellt.«

Keller berichtete weiter, schien den gequälten Ausdruck auf Ellies Gesicht nicht zu bemerken.

»Geis steht in Verbindung mit Ralph Browning, und deshalb muß es auch eine Verbindung von Downes zu Browning geben. Er hat Sie zu Browning gebracht, Ellie.«

»Das beweist noch gar nichts«, fuhr sie ihn an.

»Browning, der Bankier?« fragte Foxman.

»Ich habe den Verdacht«, sagte Keller, »daß Geis und Browning irgend etwas mit der Russ Almaz zu tun haben.«

»Warum?« fragte Ellie dumpf. »Warum geschieht das mit uns?«

Foxman versuchte die Zusammenhänge zu begreifen. »Keller – Sie glauben nicht daran, daß diese Angriffe allein gegen Foxman and Company gerichtet sind.« Als Keller nickte, fuhr Foxman fort: »Sie glauben, daß die Russ Almaz zu einem wuchtigen Schlag gegen die ganze Branche ausgeholt hat – aber zu welchem Zweck?«

Keller atmete tief ein. »Ich glaube, daß die Russen es darauf abgesehen haben, die IMM in die Knie zu zwingen und von ganz oben das Geschäft zu steuern.«

»Das ergibt keinen Sinn«, sagte Ellie.

»Der Meinung bin ich auch«, pflichtete Foxman bei. »Das Syndikat ist ein typisches kapitalistisches Unternehmen. Warum sollte es der Kreml ausgerechnet darauf abgesehen haben?«

»Aus genau diesem Grund«, antwortete Keller, »Moskau hat sich noch nie geniert, einen schnellen Rubel zu verdienen. Aber man kann sich noch eine Reihe anderer Argumente vorstellen. Die IMM überschattet jeden Aspekt des Lebens in Südafrika, denn obwohl sie sich aus der Tagespolitik heraushält – offiziell jedenfalls –, beeinflußt sie natürlich die Wirtschaft in vielen Ländern der Dritten Welt. Das könnte für die Sowjetunion schon sehr verführerisch sein: Mit einem Schlag würde sie in vielen dieser Länder ihren Einfluß verstärken können. Besonders reizvoll an dieser Aussicht ist, daß man alles erreichen kann ohne kriegerischen Einsatz . . .«

»Immer vorausgesetzt, daß Ihre Spekulationen stimmen«, warf Ellie ein.

Foxman erhob sich schwankend, hielt sich am Tisch fest und legte den Kopf schief. Seine Augen blinzelten, alle Farbe war aus seinem Gesicht gewichen.

»Zuerst Sir John mit seinen Halunken und jetzt die Russen – die neuen Nazis. Sie sperren unsere Brüder ein, bringen sie um, treten die Menschenrechte mit Füßen . . .«

»Onkel!« rief Ellie, »setz dich hin! Du regst dich zu sehr auf!«

Foxman kam hinter dem Tisch hervor. Er schien in die Knie einzuknicken, konnte sich aber noch am Tisch festhalten. »Ich habe sie bekämpft, die Nazis, ich werde auch die Sowjets bekämpfen. Man darf nicht zulassen, daß sie diesen verwerflichen Plan ausführen. Wir müssen uns ihnen entgegenstellen, wir müssen kämpfen . . .«

Er hustete und fiel mit dem Oberkörper über den Tisch, den Mund weit geöffnet wie zu einem Schrei. Es kam nur ein langgezogenes Stöhnen, das sich immer mehr abschwächte, bis er dalag und sich nicht mehr rührte.

40

Als sie vor der kardiologischen Station des Lennox-Hill-Krankenhauses auf den Arzt wartete, erschienen David und Mattie.

»Wie geht es meinem Onkel?« fragte Ellie den Arzt.

Der Arzt wandte sich an Keller, den er wohl für das Familienoberhaupt hielt. »Mr. Foxmans Zustand ist besorgniserregend, muß ich Ihnen leider sagen. Er hat einen massiven Infarkt erlitten, und wenn man sein Alter bedenkt, bleibt kaum Platz für Optimismus.«

Der Arzt redete weiter, aber Ellie hörte ihm nicht mehr zu. Ihr Onkel hatte schon so viel mitgemacht in seinem Leben, die russische Verschwörung hatte ihm den Rest gegeben. Er war besiegt.

»Sie sollten nicht länger hierbleiben«, sagte der Arzt. »Sie können nichts für Mr. Foxman tun und ihn auch nicht sehen. Gehen Sie nach Hause, versuchen Sie zu schlafen und vertrauen Sie uns. Wir werden das Beste für ihn tun.«

»Ich bleibe«, sagte Mattie leise.

»Ich auch«, sagte David.

»Und ich«, sagte Ellie.

»Nein«, sagte Keller entschieden. »Das kann noch lange dauern, und Sie haben ein Unternehmen, das geführt werden muß. Sie brauchen Ihren Schlaf, ich bringe Sie nach Hause.«

»Wenn es nötig sein sollte, rufe ich Sie an«, sagte der Arzt. Ellie protestierte schwach, aber Keller beharrte darauf, daß sie mit ihm kam. Schließlich gab sie nach. Draußen hielt Keller ein Taxi an und nannte Ellies Adresse.

Ellie begann zu weinen. »Ich habe meinen Onkel so lange nicht gemocht, ich habe ihn gehaßt«, schluchzte sie, »ich war wütend auf ihn . . .«

»Das schien ihm aber nichts auszumachen.«

»Ich habe ihm nie gesagt, warum ich ihn gehaßt habe«, fuhr sie fort. »Es bot sich einfach keine Gelegenheit. Und ich habe ihm nicht einmal die Chance gegeben, mir seine Version der Geschichte zu erzählen.«

»Diesem Mann entging nichts«, sagte Keller. »Welche Gründe Sie auch gehabt haben, er hat sie gewußt.«

Sie legte ihren Kopf an seine Schulter. »Ich schäme mich, Keller. Ich habe mich aufgeführt wie ein kleines, verwöhntes Kind.«

Er hielt sie umschlungen, bis sie aufhörte zu weinen, und sagte nichts, bis sie die Augen getrocknet hatte. Als sie am Ziel waren, bezahlte Keller den Taxifahrer und half Ellie beim Aussteigen. Er wollte sie trösten, ihr helfen, aber er wußte, daß ein solches Verhalten nicht seine Stärke war.

»Ich mag Ihren Onkel«, sagte er. »Es gibt kaum noch Männer seiner Art. Er ist klug und bekennt sich zu seinen Idealen, das habe ich an ihm bewundert.«

Nicht weit hinter ihnen wurde leise eine Autotür geschlossen – ein ungewöhnlich behutsames Geräusch in einer Umgebung, wo Lärm selbstverständlich geworden war. Keller warf einen flüchtigen Blick über seine Schulter. Ein Mann schlenderte langsam heran, die Hände tief in den Taschen seines Regenmantels.

Ellie sagte etwas, und Keller wandte sich ihr zu. »Ich habe lange gebraucht, um zu erkennen, wie Maurice wirklich war.«

»Er ist ein Siegertyp«, sagte Keller. »Er wird auch diesmal durchkommen.«

Der Himmel war klar. Keine Spur einer Regenwolke. Die Luft war ein bißchen stickig und warm – viel zu warm für einen Mantel.

»Glaubst du wirklich?« fragte Ellie.

Irgend etwas klickte in Kellers Hirn, etwas Schemenhaftes tauchte am Rand seines Bewußtseins auf. Es war wichtig, daß es ihm einfiel . . . Er ging um Ellie herum, blieb vor ihr stehen. Der Mann mit dem Regenmantel war höchstens noch dreißig Schritte entfernt. Ansonsten lag die Straße verlassen da. Es war ein hagerer Mann, und der Mantel war viel zu groß für ihn. Er ging jetzt schneller, ein kleiner Mann mit einem drahtigen, leicht wackelnden Gang . . . wie bei einem Jockey . . . Leonid!

Keller packte Ellie und warf sie zwischen zwei geparkte Autos. Sie schrie wütend auf, aber er kümmerte sich nicht um sie, er sprintete schon hinter die niedrige Mauer, die den

Vorgarten des Hauses umfaßte. Im Sprung hörte er das sanfte Plop eines schallgedämpften 22er Kalibers. Die Kugel schlug in die Mauer, Steinsplitter spritzten in alle Richtungen.

Keller zog seinen 38er Smith & Wesson und feuerte ohne zu zielen. Er wollte Leonid zunächst einmal zurückdrängen, um Zeit zu gewinnen. Eine Sekunde oder zwei.

Leonid kniete sich nieder, streckte die Revolverhand aus und nahm genau Maß. Keller feuerte rasch und kam näher, als dem Russen lieb sein konnte. Er war gekommen, um einen Auftrag zu erfüllen – sauber, rasch und mit minimalem Risiko für sich selbst. An einer Schießerei wie im Wilden Westen war ihm nicht gelegen. Er kam hoch und rannte davon. Keller folgte ihm. Er hatte etwa zwanzig Schritte Abstand, mußte näher herankommen, bevor sie die Avenue erreichten. Plötzlich duckte sich Leonid hinter ein geparktes Auto und begann zu feuern.

Keller schlug einen Salto auf dem Bürgersteig und verlor seinen Revolver, der ein paar Meter über den Asphalt rutschte. Er robbte hinterher, wurde aber von einer Kugel gestoppt, die dicht neben ihm einschlug. Keller streckte wieder die Hand nach seiner Waffe aus, bekam sie zu packen und feuerte sofort. Es wurde still.

Keller duckte sich und bezog Stellung hinter einem roten Datsun. Er konnte Leonid nicht sehen, ahnte aber, daß er in der Nähe sein mußte und weitere Schritte überlegte. Er würde kommen, das wußte Keller, überraschend und aus einer neuen Position. Leonid war fürs Töten ausgebildet worden, er stellte seine Opfer und erledigte sie. Kampf würde ihm nicht gefallen.

Kein Zeichen von Leonid. Die Straße war immer noch menschenleer, aber die Schüsse hatten einige Anwohner gestört. Hier und da gingen Lampen an und Fenster auf. Logenplätze bei einem Drama auf Leben und Tod.

Leonid mußte fürchten, daß inzwischen jemand die Polizei gerufen hatte. Die Zeit lief ihm davon. Er mußte den Todesschuß schnell anbringen oder sich davonmachen. Ob tatsächlich jemand die Polizei angerufen hatte, bezweifelte Keller, viele Leute wollten nichts zu tun haben mit Schießereien.

Dann stand Leonid plötzlich drei Meter vor Keller entfernt

da. Er war hinter den geparkten Autos nach vorn gekrochen und schickte jetzt Kugel auf Kugel in Richtung Keller. Der Datsun war Kellers einzige Deckung.

Unvermittelt sprang Keller auf, kam hinter dem Datsun hervor und schoß zweimal. Die erste Kugel erwischte Leonid an der Hüfte und riß ihn halb herum, so daß seine Antwortkugel weit vorbeizischte. Die zweite Kugel aus Kellers Smith & Wesson grub sich in Leonids Brustkasten und durchschlug sein Herz. Ein Blick verriet Keller, daß der kleine Mann tot war und nichts mehr sagen konnte. Keller schob den 38er ins Halfter zurück und ging zu Ellie. Sie stand zitternd da, die Augen weit aufgerissen, aber unendlich erleichtert, als sie ihn erkannte.

»Gehen wir«, sagte er und steuerte sie zur nächsten Straßenecke.

»Die Polizei?«

»Ich will hier weg sein, bevor sie kommt. Ich habe einen anstrengenden Tag hinter mir und kann ein bißchen Schlaf gebrauchen.«

»Diese Menschen . . .« Sie deutete mit dem Kopf zu den hellerleuchteten Fenstern. »Sie haben dich erkannt, mich auch.«

»Das können wir vergessen. Eine alltägliche Straßenschießerei, nur daß sie diesmal in deiner Straße stattfand. Ich rufe nachher die IMM an, die werden das für mich regeln. Kommen Sie, ich will nicht, daß Sie da reingezogen werden.«

Drei Straßenblöcke weiter führte er sie in eine Bar. Ein Kellner brachte ihnen zwei Scotch.

»Er hat auf Sie gewartet, Keller«, sagte Ellie. »Wie konnte er wissen, daß Sie da sein würden? Wie konnte er wissen, daß Sie bei mir sein würden?«

Er verzog das Gesicht. »Er war hinter Ihnen her. Als er mich entdeckte, wollte er zwei Fliegen mit einer Klappe schlagen.«

»Ich hatte solche Angst . . . ich habe immer noch Angst.«

»Jeder mit einem Funken Verstand würde Angst haben.«

»Aber Sie nicht.«

»Und wie.«

»Ach, das sagen Sie nur so.«

Er starrte auf seinen Scotch. »Glauben Sie mir jetzt – ich meine, was Peter Downes angeht?«

Sie wandte den Kopf ab. »Was auch immer Peter ist oder sein mag – er würde nie zulassen, daß sie mich umbringen. Er will mich heiraten.«

»Ich frage mich, ob er sich alles richtig überlegt hat. Seine Freunde, Geis und Browning, sind ein anderes Kaliber als er. Für sie sind Sie nur ein Kratzen, das man durch Jucken beheben kann. Die Kerle gehen nicht einmal ein Risiko ein, denn man würde den Schuldigen bei der IMM suchen. Wenn Sie von der Bildfläche verschwunden sind, Ellie, übernimmt Peter die Kontrolle.«

Sie blickte in Kellers rauhes Gesicht. Man sah alles, es lag wie ein aufgeschlagenes Buch da. Das Leben, das er führte, die Ideale, an die er glaubte, die Entschlossenheit, die ihn zum Handeln zwang. Es war kein schönes Gesicht, aber es war das Gesicht eines Mannes, der sein Leben nach seinen eigenen Gesetzen lebte. Verrückt, ging es Ellie durch den Kopf, daß er mich an Maurice erinnert.

»Was geschieht jetzt?« fragte sie.

»Zuerst trinken wir unseren Scotch, dann gehen wir in meine Wohnung. Widersprechen Sie mir nicht. Der Russe könnte einen Komplizen haben. Morgen früh werden wir beide wieder unserer Wege gehen.«

In seiner Wohnung richtete er sich einen Schlafplatz auf der Wohnzimmercouch und bestand darauf, daß Ellie sein Bett im Schlafzimmer benutzte. Es war ein großes Bett mit harter Matratze, und Ellie erwischte sich bei dem Gedanken, daß sie ihn gern neben sich gehabt hätte. Das verblüffte sie, und nun dachte sie darüber nach, was für ein Liebhaber Keller wohl sein würde.

Sie fühlte, daß er sie beobachtete. Er stand in der Tür.

»Ich habe mich noch bei Ihnen zu bedanken«, sagte sie.

»Dafür, daß ich mich mit Leonid angelegt habe? Weil jemand kurzen Prozeß mit Ihnen machen wollte? Nein, das ist kein Grund. Schlafen Sie gut.«

»Verdammt, Keller, mußt du immer so verdammt überlegen tun? Komm her.« Als er nicht sofort reagierte, fügte sie hinzu: »Bitte.«

Er ging ins Zimmer und stellte sich neben das Bett. Sie setzte sich auf, umschlang seinen Hals mit beiden Armen und zog seinen Kopf herab. Seine Lippen waren überraschend weich und zärtlich. Sie schmiegte sich an ihn und spürte, wie wollüstige Schauer durch ihren Körper liefen.

Er löste sich sanft von ihr und trat einen Schritt zurück.

»Geh noch nicht«, sagte sie, und es hörte sich wie das Betteln eines kleinen Mädchens an.

»Ich bin ein Romantiker – dein Onkel hat das schon erkannt«, sagte er lächelnd. »Es war ein aufregender Abend. Und es gibt noch eine Menge Leute wie Leonid da draußen.«

41

Als Ellie am nächsten Morgen aufwachte, war Keller schon gegangen. Auf dem Küchentisch lag ein Zettel.

> Es gibt nur Pulverkaffee – Eier, Butter usw. im Kühlschrank, bedienen Sie sich. Rufen Sie an, wenn es nötig sein sollte. Ich bin in der Nähe. Sie haben tief und fest geschlafen, gratuliere. Immer willkommen.
>
> Keller

Sie las die Nachricht zweimal, faltete den Zettel sorgsam und steckte ihn in ihre Handtasche. Das war, fand sie, so etwas wie ein Liebesbrief, jedenfalls das beste, was Keller auf diesem Gebiet zuwege bringen mochte – und der schönste, den sie je bekommen hatte.

Sie duschte, zog sich an und trank eine Tasse Pulverkaffee. Er schmeckte schal und bitter. Sie goß ihn in den Abfluß und ließ die Tasse stehen, damit er sehen konnte, daß sie von seiner Gastfreundschaft Gebrauch gemacht hatte.

Mattie wartete immer noch im Lennox Hill. Ihre Augenlider waren geschwollen, sie sah aus, als hätte sie die ganze Nacht nicht geschlafen.

»Wie geht es ihm?«

»Nicht gut, er hat keine Kraft.«

»Hast du mit dem Arzt gesprochen?«

»Er macht uns keine Hoffnung. Es muß ein schlimmer Infarkt sein.«

»Kann Maurice Besucher empfangen?«

»Er wird dich sehen wollen. Aber nur ein paar Minuten, und reg ihn nicht auf.«

Die Jalousien waren geschlossen, und im Dämmerlicht wirkte Maurice wie eingeschrumpft in seinem Bett. Von der einstmals imponierenden, ehrfurchtgebietenden Gestalt war nichts mehr zu sehen. Schläuche und Drähte verbanden ihn mit Monitoren, Sauerstoff- und Infusionsflaschen. Unter der fast durchsichtigen Haut schimmerten an manchen Stellen schwachblaue Flecken.

Als sie seine Hand berührte, griff er instinktiv nach ihr. Seine Lider flatterten, dann sagte er ihren Namen in einer Stimme, die sie kaum wiedererkannte.

»Geht es dir gut, meine Liebe?«

»Es geht nicht um mich, Maurice.«

Er brachte ein schwaches Lächeln zustande. »Wie kann es mir gut gehen, da ich noch lebe?« Er versuchte, über seinen kleinen Scherz zu lachen, aber es wurde nur ein krächzendes Husten daraus. Eine Schwester war sofort da und reichte ihm Wasser, das er durch einen Plastikhalm trank. Sie zupfte die Kissen zurecht, überprüfte die Schläuche und Drähte, den Inhalt der Infusionsflaschen und mahnte Ellie, nicht zu lange zu bleiben.

»Ich liebe dich, Ellie. Du warst für mich die Tochter, die ich nie hatte. Habe ich dir das Leben zu schwer gemacht? Vielleicht – vielleicht konnte ich meine Zuneigung nie so offen zeigen, wie ich sie empfand. Aber die Liebe war immer da, obwohl . . .«

»Obwohl?«

»Obwohl ich weiß, wie du über mich gedacht hast.«

Es hatte keinen Sinn, das zu leugnen, was ein Leben lang offensichtlich gewesen sein mußte. »Es lag an dem mangelnden Verständnis zwischen dir und Daddy.«

»Ach, Ellie, es gab soviel Mißtrauen, Verärgerungen und Abneigung, aber wir waren eines Blutes, die einzigen Überlebenden einer großen Familie. Es hätte nicht so kommen dürfen, wie es gekommen ist.«

Sie beugte sich über ihn und drückte ihre Wange gegen seine. Seine Haut fühlte sich eisig an. Die Kälte des Todes, dachte Ellie.

»Ich hoffe, daß es dir bald besser gehen wird, Onkel«, sagte sie.

»Ja, bald.«

Sie hörte an der Art, wie er das sagte, daß er sich nichts vormachte, erst recht nicht am Ende seines Lebens. Er lag im Sterben und wußte es.

»Oh, Maurice, verzeih mir, daß ich eine Närrin war – so hart und verbittert und töricht.«

Er antwortete nicht. Er war tot.

Freunde, Kollegen und Geschäftspartner aus aller Welt waren in die Synagoge Emanu-El gekommen, um Maurice Foxman die letzte Ehre zu erweisen. Manche unter ihnen hatten ihn nicht persönlich gekannt, aber sie wollten das würdigen, wofür er gestanden hatte.

Der Leichenzug war lang und bewegte sich nur langsam durch Manhattan und den Holland Tunnel nach New Jersey bis zu dem Friedhof, auf dem auch Emil beigesetzt worden war. Am offenen Grab gab es keine Tränen mehr. Ellie, Mattie und David trauerten still. Sie wußten, daß Maurice' Tod sie ärmer gemacht hatte. Auf der Fahrt zurück in die Stadt wurde kaum gesprochen. Es gab nichts zu sagen.

Die Limousine brachte David und Mattie zu ihrem Appartement; Peter und Ellie blieben im Wagen.

»Du möchtest wahrscheinlich jetzt lieber allein bleiben«, sagte Peter, als der Wagen sich wieder in Bewegung gesetzt hatte.

»Wir haben noch ein paar wichtige Dinge zu besprechen«, sagte Ellie. »Heute noch. Du kommst mit mir.«

In ihrem Appartement ließ sie Peter Downes im Wohnzimmer zurück, während sie duschte und sich umzog. Ihr Haar hatte sie zurückgekämmt und mit einem Gummiband umschlungen. Als sie ins Wohnzimmer trat, fand sie Downes mit einem Drink in der Hand vor.

»Ich brauchte das«, sagte er entschuldigend. »Der arme Maurice, er hat mir sehr viel bedeutet. Soll ich dir auch einen Drink . . .?«

»Verschone mich, Peter. Das ist nicht die Zeit für weitere Heucheleien. Es war nicht Maurice' Art, und meine ist es auch nicht.«

Er erkannte die Feindschaft in ihrer Stimme und zuckte zusammen. »Was ist los, Ellie? Maurice war der wichtigste Mann in meinem Leben, ich hätte alles für ihn getan.«

»Es wäre wohl passender zu sagen, du hättest ihm alles angetan.«

Dunkles Rot überzog Downes' Gesicht. »Was soll das bedeuten? Maurice war immer freundlich zu mir, er hat mich bei sich aufgenommen, er . . .«

»Ja – und du hast beinahe sein Unternehmen ruiniert.«

»Ich hätte nie etwas getan, was diesen Mann verletzt hätte.«

»Du hast Foxman and Company stetig dem Bankrott entgegengetrieben durch ungezügeltes Kaufen.«

»Das war meine Aufgabe. Maurice hat mich beauftragt, die Vorräte des Unternehmens zu erhöhen. Durch die schlechten Angebote der IMM hatte er kaum noch Ware und konnte an keine Steine herankommen, du auch nicht. Du selbst hast mir gesagt, ich sollte kaufen . . .«

»Aber nicht in diesem ungeheuerlichen Ausmaß! Das ist es, was Maurice letzten Endes ins Grab gebracht hat.«

»Das brauche ich mir nicht länger anzuhören!« Er erhob sich aus seinem Sessel.

»Setz dich, Peter.« Sie atmete tief durch, um ihren Zorn zu dämpfen. »Hast du das Verkaufspaket schon zusammen?«

»Neun Millionen Dollar – das ist eine Menge. Ich . . .«

»Und warum hast du es noch nicht getan?«

Er schlang die Finger seiner Hände ineinander und mied ihren Blick. »Ich arbeite noch dran.«

»Ich will, daß es sofort geschieht. Haben wir uns verstanden?«

»Ich bin fast fertig damit«, sagte er kleinlaut.

»Hast du einen Käufer?«

»Ich habe einen im Auge – er kauft vielleicht das ganze Paket.«

»Wann weißt du das genau?«

»Vielleicht schon heute nachmittag. Spätestens morgen.«

»Dann werden morgen auch die Einzellieferungen zusammen an einem Ort sein?«

»Ja, ich glaube schon. Nein, es ist sicher.«

»Gut. Ich fliege nach London. Benachrichtige mich im Connaught Hotel, wenn du bereit bist.«

»Wirst du nach Genf kommen?«

»Bei dem Verkauf eines solchen Pakets – natürlich. In der Bank, ja?«

»Ja.«

»Ich werde da sein.«

Die nächsten beiden Stunden verbrachte Ellie allein. Sie dachte noch einmal über die Ereignisse der letzten Wochen nach. Als sie zu einem Entschluß gekommen war, rief sie Sir John Messinger in London an. Man sagte ihr, daß Sir John nicht zu erreichen sei. Ellie hob die Schultern und fuhr zu Mattie und David.

Sie saßen an Matties Glastisch im Wohnzimmer. Ellie wiederholte die Verdachtsmomente, die Keller gegen Downes hatte, berichtete von ihrem letzten Gespräch mit Downes und schließlich von Leonids Anschlag auf sie und Keller.

»Ich habe in der *Daily News* davon gelesen«, sagte David. »Die Polizei hat den Mann als Leonid Ostroikov identifiziert, Bürger der Sowjetunion. Die sowjetische Botschaft hat protestiert und Leonids Tod als Aggressionsakt gegen die Sowjetunion ausgelegt. Man beschuldigt die Jüdische Liga und gibt einer internationalen zionistischen Verschwörung die Verantwortung am Tod des Russen.«

»Wenn Keller nicht gewesen wäre, wäre ich jetzt tot. Keller ist davon überzeugt, daß Leonid auch Robert erschossen hat.«

»O Gott«, sagte Mattie. »Dein Onkel hat recht gehabt, Ellie.

Dieses Geschäft ist zu gefährlich für dich. Hör auf damit, wir haben genug Geld, du brauchst nicht zu arbeiten.«

»Ich werde doch jetzt nicht aufgeben. Das wäre ja wie eine Kapitulation – vor dem Syndikat und vor den Sowjets.«

»Aber welche andere Wahl hast du? Wir können doch nicht gegen alle ankämpfen.«

Mattie begann zu schluchzen und tupfte sich mit der Spitze ihres Taschentuchs die Augen. David starrte irgendwo in die Luft. Beide warteten darauf, daß jemand das Kommando übernahm, daß ihnen gezeigt wurde, wie das Leben nach Maurice' Tod weitergehen sollte. Maurice war ein Mann gewesen, der durch Kampf und Entschlossenheit seine Ziele erreicht hatte. Ellie würde es nicht anders machen, würde niemals aufgeben.

»Ich kann es«, sagte sie zu Mattie, »ich kann es, und ich werde es tun.«

»Ich will nicht, daß dir etwas passiert.«

»Wenn ich aufgebe, wenn ich weglaufe, dann passiert etwas mit mir«, sagte Ellie. »Dann sterbe ich innerlich.«

»Aber du bist allein, du kannst doch nicht Krieg gegen die Sowjetunion führen.«

»Wenn es stimmt, was Keller sagt«, führte David an, »dann werden sie andere schicken, die Leonids Platz einnehmen.«

Ellie blickte von Mattie zu David und wieder zu Mattie. Sie liebte sie beide und brauchte sie, aber sie wußte auch, daß die beiden sie noch mehr brauchten.

»Ich werde kämpfen«, sagte sie.

»Allein?« fragte Mattie mit bebender Stimme.

»Ich werde nicht allein sein«, sagte Ellie.

Sie rief Keller an.

Die uninteressierte Stimme informierte sie, daß Keller nicht in der Stadt und nicht zu erreichen sei.

»Sagen Sie ihm, daß Ellie Foxman angerufen hat. Sagen Sie ihm, daß ich dringend mit ihm sprechen muß, heute noch. Sagen Sie ihm, ich sei auf dem Weg nach London, und wenn ich in den nächsten zwei Stunden nichts von ihm höre, brauche er sich nicht mehr zu bemühen.«

Sie bereitete sich auf ihre Reise vor, aber sie nahm nicht viel Gepäck. Wichtiger war, was sie im Kopf trug. Es klingelte, und der Portier teilte ihr mit, daß ihre Limousine für die Fahrt zum Kennedy Airport eingetroffen sei.

»Fünf Minuten«, sagte sie. Keller, verdammt, warum bist du nie da, wenn man dich braucht?

Sie hob ihre Reisetasche auf, warf eine zweite Tasche über ihre Schulter und schaute noch einmal zurück, als sie an der Tür stand. In diesem Augenblick klingelte das Telefon.

Es war Keller.

»Ich hatte Sie schon abgeschrieben.«

»Was ist los?«

»Ihre verdammte Sekretärin, sie ist ein Roboter.«

»Shirley ist schon lange dabei, man kann sie nicht so leicht aus der Ruhe bringen. Okay, reden Sie.«

Das war typisch Keller. Geradeheraus, ohne Umschweife, ohne Zeitverschwendung. Ihr Vertrauen zu ihm kehrte zurück, wuchs riesengroß – er war ihr Superheld.

»Maurice ist gestorben.«

»Ich habe es gehört.«

»Sie waren nicht bei der Beerdigung.«

»Ich hatte zu tun. Warum haben Sie angerufen?«

»Wo sind Sie, Keller?«

»Venedig.«

»Warum sind Sie in Venedig, wenn ich Sie hier brauche?«

»Was ist denn?«

»Ich bin auf dem Weg nach London. Ich habe versucht, Sir John ans Telefon zu bekommen, aber das ist mir natürlich nicht gelungen.«

»Das kann ich mir denken. Sie sind eine Foxman.«

»Sie müssen es für mich arrangieren, Keller. Glauben Sie, daß Sie das schaffen?«

»Ein Gespräch mit Sir John?« Er pfiff durch die Zähne. »Puh, da bin ich mir nicht sicher.«

»Na gut, dann schaffe ich es eben ohne Sie, ich muß. Auf Wiedersehen, Keller.«

»Warten Sie, hängen Sie noch nicht auf!« Es knarrte in der Leitung, und Keller hörte sich plötzlich verzerrt an. »Ich werde es versuchen, aber ich kann Ihnen nichts versprechen. Ich melde mich wieder bei Ihnen.«

»Ich bin morgen im Connaught Hotel in London«, rief sie in den Hörer. »Ich habe jetzt alles vorbereitet und kann nicht mehr warten. Wenn ich von Ihnen nicht Bescheid bekomme, werde ich Sir John einfach auflauern. Auf Wiedersehen, Keller, ich bin spät dran.«

»Warten Sie!« hörte sie ihn noch rufen, aber sie legte auf und verließ die Wohnung.

Sie hatte schon zu lange gewartet.

42

Etwa zu der Zeit, als Ellie am London Airport ankam, betrat Peter Downes in Genf das Hotelzimmer von Ralph Browning. Harry Geis war schon da.

»Jetzt brauchen wir nur noch darauf zu warten«, sagte Browning, »daß Miss Foxman zum angeblichen Verkauf der Diamanten in der Bank erscheint. Haben Sie dafür gesorgt, daß sie rechtzeitig eintrifft, Peter?«

Downes hatte es bisher vermieden, seinen Partnern zu gestehen, wie kühl die Beziehung zwischen Ellie und ihm geworden war. Er sagte nur: »Sie ist in England.«

»Aber Sie können sie dort erreichen?«

»Ist es denn unbedingt erforderlich, daß sie hierher kommt?«

»Ja, verdammt noch mal!« schnappte Geis. »Du weißt doch, wie so was vor sich geht!«

Browning, der mit seiner ruhigen Stimme besänftigend wirken wollte, erklärte: »Bei einem Verkauf dieser Größenordnung muß der Geschäftsführer der verkaufenden Firma anwesend sein. Gibt es denn irgendwelche Schwierigkeiten, von denen Sie noch nicht gesprochen haben? Bitte, Peter, keine Überraschungen zu diesem späten Zeitpunkt.«

»Nein, nein«, sagte Peter Downes rasch. »Sobald wir hier

fertig sind, werde ich mich mit ihr in Verbindung setzen. Sie kann ohne Schwierigkeiten herüberkommen. Die Steine sind im Tresor, und der Käufer ist auch da.«

»Hervorragend«, sagte Browning. »Danach werden Miss Foxmans Sorgen um die Kreditfähigkeit ihres Unternehmens erheblich geringer werden, und mit einem Schlag haben Sie, Peter, ihr Vertrauen zurückgewonnen. Es ist nämlich sehr wichtig, Peter, daß Sie die guten Beziehungen zu der Dame aufrechterhalten oder gar noch vertiefen. Das wird Sie in die Lage versetzen, noch größere Käufe zu tätigen, ohne daß Miss Foxman etwas dagegen einzuwenden hätte.«

Als die beiden gegangen waren, schenkte sich Ralph Browning einen zwanzig Jahre alten Scotch ein, um auf seinen Erfolg anzustoßen. Projekt ›Lupenrein‹ war die Krönung seiner langen Karriere. Er hatte hart für die Sache gearbeitet, er hatte Befehle befolgt und die Denkarbeit für diese Operation geleistet. Sie war die bedeutendste, an der er je mitgearbeitet hatte, groß genug, um einen Teil der kapitalistischen Wirtschaft zu erschüttern. Die lange Planungsarbeit, die Trennung von zu Hause, von seiner Familie, hatte sich gelohnt – nie vorher hatte ein Agent einen so ungeheuren Erfolg gehabt.

Die Zukunft erschien ihm verheißungsvoll. Insgeheim rechnete er mit dem Leninorden und all den materiellen Vorteilen, die damit verbunden waren. Er würde als Held zu Mütterchen Rußland zurückkehren und die guten Seiten des Lebens genießen, die Moskau zu bieten hatte. Ein energisches Klopfen an seine Zimmertür holte ihn in die Wirklichkeit zurück.

Wer konnte das sein? Er erwartete niemanden. Vielleicht Geis, der noch über ein Detail reden wollte? Oder Downes, der um weiteren Zuspruch heischen würde? Er lächelte wohlwollend und ging zur Tür.

Ein drahtiger, schlanker Mann stand da und schaute Browning mit festem Blick aus ruhigen, dunklen Augen an.

»Sie sollten nicht hier sein«, sagte Browning impulsiv.

Der Mann schob sich flink an Browning vorbei und sah sich mit deutlicher Verachtung im Zimmer um.

»Sie leben sehr gut, Genosse.«

Browning hob die Schultern und nippte an seinem Scotch. »Ich lebe so, wie meine öffentliche Position es verlangt. Ich bin Bankier, und Bankiers leben in einer gewissen Form von Luxus.«

»Kapitalist«, sagte der Mann. »Sagen Sie, Genosse, macht es Ihnen Spaß, Kapitalist zu sein?«

»Kann ich Ihnen einen Drink anbieten, Andrej?«

»Haben Sie Wodka?«

»Nur Scotch.«

»In meinem Haus gibt es immer Wodka.«

Browning überhörte die Kritik. Er wußte nicht, was der Grund für den überraschenden Besuch war, aber er konnte nur zusätzliche Schwierigkeiten bringen, und diese Aussicht machte ihn nervös.

»Was führt Sie zu mir, Andrej? Der Resident des KGB Genf besucht einen amerikanischen Bankier. Das kann doch unserer Sache kaum nützen, wenn es bekannt wird.«

»Ich habe meine Anweisungen.«

»Und meine Anweisungen lauten, mich von Leuten in Ihrer Position fernzuhalten.«

Andrej lächelte dünn. »Mache ich Ihnen Angst, Genosse? Gibt es etwas, das Sie fürchten müßten? Haben Sie Geheimnisse?«

»Treffen dieser Art gefährden mich, Andrej, und sie gefährden auch unsere Operation. Das ist es, was ich befürchte, sonst nichts.«

»Nun, wenn sonst nichts ist, bin ich beruhigt. Und Sie können auch beruhigt sein, Genosse, ich bin nur zu einem freundschaftlichen Besuch gekommen, mein Freund.«

»Was wollen Sie?«

»Nun, ich komme sozusagen als Bote. Ich habe den Auftrag, einige Erkundigungen einzuholen. Diese Operation, von der Sie sprachen – wann ist sie abgeschlossen?«

»Wir warten noch auf jemanden. Morgen spätestens sind wir vollzählig. Warum wollen Sie das wissen?«

»Und dann?« fragte Andrej.

»Dann werde ich den entscheidenden Schritt tun, um die

absolute Kontrolle über eines der größten amerikanischen Diamantengeschäfte zu gewinnen. Dieses Geschäft dient als Basis für ›Projekt Lupenrein‹. Ziel dieses Projekts ist die Übernahme von International Minerals and Mines.«

»Ich fürchte, so weit wird es nicht kommen, Genosse.«

Browning spürte, wie es ihm heiß und kalt den Rücken hinunterlief. Steif sagte er: »Ich verstehe nicht . . .«

»›Projekt Lupenrein‹ ist vorbei. Ende, aus – Befehl aus Moskau.«

»Aber wir sind so nahe dran.«

»Es ist vorbei, Genosse. Tatjana ist enttarnt worden. Durch sie ist ein Sicherheitsmann der IMM auf die Spur von Geis gestoßen.«

»Das darf doch nicht wahr sein! Ich wüßte davon, ich hätte es gehört . . .«

»Es stimmt. Tatjana ist schon nach Hause gebracht worden. Geis ist ein Sicherheitsrisiko, und das bedeutet, daß auch Sie nicht mehr sicher sind. Wie Sie wissen, ist Leonid tot, und ein gewisser Vadim Lukas, Händler unserer Steine in Paris, ist verschwunden. Drei unserer Leute in Europa sind gestrandet und zwei Leute sind aus den Vereinigten Staaten herausgeholt worden. ›Projekt Lupenrein‹ kann nicht fortgesetzt werden, Genosse Browning.«

»Es könnte trotzdem noch durchgezogen werden, auch ohne Geis. Ich brauche nur Downes, und er ist ungefährdet.«

»Downes ist wertlos für Sie. Der Sicherheitsmann der IMM – er heißt Keller – wird das FBI ins Spiel bringen und wahrscheinlich auch den CIA. Wer weiß, wohin eine solche Affäre führt? Moskau darf nicht in Verlegenheit gebracht werden, erst recht nicht öffentlich. Und wir wollen nicht noch mehr unserer Leute verlieren. Nein, mein Freund, irgendwo ist Ihnen ein großer Fehler unterlaufen. Sie haben sich verkalkuliert. Verlorene Zeit, vergebliche Arbeit. Aber von nun ab darf nichts mehr verloren gehen, am wenigsten die Diamanten. Wo befinden sie sich jetzt?«

Browning hatte nicht mehr zugehört. Hatte er wirklich einen Fehler begangen? Oder war jemand bei Russ Almaz neidisch auf seinen Coup geworden? Sie pfiffen ihn zurück – ob das bedeutete, daß in Moskau eine Bestrafung auf ihn wartete? Eine Zurückstufung in jedem Fall. Er sah sich schon in einem verstaubten Büro irgendwo in Moskau über einer unwichtigen Arbeit hocken. Die Jahre in Amerika hatten ihn vergessen lassen, welch gewaltigen Einfluß die Bürokratie zu Hause ausübte. Ehrgeiz konnte tödlich sein, zumindest aber die Karriere kosten. Welches Schicksal erwartete ihn?

Als ob er Gedanken lesen konnte, sagte Andrej: »Sie erhalten gewiß eine hohe Auszeichnung, Genosse, vielleicht auch eine Datscha draußen vor Moskau und eine angesehene Position auf einem wichtigen Gebiet. Die Partei nimmt sich derer an, die ihr vertrauensvoll dienen. Also, Genosse, wo sind die Steine?«

Widerwillig kehrten Brownings Gedanken in die Gegenwart zurück. Er hatte nicht viele Möglichkeiten. Seine Zukunft lag bei seinen eigenen Leuten, er würde nicht noch einmal ins Ausland geschickt werden.

Er streckte sich und lächelte. »In New York, Genosse. Der größte Teil befindet sich in New York.«

»Und der Rest?«

»Hier in Genf, im Tresor der Foxman Company. Umstände haben uns gezwungen, neun Millionen zu verkaufen und . . .«

Andrej unterbrach ihn. »Können Sie die Diamanten herbeischaffen?«

»Nur Downes und Miss Foxman haben Zutritt zur Stahlkammer der Bank.«

»Und die anderen in New York?« fragte Andrej.

»Nun, wir könnten Downes schicken, um sie zu holen. Das wäre kein großes Problem.«

»Doch, Downes würde mißtrauisch werden.« Andrej überlegte. »Also gut, die neun Millionen müssen wir opfern. Das ist zwar bedauerlich, aber zu verschmerzen. Sie, Browning, kehren sofort nach New York zurück, bringen sich in den Besitz der Steine und liefern sie in Moskau ab.«

Browning ließ sich entnervt in einen Sessel fallen. Sein Schicksal, wie auch immer es aussehen würde, lag in der Hand anderer, die mächtiger waren als er. Ihm blieb nichts übrig, als zu gehorchen.

»Da ist noch Harry Geis«, sagte er dumpf.

»Ja«, sagte Andrej gedehnt. »Meiner Meinung nach hat er sich zu einem kleinen Ganoven und Kapitalisten entwickelt. Er ist nicht länger ein Mann, dem man vertrauen kann. Sie werden ihm nichts von unserer Unterhaltung sagen, Genosse. Wenn Geis erführe, daß ›Projekt Lupenrein‹ nicht mehr existiert, würde er versuchen, sich selbst in den Besitz der Diamanten zu bringen. Seine Habgier würde ihn blind machen gegenüber der Tatsache, daß er mit den Steinen nicht lange leben würde. Ich nehme an, daß Ihnen dieser Umstand gleichermaßen klar ist.«

»Sie brauchen sich keine Sorgen um meine Loyalität zu machen, Genosse.«

»Gut. Was Geis angeht, so werde ich selbst über sein Schicksal bestimmen.«

»Ist das alles?« fragte Browning.

»Sie haben Ihre Befehle. Führen Sie sie aus. Eines Tages werden wird uns in Moskau wiedersehen, Genosse, und dann prosten wir vergangenen Abenteuern mit einem guten Schluck Wodka zu.«

»Ja«, sagte Browning und mußte an die wohlgefüllte Bar in seiner Wohnung in Manhattan denken, »mit Wodka, Genosse.«

43

Sie öffnete Keller die Tür zu ihrer Suite im Connaught Hotel. Er sah erschöpft aus, die Falten in seinem hageren Gesicht schienen sich tiefer gegraben zu haben. Es gab nichts Schönes an diesem Gesicht, nichts Nettes oder Einnehmendes, aber es strahlte Entschlossenheit und Männlichkeit aus, und Ellie stellte fest, daß sie immer wieder neue Facetten entdeckte. Es war ein Gesicht, das nicht langweilig wurde.

Sie sagte: »Ich wußte, daß Sie kommen würden.«

»Nun, es braut sich einiges zusammen.«

Sie nickte. »Peter hat vor einer Stunde aus Genf angerufen. Im Banktresor liegen Diamanten im Wert von neun Millionen Dollar, und er hat einen Käufer gefunden, der jetzt auf mich wartet.«

»Raffiniert eingefädelt«, murmelte Keller. »Sie wollen sichergehen, daß Foxman and Company im Geschäft bleiben, damit sie weiter ungestört ihre Diamanten horten können. Sie fliegen natürlich hin.«

»Sobald ich bei Sir John gewesen bin.«

»Ist Ihnen schon mal der Gedanke gekommen, daß ich den Termin nicht arrangieren könnte?«

»Um ehrlich zu sein – nein. Mein Vertrauen zu Ihnen ist grenzenlos, Keller.«

Er verzog sein Gesicht. »Ich habe meine Beziehungen und meinen Ruf bis zum Äußersten strapazieren müssen. Also versuchen Sie, soviel zu erreichen, wie es geht. Haben Sie Ihre Argumente im Kopf?« Er musterte sie. In ihrem maßgeschneiderten grauen Kostüm mit dem dezenten, weißen Streifen und der blaßrosa Bluse mit einer Schleife sah sie gleichzeitig elegant und leger aus. »Der Alte wird ein harter Brocken für Sie«, fuhr Keller fort, »er ist clever und gefährlich. Passen Sie gut auf sich auf, Lady.«

»Ich gebe mein Bestes.«

»Eins muß man sagen«, fügte Keller hinzu, »nie hat er in seinem Büro etwas Schöneres gesehen.«

Sie lachte. »Was für ein nettes Kompliment.« Sie runzelte die Stirn. »Es ist das erste, das ich von Ihnen höre.« Sie setzte sich und deutete auf den Sessel gegenüber. »Werde ich es schaffen, Keller?«

»Ich setze auf Sie.«

Sie nickte. »Okay, Keller, erzählen Sie mir alles, was Sie über Sir John wissen.«

»Er ist hart und denkt messerscharf. Er wurde in Reichtum und Macht hineingeboren, ist ein geschickter Verhandlungspartner und schafft es, sowohl mit Kapitalisten wie mit Kommunisten Geschäfte zu machen.«

Ellie hörte aufmerksam zu.

»Wenn er etwas erreichen will, erreicht er es, und dabei sind ihm fast alle Mittel recht. Ich halte ihn für gewissenlos, will mich aber nicht so genau festlegen. Er versteht mehr von Diamanten als jeder andere.«

»Was hält er von Frauen?«

»Ich weiß es nicht genau, aber ich glaube, daß er sie im Geschäft nicht sonderlich schätzt. In keinem Fall läßt er sich von einer Frau beeinflussen. Niemand kann ihn dazu bringen, etwas zu tun, das ihm keinen Vorteil einbringt.«

»Aber Ihnen ist es gelungen, einen Termin für mich zu arrangieren.«

»Ich habe ihm einige Tatsachen vorgelegt, und dann war er es, der die Entscheidung getroffen hat.« Er grinste. »Unter anderem habe ich ihm gesagt, daß Sie eine wunderschöne Frau sind.«

»He, das ist schon das zweite Mal, daß Sie etwas Nettes über mich sagen. Lasse ich Sie doch nicht so kalt, wie Sie tun, Keller?« Sie lächelte ihn verführerisch an.

Er knurrte etwas, ging aber auf ihre Frage nicht ein. »Versuchen Sie nur nicht, ihn zu verführen.«

»Was soll ich denn versuchen?«

»Tragen Sie vor, in welcher Situation Sie sich befinden, erklären Sie die Mißverständnisse, die in den letzten Monaten entstanden sind, verzichten Sie auf Phrasen und falsche Argumente. Die erkennt er so sicher wie einen falschen Stein.«

»Ihre Tips sind sehr nützlich, Keller.«

»Sie haben nur diese eine Chance, Ellie.«

Sie nickte. »Und wann habe ich den Termin?«

Keller schaute auf die Uhr. »Wir müssen los.«

44

Rosenholzpaneele bedeckten die Wände vom Fußboden bis zur Decke. Der sargförmige Konferenztisch war ebenfalls aus Rosenholz.

Sir John wartete schon, als sie in den Raum geführt wurden. Er deutete eine knappe Verbeugung an und nickte Keller kurz zu. Dann wartete er, bis Ellie sich gesetzt hatte.

»Keller hat Sie in den höchsten Tönen gelobt, Miss Foxman«, eröffnete er das Gespräch.

»Auch von Ihnen hat er nur Gutes berichtet, Sir.«

Er betrachtete sie, und was er sah, gefiel ihm. In den meergrünen Augen lag Kühnheit und eine Starrköpfigkeit, die vom leicht nach vorn gereckten Kinn noch verstärkt wurde. Ihre ganze Art, auch ihre Stimme, verriet, daß sie nicht so leicht aufgeben und daß niemand sie zu etwas zwingen würde. Er verglich sie mit ihrem Onkel. Kultur, Behutsamkeit und eine feine Intelligenz hatten diesen Mann ausgezeichnet, seine Nichte strahlte die wohldosierte Härte aus, die ihm oft gefehlt hatte. Er beschloß, keine Zeit mit Vorgeplänkel, zu verschwenden.

»Was führt Sie zu mir, Miss Foxman?«

Er gab ihr keine Eingewöhnungsphase, dachte sie, er wollte sie kalt erwischen. Aber auch darauf war sie vorbereitet.

»Ich bin gekommen, um Foxman and Company vor dem Untergang zu retten, Sir John.«

»Und wie wollen Sie das erreichen, wenn ich fragen darf?«

»Zunächst möchte ich, daß Sie Foxman and Company wieder zu einer Sichtung einladen, die Sie meinem Onkel so plötzlich vorenthalten haben.«

»Plötzlich? Wir mußten uns zu diesem Entschluß durchringen, nachdem Ihr Onkel unser letztes Angebot abgelehnt hatte.«

Sie wußte, daß sie zu weit vorgeprescht war. Keller hatte sie gewarnt.

»Mein Onkel mußte ablehnen, weil Sie ihm jene Qualitätssteine vorenthalten hatten, auf denen der Ruf unseres Geschäfts aufgebaut ist. Sie haben einige Anstrengungen unternommen, um die Marktstellung meines Onkels zu untergraben.«

»Er hatte sich entschieden, sich gegen mich zu stellen, mein Feind zu werden und der Feind von International Minerals and Mines. Er hat andere Quellen benutzt und den Handel mit farbigen Steinen aufgenommen, ohne uns zu informieren. Er hat versucht, andere Händler zu einer Union gegen die IMM zusammenzuführen, und hat eine immense Menge an Steinen gekauft und gehortet, um zu einem gewaltigen Schlag gegen die gesamte Diamantenindustrie auszuholen. Und schließlich, Miss Foxman, hat er Diamanten geschmuggelt.«

Sie schüttelte den Kopf. »Nein«, sagte sie mit Bestimmtheit. »Nein, damit hatte mein Onkel nichts zu tun. Mein Bruder hat geschmuggelte Steine gekauft, das muß ich wohl einräumen. Ich bedaure das, wie es auch mein Onkel bedauert hat. Aber Foxman and Company waren daran nicht beteiligt.« Sie atmete in kurzen Zügen und rang mit sich, die Kontrolle über sich selbst zu behalten. »Sir, können wir jetzt auf die gegenwärtige Situation zu sprechen kommen?«

Sir John starrte sie an, sein Gesicht verriet nichts. Er antwortete, ohne auf ihre Einwände einzugehen. »Ein anderer hätte den Angriffen Ihres Onkels auf meine Unternehmen weniger Toleranz entgegengebracht. Und Sie, ein Mitglied seiner Familie, haben die Aktivitäten Ihrer Firma nicht geändert. Sie erwerben immer noch immense Mengen Steine.«

Keller hielt es für angebracht, sich einzuschalten. »Nicht ganz«, sagte er. »Downes war es, der gekauft hat, gemeinsam mit Geis und Browning.«

»Das ändert nichts«, sagte Sir John.

»Es ändert die Sachlage für Foxman and Company ganz erheblich. Downes' Käufe sind Bestandteil des groß angelegten Schwindels, der zunächst gegen Ellies Unternehmen gerichtet ist, dann erst gegen Sie und die IMM, Sir John.«

»Unsinn, Keller, von Ihnen hätte ich Besseres erwartet.«

»Besseres als die Wahrheit habe ich nicht zu bieten«, sagte Keller gleichmütig. »Downes kauft von Strohmännern russische Steine. Er kauft sie mit dem Foxman-Kredit. Wenn sie ihr Ziel erreicht haben, werden die Russen in der Lage sein, den Markt zu beherrschen.«

»Für Sie scheint wohl alles sonnenklar zu sein, Keller.«

»Es ist logisch.«

»Tatsächlich? Sie haben sich in die Idee verrannt, daß die Russen unsere Gegner sind – geben Sie es auf, Keller.«

»Das geht nicht, Sir.«

Sir John wandte sich wieder an Ellie. »Zur Zeit betreiben Sie weiterhin eine Geschäftsstrategie, die dem gesamten Industriezweig schadet, mit Ihren Bemühungen, in Afrika neue Quellen zu erschließen, Ihre eigene Börse zu eröffnen oder uns zu zwingen, unser traditionelles Geschäftsgebaren zu ändern. Haben Sie vor, das zu ändern, oder auf welche Weise wollen Sie sich von der Politik Ihres Onkels unterscheiden?«

»Ich führe jetzt Foxman and Company. Wenn ich nicht als Gentleman auftrete wie mein Onkel, dann liegt das weniger daran, daß ich eine Frau bin, als an meiner geringen Neigung, mich herumschubsen zu lassen.«

Sir John verzog keine Miene. »Ich liebe Diamanten«, sagte er, »ich habe diese Liebe von meinem Vater geerbt, der sie von seinem Vater geerbt hatte. Wir haben die IMM mit Umsicht, klugen Einfällen und großer Ausdauer auf- und ausgebaut. Ein solches Unternehmen führt man nicht, ohne sich Feinde zu schaffen. Wenn es an der Zeit war, einen Kampf aufzunehmen, hat niemand gekniffen, weder mein Großvater noch mein Vater noch ich. Und wir haben stets gewonnen. Niemand hat es geschafft, die IMM zu besiegen, Miss Foxman, niemand wird es je schaffen.«

»Es liegt nicht in meiner Absicht, die IMM zu besiegen, ich will die IMM nicht einmal schädigen, Sir John.« Ihrer Stimme hörte man an, daß sie sich nicht entschuldigte, daß sie keinen Rückzieher machte. »Ich bin doch nicht größenwahnsinnig.«

»Ich habe eine traditionsbedingte Art, mit Feinden umzugehen«, sagte Sir John, als ob er Ellies Sätze nicht gehört hätte. »Die ich zertreten kann, zertrete ich, die ich einschüchtern kann, schüchtere ich ein, und die ich kaufen kann, kaufe ich.«

»Was ist, wenn es jemanden gibt, bei dem Sie mit allen drei Methoden nicht zum Ziel kommen?«

»Wenn Kompromisse angebracht sind, werde ich kompromißbereit sein. So kommt es, daß ich Partner habe, Teilhaberschaften, Bündnisse. Viele Firmen gehören mir mit Haut und Haaren, andere kontrolliere oder beeinflusse ich. Auf die eine oder andere Weise bekomme ich immer, was ich will. Darauf können Sie sich verlassen, Miss Foxman.«

»Diesmal könnte es anders laufen«, sagte Keller, der lange geschwiegen hatte. »Die üblichen Methoden helfen diesmal vielleicht nicht weiter. Nicht gegen einen Gegner, der erheblich mächtiger ist und viele Truppen besitzt.«

»Sind Sie immer noch bei den Russen?«

»Immer noch bei den Russen, Sir John.«

»Und Sie, Miss Foxman, sind hier, um sich in diesem großen Krieg mit mir gegen die Russen zu verbünden?«

»Es mag sein, daß wir uns gegenseitig helfen könnten«, sagte Ellie.

»Lassen Sie mich meine Position klar darlegen«, sagte Sir John. »Zuerst, Keller, konnte ich Ihre Vermutungen über die Sowjets nicht akzeptieren. Aber seither habe ich zusätzliche Informationen eingeholt, und es sieht so aus, als ob ich mich geirrt haben könnte.«

Er lächelte dünn und fuhr fort: »Die Russen haben sich immer vor Ausländern gefürchtet, sie trauen keinem. Gefangen von ihren wirtschaftlichen und politischen Prinzipien, sind sie psychologisch nicht in der Lage, auf lange Sicht das Beste für sich herauszuholen.«

»Dann stimmen Sie Keller also zu«, stellte Ellie fest, »Sie glauben jetzt also auch, daß die Russen eine Verschwörung gegen das Syndikat planen?«

Sir John verzog das Gesicht. »Dieser Begriff verletzt mich. Die IMM ist eine Gesellschaft gleichgerichteter Unternehmen, und jedes einzelne befolgt die Gesetze und Vorschriften des jeweiligen Landes, in dem es sein Geschäft betreibt.«

Er zog gedankenverloren an seiner Unterlippe. »Ja, Keller, ich neige inzwischen dazu, Ihre Ansichten zu übernehmen, da ich gewisse Schwierigkeiten in unseren Abwicklungen feststelle. Es sind zu viele Steine auf dem Markt, Steine, die nicht aus unseren Quellen stammen. Eine Zeitlang habe ich geglaubt, daß Maurice Foxman und seine Freunde es darauf anlegten, den Markt zu überschwemmen und damit den Preis purzeln zu lassen. Jetzt neige ich zu der Ansicht, daß ich mich geirrt habe. Meine anderen Sicherheitsleute bestätigen Kellers Berichte.«

Er nickte Keller zu. »Ich habe mich Ihren früheren Versuchen, mir die Wahrheit beizubringen, widersetzt. Ich habe mich der überzeugenden Logik von Tatsachen entzogen, das passiert mir selten. Ich habe meiner Vereinbarung mit den Russen zuviel Bedeutung beigemessen. Meine Abmachung mit dem Kreml bot beiden Seiten Vorteile, deshalb wollte ich glauben, daß alles so weiterlaufen würde wie bisher. Aber inzwischen bin ich bekehrt.«

Er seufzte. »Mit den Sowjets als Feinden fühle ich mich so, wie sich Ihr Onkel gefühlt haben muß, Miss Foxman. Einen übermächtigen Gegner zu haben, der einem in allen Belangen überlegen ist, kann uns den Schlaf rauben. Ich habe versucht, die Konfrontation mit Moskau zu vermeiden, aber es scheint keinen Erfolg zu haben.«

»Ich verstehe es immer noch nicht«, sagte Ellie. »Was wollen sie gewinnen?«

»Es gehört zu einer groß angelegten Strategie«, sagte Keller. »Die Sowjets wollen größeren Einfluß in Südafrika gewinnen, die schwarze Revolutionsbewegung infiltrieren und später kontrollieren. Damit gewinnt der Kreml direkten Einfluß auf die südafrikanische Politik.«

»Die weiße Minderheitenregierung weiß, daß es irgendwann mit ihr zu Ende gehen muß«, sagte Sir John.

»Durch die Übernahme eines bedeutenden kapitalistischen Industriezweigs schlagen die Sowjets Pflöcke in das Bank- und Kreditgeschäft des Westens«, fuhr Keller fort.

»Richtig, Keller«, sagte Sir John, »dieser Aspekt Ihrer Ausführungen hat mich schließlich überzeugt. Ich bin überrascht, daß Sie so viel von ökonomischen Strategien verstehen.«

Keller überhörte die Bemerkung. »Schließlich werden diese Operationen den Sowjets einen steten Strom harter westlicher Währungen garantieren. Sie können den Verkauf und den Preis der Diamanten nach Belieben festsetzen und natürlich an einem hohen Karatpreis interessiert sein, um selbst den größten Profit herauszuholen.«

»Ein schöner Plan«, sagte Sir John sarkastisch. »Die Bastion des Kapitalismus in der Hand der Kommunisten – und die von ihnen als imperialistisch verurteilte IMM dient auch noch als getreuer Helfer.«

Ellie blickte ihn aus großen Augen an. »Was wollen Sie dagegen unternehmen?«

»Sind Sie deshalb gekommen? Um mich das zu fragen?«

»Ich bin gekommen, um von Ihnen zu verlangen, Ihre Angriffe gegen Foxman and Company einzustellen und sich Ihrem wirklichen Gegner zu stellen.« Sie legte eine kurze Pause ein. »Und ich bin gekommen, um wieder von Ihnen beliefert zu werden.«

»Keine Frau hat je ihre eigene Sichtung bei der IMM gehabt.«

»Dann ist es Zeit. Ich bin hier, um meine eigene Sichtung zu fordern.«

»Ich bin nicht bereit, das mit Ihnen zu diskutieren, Miss Foxman. Zu Ihrer ersten Frage: Ja, wir werden kämpfen, aber es wird hart werden, denn sogar unsere Mittel und Möglichkeiten sind beschränkt, und wir werden den fortgesetzten Attakken einer Weltmacht nicht standhalten können.«

»Das ist das erste Mal, daß wir einer Meinung sind«, sagte Ellie. »Sie können sich nicht mit Moskau anlegen und dabei gewinnen!«

»Was soll das?« fuhr Keller sie an. »Sollen wir alles hinnehmen? Daß sie Ihnen Ihre Firma abjagen? Daß sie die IMM unterwandern? Alles kampflos aufgeben? Was, zum Teufel, soll das?«

»Hören Sie mir zu, Keller. Weder Sir John noch Sie noch ich können gegen die Russen ankommen. Aber wir haben einige bedeutende Vorteile auf unserer Seite.«

»Welche zum Beispiel?«

»Nun, zunächst einmal können wir davon ausgehen, daß die Leute im Kreml keinen Wert darauf legen, ihre Methoden an die große Glocke zu hängen. Betrug, Schmuggel, Mord – und alles nur, um kapitalistisches Geld zu verdienen, das würde sich nicht mit ihrer sozialistischen Reinheit vertragen. Stellen Sie sich einmal den Schlag gegen die sowjetische Glaubwürdigkeit vor, wenn die Medien berichteten, der Kreml beute zusammen mit der IMM und der südafrikanischen Regierung die Schwarzen aus. Verstehen Sie, Keller? Wir können sie mit ihrem eigenen Plan schlagen.«

»Ich weiß nicht, ob mir die Formulierung mit der Ausbeutung behagt«, sagte Sir John, »aber ich will das übergehen. Wenn wir nicht gegen die Russen kämpfen – gegen wen sonst?«

»Gegen ihre Agenten.«

»Browning und Geis«, sagte Keller.

Ellie nickte. »Und jetzt zum zweiten Grund, warum ich hier bin. Die Sowjets haben vor, meine Firma zu übernehmen. Das werde ich nicht zulassen.«

»Was wollen Sie unternehmen?« fragte Sir John.

»Ich werde sie an ihrem schwächsten Punkt angreifen«, sagte Ellie lächelnd. »Peter Downes.«

»Und wie?«

»Er hat Diamanten im Wert von sechzig Millionen Dollar gekauft – dank der Reputation und der Kreditwürdigkeit meines Onkels. Downes weiß, wo diese Steine sich befinden, er weiß, was mit diesen Steinen geplant ist und kennt die nächsten Schritte von Browning und Geis. Ich muß ihn dazu bringen, seine Rolle in der Verschwörung zu gestehen und die anderen zu belasten. Das wird für die Sowjets ein Signal sein, daß sie uns nicht ohne einigen Wirbel übernehmen können.«

»Ein lobenswertes Konzept, Miss Foxman«, sagte Sir John, »aber warum sollte dieser Downes reden?«

Ellie hoffte, daß ihr Selbstvertrauen nicht zu aufgesetzt wirkte. »Ich habe Downes angewiesen, Diamanten für neun Millionen Dollar zu verkaufen. Sie befinden sich jetzt in einer Genfer Bank und warten auf einen Käufer, den Peter Downes für die Steine gefunden hat.«

»Sie werden nicht da sein«, sagte Keller mit der pessimistischen Autorität des Polizisten. »Das Bankfach wird leer sein oder voller Glasperlen. Sie wollen Ihr Unternehmen vernichten, Ellie.«

»Eine Zeitlang habe ich das auch geglaubt«, sagte Ellie. »Aber Foxman and Company zu vernichten, macht keinen Sinn. Sie wollen die Firma benutzen, sie brauchen Foxman and Company, um scheinbar legal agieren zu können – ihre Steine zu horten, bis sie stark genug sind, das Syndikat – oh, ich meine die IMM – anzugreifen. Zuerst Foxman, dann die IMM.«

»Ihre Gedanken entbehren nicht einer zwingenden Logik«,

sagte Sir John. »Aber ich muß Sie noch einmal fragen: Wie wollen Sie den Plan vereiteln?«

»Ich werde vor der festgesetzten Zeit am Bankfach sein und die Steine herausnehmen«, sagte Ellie.

»Und dann?« fragte Keller.

»Dann wird Downes zum angesetzen Verkaufstermin mit einem leeren Bankfach konfrontiert.«

»Ich verstehe es immer noch nicht«, sagte Keller.

»Aber ich«, rief Sir John. »Downes erwartet, die Steine in dem Bankfach vorzufinden. Die Steine müssen da sein, um Foxman zahlungsfähig zu halten, sonst ist das ganze Komplott umsonst gewesen. Ist es so, Miss Foxman?«

»Ja, Sir. Wenn Downes entdeckt, daß die Steine nicht mehr da sind, wird er glauben, daß Geis und Browning sie an sich genommen haben. Er wird glauben, vor den Trümmern seines Lebens zu stehen, und wird sich schon im Gefängnis oder gar auf dem Friedhof sehen. Er wird in Panik geraten und in diesem Zustand alles sagen, was er weiß, und er wird uns auch zu den anderen Steinen führen.«

»Schätzen Sie Downes auch so ein, Keller?«

»Klingt überzeugend«, antwortete Keller. »Wenn Sie dabei wären, Sir John, würde sich Downes' Gefühl, in eine Falle gegangen zu sein, noch verstärken.«

»Sehr gut, fahren wir also nach Genf.«

45

Die Bank lag in einem großen Park mit einem weiten, offenen Blick auf den See. Ein stämmiger Mann mit einer unübersehbaren Beule im Jackett ließ sie ein, überprüfte ihre Ausweise und führte sie zu einem Aufzug, der sie in den dritten Stock brachte und in einen breiten Flur, der sich zu einer hohen Empfangshalle öffnete. Dort standen zwei andere Männer bereit, die Mienen ernst, die Anzüge dunkel, die Schuhe schwarz und glänzend.

Der eine war Leon Böhle, stellvertretender Vorstand der Ersten Internationalen Schweizer Bank von Genf & Lugano. Seine Haltung verriet, daß dieser Mann um die Schwierigkeiten des Lebens wußte.

»Gestatten Sie mir, Ihnen Mr. Nicholas Yankelevich vorzustellen«, sagte Böhle. »Mr. Yankelevich ist der Käufer Ihrer Diamanten.«

Yankelevich war so durchschnittlich, als hätte ihn die Natur dazu ausersehen, sich jeder Umgebung anzupassen. Er klappte die Absätze zusammen und beugte sich über Ellies Hand. »Es ist mir ein Vergnügen.«

»Ich habe Ihren Namen noch nie gehört, Mr. Yankelevich«, sagte Ellie. »Sind Sie neu im Geschäft?«

Er trat instinktiv einen Schritt zurück. »Meine Büros befinden sich in Hongkong, in Tokio und in einigen anderen Städten.« Hilfeheischend sah er sich nach Leon Böhle um, doch der Bankier schien den Blick nicht bemerkt zu haben. Er wies auf einen langen, schmalen Tisch an der Wand, auf dem eine Metallbox stand in der Größe eines doppelten Schuhkartons. An den Seiten der Box waren zwei Griffe. Sie war mit rotem Lack versiegelt, und Ellie wußte, daß der Siegellack erst vor einer Stunde aufgetragen worden war.

»Der Behälter ist erst vor wenigen Minuten aus dem Tresor geholt worden, meine Dame und Herren«, teilte Böhle mit. »Er wurde unter der Bewachung meines Personals hergebracht und stand seitdem bewacht an diesem Platz.« Stolz über die Sicherheitsvorkehrungen seiner Bank schwang in seiner Stimme.

Yankelevich tippte mit den Fingerspitzen gegen seine Brust. »Ich habe einen Scheck über den vereinbarten Betrag in meiner Brieftasche.« Er warf einen flüchtigen Blick auf Peter Downes. »Dazu eine Versicherung der Bank, daß der Scheck gedeckt ist. Der Scheck beläuft sich auf die Summe von neun Millionen einhundertzwanzigtausend Dollar.«

Downes räusperte sich. Er spürte, wie ihm das Herz bis zum Halse schlug. Ihm wäre wohler gewesen, wenn Browning dabei wäre, das Geschäft zu überwachen. Browning hatte Stil, Selbstvertrauen und Erfahrung, er wurde auch mit Unvorhergesehenem fertig. Downes erwartete jedoch keine Schwierigkeiten, denn alles war gründlich vorbereitet, jede Einzelheit vorher erörtert, jede Frage und Antwort geprobt worden.

Er streifte Keller mit einem flüchtigen Blick. Wer war das? Ellie hatte ihn als Berater und Freund vorgestellt. »Er ist wie ein Diamant«, hatte sie gescherzt, »deshalb paßt er gut zu unserer Transaktion.«

Dieser Keller hatte etwas, das Downes nicht behagte. Er stand fast reglos da, nur seine Augen bewegten sich ständig. Was suchte er?

»Bringen wir es hinter uns«, sagte Ellie.

»Ja«, sagte Downes erleichtert und setzte zu einem selbstbewußten Lächeln an, das ihm mißlang. »Schließlich bin ich nicht jeden Tag bei Transaktionen dieser Höhe dabei.«

»Ich breche das Siegel«, verkündete Böhle, und dann: »Ich öffne die Box.« Er trat zwei Schritte zurück, damit die anderen den Inhalt sehen konnten.

»Leer«, sagte Yankelevich tonlos. »Was hat das zu bedeuten? Also, das finde ich nicht lustig!«

Downes starrte in die Box, blinzelte in die schattigen Ecken, als erwarte er, dort etwas zu finden.

»Das kann nicht sein«, brachte er stammelnd hervor. »Diamanten im Wert von neun Millionen Dollar . . . ich selbst habe sie abgeliefert . . . ich . . .« Seine Gedanken überschlugen sich, wollten dieses unfaßbare Geschehen in den Griff bekommen, mahnten ihn dumpf an die Konsequenzen. Panik befiel ihn, es drängte ihn wegzulaufen, sich zu verstecken an einem dunklen Platz und dort zu bleiben, bis alles vorbei war.

Seine Augen tasteten die Gesichter der Umstehenden ab, aber nirgendwo sah er Verständnis. Er war ohne Freunde, ohne Verbündete, von Gegnern und Feinden umgeben, die nur das Ziel kannten, ihm Schaden zuzufügen.

»Wie?« krächzte er mehr zu sich selbst als zu den anderen.

Ellie sagte kalt: »Die Steine sind an einem sicheren Ort, Peter. Sie sind sicher vor dir und deinen Freunden Geis und Browning.«

Er sah sie an, als sähe er sie zum erstenmal. Ihre Augen blickten immer noch strahlend und hell, aber in ihrer Stimme lag soviel Kälte und Autorität, wie er noch nie gehört hatte. Sie war stark, diese Ellie Foxman. Er hatte sie ganz anders in Erinnerung, aber die Bilder ihres geschmeidigen Körpers, ihrer kosenden Hände, ihrer küssenden Lippen schwanden vor dieser starken, bestimmenden Ellie Foxman, die von ihm weit entfernt war – unerreichbar.

»Warum?« fragte er heiser.

Yankelevich blitzte Downes an und sagte mit deutlicher Verärgerung: »Ich verlange eine Erklärung, was geht hier eigentlich vor?«

Downes begann zu stammeln: »Ein . . . ein Ver . . . Versehen . . . Es ist . . .«

Ellie unterbrach ihn knapp. »Sie vergeuden Ihre Zeit, Mr. Yankelevich. Und die Zeit Ihrer Gönner und Auftraggeber in Moskau.«

»Was sagen Sie da?« Yankelevich wurde kalkweiß und wich einen Schritt zurück. Um seine Mundwinkel zuckte es, seine Augenlider flatterten. »Können Sie das noch mal wiederholen? Was hat Moskau damit zu tun?«

Ellie bedachte ihn mit einem kalten Lächeln. »Sie können Ihren Auftraggebern mitteilen, daß Sie versagt haben, daß Sie gegen Foxman and Company den Kürzeren gezogen haben.« Sie drehte sich auf dem Absatz herum, wandte Yankelevich den Rücken zu. »Sagen Sie, daß Sie besiegt worden sind von Ellie Foxman«, fuhr sie in einem triumphierenden Tonfall fort.

Sie wandte sich an Downes und Keller. »Es ist Zeit für uns zu gehen.«

Downes wollte noch etwas sagen, aber er wehrte sich nicht, als Keller ihn sanft am Arm zog und nach draußen führte.

»Ich danke Ihnen, Mr. Böhle«, sagte Ellie, als sie wieder im Empfangsraum standen.

»War alles korrekt?«

»O ja, es hätte gar nicht korrekter sein können«, sagte Ellie und lachte.

46

Andrej saß in der Hotelhalle, bis Geis eintraf. Als Geis in den Aufzug trat, stand er auf und folgte ihm. Geis stieg im sechsten Stock aus, Andrej im siebten. Er machte die Feuertreppe ausfindig, kletterte ein Stockwerk tiefer und ging direkt zu Geis' Zimmer. Die Tür stand einen Spalt weit offen.

»Sie sollten mich nicht kontaktieren«, beschwerte sich Geis sofort. »Sie riskieren meine Enttarnung.«

Andrej schien das nicht zu sorgen. Er setzte sich und streckte gemütlich seine Beine aus, die Hände über dem gerundeten Bauch gefaltet. »Ich kann Genosse Browning nirgendwo finden.«

»Haben Sie in seinem Zimmer nachgesehen?«

»Natürlich. Wo ist er?«

»Woher soll ich das wissen? Vielleicht trinkt er irgendwo eine Tasse Kaffee. Oder er kauft sich eine Schweizer Uhr. Was geht mich das an?«

»Der Genosse hat den Auftrag, nach Moskau zurückzukehren – mit den Diamanten.«

Geis konnte seine Überraschung nicht verhehlen. »Was hat das denn zu bedeuten?«

»Sofort«, sagte Andrej.

»Gibt es irgendwelchen Ärger?«

»Ich befolge Befehle, ich hinterfrage sie nicht. Ich kann Ihnen nur raten, es auch so zu halten.«

»Lassen Sie mich in Ruhe, Andrej. Ich bin schon seit vielen Jahren in diesem Geschäft, und bisher hat niemand Anlaß gehabt, sich über mich zu beklagen. Also lassen Sie mich in Frieden. Außerdem reden wir doch über Browning, oder?«

»Genau. Ich suche ihn bereits seit gestern abend und kann ihn nirgendwo finden. Die ganze Nacht ist er nicht in seinem Zimmer gewesen. Wo kann er nur die Nacht verbracht haben?«

»Vielleicht hat er sich ein dralles Schweizer Kuhmädchen angelacht«, meinte Geis. »Drehen Sie nicht gleich durch, er wird schon noch auftauchen.«

»Vertrauen Sie ihm?«

»Ihm vertrauen? Warum sollte ich nicht?«

»Ich weiß, daß er in Moskau zurückerwartet wird. Ich weiß, daß er diesen Befehl erhalten hat, denn ich selbst habe ihn weitergegeben. Dann ist er plötzlich verschwunden, eine lange Zeit – eine viel zu lange Zeit. Und da soll ich noch Ruhe bewahren?«

»Sie sagen, er hat den Auftrag, die Diamanten nach Moskau zurückzubringen?«

»Ja, sie sollen als Diplomatengepäck deklariert werden, während er mit einer normalen Linienmaschine nach Hause fliegen sollte.«

Geis lachte. »Nun, Sie können sich darauf verlassen, daß er nicht all diese Steine in seiner Hosentasche mit sich herumschleppt. Wahrscheinlich ist er jetzt hinter den Steinen hergeflogen.«

»Wo sind sie?«

»Eine Zeitlang wurden sie hier in Genf in verschiedenen Banken verwahrt. Aber dann war es ratsam, sie an einer Stelle zu konzentrieren, damit wir zu jedem Zeitpunkt, den wir für richtig hielten, an die Steine herankommen konnten.«

»War das Ihre Idee?«

»Nein, Browning hat das vorgeschlagen.«

Andrej runzelte die Stirn. Nachdenklich fragte er: »Und wo ist dieser zentrale Ort?«

»In New York natürlich.«

Andrej ging zum Telefon, wählte die Hotelzentrale, verlangte nach Browning. Er lauschte, wie das Telefon bei Browning klingelte, niemand abhob. Zerknirscht und wütend legte Andrej den Hörer auf. Dann rief er noch einmal an, diesmal die Rezeption, und wieder fragte er nach Browning.

Er hörte zu, legte auf, schluckte ein paarmal.

»Browning ist heute morgen abgereist, kurz nach vier Uhr. Er ist hinter den Diamanten her.«

»Ja, klar.«

»Ohne Ihnen etwas davon zu sagen?« schnarrte Andrej. »Ohne mir etwas zu sagen?«

Geis wurde unruhig. »Na ja«, meinte er schließlich, »er befolgt lediglich seinen Befehl.«

»Das glaube ich nicht«, sagte Andrej, und seine Stimme klang immer noch schnarrend. »Der Mann war zu weich, war zu sehr Kapitalist geworden, hatte sich zu sehr an die westliche Lebensart gewöhnt. Ich glaube, daß er hinter den Steinen her ist – aber nicht für Moskau, sondern für sich selber.«

»Nein, nicht Browning«, wandte Geis ein. »All die Jahre, die er auf diesen Job verwandt hat und in denen er den Coup so sorgsam geplant hat.«

»Aber das ist es doch!« rief Andrej wütend. »Er hatte genug Zeit, diesen Verrat zu planen, den Verrat an seinem eigenen Land. Als ich ihm den neuen Befehl gab, hat er seine Pläne lediglich beschleunigen müssen.«

»Wenn das stimmt . . .«

»Es stimmt. Sie sagen, die Diamanten sind in New York? Wissen Sie genau, wo?«

»Da können Sie sich drauf verlassen.«

»Dann liegt es an Ihnen, sie zuerst in die Finger zu bekommen. Sie können verhindern, daß Browning das stiehlt, was rechtmäßig unserem Land gehört.«

»Und dann?«

»Sobald Sie die Steine in Ihren Besitz gebracht haben, informieren Sie den KGB-Verbindungsmann bei den Vereinten Nationen, mit dem Sie abstimmen, wie die Steine nach Moskau zurückgebracht werden können. Diese Befehle kommen von höchster Stelle in Moskau.«

»Ich werde mich darum kümmern. Und was ist mit Browning?«

»Wenn Sie ihn finden«, sagte Andrej, »bringen Sie ihn um.«

In seinem Büro in der Sowjetischen Botschaft ging Andrej noch einmal alle Einzelheiten in Gedanken durch. Kein Zweifel, es ging alles nach Plan – nach seinem Plan.

47

In der Hotelhalle blieb Downes plötzlich stehen. »Ich habe noch etwas Dringendes zu erledigen.«

»Wir haben eine Reihe dringender Themen zu besprechen, Peter«, sagte Ellie.

»Eine Viertelstunde.«

»Nein.« Ellie gab Keller einen Wink, und Keller packte ein wenig kräftiger zu. Downes verzog das Gesicht. »Gehen wir«, sagte Keller.

Entspann dich, redete sich Downes zu, nur nicht aufregen. Sie hatten keine Beweise in der Hand, und sie konnten ihm nichts Kriminelles nachweisen.

In Ellies Suite stieß Keller seinen Gefangenen unsanft in einen Sessel und ließ sich direkt gegenüber nieder. Er sah ihm in die Augen, aber Downes wich dem Blick aus.

Ellie sagte: »Das Spiel ist aus, Peter. Für Browning, für Geis und ganz besonders für dich.«

In Downes stieg ein Gefühl von Übelkeit hoch, und für den Bruchteil einer Sekunde fürchtete er, sein Schließmuskel funktioniere nicht mehr. Er bezwang seine körperlichen Schwächen, atmete tief durch und fragte: »Tut mir leid, aber diese Namen, die du gerade genannt hast – soll ich die kennen?«

»Hör auf damit!« fuhr sie ihn an. »Hast du mich nicht verstanden, Peter? Es ist aus, du bist erledigt. Du gehst harten Zeiten entgegen, und ich bin sicher, daß sie dir nicht gefallen werden.«

»Was geht hier eigentlich vor? Was soll das alles?«

»Es geht um ein hübsches Komplott«, sagte Keller, der bei einem furchteinflößenden Grinsen seine Zähne entblößte. »Schwer zu sagen, wie weit ihr gegangen wärt, wenn wir euch gelassen hätten. Ihr wolltet Foxman and Company an die Wand stellen, und das wäre euch beinahe gelungen. Ihr konntet die Millionen schon riechen, was, Downes? Schade, aber es läuft nicht. Sie stehen mit leeren Händen da, Downes. Kein Geld, keine Diamanten – nichts.«

»In Wirklichkeit hast du nie eine Chance gehabt, Peter«, sagte Ellie.

Keller nickte. »Wenn wir Sie nicht geholt hätten, wären Sie Browning und Geis in die Hände gefallen.«

»Nein«, sagte Peter, und er blinzelte Ellie zu. »Du kannst nicht glauben, daß ich irgend etwas unternommen hätte, was dich verletzt.«

»Wir haben nicht viel Zeit, Peter«, sagte Ellie. »Browning und Geis sind hinter den anderen Diamanten her. Sie haben dich allein zurückgelassen. Du hättest vom Großen nichts abbekommen.«

»Sie müssen in den Knast, Mann«, sagte Keller. »Es liegt an Ihnen, wie lange Sie dort einziehen.«

»Browning«, sagte Ellie, »er war der Kopf und hat sich alles ausgedacht. Geis war deine Verbindung zu ihm. Er hat dich überredet, mitzumachen. Wer hat Browning die Befehle gegeben, Peter?«

Downes war noch nicht soweit. »Ich weiß nicht, wovon du redest.«

»Peter, wenn die Diamanten verschwinden, gehen Foxman and Company in Konkurs, und dann ist sicher, daß sich der Staatsanwalt für die Hintergründe interessiert. Wenn du mir hilfst, kann ich dir vielleicht auch helfen.«

Downes' Lider flatterten. In Ellies Gesicht sah er kein Mitgefühl. Keller starrte ihn an wie ein geladener Revolver, der auf sein Herz gerichtet war.

Er schauderte. »Ich will nicht ins Gefängnis.«

»Browning und Geis sind sowjetische Agenten«, sagte Ellie. »Du warst ein Narr, Peter. Sie haben dir gesagt, daß sie mich und meinen Onkel ausnehmen wollten, aber in Wirklichkeit haben sie dich ausgenommen und ausgetrickst. Was auch immer sie dir versprochen haben – du hättest es nie bekommen.«

»Sie haben mehr als einen Mann umgebracht«, sagte Keller.

»Sie haben meinen Bruder getötet«, sagte Ellie. »Und sie werden nicht zögern, dich zu töten. Sieh mich an, Peter. Ich bin deine letzte Hoffnung.«

Der Rest von Widerstandkraft schwand. »Oh, mein Gott«, stöhnte Downes.

»Zuerst Foxman und dann das Syndikat«, sagte Keller, »das war der Plan, nicht wahr?«

Downes sackte nach vorn, schlug beide Hände vors Gesicht. »Ich habe Angst, ich habe solche Angst . . .«

Sie musterte ihn abfällig, den schwachen, rückgratlosen Mann, den sie einmal geliebt zu haben glaubte. Ihre Intimitäten kamen ihr jetzt unvorstellbar vor.

Sie gab Keller einen Wink, der aufstand und die Verbindungstür öffnete. Sir John trat ein und ging auf Downes zu.

»Benehmen Sie sich wie ein Mann!« sagte Sir John knarrend. »Sie haben sich auf diese Sache eingelassen, jetzt sehen Sie zu, wie Sie am elegantesten wieder herauskommen. Schauen Sie mich an, heben Sie den Kopf!«

Downes gehorchte. Tränen rannen über sein glattes Gesicht.

»Das ist Sir John Messinger«, sagte Ellie, »er steht auf unserer Seite. Die IMM ist unsere Seite. Und du willst dich immer noch gegen uns stellen?«

Beim Anblick des legendären Chefs der Internationalen Minerals and Mines schmolz das letzte Zögern in Downes. Er spürte, wie er zu zittern begann.

»Sie haben die Wahl«, sagte Keller. »Entweder bekommen wir die Steine zurück, oder Sie werden zu den Verlusten auf dem Schlachtfeld gehören.«

Downes' Blicke blieben auf Sir John haften, als ob er sich von diesen kalten, unversöhnlichen Augen nicht losreißen könnte. In ihnen sah er seine Zukunft – eine Zukunft ohne Freude, ohne Hoffnung.

Als ob er Gedanken lesen könnte, sagte Sir John: »Niemand ist an Ihnen interessiert, Downes, niemand.«

»Browning«, sagte Downes, zu Ellie gewandt, »vielleicht hat er inzwischen die Steine schon nach Rußland geschafft.«

Sir John sah sich nach Keller um. »Halten Sie das für wahrscheinlich?«

Keller schüttelte den Kopf. »Die Steine sind schon seit einiger Zeit nicht mehr in Genf. Browning und Geis sind hier nur aufgetaucht, um Downes zu kontrollieren. Sie wollten sichergehen, daß Downes nicht mit den Neun-Millionen-Diamanten durchbrannte. Er ist nicht durchgebrannt, aber trotzdem ist etwas schiefgelaufen. Vielleicht hat einer von ihnen kalte Füße bekommen oder die Habgier hat ihn übermannt oder die Bosse in Moskau haben sie zurückgepfiffen. Browning und Geis sind beide von einem hiesigen KGB-Mann besucht worden, und kurz darauf sind beide – unabhängig voneinander – abgereist.«

Keller wandte sich an Downes: »Wo sind die Steine?«

»Ich weiß es nicht, sie haben es mir nicht gesagt.«

»Sie haben die Steine an einen zentralen Ort geschafft, damit sie bei Bedarf in Reichweite sind«, murmelte Keller.

»New York!« sagte Ellie spontan.

Keller nickte. »Und Browning ist zurück nach New York geflogen. Er hat die Steine in seiner Bank – das ist der logischste Platz.«

»Das hört sich überzeugend an«, sagte Sir John.

Ellie dachte nach, wiegte den Kopf. »Browning ist nicht der Typ, der sich unnötig einem Risiko aussetzt. Er würde die Beweisstücke nicht in seiner unmittelbaren Umgebung haben wollen. Es muß ein anderer Ort sein, und er muß ihn leicht erreichen können.« Sie sah Peter Downes an. »Wer hängt in eurem Komplott noch drin?«

»Niemand, nur wir drei.«

»Geis«, sagte sie dann, »es muß Geis sein.«

»Gut möglich«, gestand Keller ein.

»Und jetzt ist Geis hinter Browning her?« fragte Sir John.

»Genau«, sagte Ellie.

»Aber die Steine könnten überall sein«, sagte Sir John, »New York ist ja kein Dorf.«

Ellie schüttelte den Kopf. »Sie müssen in Reichweite sein, das muß für Geis und Browning am wichtigsten sein. Geis hat einen Laden auf der 47. Straße. Und er hat einen Tresor, der die Steine aufnehmen kann.«

Keller war überzeugt. »Browning hat einen zu großen Vorsprung. Wir holen ihn nicht mehr ein.«

»Vielleicht kann ich behilflich sein«, sagte Sir John. Er ging zum Telefon, ließ sich mit einer Nummer in Paris verbinden.

»Willy«, sagte er, »hier spricht John Messinger . . . Gut, alter Junge . . . Willy, ich habe ein kleines Problem. Ich bin mit ein paar Freunden in Genf, und sie müssen schnellstmöglich nach New York. Können Sie das arrangieren? . . . Oh, das ist wunderbar! Ich bin Ihnen dankbar, Willy.«

Er legte auf. »Meine Privatmaschine bringt Sie nach Paris, und in Orly wartet die Concorde auf Sie.«

»Gehen wir«, sagte Keller.

»Ohne mich«, sagte Ellie. »Ich muß mich noch um einige Geschäfte kümmern.«

»Und ohne mich«, fügte Sir John hinzu. »Ich muß heute noch nach London zurück. Bleiben Sie mit mir in Verbindung, Keller, mich interessiert die Auflösung.«

»Und was geschieht mit mir?« fragte Downes.

»Sie«, antwortete Keller, »Sie gehen, wohin ich gehe.«

48

Wenige Minuten vor der Landung auf Kennedy Airport sprach Downes das aus, was ihn die ganze Zeit über beschäftigt hatte. »Was passiert mit mir?«

Keller empfand weder Mitleid noch Sympathie. Downes hatte einen Ehrgeiz entwickelt, der seine Fähigkeiten bei weitem überstieg.

»Das kommt darauf an.«

»Ellie wird nicht zulassen, daß Sie mich in den Knast stecken«, sagte er. »Sie wird keine Anklage gegen mich erheben, das werden Sie sehen.«

Keller schaute aus dem Fenster auf die Lichter von Manhattan. »Wir landen in ein paar Minuten.«

Die Limousine des New Yorker Sicherheitsbüros wartete auf Keller. Ein dichter, zäher Verkehrsstau ergoß sich aus der Stadt – Pendler auf dem Weg nach Hause. Stadteinwärts gab es keine Staus.

»Wohin bringen Sie mich?« fragte Downes.

»Zu Geis.«

»Der wird längst weg sein«, sagte Downes. Er wußte, seine einzige Chance bestand darin, die Diamanten wieder aufzutreiben. Aber sie waren leicht zu transportieren, leicht zu verstekken. Sie wogen höchstens vierzig Pfund.

»Wir haben viel Zeit aufgeholt.«

Die Limousine bog in die 47. Straße ein und hielt schräg gegenüber vor Geis' Geschäft. Keller blickte die Straße hinauf und hinunter. Ein hochaufgeschossener Mann, die Schultern eingezogen, hastete der Fünften Avenue entgegen. Ein paar Hasidim in dunklen Anzügen und weißen Hemden bewegten sich in die andere Richtung. Sie unterhielten sich angeregt und verschwanden hinter einem Straßenkiosk.

»Hat man Ihnen im Büro etwas für mich gegeben?« fragte Keller den Fahrer der Limousine.

Ohne ein Wort reichte ihm der Mann eine braune Papiertüte. Keller entnahm ihr eine 38er Police Special und eine Handvoll Munition. Er lud den Zylinder mit sechs Schuß.

Downes, die Augen auf die Waffe gerichtet, wich zurück. »Muß ich mitkommen?«

Für eine Sekunde sah Keller das Bild von Ned Creer, seinem unglücklichen Kollegen, und er erinnerte sich an die volle Salve, die sie begrüßt hatte. So etwas sollte ihm nie wieder passieren. Dieser Job war seine Verantwortung ganz allein.

Keller stieg aus. »Bleiben Sie hier.«

Erleichtert ließ sich Downes ins Polster fallen. »Wie Sie meinen.«

Keller überquerte die Straße. Das Innere des Geschäftslokals lag im Dunkeln, schien verlassen. Ein winzig kurzes Aufleuchten verriet Keller, daß jemand im Hinterzimmer war und eine Taschenlampe benutzte.

Keller probierte den Türknopf – abgeschlossen. Er lief zum Haupteingang des Gebäudes, der Platz des Portiers war leer. Eine Tür an der linken Wand trug Geis' Namen.

Das Ladenlokal war lang und schmal, von draußen fiel nur schummriges Licht herein. Rechts stand eine hohe Vitrine, links eine Werkbank, dahinter lag der Lagerraum. Wieder blitzte für einen Sekundenbruchteil die Taschenlampe auf. Keller hielt den Atem an. Der Mann mußte da drinnen sich auskennen, sonst hätte er die Lampe länger brennen lassen. Browning? Keller bezweifelte das, der Bankier hatte einen zu großen Vorsprung.

Also Geis. Auch nicht schlecht, dachte Keller. Wenn er ihn zum Reden bringen konnte, würde er alles über das Komplott erfahren.

Keller schaute über seine Schulter, er vermißte den Portier, vielleicht qualmte er auf dem Lokus eine Zigarette. Keller hatte keine Zeit, den Mann zu suchen, obwohl er dann ein besseres Gefühl gehabt hätte.

Er hob den rechten Fuß und trat mit voller Wucht zu. Das Glas zersplitterte geräuschvoll. Keller stürmte gebückt durch das Loch, den Revolver schußbereit.

In der Dunkelheit rutschte Keller auf Glassplittern aus und fiel krachend auf den Rücken. Im Lagerraum fluchte jemand, und dann fiel ein Schuß. Noch einer und ein dritter. Keller robbte zur Seite und suchte Deckung. Er hörte Schritte.

»Sind Sie das, Geis? Hören Sie auf, es ist alles vorbei. Ich bin Keller.«

Die Antwort bestand aus einer Kugel, die dicht über Kellers Kopf flog. Keller schoß auf das Mündungsfeuer. Er hörte ein dumpfes Knurren, dann schepperte etwas Metallisches gegen die Tür, und schließlich fiel ein Körper schwer auf den Boden.

Keller drückte sich an der Wand hoch und suchte nach einem Lichtschalter. Eine Glühbirne glomm auf. Harry Geis lag auf dem Rücken, und blutige Luftbläschen stiegen aus einer Wunde in seinem Brustkorb hoch. Keller kniete sich an seine Seite.

»Es ist vorbei, Geis. Wo sind die Steine?«

Geis hustete. »Bastard . . . Browning . . . er war vor mir hier . . .«

»Wohin ist er gegangen, Geis? Er hat Sie reingelegt, Mann. Ich werde ihn für Sie erledigen.« Wieder Husten, dann ein Krampf, Harry Geis war tot.

Keller sah sich um. Der Tresor stand offen, leer bis auf ein paar Juwelen. Etwas anderes hatte Keller nicht erwartet. Er ging hinaus und trat an die Fahrerseite der Limousine.

»Kann ich etwas für Sie tun, Sir?« fragte der Fahrer.

»Gibt es ein Telefon im Auto?«

»Ja, Sir.«

»Rufen Sie das IMM-Hauptquartier an. Es hat eine Schießerei gegeben. Geis ist tot, die Diamanten sind weg. Sagen Sie ihnen, sie sollen jemanden schicken, der sich um die Reste kümmert. Ich werde von hier die Polizei anrufen. Alles klar?«

»Alles klar.«

»Na, wenigstens das«, sagte Keller.

49

Drei Tage später flog Ellie von Genf nach New York zurück. Es sollte ein Non-Stop-Flug sein, aber als sie den Ärmelkanal überquerten, gab der Kapitän bekannt, daß sie in London zwischenlanden würden. Bei diesem kurzen Stopp entdeckte Ellie zufällig, wie ihr Gepäck ausgeladen wurde. Sie rief die Stewardess, die für ihre Klage nur ein Lächeln übrig hatte.

»Miss Foxman, würden Sie mir bitte folgen?«

Draußen im Gang vor der Ersten Klasse stand ein Mann in einer Art Garde-Uniform. Er salutierte.

»Miss Foxman, ich bin McKinley Waugh. Ich bin Ihr Begleiter, Miss.«

»Ich habe nicht vor, irgendwohin zu gehen«, sagte Ellie, »außer nach New York. Sind Sie dafür verantwortlich, daß mein Gepäck ausgeladen wurde?«

»Ja, ich habe das veranlaßt.«

»Nun, dann machen Sie das wieder rückgängig. Ich will, daß mein Gepäck sofort wieder an Bord genommen wird.«

»Das geht leider nicht, Miss.«

»Warum nicht?«

»Sir John wäre sehr betrübt.«

»Was hat er damit zu tun?«

»Alles, Miss. Sir John möchte mit Ihnen reden. Draußen wartet ein Auto auf Sie.«

Sir John begrüßte sie. »Es tut gut, Sie wiederzusehen«, sagte er, »vielen Dank, daß Sie gekommen sind.« Als ob ich eine Wahl gehabt hätte, dachte Ellie. »Ich habe eine Suite im Claridge für Sie reservieren lassen. Wenn Sie heute abend ins Theater gehen wollen, werden meine Leute das für Sie arrangieren. Alles, was Sie wollen.«

Sie nahm sich vor, das Spiel mitzuspielen. »Das Claridge ist fein.«

»Ausgezeichnet.« Er ließ sich in die Polster zurücksinken. »Wissen Sie inzwischen, was in New York geschehen ist?«

»Harry Geis? Ja.«

Sir John sagte betont: »Im Gegensatz zur landläufigen Meinung meiden meine Leute Gewalt, wann immer sie sich vermeiden läßt. Mit Harry Geis muß es ein unglücklicher Umstand gewesen sein – wenn Keller tötete, dann nur deshalb, weil sein eigenes Leben in Gefahr war. Keller hat sich selbst verteidigt, möchte ich herausstreichen.«

»Da ich Keller kenne, habe ich daran keinen Zweifel.«

Er nickte zufrieden. »Leider war Keller zu spät in Geis' Laden, um die Diamanten an sich zu nehmen.«

»Ja, das habe ich auch schon erfahren.«

»Haben Sie schon darüber nachgedacht, wie Sie jetzt mit dem Problem fertig werden?«

»Ich habe seither an kaum etwas anderes gedacht. Einige Einrichtungen bleiben – die New Yorker Werkstatt, die Fabrik in Puerto Rico und die Geschäfte in den Hotels. Während der letzten Tage in Europa habe ich mich bemüht, die Hotelgeschäfte zu verkaufen, und es kann sein, daß ich auch schon einen Käufer für die Fabrik in Puerto Rico habe. Aber es ist alles nur ein Tropfen auf den heißen Stein.«

»Ja, da stimme ich zu.«

»Es ist wohl mein Schicksal, der Totengräber von Maurice Foxmans Unternehmen zu sein«, sagte sie traurig. »Dabei hatte ich mir meinen Einstieg in die Firma ganz anders vorgestellt. Der Konkurs ist unvermeidlich. Ich gewinne ein bißchen Zeit durch die nötigen Prozeduren. Ich möchte soviel wie möglich zurückzahlen, auch wenn Foxman and Company aufgehört haben zu existieren.«

»Es ist schade, das zu hören.« Er sah sie lange und ernst an. »Ihr Onkel und andere in der Diamantenindustrie haben mich als den Inbegriff des Bösen angesehen. Sie erzählen sich Lügengeschichten über mich, beschimpfen mich als Antisemiten und sagen, daß ich der persönlichen Bereicherung wegen mit den Nazis Geschäfte gemacht habe.«

»Haben Sie?«

»Ja, ich habe mit Goebbels Kontakt gehabt. Was für eine gehässige Kreatur er doch war! Gefährlich und habgierig, und diese Habgier konnte ich ausnutzen. Ich habe Diamanten aus unseren Tresoren geholt, um dafür Juden sicher in die Freiheit führen zu können. Insgesamt konnte ich elftausendvierhundertachtundzwanzig Juden herausholen. Längst nicht genug.«

»Ich habe noch nie etwas davon gehört . . .«

»Keiner hat es gewußt. Damals war absolute Geheimhaltung die oberste Bedingung, die Goebbels stellte. Stellen Sie sich vor, es wäre herausgekommen, daß dieser Judenhasser Juden verkaufte! Ein Wort in der Presse, dann hätten wir unsere Operation nicht fortführen können.«

»Ich wünschte, mein Onkel hätte das gewußt.«

»Ich habe es niemandem gesagt. Aus meiner Umgebung weiß es nur einer – Koenigsburg, und er wird sein Geheimnis mit ins Grab nehmen.«

»Je mehr ich von Ihnen sehe und höre, Sir John, desto mehr überraschen Sie mich, desto mehr schätze ich Sie.«

»Nicht mehr, als ich Sie schätze, meine Liebe. Und weil ich Sie so schätze, möchte ich, daß Sie dem Diamantengeschäft erhalten bleiben.«

»Wenn alles vorbei ist, werde ich vielleicht irgendwo einen Job finden.«

»Das ist es nicht, was mir vorschwebt. Ich möchte, daß Ihre Firma weiterlebt wie zu Zeiten Ihres Onkels.«

»Aber Maurice ist tot, und das Unternehmen wird ihm bald folgen.«

Sir John erhob sich, und Ellie, die es als Zeichen nahm, daß die Unterhaltung beendet sei, stand ebenfalls auf. »Bitte, behalten Sie Platz«, sagte er. »Wie Sie wissen, hat es bis jetzt keine Verlautbarung über die unerfreulichen Dinge gegeben, in die Downes, Geis und Browning verstrickt waren.«

»Darüber habe ich mich schon gewundert. Ein Sechzig-Millionen-Betrug und kein Wort in den Zeitungen. Wenigstens vier Menschen sind getötet worden, und keiner hat beide Geschehnisse in einen Zusammenhang gebracht.«

Sir John lächelte. »Die IMM hat viele Verbindungen, und manchmal können wir auch dann Einfluß nehmen, wenn wir nicht direkt beteiligt sind. Wir legen Wert darauf, daß man uns in den Reaktionen wohlgesonnen ist, deshalb habe ich einige Fäden gezogen, um die Affäre kleinzuhalten. Aber ich weiß nicht, ob mir das noch lange gelingen wird.«

»Ich bin beeindruckt«, sagte Ellie. »Aber was ist mit Moskau? Werden sie nicht eines Tages einen neuen Geis schicken? Einen neuen Browning?«

»Möglich. Aber nicht in der nahen Zukunft. Der Kreml hat kein Interesse daran, den Markt zu zerstören. Wenn diese Affäre publik würde, verlören die Russen viele Freunde. Mord und Betrug sind keine Methoden, mit denen Moskau identifiziert werden will, obwohl wir alle wissen, daß es geschieht. Wir sind an einer öffentlichen Diskussion nicht interessiert, weil sie ein schiefes Licht auf unsere Diamanten werfen würde.«

»Dann gehen die Russen also unbeschadet aus dieser Affäre?«

»Nicht unbedingt. Ihre Operation ›Lupenrein‹ sollte ihnen Zugang zu unseren Vertriebswegen verschaffen, und das ist ihnen nicht gelungen. Sie werden sich weiter unserer Möglichkeiten bedienen müssen. Aber auch für die IMM gilt es, eine Lehre aus all diesen Vorfällen zu ziehen. Wir brauchen die Stabilität des Marktes. Wir müssen die alten Traditionen der Verläßlichkeit und der Integrität wieder verstärken. Ich sage das auch im Gedenken an Maurice Foxman, der als ein Vertreter dieser Eigenschaften betrachtet und geschätzt wurde. So wie er die besten Angebote der IMM benötigte, um überleben zu können, so ist die IMM angewiesen auf integre Männer wie Maurice Foxman.«

Er trat einen Schritt auf Ellie zu. »Miss Foxman, die Bürde von Foxman and Company ruht nun auf Ihren Schultern. Ich muß sagen, daß mich das glücklich macht. Die IMM braucht Sie, braucht Menschen mit Ihrem Durchsetzungsvermögen und Ihrer Entschlossenheit.«

Er nahm ein gefaltetes Stück Papier aus seiner Tasche und reichte es ihr.

»Was ist das?«

»Eine Bürgschaft in der vollen Höhe des Betrages, um den Downes Sie betrogen hat. Es ist weder in meinem Interesse noch im Interesse der Diamantenindustrie, Maurice Foxmans Unternehmen im Konkurs zu sehen. Diese Bürgschaft bringt Ihnen die Zeit, um Ihr Haus wieder zu dem Ansehen und zu der Blüte zu führen, wie es zur besten Zeit von Maurice Foxman war.«

»Aber das sind . . . das sind fünfundfünfzig Millionen Dollar!«

»Dieser Betrag soll Ihnen helfen, sich wieder einen soliden Vorrat an Steinen anzuschaffen.«

Tränen füllten ihre Augen. Sir John trat einen Schritt zurück. »Bitte, Miss Foxman, keine Tränen. Betrachten Sie meine Geste als Investition meinerseits.« Er räusperte sich. »Es ist uns allen sehr daran gelegen, Sie weiter in unserer Umgebung zu sehen.«

»Es ist ja so schade, daß Maurice das nicht mehr erleben kann«, sagte sie leise.

»Ich habe Ihren Onkel falsch beurteilt, und das bedauere ich. Es war sicher nicht mein erster Fehler und wird auch nicht mein letzter sein.« Er führte sie zur Tür. »Ah, da ist noch etwas«, sagte er. »Ich habe veranlaßt, daß Sie direkt von uns beliefert werden. Ich versichere Ihnen, daß Sie stets die besten Steine bekommen werden.«

Er schüttelte ihre Hand. »Nett von Ihnen, daß Sie vorbeigekommen sind, Miss Foxman.«

50

Der Rückflug nach New York schien endlos zu dauern, es kam Ellie so vor, als verharrten sie auf der Stelle. Sie hing ihren Gedanken nach und wunderte sich, daß sie keine überschäumende Freude über ihren Sieg spürte. Hatte sie jetzt nicht alles, was sie immer erstrebt hatte? Sie war die erste Frau, der die IMM eine eigene Sichtung eingeräumt hatte. Sie war die Chefin ihres eigenen Unternehmens. Sie hatte gewonnen.

Warum also diese gedämpfte Melancholie, dieses unbestimmte Gefühl, etwas verloren zu haben?

Sie empfand Trauer über den Tod ihres Bruders und ihres Onkels. Und über die Erniedrigung und Inhaftierung von Peter Downes. Wie naiv sie gewesen war, wie leichtgläubig, wie selbstgerecht! Wie leicht hatte sie es sich gemacht, als sie die Welt in gut und böse aufteilte, wie eitel hatte sie sich auf die Seite der Engel gestellt! Sie hatte sich in Maurice geirrt, in ihrem Vater, in Peter.

Hatte sie Peter je geliebt? Oder war es nur ein schöner Mann gewesen, mit dem sie sich hatte schmücken wollen? Sie wußte nicht, ob sie eine Antwort finden wollte, aber sie wußte, daß es in ihrem Leben keinen Platz mehr für Männer wie Peter Downes geben würde.

Als sie die Zollabfertigung auf dem Kennedy-Flughafen hinter sich hatte, hielt sie nach einem vertrauten Gesicht Ausschau, aber sie entdeckte niemanden. Enttäuschung machte sich in ihr breit. Warum war David nicht da? Oder Mattie? Jemand vom Büro, um sie in die Stadt zu begleiten? Schließlich war sie die Chefin der Firma und brachte eine Menge guter Nachrichten mit.

Als sie zum Taxistand schritt, hörte sie, wie ihr Name von einer tiefen Stimme gerufen wurde.

Keller!

Die ganze Zeit hatte sie es geschafft, ihn aus ihren Gedanken fernzuhalten, ihre Gefühle im Gleichgewicht zu lassen. Sie drehte sich um und wußte, daß ihr Gesicht die Freude widerspiegelte, die sie empfand.

Er stand drei Schritte hinter ihr und bewegte sich nicht. Ein leichtes Lächeln, das auch ein Grinsen sein konnte, umspielte seinen Mund.

»Sie sehen gut aus«, sagte er.

Sie widerstand dem Verlangen, ihm in die Arme zu fallen, ihn zu küssen. Sie blieb ebenfalls stehen, ein wenig verärgert.

»Was tun Sie denn hier, Keller?«

»Ich bin mit dem Wagen gekommen«, sagte er und hob ihre Taschen auf. »Gehen wir.«

»Sie haben versagt«, sagte sie.

»Wobei?«

»Sie haben es nicht geschafft, die Diamanten sicherzustellen.«

»Sie befinden sich außerhalb meiner Reichweite.«

Wieder lächelte er dieses überlegene Lächeln. Zu sehr von sich überzeugt, dachte sie.

»Ich fahre Sie zu Ihrem Appartement. Ich nehme an, daß Sie sich ein bißchen frisch machen wollen.«

»Nehmen Sie das Grinsen aus dem Gesicht.«

»Ich habe einen Tisch bei Orsini's bestellt, und nachher können wir uns ein Konzert ansehen und anhören. Ich habe die Karten.«

»Erteilen Sie mir Befehle, Keller, oder laden Sie mich ein?« In seinen Augen sah sie winzige Lichter tanzen, die sie vorher nie gesehen hatte. »Verdammt, Keller, ich weiß nicht einmal Ihren Vornamen.«

»Joseph P .«, sagte er, »P . steht für Patrick. Wie gefällt Ihnen das?«

»Ich bleibe bei Keller.«

»Auch gut.« Er beugte sich zu ihr und küßte sie leicht auf die Lippen. Leicht, aber doch ziemlich lang und mit viel Gefühl.

»Du küßt gut, Keller.«

»Du auch.«

»Ich hätte es ahnen müssen. Schließlich hast du mich gewarnt, daß du ein Romantiker bist.« Sie hakte sich bei ihm unter, und gemeinsam gingen sie zu seinem Golf. Sie brauchten sich nicht zu beeilen. Sie hatten ja noch so viel Zeit . . .